U0529681

名作家谈《红楼梦》系列

克非谈【红楼梦】

人民文学出版社

图书在版编目(CIP)数据

克非谈《红楼梦》/ 克非著. —北京：人民文学出版社，2015
（名作家谈《红楼梦》系列）
ISBN 978-7-02-010772-8

Ⅰ.①克… Ⅱ.①克… Ⅲ.①《红楼梦》研究 Ⅳ.①I207.411

中国版本图书馆CIP数据核字(2015)第026642号

责任编辑　包兰英
装帧设计　柳　泉
责任印制　王景林

出版发行　人民文学出版社
社　　址　北京市朝内大街166号
邮政编码　100705
网　　址　http://www.rw-cn.com

印　　刷　北京天来印务有限公司
经　　销　全国新华书店等

字　　数　237千字
开　　本　787毫米×1092毫米　1/16
印　　张　17.75　插页2
印　　数　1—5000
版　　次　2015年6月北京第1版
印　　次　2015年6月第1次印刷

书　　号　978-7-02-010772-8
定　　价　45.00元

如有印装质量问题，请与本社图书销售中心调换。电话：01065233595

目 录

序 …………………………………………………………………… 001

第一章　《红楼梦》的时空 ……………………………………… 001
　　　　　读《红楼》，诠释《红楼》，研究《红楼》……弄懂它建构上的时空，应是首先要解决的一个课题。

第二章　性质与价值 ……………………………………………… 013
　　　　　《红楼梦》是读者灵魂的营养品。但这只有明白它是小说，并确实将它作为小说来读的时候，才会有这种功能。

第三章　缘起的缘起——《红楼梦》文本中的曹雪芹 ………… 019
　　　　　《红楼梦》开头有一个"缘起"，讲述《红楼梦》这部小说是从哪里来的。神话，虚构，加假托，十分有趣……要认真读懂《红楼梦》，深入研究，就不能忽略这个"缘起"。

第四章　定位与移位——源头上的曹雪芹及思考 ……………… 032
　　　　　从《红楼梦》文本上看，它的作者毫无疑问是那个全能全知的叙述者。……至于"曹雪芹"三个字，不管从哪个角度考察，都应该算是假托之名，而非作者真名，当然也不是增删者。

第五章　袁枚信口开河——《随园诗话》中的曹雪芹 ………… 051
　　　　　袁枚关于曹雪芹、《红楼梦》的话，本不足道，可他是胡适的先导。如果没有十八世纪的袁枚，或许就没有后来二十世纪胡适的考证派红学。

第六章　开山祖师空手道　无源之水成曹流 ………………………… **059**
　　　　　没有袁枚的《随园诗话》，便不会有胡适的《红楼梦考证》。
　　　　袁枚是无水之源，胡适捣弄成一条大河。

第七章　冒牌与绑架 ……………………………………………………… **081**
　　　　　江南曹寅之家没有曹雪芹这个人，找不到其任何踪影。

第八章　模式　偶然　必然 ……………………………………………… **097**
　　　　　《红楼梦》问世两百多年，作者的名字真正叫什么，他的
　　　　身世家世怎样，直到二十一世纪的今天，我们仍然一无所
　　　　知。只晓得当年他隐居北京西郊一偏僻的山村时，朋友们
　　　　叫他曹雪芹。

第九章　灾难　话题　危机 ……………………………………………… **108**
　　　　　胡适的红学理念、体系、模式，直接影响了他之后的几代
　　　　红学家，而这又直接影响到了对小说《红楼梦》的诠释和阐述。

第十章　大玩笑两段自云，小玩笑一首小诗 …………………………… **118**
　　　　　两个"自云"的这段文字……凡读过《红楼梦》的人，都
　　　　不会陌生，其影响，既广泛又深远……

第十一章　一百二十回程甲本　《红楼梦》的真传本 ………………… **133**
　　　　　程高本十分重要，无论读红、谈红、研究红，这都是头号
　　　　问题。

第十二章　简单明了说脂本 ……………………………………………… **142**
　　　　　脂本……是指三个同名为《脂砚斋重评石头记》的手抄
　　　　本……之前的有清一代，从无一人、一记载、一文献提到过
　　　　其中任何一本。

第十三章　小心，别掉进无底洞 ………………………………………… **167**
　　　　　胡适……编造出了一个"三合一"的曹雪芹，并把这个
　　　　实际不存在的曹雪芹硬塞进江南曹寅之家，成为曹家成员。

第十四章　《红楼梦》的艺术及其他 …………………………………… **189**
　　　　　《红楼梦》是小说……只有了解了小说艺术，才能更好
　　　　地了解《红楼梦》的艺术。

第十五章　小说泛论 …… 202

　　泛论,即泛泛之论,浅层次之论,一般性之论,常识范围之论。因为,这里用不着深奥的东西,只需作些泛泛的提谈,便可说明问题了。

第十六章　基础构筑的艺术 …… 213

　　《红楼梦》有个神话,或准神话,所占篇幅不长,但它的气息却弥漫在整个红楼世界之中,成为这部杰出小说的基础构筑之一。

第十七章　无尽的文化大宝藏 …… 248

　　《红楼梦》文化呈多样性,含量极高……弥漫于全书的每一个章节、每一个人物身上和每一个段落。

序

《红楼梦》是民之瑰宝,国之瑰宝,世之瑰宝。但在解读、诠释、阐述上,却也是最富有争议的对象。围绕争议,形成多个学派,发表、出版的文章、专著,汗牛充栋,涉及的范围,非常广泛。所言所说所论,五花八门,互相南辕北辙,根本说不到一堆儿。以当代红坛的情形看,分歧不仅越来越多头化、泛化、固化,而且各方大有决不善罢甘休之势。有权威人士宣布"要争论一千年"!

读书,研究,做学问,有不同意见,引起争议,很自然。争议,不是坏事,而是好事。它是促进学术发展的根本动力。但过于泛化、多头化、全面冲突,也不是办法,只能徒然消耗精力和体力。最好能够改弦更张,浓缩局面,将全部功夫集中到主要而关键的问题上,详为探讨。在深化和提高的层面上,必能逐渐达成共识,至少可以减少许多无谓的分歧与争吵。在我个人看来,当今红学,其实只有三个问题,或三个方面:

第一,《红楼梦》文本描写的大时空,在哪朝哪代?故事所发生的地域,在南在北什么具体的地方?

第二,《红楼梦》的作者究系何人,是不是曹雪芹?当时的现实社会中,是否曾有过曹雪芹其人的存在?他是不是一个假托的名字?

第三,我们现在读到的《红楼梦》文本,前后矛盾之处不少,还有许多大洞小眼,未曾协调、填补。是因为作者英年早逝,未来得及作起码的修改,更未杀青,还是在流布的过程中,被人(比如高鹗)篡改?

我相信,只要研究清楚上述三个方面,红坛上百多年所积累起来的至今仍然纷争不已的几乎多如牛毛的问题,不敢说全部迎刃而解,起码其中多半是是非非,会明朗地呈现在读者面前。

认真说,用不着平均花费力气,对三个方面三个问题都加探讨,只需研究其中一个问题——"曹雪芹",便足够了。实际上,红学所有不清,所有纷争,说到底,都与"曹雪芹"有着不可分割的关系。他是所有纷争的总源头。因此,面前这本拙作,对他花了特别多的篇幅。

拙作内,还用相当多的笔墨来谈《红楼梦》的艺术。我有个很固执的看法:读《红楼》,研究《红楼》,尽管方法很多,角度很多,无论从何角度、运用何种方法,去阅读去研究,都会得到一定的好处。但其中,不能缺少艺术的层面,因为它的所有一切的构筑、塑造、描绘,都是通过艺术的凝聚、赋予而营造出来的。没有作者高超的艺术营造,便不会有《红楼梦》这部伟大的小说。对于《红楼梦》来说,我斗胆说,艺术是第一位的,这是它最大的价值所在。读《红楼》,研究《红楼》,而不管它的艺术,等于没有读,没有研究。

另外,需要说明的是,本书内所引用的原文,均来自程伟元本的《红楼梦》,即俗称的"程甲本"。

第一章 《红楼梦》的时空

读《红楼》，诠释《红楼》，研究《红楼》，我个人认为弄懂它建构上的时空，应是首先要解决的一个课题。也可以说是进门的门票，或一把打开"楼"内各个房间的通用的钥匙。否则你进不了门，进去后，也难打开它的千门万户，窥其奥秘。

小说属于叙事文学，构筑上它需要编织故事，塑造人物。而故事进程、人物行动则需要有具体的时空，受其依托，也受其制约。没有相应的时空，故事和人物都将如漂移不定的无根之萍。尽管小说都是虚构的，但作家在营造时，对时空的选择和设置均会十分慎重，并做出明白的描述。

小说的时空，有大时空和小时空。眼前暂不管小时空，只说大时空。所谓大时空，即故事发生和人物活动的朝代时代和具体的地域。以我国几部著名的古典小说《水浒传》《三国演义》《西游记》《封神演义》为例，描写上无不有各自的明确的时间和空间。另外，数量不少、质量各异的公案小说、传奇、说部，也都如此。

那么，《红楼梦》呢？其故事发生在什么朝代，人物活动在什么大的空间？整部一百二十回书中，没有一次明确讲到过。不过，很长时间以来，红学界的专家学者，有一致的说道和结论，那就是清代康、雍、乾年间和那时的北京城。另外，极少数人则认为是在顺治时代。总之不脱清王朝。

大清王朝,在中国历史上是个很特殊的朝代,它有许多大异于别的朝代的独特的标志。比如男人无论贵贱脑后都有一条辫子,衣着打扮(尤其是官员服饰)也与别的朝代有明显的不同。

《红楼梦》曾多次搬到戏剧舞台上,好些地方剧种都曾演出过。还两次以故事片的形式搬到电影银幕上。从人物扮相看,无论舞台戏剧还是银幕造型,那些男人包括主角贾宝玉,全都没有那条必不可少的辫子。各色男女老少、主子奴仆的衣着打扮也跟大清王朝那些年间沾不上边,全是前朝(如明代)汉族着装的模仿。出现在观众面前的众多的人物,依其形象、语言(台词)、行动(比如见人行礼),没有一个可以说肯定是清王朝那时候的人敷衍出的故事,也很难说就是发生在清王朝时期,而不是在别的朝代。小说、戏剧、电影的故事,是因人物的活动诸如恩爱情仇、悲欢离合而塑造出来的,那些人物都不是清朝的人,又何来的清朝的故事?

让人不解的是,两部电影拍摄时聘请了一批名望很高的顾问。其中就有相当权威(咬定清朝)的红学家。对那样的剧本、那样的拍摄,竟然那样容忍,不予"顾问",反倒加以赞赏,个中情由值得思索。

《红楼梦》的营造和具体描写,跟清王朝顺康雍乾的时空以及那时空下曾经产生过的诸般种种大相径庭,大有冲突的当然不只辫子、服饰之类,还有许多带根本性的东西。

一

满人,是金人的后裔,中国少数民族之一,族号女真,世居东北,人数始终不多,但姓氏繁复,分成许多各自独立的部落,互相纷争不已。明万历年间,祖籍长白山满洲的努尔哈赤崛起,通过血腥的战争,较快地统一了各部落,形成一个整体,号称后金。明万历四十四年(1616)对明朝政权发起反叛性的战争。努尔哈赤死后,八子皇太极登上汗位。天聪十年(1636),改汗为帝,去后金之名,易为清,改族名为满洲。1642年,皇太极死,年方六岁的小儿子福临被拥上大位。1644年,李自成率农民军攻陷北京,崇祯帝上吊死亡,明中央政权解体。清摄政王多尔衮看准时机,诱使明山海关守将吴三桂降清,与李自成在一片石对阵。李自成败溃回京,席卷所掠金银财宝,仓皇南逃再转西奔。多尔衮八旗兵轻松进入北京城,逐渐夺取中华全部领域。清初和前期,朝廷显贵,王、公、侯、伯,除吴三桂等少数几个明降将外,几乎全是满、蒙八旗久战沙场的军事集团的首领,而且多系努尔哈赤的儿孙和与之有密切关系的几个家族的人。内中最为著名的是后来被称为世袭罔替的八个"铁帽子王"。

《红楼梦》写的宁国公、荣国公是一等公,爵次很高,仅次于王。兄弟俩一母所生,籍贯金陵。从名字、籍贯看,肯定是汉人。与之同朝同级的还有另外六位国公,共称八大开国功臣,表明当初他们都是重要的军事将领,皇帝的江山是他们打下的。依他们后裔的姓名看,与宁荣一样,也是汉人。《红楼梦》还写到了一批侯、伯,如平原侯蒋子宁、定城侯谢鲸、景田侯裘良、锦乡侯韩奇等之类,都具有世袭资格,足见均因开国有功而封的,但其中没有一个满、蒙人士。书中爵位最高的是王,有东平郡王、南安郡王、西宁郡王、北静郡王,合称四王。还有一位义忠亲王老千岁。除开东安郡王穆莳、北静郡王世荣(脂本为水溶,系妄改)之外,其余都没有提到姓名。从书中描写分析,应该都是汉人,至少没有理由说他们是满族或蒙古族。这些王爵亦属世袭,其先人大约都有较大军功,极大可能与皇帝有血缘关系。起码那个与贾宝玉要好的北静郡王与皇帝有此关联。由这看来《红楼梦》写的"当今皇上"也应该是个汉人了。全书中没有一个满、蒙人士,打天下、坐天下、具体管理天下的都是汉人,还能说《红楼梦》安排的时空是在大清帝国顺、康、雍、乾那些年代吗?

二

《红楼梦》写的贾氏家族,从第二回贾雨村和冷子兴两人的对话中,我们知道贾家原住金陵,石头城里建有两座国公府。后来迁到了北方朝廷所在的京城,于是京城也有了宁国府、荣国府,大门匾额上镌有"敕建"二字。那是说皇帝下令专门为两家建造的,其花费也由国库支付。两府相邻,一东一西,规模巨大,占了多半条街,因之街亦以宁荣名之。那是条大街,不是胡同小巷。京城叫什么名字,具体在什么位置,书里没有写,只在人物的言谈中偶尔称之为"长安""都中"或简单一个"京"字。显然是作者在"故弄玄虚"。但假如把它啃死为顺康雍乾时代的北京,说作者就是在写那里,问题便出来了。作者本身是雍正、乾隆年间的人,生活在北京,而彼时的北京城的范围非常有限,与他同代同时同地生活的人又太多了,他还会那样公然虚构吗?不考虑书写成一旦问世,人们一看,马上招来讥笑与责问,说你胡编乱造吗?依情理,一个王朝开国大功臣名声煊赫,不是普通人物,同代或隔代差不多都会家喻户晓,人所共知,你不能随意去虚拟虚设。而一座特定城市的一条大街,你写小说可以虚构以前那里曾发生过什么故事,但你不好虚构它的街名。或本来就没有那条大街,你却虚构有那条大街。小说家写小说,不惧虚构,而且喜欢虚构,不担心别人指责虚构,自己也不畏向人公开宣布是虚构。但怕有人"戳漏眼",说这里不真实,那里不真实。

三

封建时代,官吏体制和具体设置,以及名称均涉大体,不会随便。

单看某些设置和名称，就可判断那是某个王朝、某个时代。《红楼梦》所写比如京营节度使、都太尉统治、兰台寺大夫、九省统制、金陵省体仁院总裁、节度使等之类，清王朝的官制列表上，都是找不到的，这就很难说《红楼梦》的构筑，其时空与爱新觉罗氏统治的时代有多少关系了。

四

清朝实行八旗制度，太祖努尔哈赤发明的，古今中外，上下数千年，只此一家。它既是军事制度，又是社会管理制度，族群、部族的组织制度，是王朝核心权力的依托所在，其触角几乎伸进了国家的每一个细胞。《红楼梦》中没有八旗组织这一说，整部书也没有提到过一个旗人。设若《红楼梦》里写的那些王公显贵、开国功臣是大清帝国的子民，他们就爬不到那样的高位，因为体制不会向他们提供那样的机会。

清宫廷每隔三年选一次秀女，由户部主持，制度和操作非常严格，只在部分旗籍的家族之内挑选。那些家庭凡生了女，都要报告户部登记在册，到了十四至十六岁，逢上选期，必须送去供挑选，未被选上者其家方可自论婚嫁，否则必受惩处。被挑中的，一般做宫女，或安排给诸王子及近支宗室男性做配偶，名曰赐婚。特别拔尖的则送到皇帝身边做低级的性工具，渐次升为常在、答应之类。《红楼梦》所写如果时在顺康雍乾，里面的贾元春绝不可能先入宫中，后成为凤藻宫尚书、贤德妃。因为她是汉妞，不是旗女。同样，薛宝钗也不会因有候选才人的打算故伴母兄从金陵到京城。

五

据文字资料，明晚期，北京城区人口不足三十万。崇祯末又遭大瘟疫,死亡甚多,就更少了。在前有人估计最多可能只剩下二十万或二十多万。八旗入京总数在十万左右,随后留守东北的武装人员及家属,陆续迁到关内,北京人口越发膨胀,旗人起码占三分之一以上。这些突然到来的并且带武器的"蛮族",总是凶横跋扈,盛气凌人,动不动制造血腥,又将内城清空自己占领,汉人全部驱出任其流离失所。剃发令下后,留发不留头,留头不留发,砍头事天天发生,更是恐怖万端。随后在京畿范围以暴力大量地疯狂圈占土地,将数十万农村人强迫变为满洲贵族、兵将的悲惨的农奴。到康雍时期,这些虽然过去了好几十年,但留在人们心灵上的创痕和伤痛,肯定没有全部消散。《红楼梦》人物数百,各阶层齐备,所涉历史和现实的社会生活面都十分广阔,有关清初铸造的"遗迹"却无丝毫反映,说明它的人物不是生活在清一代,故事的大背景不在清朝。

六

  作为小说,《红楼梦》称得上全面优秀。它的构筑非常复杂,但却十分匀称和谐。给人的艺术感很浓很强很了得,人物塑造和生活描写都非常鲜活非常真实。蕴含的辐射力、感染力似乎无穷无尽。但倘若将它的描写经营硬挪到清朝,和清朝硬粘在一起,将清朝的许多污泥浊水注入其中,又用清朝的"镜子"来照射它,用清朝的"刀子"去解剖它,给它贴上清朝的标签,它就会立即变成一个面目全非的令人不可解的丑八怪,会显得瑕疵满身,遍体癞痢。全部一百二十回,任何一个章回、任何一个情节、任何一个人物,都会失去其存在的合理性。
  《红楼梦》的故事情节、描写、叙述、人物活动,大部分都在荣国府、宁国府,尤其是在巨大的大观园内。两府一园,关系到《红楼梦》的全部。前面已经陈述,在清朝,在彼时的北京城,那样位尊爵高的开国功臣,那样宏大特别的国公府,那样必有的族属,你是不能随意虚构虚造的。一旦虚构成如《红楼梦》中所写,那就肯定不在清、不在北京了。因为这虚构已经和其他虚构紧密粘在一起了,铸成了《红楼梦》这个完整的古今少见的艺术整体,你无法将其中的某部分单独分离出来。

大观园又名省亲别墅,因迎接贾元妃回家省亲而建。照《红楼梦》所写,贾氏家族并无旗籍,而且是汉人,放在别的朝代,元春或有选入皇宫的可能,弄到清朝却肯定不行。若元春不能有那种机会,则无由加封为贵妃,更说不上省亲不省亲。这样还会有那个神仙世界般的大观园吗(事实上,有清一代也没有妃子归宁省亲的事)?没有大观园,那些扣人心弦的人物和故事又怎么会发生呢?若搬移到别处,换成另一环境,即便请出一个才能超过曹雪芹的作家,恐怕也难为其力了。

七

将《红楼梦》的大时空大背景挪到清朝,是对《红楼梦》和该书作者的大误解。从客观实践来说,应该算是对这部天才作品的大破坏。事情起于很早之前,算得历史悠久。远在乾隆中期,《红楼梦》刚刚面世不久,便陆续有人对号,说它写的是明珠家事、傅恒家事、南京张侯家事。写《随园诗话》的大文人袁枚,竟然在其著作中说《红楼梦》里的大观园,就是位于南京小仓山的他家的随园。说此园原先属康熙朝江宁织造曹寅所有,其子曹雪芹作《红楼梦》,记的都是他们家的事。

那是一个缺少缜密思维的时代,在文化领域,经学复昌,考证之风大行,影响所及穿凿附会之习亦大炽,喜好捕风捉影,信口开河,自以为是。比如袁枚连《红楼梦》也没有见过读过,竟然说得有板有眼。还有一些颇有地位和名气的人,比附时也都随意说来,既不讲缘由,更不列举证据。其后,历史推移,乾嘉之风渐衰,但流韵仍在,到晚清、民初,在《红楼梦》的求解上,产生了五花八门的"索隐派"。再后到了二十世纪二十年代初,红学上以胡适为开山祖师的"考证派"出现,几经翻腾,终于在红坛占据统治地位。考证派看起来似乎与索隐派有很大的不同,实际却是索隐派的派生物,或者说是其变种。因为两者的形态、逻辑方法、操作规程、学术目的,基本上一样,都以附会史、掘史、掘背后、寻源、对号为能事,都在将《红楼梦》的时空,竭力挪向大清王朝,造成延至今日的大混乱、大曲解。乾嘉学派的学者迫于当时的政治恐怖,避进故纸堆去做学问,自有其道理和成就之处,在历史上亦有其应当获得的地位。顺其遗风,袭其毛皮而诞生的红学索隐派、考证派,却害了政治敏感症,两眼特别喜欢盯着政治,不管事情如何与政治隔山隔水都要硬拉到政治层面上说事,不把《红楼梦》的时空挪到清朝,再联结清廷的政治,他们便找不着北。他们的研究工作,一直排斥文学创作、排斥艺术、排斥文学创作中作家的主体作用。

八

《红楼梦》第一回,空空道人看完石头上大篇文字后,说:"石兄,你这一段故事,据你自己说来,有些趣味,故镌写在此,意欲闻世传奇。据我看来,第一件,无朝代可考;第二件,并无大贤大忠理朝廷、治风俗的善政,其中不过几个异样女子,或情或痴,或小有微善,我总然抄去,也算不得一部奇书。"石头果然答复道:"我师何必太痴?我想历来野史的朝代,无非假借'汉''唐'的名色,莫如我这石头所记,不借此套,只按自己的事体情理,反倒新鲜别致。况且那野史中……"("汉""唐"二字是个比喻词,意思是历史上曾有过的那些朝代和时代。这里,石头不过是个传声筒,它的话,应当是作者自己的话。告诉读者,他的《红楼梦》"不借此套",不用那种虚设的大时空、大背景。)

"历来野史的朝代",历来小说的朝代纪年的确多为假借,属虚构虚设。小说里写的故事,并非真正就产生在那个朝代那个大环境。此种见解,很有道理。《红楼梦》之前的"历来野史(小说)",不但平庸的,一般的是这样,即便我们前面提到过的几部有名的、读者都熟悉的,在大时空设置上,也大致如此。

神魔妖异小说,《封神演义》将它的故事时空设置在殷末周初;《西游记》师徒四人行程安排在大唐时去天竺国的路上,不消说都是假借。世无封神的事,唐时确曾有过玄奘西行取经,但与吴承恩的小说完全两码事。

就说《水浒传》吧,读者都知道,它的故事发生在北宋末年宋徽宗宣和年间。除徽宗赵佶而外,它还写了那时一些鼎鼎有名而又确实存在过的人物,如高俅、童贯、蔡京及其儿子,以及汴京的红妓李师师等。但这个年代也是假托,在那段大的时空里,位于山东的水泊梁山,不曾有过那样的群雄聚义。英雄们——晁盖、吴用、林冲、武松、鲁智深、李逵、阮氏三雄、母夜叉孙二娘、神行太保戴宗等等,个个刻画得栩栩如生,活灵活现。然而却都是文学人物,是艺术所塑造出来的,当时现实里并不曾有过这些人。就说宋江吧,《水浒传》成书以前,甚至远在开始有口头传说以前,就有《宣和遗事》讲到了他,说他们三十六人如何如何。《宣和遗事》颇有名气,但那也是小说,很难说它讲到的人和事全部真实。而其文说的宋江,肯定不是《水浒传》里的宋江,不过是后者借用了前者的名字。始于最初的口头传说者,借《宣和遗事》宋江和三十六人之记,展开想象,编织了属于他自己的故事。其后经过数代多人多次的扩编,瓦子勾栏职业说书人的增容、打磨、结构化,前后百余年。到了明代,施耐庵、罗贯中取而整理、加工和丰富的再创造,方成为后世熟知的这部伟大作品。

"假借汉唐"之技之举,甚至连及《三国演义》。《三国演义》一贯被人认为很真实,是史书《三国志》的演义本,是根据这部很可靠的历史典籍的记载、叙述,用文学的手法演绎铺写而成的。它的大时空与

《三国志》完全吻合，没有任何假借。描写出的人物、事件、各个集团的形成和活动，也大致与《三国志》近似。但它成书之前，有很长的民间口头传说的历史，也不止一次地弄成类似脚本的《评话》，即经过了许多人的口头创作和笔墨创作。陈寿写的《三国志》，因是史，史有史的写法，有史的格局、规矩和其他多种缘故，它只能比较简约，不能做多的铺陈，看来好像只是些大小骨架，缺少血肉。最初的口头传播者，如果严格依照其文去讲述，听者会听不懂，不感兴趣，而传讲者也会索然无味。再有那语言也难转换，并且头绪亦太多。于是在内容上加以重新组合，使之情节化故事化，发挥合理的想象，向生活延伸，添入许多生动的细节。进程中，大量采用刘宋时裴松之等史家的注释，并加以膨化。经过一代代的丰富的加工润饰，到了成书，使之与《三国志》相较，已是面目全非，真正完成它的"演义"进程，成为文学作品——小说，不再是历史典籍了。大框架仍在，总的走向未改，但主旨远离，形体大变，充满虚构。然而应该说，它是个大创造，论社会、文化、历史价值，绝不低于《三国志》，它的读者也远比《三国志》多，其虚构部分许多变成了舞台戏剧的蓝本。两种《三国》——"志"和"演义"，可谓相得益彰。不过从文学的层面上说，"演义"对于"志"，不是简单的扩展、改编、改造、改写，而是用"假借"之法的再创作。

九

假借汉唐，假借大时空，除开那些下三烂的作品外，在优秀的古典小说中，使用此法，应该说是一种胆识、一种智慧，这样的现象，在西方的古典叙事作品中，也多见。《红楼梦》虚化时空，不搞假借，则更是一种胆识、一种智慧。摆脱古老的法子，也就摆脱了许多不必要的累赘。它的作者肯定悟透了小说的本质和真正的意义与在社会传播中的作用，他深信自己能够这样打理自己的创作，不惧可能出现的不理解、不买账或轻蔑的质问,在突破传统的习惯束缚的同时,开拓了文学创作上的非常可贵的自由的天地。他可以不顾其他一切,只依自己对生活的汲取、感受和熔炼,写自己早已化入心灵化入血肉与自己融成一体的东西,这是胆识和智慧的耕耘。可以遥想,到了这种境界,该作者已不再是原来的那个人。他心中有了原先不曾有过的一个绚丽的世界,充满欢愉,也充满压力和痛苦,令他躁动不安。人变得孤独,特别自信,非常固执,简直要一意孤行。

以上是笔者的分析和猜想,相信当年写《红楼梦》的那位天才就是这个样子这样的状态,至少有几分与之接近。

十

《红楼梦》在叙述行程上放弃大时空,不设大时空,不过,它并非没有真正大时空。书里,有朝廷,有皇家,有皇帝,有贵妃,有王公侯伯,有大地主,有农民,有奴仆,说明那是个封建时代。中国上下数千年,其间封建时代很长很长。这是一个几乎广阔得无边无际的巨大的时空。这时空,在《红楼梦》本来是隐性的,似乎大而无当,似乎很虚,但其实很实用。《红楼梦》所写,你无论放在哪一个王朝——汉唐也好,宋明也好,都会显得处处荒唐,特别不能放在爱新觉罗氏的大清朝(原因前面已经说过)。但是,放在这个不言具体王朝具体时空的设置里,便没有什么放不平了,至少在逻辑上是如此。

从我们现代人读到的文本看,《红楼梦》尚有许多漏洞,前后有不少地方矛盾。还有一些只需几笔便可抹平的,也那样摆着到今天。这是因为作者英年早逝,未来得及修改、完善。认真说,当初似乎一次也没有通改过。但有的瑕疵,却是我们的误读误解。潇湘馆有许多竹子,栊翠庵有开得很好的红梅,论者认为清朝前期,依北京的气温,不会有此。室内设炕是对的,有的还有床,就不对了。实际上,依文本，《红楼梦》宁荣二府及其间的大观园位置在有皇帝的京城，而没有表明那京城就是清朝的北京。彼时的北京没有那些事物。我们根本不知道具体位置也根本不知道存在时代的《红楼梦》的那个京都，未必就一定没有竹、梅、床。

贾雨村一度居住在兴隆街，贾琏偷娶尤二姐，那爱巢所在的地方叫花枝巷。而清代，北京城也确有这两条街巷，证明《红楼梦》是纪实作品，是在那时的北京。兴隆街、花枝巷，名字极为普通，不排除别的朝代别的城市就一定没有。街与巷都很小，代表不了那时的北京城。在北京，连以宁荣二府命名的大街也找不到，能说《红楼梦》因有那两条小街巷，就证明它的故事发生在北京？

为了证明《红楼梦》的时空在清朝的北京，考证者耗费了数不尽的心血，掘出许多实据。比如钟表、洋药、某些舞台戏、文人作品——只有历史进入清朝后才有的东西。不过，钟表、洋药在清代以前的明朝就已经开始有了。而舞台戏、文人作品，《红楼梦》文本中都只讲到名字，没有说到具体内容，很难断定它提到的那出那本就是清初才创作的那出那本。要再次说明的是，传世的《红楼梦》，当初是作者未来得及修改的草稿，他既然避开了清朝，行文上就会尽量不去"自投罗网"，若不留神有所"触犯"，修改时自会弥补、纠正，可惜他没有机会。还需注意的是，有些与清朝沾边的东西，乃后人的遗秽，这些很后的人，因有"媚清""媚曹（曹寅）"的情结，看到有可动手之处，便按自己的主观臆想加以妄改。最应当考量的，还有考证派红学的因素。近百年来，这个人数众多的学派，一代接一代，竭力营造"曹贾相连"，望风捕影，穿凿附会，将《红楼梦》所写，凭空拉向曹寅家，拉到清朝，和作者曹雪芹本身经历紧紧硬捆在一起，在学术界，在理论界，在广大的读者群中，筑成了一种强大的近乎真理近乎常识的诠释、解读的模式和共识。若有人问，《红楼梦》的大时空在哪里，都会不假思索地回答，在清朝康雍乾时代。要另解，那就无异于旁门左道。

第二章　性质与价值

虚构的小说

一部《红楼梦》摆在面前,如果要问是什么东西、什么物事,请给定性,说是一部小说,似乎应该算简单、明了、准确、天经地义。然而,怕也不那么容易。中国的这部稀有而伟大的作品,诞生问世,至今已两百多年,其间几乎任何时候,都有猜测家、评说家、议论家、穿凿附会家、寻根索隐家、望风捕影家伴行,不断对它审视、盘查、细察、拷问、剖析,乃至切割成碎块,磨成细粉,辨其成分,追其本源,探其背后,掘其隐藏。将其拖到一个又一个史的平台上,强行植入了各种各样的史的故事、史的性质,涂抹得五彩缤纷。尽管它还是原来的它,但出现在公众面前时,早已面目全非了。似乎所有人都知道了它的源头、它的来处:纪实,纪作者家族兴衰成败之实;纪作者本人感情遭遇之实、身世经历之实;纪清王朝皇室争权夺位之实;纪明遗民人不死,心不甘,愤懑、怨尤、诅咒之实。谁忽略了它史的成分,谁就只能永远站在它的门外,无法进楼登堂入室,窥见其真面目,明其真底蕴,悉其真旨趣。

也有宽泛的说法,小说还是小说,属文学创作,并非纪实,只是借助了丰富的生活。生活的来处,在作者的家族和他几家亲戚之家。书中所写,皆作者当年亲身经历,亲闻亲睹,人物均有原型。说法,虽然较前面与史直接斗榫的判断退了一步,但却似乎更加合理,从早已有的文学创作理论上也可以得到解释和支持,因此也就更容易扣动人心,赢得愈发广阔的市场。

不知从什么时候起,《红楼梦》实际上被绑架了,浑身贴满各路关爱者强行加给的标签。或秘史,或自传,或家事记录,或发愤之书,或吊明之作,或清廷政治谤书。爱好者、研究者相逢、集会、讲话、发言、写文章,几乎很难听到纯粹谈小说、说《红楼梦》、言艺术、讲创作、议人物了。不开口掘秘,就大篇叙史。文本无人问津,家史成了要题。"楼"内大事小事谁也没兴趣,"楼"外稍有响动众说纷纭。红学拥众日多,声势浩大,学术中心却久成空洞。领地扩张,漫无疆界,实际活动范围却十分狭窄。

绑架《红楼梦》,必绑架读者。事实上,不但绑架读者,更绑架红学家。红学家被绑,又去帮着绑架别的人。被绑架的《红楼梦》在诠释上遭到异化,被绑架的读者在向那些异化的境界走去的进程中,也很难找到回归之路。

"回归文本""回归小说"应该大书特书为路标,树立在当今之世的红学的各条路上。因为《红楼梦》毕竟是一部小说,不是别的东西。它存在的价值,也正因为如此,而不在其他。

读《红楼梦》,和读别的小说应该没有什么不同,无非就是为了消闲,为了赏心悦目,好玩好看。你会从中看到许多从前不曾看到过、不曾知道过、也不曾想到过的景物、人物、生活场面、房舍建筑、园林修造、家庭结构、社会场面、风俗习惯、人间悲欢离合、恩仇怨怒、人情百态;你会读到许多优美、朴实而又形象的文笔,见到许多独特、多样而又具有地方浓郁色彩的语言表述;渐渐你会关心起那些人物的命运遭遇,情节故事的发展走向。还有可能你会慢慢上瘾,欲罢不能,遇上闲暇,总想徜徉其中,与之共舞。时日一久,你就会在文学、美学、艺术的感知能力上,个体感情的凝聚习惯上,心灵的优化上,情操的净化上,内质的升华上……都有可能对你起到某种程度的作用。

这里我们或可概括成一句:《红楼梦》是读者灵魂的营养品。但这只有明白它是小说,并确实将它作为小说来读的时候,才会有这种功能。

倘若将它误作"史",认成这家史那家史,这个人的传那个人的传,并当成史来读,当成传来看,事情就搞反了。"营养品"十有八九会变成致毒剂。这道理,前面已经说得够明白了。

国之瑰宝

任何时候读《红楼梦》,都可以感知到它的文化含量极为丰富。它所展现的社会、制度、人伦、典章、秩序、多种人物的多种精神状态、生存的信条信念,以及故事发生的内在机制,若干大小环境的构筑和转换、变化,都只有在中华大地上才会发生。可以说,读《红楼梦》就是在某种程度上亲近中华文化、感受中华文化、温习中华文化。

中华文化在过去的几千年里,属农耕文化。重安宁,重延续,重祖宗,重传统,重精神,讲勤劳,讲艰苦卓绝,讲天地人和谐,讲万物有源万物有灵,讲生死同位,相信轮回,喜欢臆构神话,渲染灵异,探索虚幻,对文学艺术有着与生俱来的爱好。音乐舞蹈、诗词歌赋自不必说,就是小说这种结构比较复杂、篇幅比较长、需要有人物故事支持的作品,也在相对很早的时候就产生了。唐以后,特别到了宋、元、明、清,小说创作进入了一个又一个的高峰。传统的小说内容多为传奇,主角多为帝王将相、英雄豪杰、忠臣良将、神仙鬼怪、才子佳人。形式上以说部为主,内容结构,语言使用,亦与之相适应,意在供说书者容易搬到茶堂酒肆、勾栏瓦子,或街头巷尾一些市民聚集的公共场所。不少小说最初就是起源于民间口头传说,后经过一代又一代多个人的辗转加工拓展,然后逐渐形成大致定型的更容易传播的读本。

乾隆前期出现的《红楼梦》是个异类,拿它与从前的小说比较,许多方面都大不相同。它自始至终都由一个人创作,而且长时间地在极端私秘的状况下进行,没有经过口头传播、发展、丰富的阶段,描写的生活,凸现的人物,展现的故事情节,不再那么遥不可及,而是转到了容易理解的现实生活中的家庭、亲情、琐事、纠葛上。全书绝无叱咤风云的角色,也无壮怀激烈之辈,看行为做事,思谋心虑。所有人物,都不过是些"凡夫俗子""芸芸众生",但多数很新,不落窠臼,虽然人觉陌生,亦感可解可亲。通部无"大事"经营,主题似乎疏淡含混,着力点差不多全集中在了各种各样感情纠葛的描写上、人物命运遭遇的铺叙上、家族内部日常生活场面的展现上,而这些描写、铺叙、展现,比起从前小说的许多重点描写、铺叙、展现,又显得那么微不足道。然而,正是这些的不同与微不足道,它将小说这门重要的文学形式,真正地搬到了现实之中,并在现实社会中,寻找到了永不枯竭的源泉,让小说告别道听途说、告别书场、告别说书人,同时也告别那种固化已久的语言,以全新的面貌,直接走到读者面前,并大大地缩短了传统小说与现实社会之间的距离。

《红楼梦》是个异类,更是一种崭新的辉煌的改革,它将中国的小说创作从此推上了一条通向"现代化"的道路。它不是凭空飞来,而是在继承基础上的创造。如果没有从前各代小说创作丰厚的积累,自然不会有《红楼梦》的诞生。

《红楼梦》特别通俗,非常好读,稍俱文化的人,都可和它亲近。读进去了,就如同交了一个智慧的朋友,它会把许多新奇的东西搬到你面前,它会带你去见识许多陌生的事物,它会让你见到对你来说可能是终生难忘的人,还会让你增加许多新的知识。而与这部作品长期交往的人,也会在不知不觉中变得更加睿智、善良、多识,内质优化,富有感情,富有同情心。

很久以来,人们对《红楼梦》的评价,都远超过了一部小说,说它是瑰宝——民之瑰宝,国之瑰宝,世之瑰宝,这是一点也不错的,当得起!然而,另一面却总是有人对它妄作强解,使人啼笑皆非,甚至感到悲哀。

因长久受儒家思想的影响,传统观念中,历来文史不分,文也是史,史也是文;史仗文而生辉,文倚史而广信。汉代起始,经学发达,考据索隐风行,随着历史延伸,代代加剧,事情弄到了极致。小说兴起、发展,凡作品总被划入野史范围,并赋予一定的史的性质。制造者也不敢离史的框架太远,大多都止于道听途说,不脱演义。到后来,小说创作渐趋成熟,艺术大发展,知道必须虚构,没有虚构便不会有小说,凡优秀的小说,都是因为在虚构上下了功夫。但作家们仍然胆识不足,总少不了给自己虚构的作品经营出一个"史"的外壳,标出很实在的具体的时间空间。甚至直接借用历史人物的姓名,利用其在民间的传说。一直到了《红楼梦》才抛弃了这一套,不仅宣布不假借汉唐,不讲朝代时空,还在书的第一回,特意借谐音声明,真事隐,假语存。告诉读者,整个作品都是他——作者虚构的,一切说得明明白白。无奈那种传统的观念太深太重太普遍了,问世不久,便被穿凿者瞄上,断言它是这家史、那家史。到了二十世纪二十年代初,胡适撰文定论它是作者曹雪芹的"自叙传""曹寅的家事"。胡适是大学者,有很高的威望,所用的法子又是名气很大的史学家常用的考证之法,一时引起轰动,被人称为新红学。后来信奉者增多,发展成学派,他也就成了这一学派的开山祖师。而到当代,这个学派在红坛上发展成了主流,声势浩大,影响十分宽广。但其负面也如影随形,越来越显出它笼罩在《红楼梦》和红学研究上的巨大阴影。

将小说诠释成史的纪实,将文学艺术的完美构筑打成碎块,拿与史料相照,以求对号寻源,以证某种主观假设的成立,其法本身就是反文学、反艺术、瓦解小说创作。

《红楼梦》是纯文学创作,是作家广泛汲取生活经过熔铸后虚构出来的,里面根本不含史,你去考证什么呢?况且,作者塑造的人物,编织的故事,根本就不在大清王朝,你去扯什么"曹寅家事""作者自叙"呢?

历史的事实已经证明,考证派新红学开创到如今,已近百年,几代人薪火传递,耗费难以估算的气力,却始终没有从《红楼梦》中考证出曹寅家的什么事来,连一件也没有。

曹寅那样的家,其出现,其兴盛,其败亡,都不过是历史的偶然,所涉面甚小,无更多更大的牵扯,在当年就没有什么意义,拿它与《红楼梦》硬捆绑在一起,说是它的文字记录,这是对《红楼梦》的糟蹋,是让国之瑰宝蒙羞、蒙垢。

最为重要的,还有:曹雪芹和曹寅真有血缘关系吗?曹雪芹确实是江南曹氏家族的人吗?曹雪芹真的是写《红楼梦》的那个作家吗?在言及"自叙""家史"时,这些都是应该首先弄清楚的问题,万万马虎不得。

第三章 缘起的缘起——《红楼梦》文本中的曹雪芹

《红楼梦》开头有一个"缘起",讲述《红楼梦》这部小说是从哪里来的。神话,虚构,加假托,十分有趣,也很重要。惜乎,读者不大留意,研究者亦往往等闲视之,甚者,不当一回事。要认真读懂《红楼梦》,深入研究,就不能忽略这个"缘起"(甲戌本称"楔子",那是脂砚斋的瞎改,这里暂不去议)。

"缘起",是整部小说的缘起。但这个"缘起"本身,亦有自己的"缘起"。小说的"缘起",很重要,很有意思。这个"缘起"的"缘起",似乎更有意思,更为重要。里面牵涉到《红楼梦》的一些重大问题。这些问题,自有红学研究以来,研究者一直困惑不已,纷争不已,扯皮不已。弄清这个"缘起",特别是弄清这个"缘起"的"缘起",即作者当初为什么要这般?这样各家各持一端的歧见异说,或许能够逐渐归到一条路上。当然也不排除另一种可能:因之而更加吵到天荒地老。但不管怎样,对促进《红楼梦》的研究总有好处。

中国古典小说,绝大部分都是以第三人称的叙述(包括描写)方式写出的。这种小说,不管其长长短短,也不论其"私密"的程度、上下古今、神鬼物外,都有个全能全知的叙述者。他了解一切,知道一切,能够叙述(描写)出一切。书中的一切,也均因他的叙述(描写)而呈现在读者面前。进程中,叙述什么,不叙述什么,从什么角度去叙述,叙述到什么程度,抱着什么样的态度、什么样的感情、什么样的价值观爱憎观去叙述,或重或轻,或繁或简,或歌之颂之,或唾之弃之,或怜之惜之,或高呼大叫捶之鞭之,都由他设计,由他涂抹,由他决定。这个全能全知的叙述者,无疑就是该小说的作者。

《红楼梦》也是第三人称的小说,尽管在成书上,它作了许多伪装,看起来有些扑朔迷离,但毕竟不是从天上掉下来的。从最初的发轫,到全部完成,它也必有自己的全能全知的叙述者(即作者)。虽然,在问世以后的漫长历史进程中,有别的人插手,但从现有的文本考察,其整体布局,其主题凝聚,其人物塑造,其绝大部分的故事情节安排、细节的呈现,还是出于最初那个全能全知的叙述者的叙述。书前的"缘起",不必说,也是他的整体叙述上的需要而造出的一个或一种别具风格、别有用意的"叙述"。

且看他的"叙述"。他说:

> 看官:你道此书从何而起?说起来虽近荒唐,细玩则深有趣味。却说那女娲氏炼石补天之时,于大荒山无稽崖炼成高十二丈、见方二十四丈大的顽石三万六千五百零一块。那娲皇只用了三万六千五百块,单单剩下一块未用,弃在青埂峰下。谁知此石自经煅炼之后,灵性已通,自去自来,可大可小。因见众石俱得补天,独自己无才,不得入选,遂自怨自愧,日夜悲哀……

接着,叙述这块石头在僧道和太虚幻境警幻仙姑的作用下,投胎人世,经历一番之后,复回到原来的地方,在大石上形成一大篇文字。"又不知过了几世几劫",有个空空道人走去看了,和石头一场对话。"方从头至尾抄来,闻世传奇。从此空空道人因空见色,由色生情,传情入色,自色悟空,遂改名情僧;改'石头记'为'情僧录';东鲁孔梅溪题曰'风月宝鉴'。后因曹雪芹于悼红轩中,披阅十载,增删五次,纂成目录,分出章回,又曰'金陵十二钗',并题一绝……此即'石头记'的缘起。""'石头记'的缘起既明,正不知那石头上记着何人何事,看官请听——"然后进入小说正文。

叙述者叙述出的这个"缘起",用不着细究就知道是文学创作。内中涉及的石头、茫茫大士、渺渺真人,还有石头上的文字,都是叙述者的虚构。空空道人呢,当然也是。如果是真实的血肉之躯,他就不可能跑到那只存于神话中的地方去抄书,还和那块比足球场还大连嘴巴都没有的石头互相讲了那么多的话。属于"人间"的东鲁孔梅溪、悼红轩的曹雪芹呢,与石头、空空道人、茫茫、渺渺的存在,应该也同一个性质,即都产生于那位全能全知的叙述者的头脑,是他先铸造于腹笥,而后从嘴上叙述出来的。在书中,他是被叙述者,而不是叙述者,是因艺术创作需要而有的艺术创造,而非现实生活中实有的人。倘不,根本就没有空空道人抄书的事,那部改名"情僧录"的手抄物,纯属子虚乌有,你个东鲁的孔先生,从何得到并题曰"风月宝鉴"?实际上连一页一字也不存在。你曹雪芹又何能在自己的书斋中,据以"披阅十载,增删五次"?孔梅溪可以不去管了,研究《红楼梦》的"缘起",应该放在曹雪芹身上。或者说,正因为要研究曹雪芹我们才特别看重对这个"缘起"的研究。此是红学研究史形成的原因,花点工夫去探讨,自有好处。

书的"缘起"尽管讲得有声有色,活灵活现,但无法掩盖神话的色彩、文学虚构的特性。我们读它、承认它、相信它,是从文学欣赏的层面认知认同的,若从历史真实社会真实的角度说,当然就一字也不能存在了。在这一纯艺术的构筑中,容不了任何真事真人。掺进任何真事真人,哪怕是一点点、一个人,它的整个结构,就会因无从圆说而显得虚假,不得不解体。由于"缘起"的整体属虚构,在这一虚构中占着重要位置,起着重要作用的曹雪芹,当然也是虚构。因此,我们可以说,曹雪芹并非实有其人,而是《红楼梦》的作者——那位全能全知的叙述者的一个假托。

《红楼梦》当初问世,是没有作者署名的。其后本子繁殖渐多,封里封外当署名处,仍然一概缺失。直到二三十年后,红热已经大兴,曾见过不少本子的程伟元犹说:"《红楼梦》本名《石头记》,作者相传不一,究未知出自何人,唯书内记雪芹曹先生删改数过。"为什么有这种现象,唯一的解释就是它的作者回避署名,不愿署名,不想让人知道是他写的。即是说,他决心将自己深深地隐藏起来。虽然,为这部大书,他呕心沥血,吃尽苦头,耗费了不知多少的时日和巨大的精力。

倘若"曹雪芹"不是假托,而是实有其人,是《红楼梦》的作者,他因付出太多,不想埋没自己,在书的封面或书内什么地方直白署上自己的名字好了,何必虚降为"增删者"呢?进一步说,只要"曹雪芹"不是出自文学虚构而是当时社会的一员,则无论将他归于增删者,还是作者,都安置不稳。"增删者",刚才已经质疑过了,增删,需有原稿,无原稿,无从增无从删。但原稿出自何人之手,你何从得来,又根据什么去增去删?说他是作者,便等于招认那段"缘起"包括其中的神话是凭空编造,信不得的,因为那毕竟不是人世间所能发生的,也不是现实中的人所能道的事情。而你曹雪芹却在书的开头如此大书特书,这样就把精心构制的"缘起"和多姿多彩的神话,以及深远的营造意图,都自己否定自己破坏殆尽,至少难以取信于读者了。但是如果曹雪芹与石头、空空、孔梅溪同列,不是真实的人,而是创作上的需要而有的假托,上述的问题就不存在了。

《红楼梦》是写得很实的小说,内容又基本上是人间家庭家族中发生的日常琐事,照说,用不着在书前预先弄个"缘起"介绍其来源,更不必扯到神话上去。即便要如此编织,从人间重返大荒山,在石头上形成一大篇文字,就可转入书的正文了,何必再画蛇添足加上虚构的什么空空道人、孔梅溪、曹雪芹呢?然而仔细品味,正是这样的构筑,使我们窥见了作者当年营造时的艰辛困苦、艺术上的魅力升腾。重温一下文本上的这一段文字吧:

空空道人看了一回,晓得这石头有些来历,遂向石头说道:"石兄,你这一段故事,据你自己说来,有一些趣味,故镌写在此,意欲闻世传奇。据我看来,第一件,无朝代年纪可考;第二件,并无大贤大忠理朝廷、治风俗的善政,其中不过几个异样女子,或情或痴,或小才微善,我总然抄去,也算不得一种奇书。"石头果然答道:"我师何必太痴,我想历来野史的朝代,无非假借'汉''唐'的名色,莫如我这石头所记,不借此套,只按自己的事体情理,反倒新鲜别致。况且那野史中,或讪谤君相,或贬人妻女,奸淫凶恶,不可胜数。更有一种风月笔墨,其淫秽污臭,最易坏人子弟。至于才子佳人等书,则又开口'文君',满篇'子建',千部一腔,千人一面,且终不能不涉淫滥。在作者不过要写出自己的两首情诗艳赋来,故假捏出男女二人姓名,又必旁添一小人拨乱其间,如戏中小丑一般。更可厌者,'之''乎''者''也',非理即文,大不近情,自相矛盾。竟不如我半世亲见亲闻的这几个女子,虽不敢说强似前代书中所有之人,但观其事迹原委,亦可消愁破闷;至于几首歪诗,亦可喷饭供酒。其间离合悲欢,兴衰际遇,俱是按迹循踪,不敢稍加穿凿,至失其真。只愿世人当那醉余睡醒之时,或避事消愁之际,把此一玩,不但洗了旧套,换了眼目,却也省了些寿命筋力,不比那谋虚逐妄。我师意为何如?"

空空道人听说如此,思忖半晌,将这《石头记》再检阅一遍,因见上面大旨不过谈情,亦只实录其事,绝无伤时淫秽之病……

文字啰唆、拖沓、枝蔓、做作、怪异,还带着浓浓的故意装出来的调侃、滑稽的意味和显然的毫不掩饰的自吹自擂,以及随意地夸张地贬低别人的傲慢,骤读之下,几乎使人不耐。不过,明其苦衷,弄清其所以然后,大约就不会有此印象了。

清代康雍乾之世,为文作诗,动辄得咎。文网甚厉,频兴大狱。株连极广,抄家无数,杀人无数,手段特别血腥,连妇孺也不放过,甚至掘墓剖骨,每每谈者变色,闻者战栗。《红楼梦》的作者,见多识广,生于彼世,长于彼时,当年必是件件皆知,久积于心。

读《红楼梦》可以体会得到,作者的人生必与常人大不一般。但他的所经所历,以及怎样汲取生活、感受生活、熔铸生活,我们则几乎全无知晓。至于他为什么要搞创作,为什么要写《红楼梦》,即最初的引发点为何,其后又如何具体构思,后来的人同样半点不知。不过,有些东西却是完全可以肯定:在相当久的人生途程中,他积累了、感受了、熔铸了,并且具体地构思了、编织了。书中绝大部分人物的一切的一切,以及相连的大情节、小事件,乃至部分精彩的甚为独特的细节,都在他的脑海里活灵活现地凸现出来了。这时候,或许还没有女娲没有那块剩下的石头,没有一僧一道、警幻仙姑,更没有什么空空道人、孔梅溪、曹雪芹。从《红楼梦》的主体看,都是很现实很实在的东西,可谓逼真,可谓栩栩如生。这是它的原色,它的风格,也是作者的艺术信仰。在这样真实得不能再真实的文本里,要你那些过分的很难与其本身契合的虚构做什么。故可遥想,最初构思的铸造里是没有那一部分的。然而到了构思的后期里,甚至临到将提笔进入具体的写作时,作家犹豫了,当起心来了,乃至深感恐惧了。这就是大灾巨祸,这就是随时可以到来的斧锯鼎镬,连自己、家人、朋友,以及知情者都一起被抛入无边的血海!

作家,特别是中国作家,特别是中国的那些一辈子倾尽心血只写一部两部长篇巨制的作家,差不多都是性情中人,往往把自己的创作看得比什么都重要,有时甚至超过自己的生命。一旦投入,总是狂热不已。尤其进入具体构思阶段,当未来的作品如母腹中的婴儿逐渐成形显现眉目的时候,他的心他的灵魂就会久久激荡,持续燃烧,乃至烧得发煳,烧得忘乎所以。要让其降温、止步,要让其放下、退却,根本不可能。叫我推测,那位写《红楼梦》的人,当年也是这样的作家。

他害怕、惶惑、恐惧,但决不放弃。放弃,无异让他立地死亡,或从身到心彻底垮掉。于是就思谋法子,拟假托,搞乔装,建筑保护墙,委之于神话,托于"不知几世几劫"之前,"无朝代纪年",模糊时空。没有大的时空,只有细小的时空。可在"汉",可在"唐",亦可在别的王朝,但万万不在爱新觉罗氏统治下的大清。当然更不在康雍乾之世。人名无满蒙,书写无满文,服饰皆汉家衣冠,礼仪皆汉家习俗,官职称谓亦皆历朝汉家所有。特别是男人皆不剃发,脑后更无那条至为神圣的辫子,足证书中所写所描,全远在努尔哈赤之裔"奉天承运"入主华夏以前。

书中"并无大贤大忠理朝廷、治风俗的善政",是因为整部所写"不过是几个异样女子",未涉"朝廷",未涉"善政",故无"大忠大贤"被写入。

大揭"野史"之失,斥其"谤讪君相"之恶,暴其"淫秽污臭"之丑。既是理所当然,亦是遵"圣人"之教导,一则也表明石头所记与那些东西原就有泾渭之分,实是大不一样。

书中所写皆我石头"自己的事体情理","离合悲欢,兴衰际遇,俱是按迹寻踪,不敢稍加穿凿,至失其真"。至于"道人抄去传世"的用意,"只愿世人当那醉余睡醒之时,或避事消愁之际,把此一玩,不但洗了旧套,换了眼目,却也省了些寿命筋力"。

面对《石头记》,先后读过两遍的空空道人,不得不承认"上面大旨不过谈情,亦只实录其事,绝无伤时淫秽之病"。正因为这样,所以他肯抄去传世。并由此而大受感悟,背师弃祖,自革教门,连道人也不当了,原有的法号也不要了,把自己改为"情僧",将抄去的"石头记"改为"情僧录"。传到世间后,世间之人孔梅溪题为"风月宝鉴",再一个世间人曹雪芹拿到他书斋去"批阅十载,增删五次,纂成目录,分出章回"后,又题曰"金陵十二钗"。单说这些"读者",这些第三者、第四者的"改名""题曰"就知道此书绝无"伤时骂世"及别的有碍有害的东西。

弄清了康雍乾之世的时代背景,明白了那前后延绵百多年的极为凶狠恶毒的文字狱，我们对《红楼梦》的这篇"缘起"，还会有前面说的观感和印象吗？就我个人而言，只感到替它的作者哭笑不得。另外，就是心中感到久久的苦涩。

这哪里是什么"缘起"，哪里是石头和空空道人的对话？应该是不愿遭受斧锯鼎镬之祸的《红楼梦》的作者，预先草就下的准备一朝面对专门制造文字狱的朝廷鹰犬、检查官、审判官的一段辩护词，一纸严正声明，一道抗诉书。

应该说《红楼梦》开头的"缘起"，是出自作者笔下的千古妙文。它只能产生于那个黑暗而特定的令文人窒息的时间和空间。

《红楼梦》的"缘起"告诉我们，其作者在创作过程中，一直深怀恐惧之心，是在高度保密的情况下进行的。怕为人所知，怕消息外传，甚至为此逃离北京城，隐姓埋名，避居远郊荒村，自断衣食之源。除开极少极少的一二可靠的朋友外，完全断了原有的交往，几乎与世隔绝，过着常人难以忍受的寂寞穷困的生活。一切都只求有个安全的环境，让他完成自己的创作。

写《红楼梦》而又假托石头，不承认有作者，连署名权也不要了，这种情操中表明他不为名不为利。亦可想见，即便生前完成了创作，他也不会轻易抄出问世。一切都付之身后，托给朋友或儿孙（他只有一子，不幸早殇，对他打击甚重，因之成疾，终至不起。内中缘由可以推想）去安排。至于说尚在写作中，书稿远远未完之下，便有什么人拿去一抄再抄，弄出几个不同的本子，还再评三评四评，送到市场去换取银两，不须细究，肯定是后来的骗子搞的假冒。

文网的狰狞，无边的恐惧，给《红楼梦》作者心灵上造成巨大的阴霾，使得他不得不设防护，打太极拳，向非现实方面去营造。神话的加添，非但没有破坏它紧贴着人间社会的逼真的现实主义的描写，反而给这种非凡的谨严的现实主义，很自然地注入了浪漫主义的成分和色彩，为作者的创作别开生面地拓展了更为广阔更为自由的空间，在艺术上给这部伟大的作品增添了一种神秘的意味和特质，以及诱使读者去阅读的魅力。对作者的具体构筑来说,也在无形中提供了更为得心应手的条件。比如主人公贾宝玉的特异性格、木石前盟、金玉良缘、金陵十二钗的形成,整体薄命的设置、图谶的模拟和运用、人物命运的多方暗示,以及最后遁世、出家远走,逃向不知何方的去处,等等。如果没有文网逼出来的非现实的营造,根本无法去构成情节。勉力而为,便会因牵强而显得笨拙,招致读者的白眼。可以这样结论:没有那个神话,就没有《红楼梦》。

"缘起"不是孤立的,也不是全然无端的设置。神话的构筑,是整部《红楼梦》的一个隐性的基础,和《红楼梦》的许多重要人物关键性的情节结构在一起,筑成一个完美的整体,绝对不能破坏。否定神话,对《红楼梦》来说,是十分严重的事,将使其散板解体,许多东西将变得不可理解。问题的全部关键就在于"曹雪芹"三个字,如何给他定性,到底是个真实的人还是一个假托的名字。到底是书的作者还是增删者。

《红楼梦》既为一部书、一部小说,当然有作者。因为多方面的缘由,他不但隐去了自己,也否定有作者,而假之于神话。前面已经说过,如果承认有作者,并亮出自己的名字,哪怕仅仅是个化名(无论是曹雪芹或别的什么名讳),就等于袒露那神话是假的,是由作者其人凭空假造出来的。从逻辑上说,那神话的真实性便一扫而光了,显得非常虚假了。再将从虚幻抄来的书,交给曹雪芹增删,而曹雪芹如果是个真实的人,不是假托的名字,那情形更是糟糕。

除前面我们说过的而外,还可以列出下面几点:

1. 按神话,石头不知是哪朝哪代的角色,所记的是"几世几劫"以前的事。面对那样的人和事,你这个几世几劫过去之后的后来人,凭什么去增去删?你所增的,和人家几世几劫前的人和事合得到一块吗?你的删,又凭的是什么标准呢?你凭你的眼光你的标准去取舍,合得上人家的意思吗?对得上那时的规矩吗?

2. 说"增删五次",太抽象了。为什么不说删了哪些,增了哪些,篇幅有多长,主要内容是些什么,动了筋伤了骨没有?有没有损害到人家原稿的主干、基础?如果改动得太大太多太甚,而后连书名也改了,还能说是石头自己记录自己的事吗?还能"且看那石上所说"吗?

3. 依照脂砚斋和当今搞"曹贾相连而说事"的红学家们的说法,《红楼梦》(《石头记》)这部书,是写曹家的。那么,是不是你曹雪芹在增删时,将你自己和你家中的事随意地或刻意地"增"到里边去了?要知那个衔玉而生的贾宝玉,是大荒山那块补天未成的石头下凡变成的,而且他在凡间的存在和活动是很久很久以前的事。你曹雪芹是清朝雍乾年间的人,你的经历你的事、你的社会关系、你的恋情、你的喜怒哀乐悲欢离合,拿来加在人家身上,进一步将你与人家合而为一,不讲妥与不妥,单说把人家从北方京城搬到你南京的家,身份从国公爷的后代,变成一个小包衣,让人家改了祖宗,人家同意吗?再从你这一面说,你愿意将自己的姓氏、父母、祖宗都丢弃不要,再幻想到几世几劫以前去为"公民",你干吗肯吗?又再说,你将你的姊妹群体一个不落地都搬到大观园去,她们住得惯吗?那个石头变的贾宝玉肯和她们交往吗?

如果你说你在写小说,是在虚构,但那石头早说了,他是在纪实,记录他自己的事,什么都是真的呢。"此系身前身后事,倩谁记去作奇传?"传是传真,不是传假。空空道人帮了他这个忙。后来到你手上,经你这个毫不相干的人一增删,把大量虚构的东西糅进去,不说是公然的破坏,至少是太有点专横和野蛮了。

4. 设若曹雪芹是个实在的人,而不是作者的假托,而他的工作确实只是增删,然则据以增删的原著由何而来?无原著无从下手。若追寻,首先曹雪芹就说不清楚。越过曹雪芹去追寻孔梅溪、空空道人,都是虚构的,你哪里去找?倘要彻底,还可以去查问有关的人物:大荒山的那块石头、没事找事干的一僧一道、善良多情的警幻仙姑,还有那个炼石补天又在工程上预算不准的女娲氏,这就是笑话了。

5. 将假托的曹雪芹、虚构的增删当成实有其人实有其事来谈论来研究来写文章,就将作者大费心思构筑的"缘起"和用意非凡的神话都破坏了。我们前面已经几次说过,破坏"缘起"和神话,无论对作者对《红楼梦》来说,都是很严重的事。

整部《红楼梦》里,"曹雪芹"一名先后出现过两次。一次在开头,即这篇"缘起"中;一次在末尾,即第一百二十回"贾雨村归结红楼梦"里,那时他也是个虚构的人物。

现在,几乎所有的人都认为曹雪芹是个真实存在过的人,断言他就是《红楼梦》的作者。以前数十年,甚至当初涉足红学,写《红楼雾瘴》《红学末路》时,我自己也一直抱着这样的看法。随后深入探讨,进入《红坛伪学》构思的那个阶段,才逐渐发现,说他是《红楼梦》的作者,也可以,但却不是一个人的真名,而是那个全能全知的叙述者——《红楼梦》的真正作者、那位二敦兄弟的朋友、长期隐居在北京西山的贫士的化名。这是因为在那文字狱造成的极为恐怖的社会环境下,该书的作者绝对不敢将自己的真名实姓公然写进书里,坦承自己是增删者或作者,况且也没有这种必要。再一层,考证了一两百年,关于他的最起码的身世经历,也没找到半点确定不疑的信息、资料、证据。众口一词说他是江南曹家的人,但却有不少反证显示他很不像曹家的人。

近一两年,继续研究中,特别是深入该小说的基础和开头的"缘起"、神话的作用以后,我进一步悟出,以"缘起"、神话乃至整部《红楼梦》来说,"曹雪芹"三个字,连化名也说不上,只能算作是一个假托。

换个角度,就算曹雪芹是个真实的人而不是假托、虚构,就算他是《红楼梦》的增删者或作者,他出现在别的什么地方可以不去管、不去议,但此三个字之名那样出现在书的"缘起"和书的末尾中,无论如何都只能算作那位不露形迹的叙述者的虚构或假托。因为一旦将他诠释成真人,落实成真人,以真人视之议之论之看待之,《红楼梦》这部独步古今的构筑十分精美的小说,就会遭遇九级大地震。

在《红楼梦》的"缘起"和神话中,以至在这部小说的整体中,只有虚构才是真实的,加进了真人,加进了真事,反倒不是真实的,并且对整体倒要起破坏作用,这是最简单的艺术上的辩证法。

　　作者(那个全能全知的叙述者)在叙述完空空道人抄书传世,又添了一个东鲁孔梅溪题曰《风月宝鉴》之后,照理说,接下来就应该立刻转入正文,即空空道人从石头上抄来的文本,"且看那石上所说"了,干脆利落,犯不着弄个"几世几劫"之后的什么人来"增删"。但不行,因如此,意味着他——作者,要交出叙述权,而这权是不能交的,交出了,这部小说就没人叙述,没有人叙述,当然便没有了这部小说。如果他承认还是自己在叙述,又必然与石头所记之说、空空道人抄书之事发生严重的冲突并破坏整个神话的设置,两者矛盾很难调和。

　　还有,石头上抄来的书,当初是什么样的文本?叙述方式上用第一人称,还是第三人称?"缘起"没有点明,空空道人也没有说。只好猜测:应是第一人称,通部都以"我"的口吻讲述。因为石头已经说了,整个故事都是他的自身经历,一切均亲见亲闻。自然是用第一人称最为适合。这种方式叙述有许多妙处,亲历者娓娓道来,活灵活现,不但易使读者感到亲切,也易显真实,觉着如亲临其境。还因为这种叙述方式,最易糅合主观感觉,抒发情感,爱憎倾向随语言顺流而出,显得自然。另外,这种叙述方式较为灵活,易转换,易跳跃,易插入,易甩开,"有话则长,无话则短",不黏不滞。然而,纵有千般好,也有不少难。它自身局限性大,接收面小,感受面窄,表达功能单一,难以多样。《红楼梦》人物众多,高达数百,所涉生活面极广,结构纷繁复杂,立体网状,现实和梦幻交织,神话与真实相映,生活描写与预言设置互寓,写出的多如原野春花,未写出的亦多如隐没在云雾中的群山峰峦,还有许多故意省略而不书的让人自己去猜去补去摸索的故事情景。这样的鸿制佳构,用第一人称的方式去叙述,不但石头不行,判断,世上任何作者也难完成。一百二十回书俱在,谁要不信,自可以去试试,看能够"翻版"出几回让人读得下去的东西来!然则,石头上抄来的书,是以第三人称的方式叙述的?也不对。首先逻辑上不通,既然石头说是它记录自己的事,依理,它就是叙述者;换成第三人称,同样依理,它就成被叙述者了。不用细言,两者所扮演的角色是大不相同的,在文本叙述中的地位和作用,也有根本的区别,行文上无法同一。认了第一人称,便无法认第三人称;反之,认了第三人称,便无从认第一人称。两者同时都认呢,更是不对。关键的问题是,只要按"缘起"的设计,书是从石头上抄来的,内容是石头记自己的经历见闻,则无论你说那文本是什么样的形式,叙述用的是第几人称,都放不平,而且均脱不掉虚假之气。

想象一下,作者当初在这个问题面前,极可能有过很棘手的感觉。无论怎么处理,都会话不圆,合不了缝。但也不排除,其实并未费什么神思,在落笔前,他早已想到只需虚构个人来"乘乘桩子"便得了。于是有了"曹雪芹",有了"悼红轩"。有了"披阅十载,增删五次"。一番耗日持久的大改造、大翻腾,不必说,文本的叙述者,由石头变成了曹雪芹,连名字也换成了《金陵十二钗》,谁还去追索空空道人抄写来的那个东西的原样原貌呢?轻轻一下便消除了原先很难处理的难题。当然,我们都知道,这一切不过是虚晃一枪,整部书的叙述者还是那个一直避免露面的作者,并非真有什么曹雪芹。

搞假托,绕弯子,看来是出于不得已。但又如此巧妙,算金蝉脱壳,还是李代桃僵?三言两语做成一个大动作,还不露半点痕迹,既加固了对付文网的防洪堤,又进一步完善了艺术的营造。至于后世的研究者将曹雪芹当作真人,说成《红楼梦》的作者,唱出一台接一台的持久不衰的大戏,应当是开初始料不及的。这该认成是别人误导还是头脑不敏下的自我多情?

第四章　定位与移位——源头上的曹雪芹及思考

从《红楼梦》文本上看，它的作者毫无疑问是那个全能全知的叙述者，他虽然隐去了姓名，深藏不露，但我们却分明感到他的存在。整部小说中，他一直在叙述，从未停止过自己的叙述。至于"曹雪芹"三个字，不管从哪个角度考察，都应该算是假托之名，而非作者真名，当然也不是增删者。然而，历史还有另外的一面，研究起来很有趣，也发人深思。首先要道及的是清宗室诗人永忠三首涉及《红楼梦》和曹雪芹的诗：

因墨香得观《红楼梦》小说吊雪芹三绝句（姓曹）

传神文笔足千秋，不是情人不泪流。
可恨同时不相识，几回掩卷哭曹侯。

颦颦宝玉两情痴，儿女闺房语笑私。
三寸柔毫能写尽，欲呼才鬼一中之。

都来眼底复心头，辛苦才人用意收。
混沌一时七窍凿，争叫天不赋穷愁。

三首诗写于乾隆三十三年（1768）戊子年，载于永忠的《延芬室稿》稿本第十五册。诗上有永忠的堂叔弘旿的眉批。其文曰："此三首诗极妙。第《红楼梦》非传世小说,余闻之久矣,而终不欲一见,恐其中有碍语也。"

三首诗,感情充沛,作者主要从自己感受的角度吊曹雪芹,未多言《红楼梦》。但间接透露出了许多重要信息,值得探索和研究。所涉三个人,探索之前,先简单列出他们自身的情况。

永忠(1735—1793),姓爱新觉罗,字良辅,又字敬轩,清宗室诗人,康熙帝第十四子胤禵(雍正帝同母弟)的孙子,多罗贝勒弘明的儿子。因统治集团内部斗争,永忠人生观变得很消极。虽曾任宗学总管、满洲右翼近支第四教长,并封授辅国将军,但终生以诗酒、书画、禅道为主要生涯。著有《延芬室稿》,与敦诚、敦敏为诗友,但未识曹雪芹。

弘旿,号瑶华道人,字醉迂,乾隆帝堂兄弟,永忠堂叔父,其余不详。

墨香(1743—1790),姓爱新觉罗,名额尔赫宜。敦诚、敦敏叔父(但年纪比二敦都要小),明义堂姊丈,乾隆帝侍卫。

现在来探索研究。

一

永忠三首诗写于乾隆三十三年(1768)戊子年。可能是刚读完《红楼梦》以后写的,所讲情况与文本上"缘起"给人的印象,大相径庭。他不但证明了世上确有曹雪芹这样一个人,有《红楼梦》这样一部小说,而且将两者直接联系起来,明确说曹雪芹是作者,《红楼梦》是曹雪芹写的。诗内句"可恨同时不相识",意思是他与曹雪芹是同一个时候的人,互相隔得也不很远,原本有机会认识,但错过了,如今读到了书,可人已经死了,所以特地在诗题用个"吊",表示遗憾和致悼。事实上,那时距曹雪芹之逝,约只三年多不到四年光景。永忠的诗与诗题构成的文字记载,从历史的角度说,在涉红文献中,要算第一件,迄今为止,再没有发现比这更早的了。对红学研究,不但重要,还应该说是一桩功绩。

值得注意的是,"因墨香得观《红楼梦》小说",永忠知道自己得到的《红楼梦》是小说,他读到的《红楼梦》是小说,而不是别的什么文字诸如自传、家史之类。他的叔父弘㫶也很清楚地说:"第《红楼梦》非传世小说,余闻之久矣。"非传世小说,即没有正式问世传向社会的小说,仍居于作者手稿状态,或只有极少数抄本没有读者,或只有极少数人读到过。间接透出的信息,在那个很早的时期,曹雪芹死后没几年的时间里,这部伟大的小说只有一个书名,即"红楼梦"三个字,而没有别的说法。这对于我们当今研究非常重要,许多长久争论不休的问题,比如脂砚斋、脂本、脂批等等之类,均可非常容易弄明白。

二

永忠诗题前半截"因墨香得观《红楼梦》",这是说他之所以能够读到《红楼梦》,是因为墨香的关系,或许墨香还为此出了大力。所以永忠郑重地将墨香的名字写入诗题,用意大约一以申谢,一以备忘。墨香从何处给永忠弄到《红楼梦》的?他自己手上收藏的?不可能,那时墨香二十多岁,怕也没这个兴趣。即使有兴趣,在那时候《红楼梦》远未"传世"的情况下,他从何处去弄来收藏?如果真是他收藏的,永忠向他借,他借给了永忠,永忠在诗题上也不会那样遣词用字。显然墨香在这件事情上是个中介,起的是桥梁作用,书则来源于别的地方。别的什么地方?使人不能不想到曹雪芹本人,因为他才是真正的源头。

从现在人们已经知道的一些迹象分析,曹雪芹晚年在北京西郊的家里只有三个成员——他、新续弦的妻子和前妻留下的一个小男孩。除了偶尔进城办事、会友，或二敦兄弟极少数朋友来访，曹雪芹平素就只有和附近庙里的和尚交往，似乎没有别的亲属。亲戚、本家想来应该有一些的，但好像也都与之断绝了关系，互相不再走动。不然何至于离开繁华的京城，流落到那人烟稀少的野山荒村去生活？又何至于居住在"环堵蓬蒿屯"的过分狭隘破烂的房子里"举家食粥"？

细读《红楼梦》可知，曹雪芹生前虽写完了全稿一百二十回，但没有来得及仔细修改。书中尚有许多大洞小眼未补，不少自相矛盾之处亦尚未协调。由此很容易判断，曹雪芹到死时，他的书，仍然是这个状态，并且只有一部手稿本，而不会有另外抄出的本子。那样的书稿，是不会有人去抄的。首先，他抄来干什么？即便有人要抄，曹雪芹也会坚决反对，因为他还需认真修改，因为他不可能想到他会死得那么快。他是一位用全部心血写作的作家，呕心沥血许多年，眼看大功快要告成，只剩最后一道工序了，岂可允许别人来乱搅和！再说，抄一部近百万言的大稿子，是很费劲的，起码得耗费数月或更多的时间。稿子拿去作无谓的抄写，曹雪芹就得搁下笔墨，他能不毛焦火燥，能有那种耐心等待吗？更为要紧的是，他担不担心因为这种抄写造成消息外泄而招来官方专门制造文字狱的鹰犬？

曹雪芹逝世，《红楼梦》只留下唯一的一部手稿本。那么，这手稿本到哪里去了呢？我个人认为，是转移到敦诚、敦敏兄弟手上了。根据则是来源于敦诚的诗的透露。此事在拙作《红楼雾瘴》《红学末路》《红坛伪学》里都有过陈述。为便于读者了解我的看法，在此再简单作一些回顾。

乾隆二十九年甲申（1764）年，敦诚《挽曹雪芹诗》：

其一

四十萧然太瘦生，

晓风昨日拂铭旌。
肠回故垄孤儿泣，(前数月，伊子殇，因感伤成疾。)
泪迸荒天寡妇声。
牛鬼遗文悲李贺，
鹿车荷锸葬刘伶。
……

其二
开箧犹存冰雪文，
故交零落散如云。
三年下第曾怜我，
一病无医竟负君。
……

  先是孩子殇，曹雪芹伤痛成疾，几个月后，自己也死了。山村那偏僻的穷小院里，实际上只剩下曹雪芹续弦的妻子一个人。"新妇飘零目岂瞑"，敦诚在诗句里称她为"新妇"，可见她和曹雪芹结缡不久，最多不过一两年两三年吧！曹雪芹死时，年纪四十。推测，她大约三十多岁，很可能是个再醮之人，没有文化，家里亦穷，不然她不会到那山野，跟着生活甚艰的曹雪芹。在那个环境里，她相对是陌生的，丈夫一死，摆在炕上，既无人，又无钱，如何埋葬？彼时，她的悲痛、她的无助、她的窘迫，可想而知。

  按照礼法规矩，她首先应该去向曹雪芹的亲戚、本家人报丧。但依感情而论，也许不去报。何况她是个新妇，极可能弄不清那些久已疏远了的关系，无从去报。即使报了，人家也不一定肯来。此种情况下，她当然只有进城向二敦兄弟这样的曹雪芹的知交求援了。于是，二敦兄弟，至少是弟弟敦诚，去到山村帮助曹妻，为曹雪芹料理了后事。

敦诚为诗,多喜纪实。通读他几首有关曹雪芹的诗,可知其风格。内中许多句子,如果仔细琢磨,便能想见当时状况。为曹雪芹如何料理后事,他虽没有写,但第一首挽诗,却透露出这样的信息:他参加了曹雪芹的葬礼。

"晓风昨日拂铭旌。""昨日""晓风"都是实写,依字面,不可能是虚拟。表明这首诗,是敦诚在曹雪芹下葬后,回家第二天写的。内中大都是他"昨天"的所见和感受。曹雪芹妻子当时在坟地上的哭声还在他耳边回响("泪迸荒天寡妇声")。

如果说敦诚没有参加送葬,是后来知道曹雪芹去世并埋葬才写这首诗的,"昨日"二字便不通,续上"晓风"更不可解。"昨日晓风",当指埋葬曹雪芹的时间是"昨天早晨"。他住在北京城里,怎么知道是昨天早晨埋葬的?如知道,他不可能不前去致悼帮忙。如果是办完丧事以后曹妻去向他通报,他知道后,马上写了这首诗,那语气就不对,应该是另一些句子。曹妻也不会行动得那样快(第二天),毕竟远在西郊啊!

挽诗第二首,三四句云:"三年下第曾怜我,一病无医竟负君。"推测,情形应是:曹病数月,敦诚很可能去山村看望过他,当时病已很重,敦诚安慰他鼓励他,并表示要在北京城里为他寻药请医,后因故没有来得及。敦诚感到内疚,想到过去曹雪芹对他的关心(几次考试失败后,曹都曾对他深情劝慰),心里越发难受,所以便有"竟负君"这样沉痛的自责的话。倘如不是这样,两句诗两个不同的内容,放在一起对照着提说,既无内在联系,亦无道理。

大概病重中感到死亡临近,曹雪芹曾思考过《红楼梦》手稿和自己诗文手稿的保存问题。自己一死,家里单剩一妇,手稿放在破房子的烂箱烂箧内,是难于久存的。现在不妨遥想,那时那位夫人,那样年轻,家里又那样穷困,单为谋生寄足,也可能较快地再醮。曹雪芹那样明智旷达的人,不可能不想到这点。因此,敦诚去探病时,他便托付给了他。在当时来说,这种选择是很自然的,也是最恰当最保险的。敦诚对友人诗文的爱护、尊重，曹雪芹肯定是熟悉的。

敦诚当时可能没有接受，更没有带走稿子，因为那样就等于承认曹死定了。于是，他竭力安慰他，可能还说到城里某某名医，准能治好他的病，一定想办法去把名医请来。

托付手稿的事，曹雪芹也必定向自己的妻子交代过。曹雪芹死后，敦诚来帮助料理后事，曹的夫人便照丈夫生前嘱托将曹的包括《红楼梦》在内的全部手稿交给了他。"牛鬼遗文悲李贺"，不是空泛之词，我以为就包含着这个"转移"的内容。此句也不是简单地将曹雪芹的诗文才能和李贺类比，表示敬佩，还透露出敦诚决心认真对待曹雪芹遗文的信息。唐朝后期诗人杜牧曾为李贺诗集作序，这句诗就是从杜牧序言里的话转化来的。敦诚可能那时有个打算，要以杜牧推广李贺为榜样，为曹雪芹的文字传世而尽力。

挽诗第二首，从文情上审度，当是在写第一首之后，又过些天写的（可能就是在清理曹的遗文时，触景生情而吟成）。头一句："开箧犹存冰雪文"，不必说是曹文，自然也包括《红楼梦》手稿。谁的箧？谁开？在什么地方开？既然是装着曹文的箧，想必也是曹家之物，曹雪芹平日用来存放手稿的。开的地点，是在敦诚家的西园，因为他已经送完葬回家了，不可能跑到一个朋友寡妻家里去开人家的箱箧，开了看了还要大发感叹大动感情。这里开箧的是谁？曹雪芹的遗孀？她固可以开，因为她有权开。但从整个诗看，却是敦诚自己的口气，可见是敦诚自己在开。由此可揣知，前面说的"转移"，不单是一种可能，恐怕就是那时确曾发生过的事实。因为这次历史性的转移，《红楼梦》这一伟大著作的手稿才得以保存下来。

现在我们来梳理一下线索：永忠读《红楼梦》来源于墨香，当无疑义；墨香得之于侄儿敦诚之手，应该说也是合情合理的；敦诚手上的《红楼梦》书稿，则来之于曹雪芹的托付。

永忠和二敦兄弟是诗友，为什么不直接向敦诚借，而要通过墨香？可能有过直接提说，被婉拒了。原因也很简单，敦诚家族，早年受过沉重的政治打击,随后长期遭到排挤,一代接一代谨小慎微。康雍乾时代,文网甚厉,《红楼梦》又是那样的书,怕借出去,招致祸患。另,敦诚是个十分珍爱朋友文字的人,曾将亡友们的遗诗遗文亲自抄下珍藏。他手里的《红楼梦》是曹雪芹的手稿,怕借出去有所损坏。永忠后才转而谋之于墨香。墨香去求侄儿敦诚时,大约也很费了些周折,或许还有过保证,如不外传、不转借、不损坏、不遗失,定期归还之类,所以永忠才在诗题上专门写下墨香的名字。严格讲来,写下墨香的名字,使那诗题很不像一个诗题。永忠那样做了,可见他对墨香这一行动的感激之情。

最早读到《红楼梦》的人,还有明义。根据当今红学界已知的材料,简单综合如下:明义姓富察,号我斋,满洲镶黄旗人,都统傅清之子,明仁(益庵)的弟弟。自幼至老,在乾隆朝做上驷院侍卫。能诗,有《绿烟锁窗集》,与永忠、敦敏、敦诚皆有往来,墨香是他的堂姐丈。

明义读到《红楼梦》,时间可能是在永忠读到《红楼梦》的前后,即乾隆三十三年(1768)戊子年左右。估计两个人读的是同一个本子,都是因为墨香的努力才得以读到的。明义和墨香为郎舅关系,又同为乾隆的侍卫,应是很亲近的。那本子,极有可能就是曹雪芹手稿本。其时,曹雪芹刚死去三四年光景(照前面分析),这手稿本在敦诚手里,不会有另外的抄本。由于可以想得到的原因,敦诚也不会随便让人拿去抄写。

明义的《绿烟锁窗集》是诗选,只一册,手抄本,藏于北京图书馆。本子内有《题〈红楼梦〉》二十首,是他读到《红楼梦》以后写的。二十首诗太长,这里不转录,读者可从冯其庸先生主编的《红楼梦大辞典》及蔡义江先生著的《红楼梦诗词曲赋评注》中寻得。

明义的诗与永忠的诗不同。永忠的诗旨在吊曹雪芹,未及小说内容。明义的诗则是因为书中的某些人物或情节的触发而写出来的。二十首所涉,主要在前八十回,但也有三首涉及到八十回后之事,并且说到了全书的结尾。"莫问金姻与玉缘,聚如春梦散如烟。石归山下无灵气,纵使能言亦枉然。"表明明义读到的《红楼梦》是一百二十回全本。

值得注意的是,明义《题〈红楼梦〉》二十首,有一个小序,文曰:"曹子雪芹出所撰《红楼梦》一部,备记风月繁华之盛。盖其先人为江宁织府,其所谓大观园者,即今随园故址。惜其书未传,世鲜知者,余见其抄本焉。"

这个小序不是明义题《红楼梦》二十首时写的,应是后来他老了整理自己的诗集《绿烟锁窗集》时添加上的。序中"曹子雪芹出所撰《红楼梦》一部""惜其书未传,世鲜知者,余见其抄本焉",当是实写,可信。"盖其先人为江宁织府,其所谓大观园者,即今随园故址。"就离实际太远了,其源头来于袁枚《随园诗话》的胡编乱造。因说起来话长,这里暂不多赘,留待后面细说。

三

在了解了永忠、明义读《红楼梦》以后,再联系到敦敏、敦诚兄弟有关曹雪芹的十多首诗,几方面合起来,我们就可以明白下面许多事实:

1.《红楼梦》的作者笃定是曹雪芹,而不会是别的什么人。

2. 那个时候,在北京在他们生活的那个不太大的范围内,只有一个曹雪芹而不会有两个曹雪芹,《红楼梦》的稿本也只有一部而不会有两部。

3. 这个曹雪芹就是长久居住在北京西郊偏僻山村的那个贫士,他原居住在北京城里。大约在敦诚十二三岁、敦敏十七八岁弟兄俩同在宗学里读书时,一次偶然的萍水相逢,与曹雪芹成了朋友,其友谊断续延绵下来,直到十多年后曹雪芹死去。

4. 曹雪芹生活在雍乾时代,一生只活了四十岁,死于乾隆二十九年(1764)甲申年。

5. 曹雪芹何时、为何迁去西郊偏僻山村,不知。二敦从未提及,连暗示也没有,大约他们也不甚清楚。

6. 曹雪芹移居西郊山村,起初只有妻子和他两个人,后来生了一个小男孩,共计三个人。晚年,原来的妻子离开了他或者死了,又娶了一个"新妇"。再后,到他临逝世前的数月,孩子也死了。他一走,那破烂的小院里,只剩下那个可怜的新妻,而后便再无消息。

7. 在那山村,曹雪芹前后住了十多年,除先后两届妻子一个小孩外,似乎再无别的亲属。他原来的家,肯定是有人的,本家、亲戚、朋友,也肯定有不少,但好像全都断绝了往来,从没有一个人去看望过他、接济过他。在他病危期间和逝世以后,也好像没有其他亲属到过那山村,否则他的《红楼梦》手稿便会被取走,而不会到敦诚手里。不到敦诚手里,永忠、明义就不可能在那么早的年月读到。与本家、亲属决裂,甚至与原有朋友也不再往来,如果属实,这可能是我们当今的人最难理解亦难搞清楚的事。

8. 在山村一住多少年,曹雪芹肯定有些本地朋友的,要不,去赊酒也没有人肯赊给他。但城里或别的什么地方,除了二敦兄弟而外,似乎便没有另外的朋友了。当然,还可以举出一个张宜泉。张宜泉有几首诗说到曹雪芹,还讲到他曾去访问过曹雪芹。张是很后才认识曹雪芹的,其诗多谀辞,少真情,净说些吹捧性的空洞的话,大概曹雪芹没有把他当朋友看待。

9. 在那荒村隐居式的岁月里,曹雪芹的日子过得相当穷困。二敦的诗里有多处具体讲到。甚至曾经一度屈辱地去"叩富儿门"求周济,去权势者之家充当"食客"。如果不是到了绝境,绝对不会发生这样的事情,因为与他的观念、性格,还有尊严,都毫不相容。另一方面也透露出,他是个"自由民",不属于当时的任何"体制",没有撮饭处,没有铁杆庄稼,更不是什么皇家内务府的包衣。

10. 他能诗善画,有很好的诗才画艺,嗜酒,喜高谈阔论,易动感情,知识渊博,不修边幅,衣冠不整,做人洒脱,傲世,"狂于阮步兵",人格独立,性格鲜明,有魏晋高士之风。

值得十分注意的是,二敦笔下始终不涉不言曹雪芹的身世,生于何族,长于何家,父辈祖辈光景如何,有无值得一提的兄弟、亲戚,一概不说,可能有多方面的原因:(1)双方社会地位悬殊,远不是同一个圈子中的人,没有上代的交往做底垫,认识前,全然陌生;(2)最初萍水之逢,成为话友,纯属偶然,一方已是知识渊博的成年人,一方尚是刚入学堂不久的孩子和少年,怕也不会贸然当面问人家的来龙去脉,更有可能根本就没想到这一点;(3)后来成了熟人,打探过没有呢?圈子那么窄,到哪里去打探?别的人连他们的这个朋友也不认识啊!或许在互相闲聊中,有过些试探,但被几句话搪塞了。不过,似乎更应该相信,二敦从不曾有过这方面的欲望和意图。因为那是不礼貌的,在他们那个宗室贵族青少年的小圈子内,潜在的意识里,可能把这种行为视为一种忌禁;(4)二敦凡说到曹雪芹,用的都是诗的形式,没有必要在诗里讲人家的身世,况且要讲怕也难讲,这可能也是个原因。

二敦正因不知曹雪芹的身世、经历,当曹雪芹多次作为闲谈向他们讲故事,讲自己正在创作中的《红楼梦》人物活动及情节时,他们听到了"金陵十二钗",大量的年轻美貌女孩子,风月债,悲欢离合,生生死死,富贵豪华。他们便想到了南京秦淮河想到了那个明清两代盛产名妓的去处,还有苏州。误以为面前这位社会经历非常丰富,无所不知无所不晓,口若悬河,一切如身临其境的大朋友,在讲他以前在风月场中的亲身经历、见闻。这样他们涉及曹雪芹的诗中,就出现了这样的一些句子:

秦淮旧梦人犹在,燕市悲歌酒易醺。(敦敏《长短句》)
燕市哭歌悲遇合,秦淮风月忆繁华。(敦敏《赠芹圃》)
衡门僻巷愁今雨,废馆颓楼旧梦家。(敦诚《赠曹雪芹》)

稍有见识的人,单是瞧瞧曹雪芹的年纪、模样,就能判断他不会有那些经历。倘和青楼人士长久厮混,应当是若干年前的事,而且要拥有相当多的钱财。你眼前才多大?为什么一下子又如此地穷困啊?但二敦却那样误听误解了,因为太年轻。

最让人不好理解的是,二敦笔下从不提《红楼梦》这本小说,以及围绕它的任何事情。如果说,当初创作过程中,曹雪芹担心招致麻烦,对外界做了严密的封锁,二敦虽然是好朋友,但也不知任何信息,可后来书稿转到了他们手里,总该晓得了吧,不然永忠诗中说的"可恨同时不相识"的那个《红楼梦》的作者曹雪芹,难道是别的什么地方的曹雪芹,而不是二敦熟悉的穷居西郊山村的那个人?在那样不大的圈子不大的社会范围内,在同一时空下,怎么会生存着同一个名字的两个人?

唯一可解释的设想是:二敦起先不知道曹雪芹在写《红楼梦》,后来,偶然发现,问及其事,曹雪芹告诉了他们,但要求千万保密。二敦答应下来,并一直信守诺言,任何时候都不向人透露半点。曹雪芹这样做的原因,很简单,他太怕干扰,太惧文字狱。或许,他之所以自甘穷困,远避荒村,乃至断绝许多原有的来往,内中就与这个缘故密切相关。二敦那一方呢,除了对朋友需守信义,还有他们自身的因素。清初,王朝内部残酷斗争,其五世祖英亲王阿济格被逼自尽,门庭荣光,一落千丈,差点被革出宗室,数代人心理上笼罩的阴影太大了,深怕不慎弄出祸端。面对《红楼梦》,自然要倍加小心了。前面,永忠那个"诗题",不但道出了永忠对墨香这个"中介"的感激,也从另一侧面勾勒出了二敦(至少是敦诚)当时的心理。

二敦不但在文字里从不提《红楼梦》,更绝口不言《红楼梦》和曹雪芹的关系,以及创作的任何点滴。不妨推测,当初曹雪芹逝后,在他们那个贵族的小圈子里,逐渐有人知道《红楼梦》的手稿在其手上,向其借阅,得到的答复不会是爽快的,而会有支吾、推托。不得不借时,还会有想得到的叮嘱和口头约定,诸如不得转借、外传、何日归还之类。

除了二敦之外,在那个小圈子范围内,当初读到《红楼梦》的人,肯定不止永忠、明义,但留下笔墨的却只这二位。别的人一概无语。无语的可能性有多种多样,读得马虎,没有印象;写了,却湮没了;平时就没有写此类笔墨的习惯。但有一条很可能就是二敦的叮嘱,不要外传,尽量不要让人知道。

看来,曹雪芹是《红楼梦》的作者,这样的事,当初就没有走出二敦他们那个小圈子,烂在他们那些人肚子里了。永忠、明义的诗特别是那个诗题、那个诗序,算是历史留给我们这些后代人的非常偶然的奇迹。虽然只那么一点点,但于今天的解惑上却有大用处。墨香也是值得欣赏的,他的帮忙,热心活动,促成了《红楼梦》最初的传播。至于二敦的功绩,再怎么估量也不会过分。不妨设想,如果没有他们那时的承当、保全、维护、细心处置,《红楼梦》的手稿留在曹雪芹的那个"飘零"人的手里,或被什么无关紧要的人取走,或长久放在那注定要成为空屋的烂房子里,若干年之后中国还会有这样一部伟大的作品问世吗?

四

大约就在乾隆三十三年(1768)戊子年以后,即永忠读到《红楼梦》不久,《红楼梦》突破那个贵族小圈子,开始有手抄本传播,流向社会。被再抄,被繁殖,数量增多,覆盖面扩大,逐渐形成"红热"。"廿余年"过去,临到乾隆五十六年(1791)辛亥年,程伟元、高鹗四处搜罗手抄本以整理出版木活字程甲本之前,这种"热"达到了相当程度。程伟元《序》中说:"好事者每抄一部,置庙市中,昂其值得数十金,可谓不胫而走矣。"程《序》开头处说:"《红楼梦》本名《石头记》,作者相传不一,究未知出自何人,惟书内记雪芹曹先生删改数过。"(克非按:

这里先丢开一个误解,"《红楼梦》本名《石头记》",学界有人便凭此断言,《石头记》才是原名,《红楼梦》则是后来之名。以此挺三个脂本早在先。其实不对,本名者本来之名,未有别的名字以前就有之名,这名字是从书的开头,石头和空空道人谈话中摘取来,其早也大大早于曹雪芹增删之前。作为后世才出现在社会上的手抄本《石头记》,你早总早不过曹雪芹增删那会儿吧?更早不过作家本人的手稿本吧?作家的手稿本名字可是叫《红楼梦》,而不叫《石头记》,更不叫《脂砚斋重评石头记》哩!)

再联系前面几节文字,我们很容易知道了这样的事情:当《红楼梦》手稿还在那个贵族小圈子传读时,小圈子的人尚晓得它的作者名叫曹雪芹。而到逐渐扩大传播,人们却弄不清作者了;抄本上无题署,口头上无传闻。抄本上无题署,当是曹雪芹的手稿本上就无题署;口头上无传闻,很可能是那个小圈子的"掐断",即一直未外传。程伟元很有知识,很有见识,数年搜求,见过不少本子,也交往过不少熟悉情形的人。他说"作者相传不一,究未知出自何人",当是那时"红热界"(书商、读者、抄手、关注者、聚谈者)的实际状况的概括。"作者相传不一",可见那时的"红粉"们已经在发挥想象,仅凭想象说话了,而曹雪芹则被"安置"到了"删改"者的座椅上。"相传不一",这个"不一"惜乎程伟元没有一一列出,如列出,我们今天的人读来一定会觉得很有趣。

搞不清楚,就猜,人之常态,并非坏习。猜的本质是一种判断,判断需讲证据,讲逻辑,讲方法,讲鉴别,讲排除,甚至还需还原过程。但乱猜,胡猜,瞎猜,层层推进,仅凭猜而作结论,也是人的常态。由于历史太苛刻,留给我们的文献资料太少太少,考古方面的发掘,更是全无。曹雪芹与《红楼梦》之间的关系,还有曹雪芹本人的身世经历,以及《红楼梦》本身创作上、版本上的若干问题,两百多年来,就一直陷于被猜的过程中。由于猜测者拥有的认知系统不同,修养、方法各异,一来二去形成不少学派,纷争不已,扯皮不断,再加上脂砚斋之类的骗子捣乱其间,使得许多本来不复杂的东西,越来越混乱不清。为了改变这种久已存在的局面,我个人以为,有许多办法可供采用。比如从源头上,利用源头的可信的权威材料,将曹雪芹与《红楼梦》的关系加以定位,就是其中之一。

二敦的诗,永忠、明义的诗题、诗序,应该说是关涉曹雪芹和《红楼梦》最早的文字记载,是源头性的,不是二手三手的。不仅极端重要,而且完全值得信任。除此,价值上再没有能够与之相比的东西了。虽然数量太少,且诸多不明,但亦可据以拟出以下文字:

> 曹雪芹,姓曹名霑,字雪芹,又字芹圃,小说《红楼梦》作者,生活于清雍乾时代,乾隆二十九年(1764)甲申年逝世,享年四十岁。创作《红楼梦》期间,长期隐居北京西郊某偏僻山村,故旧皆断来往,生活极为贫困。与清室诗人爱新觉罗·敦敏、敦诚兄弟为友,时有过从。二敦曾有十余首诗,言及其人;多才艺,能诗善画,知识渊博,秉性豁达,易动感情,喜高谈阔论,嗜酒,傲世,落拓不羁,不修边幅,有魏晋高士之风。
>
> 身世不详,经历基本湮没;其名其姓,亦似化用。

我并不是说自己有什么资格将曹雪芹定位,而是想向当今红学界提出一个建议。依照学术说,红学本来首先应该研究《红楼梦》这部小说的本身,即文本研究,这是第一位的。然后才是其他,比如作者研究、版本研究等,属第二位。研究作者,研究版本,是为了更好地研究文本。如果不研究文本,何必去研究它的作者和版本呢？但是近百年来,红学界相对说,都比较轻视《红楼梦》本身(尤其是艺术方面)的研究,而将大量的工夫花在对它的作者的追索上,并力图将这种追索从史的方面和小说的人物、故事、情节以及主旨黏合起来,达到历史的诠释和求解。这就把事情弄倒了、弄歪了。又因为历史的原因,曹雪芹本身世人知之甚少,连传说部分也不多,大面积空白。

若干关键,要么隐在云雾之中,要么成为解不开的谜团。各家各派争论不休,寻找消解之道。几代人过去,谜团不但没有减少,反而增加了很多,互相之间的距离也愈来愈远。为了稀释矛盾,有一天终能说到一条路上,我认为法子恐怕只有从源头上即矛盾最少的地方,先使曹雪芹定位,哪怕是简略一点,粗糙一点,空洞一点,含糊一点,也行。然后下来沿着历史的各个阶段,再将各学派积累的文献资料认真核实,从中抽出可靠的证据,铸成各单行的结论的根据,补充到"定位"的文字之中,并将原有的不实之处修正,空虚之处填实,抽象之处具体化,模糊之处明确起来。严格以真相为准,以证据为准,以历史的真实为准。这样经过多次修改、补充、打磨,就一定能弄清楚。

五

凡是社会人,都有自己的身世,而每个人都有许多方面许多部分,身世只是其中一部分一方面而已,虽然重要,但不是全部。身世不详,是说当人们因为某种需要,想了解时,却没有这方面的信息,一时又无从发掘搜罗查对。曹雪芹的景况,即是如此。当然,这是"源头"时段那会儿的情形。不过,也给后世之人,特别是为我们当代的人留下了想象、研究、探讨的空间。

细读《红楼梦》,我们可以感觉得到,作者读书很多,文化修养很高,笔下出神入化,艺术才能非凡,诗词歌赋的功夫也很广博深厚。善知人、知世,对社会人情世故,也多通透。证明这位作者拥有多方面的超常的天分,还受过十分良好的较为系统的教育,时间亦长,至少超过十数年或近二十年。设想,寒窗生涯,不说比今天的博士长,大概也不会比硕士短吧!他的家在北京城,家境应该很好,有一定的藏书,而且管束上宽松。不然,他的阅读不可能广泛,几乎无边无际,不仅有闲书,还有许多出格的文学作品。没有这种先期的文化积累,后来他绝对不会想到去创作《红楼梦》，甚至连一般性的文学写作的欲望也不会产生。从先期的文化积累上，我们可以间接推知，至少他在二十岁以前，有一个富裕和谐、较为稳定的家，用不着他过早地出去趔摸撮饭之处。这样的家庭，在那个时代，不会"门衰祚薄"，一般都有几代、几房、几家兄弟、几家亲戚。《红楼梦》写到过多种游艺，不必说，作者自己就是行家，证明他的性格活跃，平时有不少朋友、玩伴。

令今天人无法理解的是，他怎么一下子翻落到最底层了？这大约是他弱冠或翻过二十岁以后不久发生的事情。从敦诚的诗中可略窥得一点信息。算年龄，他比敦敏长五岁，比敦诚长十岁。"当时虎门数晨夕，西窗剪烛风雨昏。"二敦在右宗学念书时，两下开始相识。这是萍水式的，原不认识，上代也无瓜葛留存，年纪相差太大，文化、知识更是距离几级，应该说结不成朋友的，但却成了朋友，而且友谊后来延续了许多年。照情形，还应说，是他后二十年中唯有的可以算得上朋友的朋友。这可能与他的遭遇有关。在同一首诗中，紧接前摘句，还有这样的句子："接䍦倒著容君傲，高谈雄辩虱手扪。"要知此时他才不过二十多岁，本是个过着优裕生活的人，怎么会有这样一种形象啊！推测他命运已经遭到倾覆性的挫折，而心里骤然积起的太多的烦恼的壅塞，急需宣泄排遣，于是便有了"高谈阔论"，有了"雄辩"，尽管面对的是两个跟他的事毫无关系的少年。可以想象得到，当时，他只是借了一种形式，并没有真正讲他那些恐怕谁也搞不清的纠扯。他非常投入，以至于有了下意识的失态。

他遭受的不测，是什么性质的呢？是家族的家庭的还是他个人的？事端为何？首先要排除政治上的，如被抄家籍没之类。那是大罪，必由皇帝亲自下诏方能进行，一旦发生，无不震动朝野，传遍大街小巷，妇孺皆知。过后，二敦怎敢与之交往？况且籍没之家，成年男性难免不经牢狱，充军发配，纵或重回，已当是多年之后，永远不可能发生那样"西窗剪烛"青少年共话的场景了。是不是突遭自然灾害造成家毁破产？也绝对不像。因为即使那样，他也绝对没有必要远迁到西郊，更绝对不会与亲属家人和原有朋友都一概断绝来往。看来，问题很可能出在他自己身上。

敦诚"寄怀"他的诗，有句："扬州旧梦久已觉，且著临邛犊鼻裈。"前句是误解，后句可能是说他与某孀妹的事，情如司马相如、卓文君之恋。过分出格，使双方家族颜面大扫，加谴责，施压力，乃至棍杖相随，两人反倒变本加厉，越发一意孤行。这期间，又发现他竟然偷写小说，写天子脚下的北京城，将皇帝、皇家、贵妃、太妃、满朝王公都扯进去，还说到了什么末世，这不是存心给自己制造灭门屠族之祸吗？于是严密封锁消息，予以重惩之后，借口什么将其逐出家门，彻底断绝关系。开初，不长时间，可能听任其半流落在京城什么不显眼的地方。后来觉得不妥，恐日久生灾造祸，又将他"安置"到西郊远远的人烟稀少的荒村。那过程，可能有过不少软硬兼施，施恩示惠，承认那场婚姻，让两人相随在一起。简陋的房屋，不必说，也是他们提供。两人心里，实际上也想早早逃离那噩梦般的地方。

没有任何实际的根据，一切都是我的想象。

曹公当年远隐西郊，可能是永远解不开的谜。无论如何，其中必有万难避开的缘由，"找个僻静的远离闹市的去处，安下心完成《红楼梦》的写作"，可能是个因素，但绝不会是主要的。

现在想来，"曹雪芹"三字，十有八九不是他的本名，判断他也不姓曹。原先在城里，他的小说创作已经开始，其后"出了事情"，被逐离家，浪荡，偶与陌生人说话，问及其"尊姓大名"，他无颜实告，便含糊地以那三字应之。这是他已经写在书中的用十年工夫，将《石头记》增删成《金陵十二钗》的那个大才子。对这个虚构，他私下可能颇为得意，至少有些偏爱，所以情急之下，拿来作了自己的替代。人是须得有个名字才能够生活在社会上的，到了西郊，人皆不识，他正好就用"曹雪芹"来做了自己的日常用名，与人交往，或画画写字换钱维持生存，纸上少不得盖章署名，于是那块不大的地域内，渐渐就有了一个人人都认识的曹先生、曹老师、曹爷。书画间,他又给自己添了一个字做名,而将"雪芹"改做字,其后还偶有"芹圃""梦阮",或别的什么。

他在西郊顶着一堆原不是他名字的名字生活,十多年后死去,朋友又以那不是他名字的名字来埋葬他、悼念他、怀念他,令人千古感叹。但最叫人难以用言辞、感情、理义来表示的还是那最初可能偶然的虚拟而出现在《红楼梦》第一回的假托的三个字,使他在后来的声势浩大的红学研究中,成了另外一个家族的人。由此,百年来横生出许多至今犹说不尽、扯不清、吵不停的是是非非。

第五章　袁枚信口开河——《随园诗话》中的曹雪芹

有关曹雪芹和他是《红楼梦》作者的信息，还没有走出源头上那个小圈子就断了。尽管二敦的诗，永忠、明义的诗和诗题都在，但窝在手里，没有抄出或印行，不为人所知晓。直到两百多年后的二十世纪上半叶方被发掘，然后到了极少数研究家的手上。其时，它们的内容，已多少有了些变化，不再是原来百分百的那样子。更为重要的是，时过境迁，历史进程已经使得红学变得非常复杂，众多的后世之人，无法再用原来彼世的人的观念去领悟、去考察、去看待、去判断了。

没有任何附加的信息，只有光赤的手抄本传播，封面没有题署，没有照说万不可缺少的作者的蛛丝马迹。"曹雪芹"三字倒是有的，却嵌套在一种显然的假托之中和全本最末一回的快结尾处，证明他也是被叙述的小说人物。但后来的变幻，即使是真正的作者——那个全能全知的叙述者复生，也绝对难于理解。

研究《红楼梦》，如果我们今天要来回顾一下历史，分辨点是非功过的话，袁枚无疑只能是得负分的人物，他留给我们的教训太惨痛了。袁枚关于曹雪芹、《红楼梦》的话，本不足道，可他是胡适的先导。如果没有十八世纪的袁枚，或许就没有后来二十世纪胡适的考

证派红学。所以在说到胡适之前,先说一说袁枚。据冯其庸、李希凡主编的《红楼梦大辞典》1202页记载:

> 袁枚,字子才,号简斋,浙江钱塘(今杭州)人,生于康熙五十五年(1716),卒于嘉庆二年(1797)。乾隆四年(1739)进士,历任溧水、沭阳、江宁(今南京)知县,三十三岁辞官,卜居江宁小仓山之随园……晚年自号仓山居士、随园老人,著有《小仓山房诗文集》七十余卷。诗话、尺牍、说部共三十多种。

今天的许多读者,对袁枚其人,可能较为陌生,但在清代以及以后较长的时期,他可是个大名人,对中国文化,特别是"诗学"有着相当的贡献。他一生著作甚丰,其中《随园诗话》尤为引人注意,影响甚广。

《随园诗话》有多个版本,有的是他生前亲手修订过的,有的是他逝世后他的后代改动过的,还有的是后来出版商包括盗版商出的本子。乾隆五十四年(1789),他还在世时,出版过一个本子,算是他《随园诗话》最早的一个本子。那年正值己酉年,后来的研究者也就称它为己酉本。在这个本子的卷二里面,关于《红楼梦》有一段活灵活现的话:

> 康熙间,曹楝亭为江宁织造,每出拥八骑,必携书一本,观玩不辍。人问:"公何好学?"曰:"非也。我非地方官而百姓见我必起立,我心不安,故藉此遮目耳。"素与江宁太守陈鹏年不相中,及陈获罪,乃密书荐陈。人以此重之。其子雪芹撰《红楼梦》一部,备记风月繁华之盛。中有所谓文观园者,即余之随园也。当时红楼中有女校书某,尤艳,雪芹赠云:"病容憔悴胜桃花,午汗潮回热转加。犹恐意中人看出,强言今日较差些。""威仪棣棣若出河,应把风流夺绮罗。不似小家拘束态,笑时偏少默时多。"

研究家指出,因己酉刻本错字多,内容有些地方重复,袁枚在第二次刻《随园诗话》时,上述这段话改了三个字,即"汙"改成"汗";"出"改为"山";"东"改"束"。"文观园"却没有改为"大观园"。

袁枚《随园诗话》卷十六,还有涉及曹雪芹的一段文字:

丁未八月,余答客之便,见秦淮壁上题云:"一溪烟水露华凝,别院笙歌转玉绳。为待夜凉新月上,曲栏深处撒银灯。""飞盏香含豆蔻梢,冰桃雪藕绿荷包。榜人能唱湘江浪,画板临风当板敲。""早潮退后晚潮催,潮去潮来日几回。潮去不能将妾去,潮来可肯送郎来?"三首深得竹枝风趣。尾署"翠云道人"。访之,乃织造成公之子啸崖所作,名延富。有才如此,可与雪芹公子前后辉映。雪芹者,曹楝亭织造嗣君也。相隔百年矣。

袁枚此条写于乾隆五十二年(1787)丁未,"相隔百年矣"。这就是说,曹雪芹在乾隆丁未之前"百年",即1687年已经死了。1687年,为康熙二十六年丁卯。曹寅生于1658年,在1687年时,不过二十九岁,他绝不会有"曹雪芹"这样一个死去的儿子。因为这个儿子曾和若干妓女交往,并写了一部"备记风月繁华"的书,在其死去以前,至少也该有二十多,乃至三十以上。况且,曹寅那时在北京内务府没有在江南任职,他南下担任苏州织造是1690年(康熙二十九年的事),过两年方同时兼任江宁织造,直到1693年(康熙三十二年)才驻在南京专任江宁织造。了解此,有助于了解后面的分析。

凭《随园诗话》上述的两段文字,袁枚在中国的文学史上创造了几个第一:

第一个将曹雪芹说成是康熙时江南曹氏家族的人,江宁织造曹寅的儿子。明白道出了曹雪芹身世的根的所在(曹寅是康熙的大闻人,广为人知,从袁枚的这个提供上,由祖而孙,寻迹连根,曹雪芹的许多基本信息,便曝光在世人面前:富豪贵公子,籍隶皇家正白旗,内务府世袭包衣)。

第一个在自己公开发行的著作中,明白无误地讲出曹雪芹是《红楼梦》的作者(之前虽已有永忠等简单地说到过曹雪芹和《红楼梦》的关系,但湮没已久,不为人所知了,而且那时的"曹雪芹"很可能是化名,非真名)。

第一个把《红楼梦》的内容描写与曹雪芹本人以及其家族粘在一起,指出是纪实作品,并且是为纪实而写。

这些话,若拿到二十世纪来说,不会令人觉得怎样,但在乾隆晚期那会儿,不但是惊人之说,亦可以称之为惊天之谈。如果属实、可靠,袁枚不但创造了几个不同凡响的第一,简直就可以说是中国红学界的头号大功臣。没有他的提供,许多东西,人们可能就永远不知道了。问题是他的这些貌似言之凿凿的说道,源头在何处,根据何来,又凭何而公然写入书内、公开出版,袁枚本人没有丝毫透露,后世之人,似乎也无人多去探索。

不过,袁枚文字的本身,已经将一切告诉我们了,那就是他信口开河,胡编乱造。他所谓的"红楼梦",所谓的"曹雪芹",都是他的凭空虚构。

1. 他没有读过我们所熟悉的《红楼梦》,甚至也没有见过《红楼梦》任何版本。如见过,他在说到他说的"红楼梦"时,不可能不提到世上还有另一种《红楼梦》。

2. 他说的"红楼梦"是一本跟妓女有关的,"备记风月繁华"的书。

3. 这部"红楼梦"是纪实的,而非虚构的小说。"记"的是发生在南京的事,人物活动场所之一,在他家的随园,即以前的"文观园"。

4. 纪实的这部"红楼梦",是它的作者"曹雪芹"自己记自己的事,记他家"风月繁华之盛",有些"风月""繁华"之事,就发生在当日他们曹家的园子里。

5. 他说的这个"曹雪芹"很有才华,也很风流,当日交往并记入书中的妓女,某个尤其艳丽,他特别写了两首诗赠给她,这两首诗也记入了他写的"红楼梦"中。他袁枚读到了,感觉写得不错,故挑选进自己的《随园诗话》,好让别的人也欣赏。

6. 他说的"曹雪芹"与他袁枚不同时代,乾隆丁未年,他曾计算过。那时,"曹雪芹"和他已经"相隔百年矣"。

7. 他说的"曹雪芹"是在南京长大,在南京生活,在南京与妓女厮混,并在南京写有关妓女的书,是后又在南京死去的一个人。与后来红学家们考证出的写小说《红楼梦》的曹雪芹根本不同,曹雪芹在几岁时即被抄家,然后到了北京,在北京长大,小说也是在北京写的。

8. 他说的那个"曹楝亭",不是历史上的那个曹寅。历史上的曹寅,论年齿,生不出"曹雪芹"那样差不多跟自己年岁相若,甚至还要大一些的儿子,也教养不出那样过分"风月"的儿子。

9. 历史上的曹寅之家,没有那样一个大大的时常召妓在其中的园子。曹寅本人也似乎没那样风流。如有这个园子,如有这样的风流,他自己的诗,他朋友们的诗文中,肯定会留下蛛丝马迹。

10. 袁枚在小仓山的那个园子,历史上跟曹寅家族完全无关,是袁枚吹牛、胡扯。如果那园子曾属曹家,曹寅和他的朋友们当时常聚集其中,而他的朋友们多系文人,不会完全无记载。又,雍正六年初,曹氏被抄时,没收的清单上,根本没这个园子。

将袁枚的话和我们已知的情况两相对照,很容易得出以下结论:袁枚《随园诗话》中所说的"红楼梦",是他凭空虚构的"红楼梦",不是我们熟悉的《红楼梦》。两者无论故事、主题、人物、地点,都相去甚远。他说的"曹雪芹"其人,也是他的虚构,无论清代,还是曹寅家族里,都不曾存在过他说的那个人。

我们今天都承认曹雪芹是《红楼梦》的作者,但"曹雪芹"三个字是个假托的名字,或者说是化名、笔名。至于那个搞假托、使用这个名字的人(《红楼梦》真正的作者)叫什么名字,还有身世、经历之类,我们根本不知道,可能永远也搞不清了。但有一点是清楚的,只要细读《红楼梦》，就可以知道，那作者不是江南曹家的人，小说里写的人物、故事也与曹家完全无关，况且作者根本不是在写大清朝。不信吗？可以将康雍乾三世的全部历史摊开，把曹寅一家在江南近六十年的历史（红学家们考证得差不多已经巨细无遗）摆到桌面上，一一细查细对，自可以明白。

袁枚虽长久生活在南京，还参与修过江宁地方志，但不知怎么搞的，他连应该说是大"闻人"的曹寅也不甚了了。当其讲到曹寅时，竟采取劣等小说家的胡乱编造的路数，什么"每出拥八骓"？这种仪仗队式的摆设，出行以骓马做前导，清朝有规定，只有封了王的人，才有资格，别的人敢这样做就是"违制"。"违制"必遭弹劾，必受惩处。曹寅一个江宁织造，并非正儿八经的朝廷命官，论级别不过内务府的一名郎中，官阶在四五品之间，别说他没资格"拥八骓"，便是江南省的总督、巡抚，也无此资格。说他自己不是地方官，怕老百姓见了要站起来，出行时带着一本书，在路上装作看书的样子，也是袁枚瞎编。试想，曹寅出行，用什么交通工具？如骑马，一边走一边看书，尽管是装模作样，就不怕偶不小心栽下马来？如坐轿、乘车，怕百姓看见起立，可以躲在轿中或车厢里，将窗帘拉下不就得了？还有经过之地，是城内街上，还是城外通衢大道？抑或乡村僻野？大街上，人来人往，有几个是坐着的？通衢大道大多是行人，乡村僻野，人本来就少，有人也在田地里劳动，又有几个是坐着的，说什么见了你起立不起立？拥八骓，浩浩荡荡，驰骋时还捧着一本书观看，这本身就是一种"装相"。见其异样，见其滑稽，恐怕那些有幸恰恰坐在路边的人，本不想站起来也要站起来，看稀奇呀！

还有一点，现在红学界的人都知道，所谓"雪芹赠芸"的两首诗，与曹雪芹无关，而是出自明义之手。那是怎么一回事，不可考。这里只能做些设想。前面已经提到，明义读到《红楼梦》大约与永忠读《红楼梦》的时间相差不会太久，可能都是因为墨香的关系。明义读《红楼梦》后，写了二十首诗，总名《题〈红楼梦〉》。通观其作，除了有些"史料"(指小说原有的情节状况)价值外,既缺诗才,情趣亦甚低俗。袁枚着手撰《随园诗话》,到处征集诗作,不知怎么,明义将自己的这二十首,或许只是其中的一部分,寄给了他。寄时,想必附有简短的说明性的话语。但也不知什么原因,袁枚在编选时,竟然张冠李戴,弄到"曹雪芹"头上,而且还虚构出一大堆故事,对明义却丝毫不提。应该想得到,《随园诗话》出来后,明义是读到过的,可他却不做半点说明。

明义《题〈红楼梦〉》二十首,收在他自己编辑的《绿烟锁窗集》内。这是他一生唯一的一本集子,一直以手稿本的形式存在,没有印行。值得注意的是,这二十首诗前,有一个小序,文曰:

> 曹子雪芹所撰《红楼梦》一部,备记风月繁华之盛。盖其先人为江宁织府;其所谓大观园者,即今随园故址。惜其书未传,世鲜知者,余见其抄本焉。

这个序,不像是作诗时写的,而是《绿烟锁窗集》编辑时写的。显得真真假假,很易分辨。真的是,他读到的《红楼梦》是手抄本,曹雪芹所撰,"其时书未传,世鲜知者"。假的是,"备记风月繁华之盛。盖其先人为江宁织府;其所谓大观园者,即今随园故址"。真的来源于墨香的提供;假的来自袁枚《随园诗话》的编造和虚构。

在红学界,有人认为,明义认识曹雪芹并有交往,知道曹家的一些事,序里所说,都是真的。明义见过曹雪芹不是完全不可能,但不会有交往,两者年龄相差太远了。还有说,明义的信息来自其堂兄明仁、明琳,根据是,明仁、明琳与二敦兄弟是诗友,可知曹雪芹与他们亦有交往。敦敏有一首诗可作证,那诗前的序说:芹圃曹君霑别来一载余矣。偶过明君琳养石轩,隔院闻高谈声,疑是曹君,急就相访,惊喜意外,因呼酒话旧事,感成长句。因此,判断他们知道曹雪芹的身世,至少知道部分。其实不然。曹雪芹的身世,连二敦尚且不知,他们从何知道?明家(富察氏家)是大富豪,明仁、明琳弟兄都是高官,见过曹雪芹有可能,但绝对不会认曹做朋友。细读敦敏的那首在明琳养石轩见到曹雪芹的诗,我们很容易体察到明家的主人是多么的贱视曹雪芹。那天,曹雪芹可能因为什么事情,偶然从那门前路过,记起来也算是熟人的家,顺便进去拜访,但马上遭到冷遇,让人家借口招呼到"隔院"去待着,那极可能是仆役歇息、劳作的地方。曹雪芹没有理会,或不介意,结果和仆役们"高谈"开来。敦敏诗第一句:"可知野鹤在鸡群",形象地透露出了那时的情形。如果是主人明琳,或明琳家的其他有主子身份的人陪着在说话,敦敏大概不会把他们比作"鸡群",而相对将雪芹喻为"野鹤"。

《随园诗话》发行量很大,覆盖面广,袁枚因之成为文化名人。他的有关曹雪芹、《红楼梦》、曹寅、曹家的话,尽管是胡编乱造,信口开河,无任何根据,但由于名人效应,不须说,自会影响一些人。再加辗转相传,范围不会太小。明义便是一个,爱新觉罗·裕瑞又是一个。敦诚死后其诗集刊刻时在上面妄自加贴"雪芹曾随其先祖寅织造之任"字条以注释的那人,也是一个。乾隆年间,没有一个人清楚地说过曹雪芹与曹寅有什么关系,也没有一个人清楚地说过《红楼梦》这部书与江南曹氏家族有什么关系,而到《随园诗话》大量发行之始的嘉庆一朝,上述的说道,便逐渐有起来,再后又越说越奇。尽管说者没有搬出袁枚,但毫无疑问,源头在他,而不是别的人。因为,他之前,从没有谁说过;他之后,也无任何人以"源头知情者"的身份,说过类似的话。

另一面,袁枚的话太假太无根据了,真正相信的人,相对说来,也不是很多。从嘉庆开始以后的有清一朝,研究《红楼梦》的人,从无一人引据摘取,也就是说研究者都不相信。如相信,在有清一朝,早就炒得沸沸扬扬,人人皆知了。用不着再过一百多年后的二十世纪二十年代由胡适来当宝贝发掘,当大发现来吹嘘。

袁枚当初不过是信口开河,胡编乱造,经过胡适的作用后,它从负面大大"增值",成了天字第一号的大谎言。近百年来,将整个考证派新红学导入了走不出的沼泽地带。

第六章　开山祖师空手道　无源之水成曹流

一　胡适红学奠基之作

谈曹雪芹,很难绕开胡适,而谈胡适则绕不开他的《红楼梦考证》。《红楼梦考证》是胡适红学的发轫之作、奠基之作,同时也是后来考证派新红学这一大门派的开山之作。因此,胡适被后来人尊为这个学派的开山祖师。

《红楼梦考证》篇幅不长,两万多字而已。有两个文本:一个发表于1921年5月;一个问世于第二年(1922)年初。均由当时的上海亚东图书馆印行。前者是后者的初稿,后者是前者的修改稿。两个文本后来都曾分别以单行本出版发行,前者叫《红楼梦考证》(初稿),后者叫《红楼梦考证》(改定稿)。两个版本,内容基本一致。但后者比前者篇幅长了不少,因为修改时添补进了不少新考证中所得的与之有关的文献资料。这里要提醒一句,所谓"内容基本一致",是从表面上说的,实际大不一样。就真正意义讲,后者把前者彻底推翻了。胡适自己可能没有意识到,后来的研究者似乎也没有察觉,因为从没有人讲过。

由于历史的缘故,长久以来,胡适是个有争议的人物。但对他的《红楼梦考证》这一重要著作,学术界的评价,却出奇地统一。除开被他批判过的蔡元培等少数几位先生外,其余都正面视之,越到后来,越好评如潮。到了当代,胡适的红学核心,"自传说""家史说",已被人抛弃，但许多红学家对《红楼梦考证》依旧保持着特殊的好感。因而在不同程度上对它的作者胡适本人维持着敬仰之情。根由是胡适和他的这部著作发现了曹雪芹，考出了曹雪芹，向世人推出了曹雪芹，讲清了曹雪芹的身世、家世和祖宗八代。不然，我们这些后代人，对这位早被历史烟尘遮蔽了的伟大作家，也许至今仍在一无所知的状态中。

我不是学者，也不是红学家，只是《红楼梦》的嗜好者，阅读经历前后有几十年。胡适之名，很早就听说过，接触他的红学，则是二十多年前我自己一时性起介入红学以后的事。《红楼梦考证》断断续续读过几遍，虽不赞成他的"自叙传"说，但对他的考证功夫及部分说道，还是佩服和拥护的。不过，随着时间的推移，自己读书增多，识见变宽，渐渐觉得似乎不是那么一回事了。于是花许多时间钻到里面认真扒理，细啃细嚼，多角度审视，尽力把握本质、要害，最后得出与以前相反的看法。再后，写出两篇文字：

一部误世误人之作（上篇）——透析胡适《红楼梦考证》（初稿）
一部误世误人之作（下篇）——透析胡适《红楼梦考证》（改定稿）

对胡适这部红学重头著作，进行了我自己的揭露、分析、批判。分上下两篇：上篇针对《红楼梦考证》（初稿），下篇针对《红楼梦考证》（改定稿）。两篇文字在拙作《红坛伪学》里可以找到，在那里列序为第二章、第三章。篇幅都长，这里不便引述，我也不想一味重复。读者若有兴趣，可找来翻看翻看。

二 空手道的依凭

曹雪芹，乾隆时代前期，长时间隐居在北京西郊偏僻山村的那个贫士的化名,即小说《红楼梦》的作者,生前不大和人来往,真正做朋友交的,只有从北京城移居西郊前萍水相逢结识的敦敏、敦诚弟兄俩。其人,身世不详,实姓真名不知。但其行为活动表明,是个自由民,不属于彼时的任何体制。二敦兄弟各有几首诗,对其诗才画艺、放达不羁的性格、平日的生存状态、贫困的物质生活,均有形象的描绘。

乾隆中期,曹雪芹死去,几年后,《红楼梦》开始在以二敦兄弟为核心的青年贵族小圈子中传阅。随后,有手抄本,阅读越出小圈子。手抄本繁殖,读者群体迅速扩大,红热兴起。但那个贫士,那个长久使用曹雪芹做化名的人,随着岁月的延伸,被彻底湮没了。他什么也没有留下,只留下一部《红楼梦》和一个"曹雪芹"三字的化名。历史进入乾隆后期,"曹雪芹"也和他分离,还原为书中虚构的增删者,成为一个谁都不知道的人。

转至嘉庆年间,《随园诗话》广泛发行,人们从阅读中知道,确曾有过一个曹雪芹:康熙年间人,并已于康熙二十六年丁卯死去。系江宁织造曹寅的儿子,生前很有才华,亦很风流,时和妓女交往,著有《红楼梦》一部,"备记风月繁华之盛"。但这是《诗话》的作者袁枚的虚构,并非实有其人,实有其事,连那部《红楼梦》也属子虚乌有,跟源头上的真实,完全不沾边,虽然编造得很像,曾骗过一些人。

在我们当代,恐怕再也找不到几个相信袁枚的编造了。因为太假,一眼便可看破。但我们当代许多人,包括许多资深的红学家或许都不曾想过,我们所知道的曹雪芹,许多书籍记载的曹雪芹,许多专门讨论会讨论的曹雪芹,许多媒体介绍的曹雪芹,以及许多有关他的事,如身世家世等,也是人为编造的。这个编造者,就是胡适。他的《红楼梦考证》是他编造的工具,也是他编造过程的全部记录,动机、意图、手法、用材、技巧,尽在其中。

且看胡适是如何编造的。

胡适自己当然不会承认是在编造,他打的旗帜是考证,因为他文章的题目就叫《红楼梦考证》。我们就相信他是在进行考证吧。先说那个"初稿"。

《红楼梦考证》（初稿）里，胡适揭露并批判索隐派附会红学之后，在第二节开头提出了自己的考证方法、考证方向，同时划定了范围。胡适说：

> 我现在要忠告诸位爱读《红楼梦》的人："我们若想真正了解《红楼梦》，必须先打破这种牵强附会的《红楼梦》谜学！"
>
> 其实做《红楼梦》的考证，尽可以不用那种附会的法子。我们只须根据可靠的版本与可靠的材料，考定这书的著者究竟是谁，著者的事迹家世，著者的时代，这书曾有何种不同的本子，这些本子的来历如何。这些问题乃是《红楼梦》考证的正当范围。

接着，在文中，胡适开始对"著者"的考证。看来，他是早有准备的，才一开口立即拿出袁枚《随园诗话》卷二中的那段话，显然早已成竹在胸。

> 康熙间，曹练（克非注：应为"楝"）亭为江宁织造，每出拥八驺，必携书一本，观玩不辍。人问："公何好学？"曰："非也。我非地方官而百姓见我必起立，我心不安，故藉此遮目耳。"素与江宁太守陈鹏年不相中，及陈获罪，乃密书荐陈。人以此重之。其子雪芹撰《红楼梦》一书，备记风月繁华之盛。中有所谓文观园者，即余之随园也。当时红楼中有女校书某，尤艳，雪芹赠云："病容憔悴胜桃花，午汗潮回热转加。犹恐意中人看出，强言今日较差些。""威仪棣棣若山河，应把风流夺绮罗。不似小家拘束态，笑时偏少默时多。"

《随园诗话》有多个版本，上述的一段文字，不同的版本间，不尽完全相同,带来了争论。有说是袁枚搞错了的,有说是胡适引错了的,还有说是盗版商的篡改,纠纷不已。几年前学术界已经查清,胡适上述的引文,虽来自道光四年时的一个盗版本子,但对照已酉本(《随园诗话》最先的本子,袁枚生前亲手所定)上的这段原文(前面《袁枚信口开河》一节中有引文),盗版本倒是相当忠实于袁枚的原著的。即是说,胡适的引文,是符合袁枚本意的,不能说胡适引用无据。

引用袁枚的话,作为自己重要学术著作的主要论据,大学者胡适,按习惯,按常规,该做些什么必不可少的事呢？首先应该查清那些话的源头,来自哪里,真不真实,可不可靠,有无与之关联的旁证？如确实可靠,还需看与待证的本体(曹雪芹、《红楼梦》、曹寅、曹家)连接得上否；连接上后在进行论证时和深入挖掘的进程中,有障碍否,能找出原因加以排除否。最后,得出的结论,经得起反复的检验否。凡此诸般,不消说,胡适应该比谁都清楚。然而,胡适偏就省了这道重要的程序,完全不提不说不做,直接拿出了他的预设的结论:

> 我们现在所有的关于《红楼梦》的旁证材料,要算这一条为最早。近人征引此条,每不全录；他们对此条的重要,也多不曾完全懂得。

如此免审,如此免检,如此高评,如此吹捧,原因何在？

袁枚的话,纯粹瞎编,前面已经揭露。他连小说《红楼梦》也没看过,也没见过任何版本,更不知道《红楼梦》的作者姓甚名谁,何方人士,何代人物。他所说"红楼梦""曹雪芹",以及与曹寅的关系,全是他的凭空想象,没有一丝一毫真实的影子。不用去考证查对,只要读过《红楼梦》,一听就知道。胡适是个高智商的人,又很有学识,不必说在那之前,他早熟读过《红楼梦》,对袁枚的话,怎么就分辨不出真假虚实来呢？再怎样,他熟悉的《红楼梦》的文本里,总没有那个"尤艳"的"女校书某"吧？也没有"雪芹赠云"的俗不可耐的两首艳诗吧？

三　明知不实也要运用

有文献资料证实,胡适远在进入红学研究以前,就已读过《红楼梦》,那时他说《红楼梦》是小说。待到着手研究后,他便不再言小说了,认为是作者在写自己和自己的家庭,即后来他说的"自叙传"和"家事"。这当是在阅读中渐次形成的印象。因书里在这方面有明显的文字,如开头的"作者自云""自又云"等。但也可能源于袁枚的启示和影响。《红楼梦考证》透露,他自己读过袁枚《随园诗话》里的那段记述。以上当是1921年以前的事。

其时,始于清末民初的索隐派红学,风头正健。及至蔡元培先生的《红楼梦索隐》出版发行,更大的热潮随之而起。

胡适不以为然了,大约就在那以后,一种新的观点、新的研究方法,在他脑海里逐渐形成,这就是不久之后,《红楼梦考证》两稿相继发表,公之于世的曹贾相连、考证、自叙、家史。后来经过丰富拓展,成为了他的"新红学"的核心、主干,或曰体系。

新观点,新方法,尚在胡适头脑里酝酿的时候,可能就意识到了事情的重要性。在红学研究领域,他会因此而建立起一个轰动性的崭新的学派。这对他来说,是个很大的诱惑。然而,难点也来了。既曰考证,那就需要考,需要证,靠大量的事实说话;无实据,再说多少,也只能等于零。这正是胡适最大的短板,不但两手空空,甚至也找不到可以开展作业的去处。因为,连曹雪芹是否实有其人,尚不清楚,至于其身世家世,历史更无任何痕迹留存。

换成别的学者,遇上此种障碍,可能就罢手了,至少也要暂时放下再说。但胡适没有放弃,他迎难而上,立即就干,这可能与他个人的气质有关。胡适一生好为人师,自识甚高,喜夺头筹,喜登高一呼,喜树起大旗。新红学在那个时代出现,自有其历史原因和社会原因。由他胡适来创建来领头,横空而出,有他自身的原因,亦有历史的偶然因素。袁枚《随园诗话》上的那段说道不真实、不可靠,管它的,再不真实,再不可靠,也要用,并要明目张胆地用,毫不含糊地用。因为他实在找不到别的代用品了。事情就是那样苛刻,离了那些凭空的编造,他就会失语,就找不到说话的由头。当然事情还有另一面,那就是艺高人胆大。胡适必定相信,只要他在运用的过程中,善于操作,善于经营,凭借自己语言上的构筑功夫和叙事说理的能耐,袁枚那些假话,也可以变成真话取信于人。此类的机智、技巧、图谋,毕现于《红楼梦考证》两稿的文中,细心的读者,稍加留意就可捕捉到一些。对袁枚的话的故意免审、免检、高评、吹捧,即是其中一例。

好在胡适的目的,并不是要将袁枚的假话,捣弄成"真实可靠"的话,设若真实可靠,对他胡适反倒很不利。袁枚说的那部"红楼梦",不是说在南京写的吗,写的南京的事吗,有妓女的事吗,"备记风月繁华之盛"吗,最后它的作者曹雪芹也是死在南京的吗,这样,就与世人知道的《红楼梦》完全南辕北辙了,跟他胡适要达到的意图也彻底背道而驰了。

胡适的目的,非常明白清楚,他只想将袁枚作为一个临时的载体,比如说一座临时搭起的便桥,让他从没有路的脚下"度"过去,到达他可以放开步子向前走的地方。说直白点,就是让袁枚充当铁钩子,从血缘上,将曹雪芹挂到曹寅身上。或者说,作为一个大铆钉,将曹雪芹与曹寅铆到一起,成为亲亲的父子俩,成为一种不争的事实,一种谁也无话可说的历史,他胡适便可以去考去证了,可以放开手脚做自己想做的事了,可以将小说《红楼梦》虚构的贾氏家族,与江南曹氏家族,两种根本无关的存在,硬绑在一起,搜根掘底,对号觅源,寻其互证,求其同一了。而在进程中,胡适又将袁枚的话每一点都推翻,盖不推翻,胡适便进不到他自己需要的层面。因为袁枚说的曹雪芹,并不是胡适想象的曹雪芹;袁枚说的"红楼梦",不是世上流行的《红楼梦》；甚至袁枚说的曹家、曹寅，也远非胡适所想象、所需要的曹家、曹寅。不推翻袁枚，胡适就只能待在袁枚编织的筐子里，不能自由行动。然而，推翻归推翻，胡适却不公开说，说了，等于自己打嘴。

四　意味深长

袁枚的话，毕竟太少，即便都真实，也支撑不起他的营造。这样胡适又转求之于《红楼梦》本身，连起码的游戏规则也不讲，从小说中去摘取情节、搬移人物以作证据，证明他的"史"的论断。但即使如此，能供他摘取、搬移的东西，也太少了，无奈之下，他抛出了这样的说法：

> 《红楼梦》是一部隐去真事的自叙，里面的甄、贾两宝玉，即是曹雪芹自己的化身。甄贾两府即是当日曹家的影子（故贾府在"长安"都中，而甄府始终在江南）。

说"《红楼梦》是一部隐去真事的自叙"，作家曹雪芹当年隐去了哪些真事，胡适为什么不一一列出来，以资对照？既然"隐去"了"真事"，那就是说《红楼梦》中没有真事，凡所写，全是假事——身世假，社会关系假，所依托的家族假，生存的空间和时间假。既然如此，又从何断定是曹雪芹的"自叙"呢？

《红楼梦》的描写，非常细致细腻。从小说的叙述层面上来说，贾宝玉的一切，我们都十分清楚，甄宝玉也大体清楚。可是关于作家曹雪芹呢，他的身世，他的经历，他所在的社会集团，他赖以成才、赖以生存、赖以创作的种种条件等等，谁能知道多少？谁能讲得清道得明？谁考证出了几桩几件？可以拿来与甄宝玉、贾宝玉对照吗？怎么能说甄贾两宝玉是曹雪芹的化身呢？

整部书里全是"假事"，没有真事。曹雪芹与甄、贾两宝玉之间，无从对照，"自叙"只能算作虚拟虚造。说"化身"，实际既无"化"，也无"身"，那个"甄贾两府即是当日曹家的影子"的断定，从何而来，又从何说起？

"甄、贾两宝玉即是曹雪芹自己的化身，甄贾两府即是当日曹家的影子。"不过是曹雪芹"自叙传"、曹寅"家事"的另一种说法，两者含义完全一致。这是胡适红学的核心，也可以说是他红学的总纲。尽管荒谬，尽管没有任何可靠的证据，但近百年来，影响至深。虽然随着时间的推移，语言表述上有了变化，由这个核心生长出的体系，却一直支配着许多红学家的头脑，使得这一门被吹为显学的学术研究，始终摆不脱荒谬的色彩。

靠智慧、靠文笔的技巧，靠语言的掌控与妙用，凭借袁枚不实之言将曹雪芹铆到了曹寅的膝下，成为儿子，胡适似乎还没有花费太多的气力，也好像没有遇到什么难以越过的障碍。但要让根本不是江南曹家成员的曹雪芹，在江南曹家待稳当，找到自己的位置，证明自己确实是曹家的人，恐怕就不那么容易了。事情还有另外一面，也是最艰难的一面：如何将曹雪芹送到《红楼梦》的荣国府，使他变成贾宝玉，完成在人世上从含玉出生，到后来离家出走不知所终的全过程。

胡适的工程，有三铆。曹雪芹和曹寅的相铆，算一铆；曹家与贾家的相铆，算二铆；曹雪芹与贾宝玉之铆，算三铆。一铆乃血缘之铆，是前提，没有这前提，便谈不上一切。二铆也是前提之铆，三铆则是完全合二为一之铆，也是胡适红学最为基础之构建。

曹雪芹始终是一个不易调好的焦点。胡适始终尽力对他使用着功夫。我们也不妨集中注意力，看他在胡适作业下的变化。

还记得吗，在前一节《袁枚的信口开河》里，我们还引述过《随园诗话》卷十六中的另一条关于曹雪芹的材料，即"丁未八月，余答客之便,见秦淮壁上题云:……雪芹者,曹楝亭织造嗣君也。相隔百年矣"。此条写于乾隆五十二年(1787)丁未,"相隔百年矣"。这就是说,曹雪芹在乾隆丁未之前"百年"即1687年就已经死了。1687年,为康熙二十六年丁卯。曹寅生于1658年,在1687年时,他不过二十九岁,绝对不可能有"曹雪芹"这样一个曾和妓女交往、写过一部"红楼梦"而后死去的儿子。谁都能轻易辨得出是袁枚的瞎编。

《随园诗话》里,关于曹雪芹的说道,只有两条,此即其中之一。毫无疑问,胡适一早就读过、研究过的。但其态度,却令人觉着意味深长。在《红楼梦考证》里,他只征引卷二中的那条,而不引此条。不引也就罢了,却在《红楼梦考证》(初稿)后面写了三条"附注"。附注二中说:

> 此篇稿成后,我又寻得《随园诗话》卷十六中一条关于曹雪芹的材料:丁未八月,余答客之便……雪芹者,曹练(克非注:应为"楝")亭织造之嗣君也,相隔百余年矣(克非注:原文无余字)。

> 此条可以考见曹雪芹昔日亦有文学的声誉。但丁未为乾隆五十二年(一七八七)与曹寅作江宁织造,相隔不过八十年。袁枚说"百余年",这是他年老的误记(此时袁枚已七十岁)。

胡适为什么不在他的《红楼梦考证》正文里征引此条,连提也不提一下呢?因为太虚太假了,读书者极容易识别,进而辨别出袁枚其他的话也有问题,可能由此而怀疑到他胡适的观点、路子、方法的正确性。《随园诗话》发行量大,读者也多,胡适避开此条,难道就无人提说?等到别人讲起,那便被动了,不如自己先说出来。

"此篇稿成后,我又寻得……"是真话还是假话?就算是"稿成后"方知道,稿子送出之前,为什么不重新考察袁枚的话的真实可靠性?不重新思考自己的这篇《考证》应不应征引袁枚,该不该以那些无稽之言作基础和出发点？文章本身的基础和出发点如此，还有无价值？

然而，胡适毕竟机敏过人，轻轻用了个袁枚"年老的误记"，便化解开去。但不妨问问，"误记"为什么"误得"这样远？袁枚的话还有好些点，是否还有哪些点也误记？说袁枚老年误记，有何根据？要知，袁枚一生活了八十一岁，当其八十岁生日时写的《八十自寿》十首诗，只要一读，便可看出其头脑仍然清楚。

五 被造出以后在自己家里找不到位置的曹雪芹

继续关注胡适笔下曹雪芹的变化。

1. 生于康熙三十五六年（1696或1697）的曹雪芹。

《红楼梦考证》（初稿）的文字：

> 宋和的《陈鹏年传》里提及曹寅的幼子无意中救了陈鹏年一事。《红楼梦索隐》说康熙帝二次南巡，雪芹以童年召对，大概即指此事，但误记为二次南巡的事。这孩子是否即曹雪芹，我们无从考证。但据《红楼梦》全书的口气看来，似乎这孩子便是雪芹自己。若果如此，雪芹此时当在十岁左右，他的生年约当康熙三十五六年（一六九六或九七）。

胡适花了很大气力，将袁枚不实之言，捣弄成似乎是可信的话，他自己觉得，应该算是将曹雪芹弄进曹寅的家了。可是，曹家会不会接纳，曹雪芹在那里能不能找到恰当的位置，却是胡适最当心的问题。不管宋和的那本简直像小说的书可不可靠，也不管曹寅有几个儿子，看到书中有"一日，织造幼子嬉而过于庭"，便像抢注商标一样，马上注册到曹雪芹头上。还凭空说那时雪芹已有十岁，生于1696或

1697年。但问题来了：

曹寅死于1712年。其时，胡适定板的这个"曹雪芹"，应该已有十六岁。曹寅之子曹颙继任江宁织造，又于1714年死去，这时的曹雪芹是十八岁。曹寅之孀妻李氏，有这个亲儿子，康熙帝便不会替她弄一个比十八岁还小的"黄口"小儿曹頫为其嗣，并继任织造了。

1728年，曹家被抄，这个"曹雪芹"就有三十二岁，在曹氏家族内扮演什么角色？雍正下令捉人，恐怕不会只逮曹頫，而不逮他。到后来与敦敏、敦诚兄弟相交，也会成问题。因为他会比敦敏大三十三岁，比敦诚大三十八岁。年龄相差如此，怎会成为朋友？

胡适一再强调，他塞进曹寅家的这个"曹雪芹"，就是创作《红楼梦》的那个曹雪芹。如果二者真是合一的，就有许多无法解释的事情。按敦诚吊诗，"四十年华付杳冥""四十萧然太瘦生"，那个长期隐居在北京西郊的创作《红楼梦》的曹雪芹，一生只活了四十岁。他死于1764年，照此推算，其出生应是1724年，即雍正二年，甲辰。胡适造出的这个"曹雪芹"，也活到那时才走完一生，他该有六十八岁离七十不远了。敦诚写诗吊他，能差得那样远吗？

胡适的"曹雪芹"对脂砚斋与三个"脂本"，也很不利。甲戌本因有"至脂砚斋甲戌抄阅再仍用石头"，大部分红学家认为这个本子抄成于乾隆十九年（1754）甲戌年，其时作者曹雪芹为三十岁。胡适的这个"曹雪芹"，在1728年抄家时就已三十二岁，如真是写《红楼梦》的人，则抄家前两年，不但《红楼梦》已写成，连脂砚斋也有了第一个评本。可查干支，那个年辰根本不在甲戌啊！而曹雪芹呢，若真是个实在的人，其时才不过是个两岁的小娃娃。

胡适造出的这个"曹雪芹"，对胡适自己也很伤害。因为，胡适在他的六条结论中的第五条说："《红楼梦》一书是曹雪芹破产倾家之后，在贫困之中作的。作书的年代大概当雍正末年或乾隆初年。"两下相比较一下，相差得多么远！

如果把生于1696或1697年的这个"曹雪芹"搬到《红楼梦》中去

与贾宝玉相黏合,那更不知要发生多少荒唐。

2. 大概生于康熙五十一年(1712)壬辰年或稍后的曹雪芹。

《红楼梦考证》(改定稿)关于"著者",有六条结论。其中第三条说:曹寅死于康熙五十一年。曹雪芹大概即生于此时,或稍后。

这个曹雪芹,是胡适造出的又一个新的"曹雪芹"。比起前面那个生于1696或1697年的"曹雪芹",年龄上小了十五到十六岁。而且,辈分上,从曹寅的儿子变成了孙子。

胡适为什么要这样虚造呢?那是因为《红楼梦考证》(初稿)发表后,他继续考证,查找历史文献,寻觅有关曹家、曹寅、曹雪芹的信息,以备对初稿进行修改。其间,他读到了杨钟羲的《雪桥诗话》(续集卷六)记载。这里依照胡适的引文转抄如下:

敬亭(克非注:清宗室敦诚字敬亭)……尝为《琵琶亭传奇》一折,曹雪芹霑题句有云:"白傅诗灵应喜甚,定教蛮素鬼排场。"雪芹为楝亭通政孙,平生为诗,大概如此,竟坎坷以终。敬亭挽雪芹诗有"牛鬼遗文悲李贺,鹿车荷锸葬刘伶"之句。

胡适在他的"改定稿"中说:

这一条使我们知道三个要点:
(一)曹雪芹名霑。
(二)曹雪芹不是曹寅的儿子,是他的孙子。
(三)清宗室敦诚的诗文集内必有关于曹雪芹的材料。

杨钟羲为清朝遗老,上世纪二十年代还在世。他的《雪桥诗话》出版于民国初年,其人其书与曹雪芹生活的时代相隔甚远,有关曹雪芹的话,又是从哪里来的呢?胡适虽然信了并采纳为曹雪芹的"信史",但总觉得是"传手证据",不是"原手证据"。《红楼梦考证》(改定稿)发表后,他又继续搜求,终于弄清杨钟羲的话来源于敦诚的《四松堂集》。集中《寄怀曹雪芹》一诗"扬州旧梦久已觉"句下有注"雪芹曾随其先祖寅织造之任"。但这条注,不是敦诚本人的原注,而是敦诚死后一些年,《四松堂集》的编者在付梓之前,用纸条书写,贴到该诗句下面,而后被刻印到本子上的。这说明杨钟羲的话,来源有问题,根本不可信。

在《红楼梦考证》(改定稿)里,胡适取杨钟羲之说,而弃袁枚之说,将雪芹与曹寅的关系,从儿子变为孙子,实际上将袁枚的"挂钩",换成杨钟羲的"挂钩"。袁枚的"挂钩"原本虚幻,固应抛弃,但杨钟羲的"挂钩"也不可靠呀,胡适为什么要如此不惮麻烦?留到后面再说。

这里要指出的是,胡适说的这个曹寅死时才有的"孙子",这个生于1712年或稍后的"曹雪芹"。江南曹家根本就没有这个人。曹寅死于1712年,死前和死时都没有过孙子。他只有一个儿子,名叫曹颙。他死后,曹頫接任江宁织造。又过两年多,曹頫死去。数月,其妻马氏才诞育一子,这个遗腹子,才是曹寅的孙子,依血缘,也是曹寅唯一的孙子,他叫曹天佑,族谱有载,说他"现任州同",这当然不是曹雪芹。

问题是,胡适为什么要虚构一个生于1712年或稍后的"曹雪芹"呢?或者说,为什么要把他造出的"曹雪芹"的出生时间,从十多年前移到这个时候呢?这当然是有他的原因的。

不过,这个生于1712年或稍后的曹雪芹,如果是真实存在的话,到1764年死时,应有五十二岁,或稍小于此岁。这和"四十年华付杳冥"大有冲突,与二敦兄弟也难为朋友。这年龄,比敦敏大十六七岁,比敦诚大二十岁以上。因此,还得改一改。

3. 生于康熙五十八年(1719)的曹雪芹。

胡适写于1922年5月3日的《跋〈红楼梦考证〉》,有这样的话:"曹雪芹死时只有'四十年华'。这自然是个整数,不限定四十岁。但我们可以断定他的年纪不能在四十五岁以上。假定他死时年四十五岁,他的生时当康熙五十八年(一七一九)。"

在社会生活中,我们对一个不太熟悉的人,有时弄错了他在他家族中的辈分和他的年龄,这是很容易发生的。不要紧,改过来就是了。只要不拿他被弄错了的辈分和弄错的年龄去断定他的某些至关重要的经历,去作关于他的某种结论,便无妨。

但是,对于曹雪芹来说,就不可以了。

胡适三次断定或猜测,三次均无根据;三次修改,也无根据。即断定、猜测、修改,都由他自己心想、自己嘴说,再将自己心想嘴说当成"考",去"考"曹雪芹,去"说"曹雪芹,其结果就难言也哉了!

我们知道,人都是生活在一定的时间、一定的空间的,同样也都生活在一定的社会关系中的。离开一定的时间空间,离开人的社会关系,我们不可能了解人、认识人。对于一个人,随意变动他实际的出生与年龄,便有可能变动他实际生活的时间与空间,还有他的社会关系包括亲情关系。这样就有可能对他的历史,具体的人生阶段,具体的经历等带来误解,以致感到无法解释。

胡适断言:"他(指曹雪芹)是做过繁华梦的人"。这是《红楼梦考证》两次稿子的基本核心,也是胡适整个考证红学的精髓所在、命脉所系。要不,他的"自叙传"说,生不了根。此"根"若无,他构筑的巍巍大厦,自然就成空中楼阁。所以他千方百计将曹雪芹与曹寅"铆"上,"铆"不成儿子,就"铆"成孙子。以为只要"铆"上便行,因为江南曹氏家族又富贵、又繁华。

然而,胡适可能没有想到,"铆"上固然重要,但"铆"在哪一时段才是真正的关键。在曹家当儿子和当孙子,是不一样的,那不仅是两个时段,也是两重天地,有着巨大的差距和根本性的区别。曹家三代四人,在江南任织造官前后五十多年。但富贵繁华并不是全过程的,主要是曹寅时代。曹雪芹既不是曹寅之子,出生也不在曹寅时代,当然就没有做过胡适所说的那种"繁华梦"了。

曹家,固然称得上富贵繁华。但,富贵繁华,抽象说说还罢了,实际上是有级别的,还有它自己的时段。即主要在哪些年代、哪些岁月。曹家属于哪一个级别,难以评判。不过,读红学家们考证出来的史料,还是能感觉出它的若干侧面的。我认为,它的所谓"富贵繁华",是被过分夸大了。这夸大者首先一个便是胡适。胡适因为要鼓吹他的"自叙传"说和"曹寅家事"说,便生拉硬扯地将曹家说成是《红楼梦》的贾家,极尽附会之能事。后来,考证派新红学的学者们,又追随而上,虽不认为是"传"是"史",却强调曹雪芹的创作,生活源自自己之家。久而久之,人们便以为,曹家真的像贾家那样富那样贵那样繁华了。其实,无论富贵,无论繁华,两个家族都相差甚远。我曾打过一个比喻:它们一个是骆驼,一个不过是瘦毛驴。

曹家从北京到江南任职,并不是载着自己家里的金银财宝去的,所需经费,都是公家的,领取单位有皇家内务府,有国家户部,后来又有巡盐衙门的补助。有时兼当皇商,替皇家卖黄金、卖貂皮、卖人参,或帮助内务府采购所需的东西。

织造署,拿今天的话来说,可以称为皇家绸缎公司,其任务是专门为皇帝和宫廷织造绸缎和衣物等。这个由皇宫内务府派出的机构,在明代就有,织造官均为太监。到了清代,特别是康熙时候,改为在内务府当过差的皇帝信得过的包衣,他们是皇帝本人的"家生子儿"。曹家几代织造,都是从这条路上来的。

这个"公司"的经营机制,与供给资金的单位(内务府、户部)的结算原则和方式,我们尚不清楚,但知道经营管理者是领薪水的。因为曹頫给雍正帝制造"龙衣"质量差,曾被罚俸一年,并赔偿造成的损失。说明经营者,是履行职责,只有一定的经营权,没有经营以外的比如随意支配资金的权力。织造署,论性质,不过是个衙门。它的主持者,不过是个"官",虽然不是什么正儿八经的官儿。当其不妥时,说撤职便撤职,说拿问便拿问。

织造署范围内的所有房屋、设备、经营资金等等,全是皇家"公产",而不是织造官的私产。只因为差事特殊,八方进钱,活动资金很多，缺乏监督，结算制度不严。加上派出任织造官的，都是皇帝的亲信无人敢插手过问，更不可能出面弹劾，故可以任意大量贪污、挪用、亏空，随便挥霍。所以，像曹寅、李煦的日子，都过得很阔，手面亦大。

曹家的私产，经过若干代人的积累，虽然也不少，但若以房屋、地产、人口（那时也是一种财产）几项，和《红楼梦》的贾氏家族相比，恐怕不到其五六分之一，甚至更少。

曹氏家族几代，自身的财富相当有限，仅凭其合法的收入，在那个年代，很难称得上高级别的富豪。严格讲，其经济，不过是贪污经济、挪用经济，一直是资不抵债的破产经济。靠着大量贪污、挪用、亏空，曹寅时代维持了一定的繁华局面。时间也不长，前后就是二十多年吧。若比起《红楼梦》的贾家的"赫赫扬扬已将百载"（秦可卿托梦语）差得远了。因为亏空实在太多，连一直庇护、纵容他的康熙帝也为之担忧，几次对其发出严厉的警告。

康熙五十一年（1712）曹寅病逝，应由他偿还的历年积欠加亏空，竟多达三十多万两银子。这比他家自身的财产，不知大了多少倍。李煦上康熙帝奏折说，曹家"无资可赔，无产可变"，曹寅"身虽死而目未瞑"，乞求由他（李煦）代管盐差一年，弄钱"以完其欠"。

一年后，亏空、拖欠虽然补齐，但随着曹寅时代的结束，曹家的日子也就江河日下了。曹颙任职两年多，死去时，账上又亏空银两二十多万。到曹頫手上越发变本加厉，最后就是因为"行为不端，织造款项亏空甚多"（雍正帝下令抄曹家之语）而致籍没的。

曹寅去世距曹家被抄，中间有十六年。这段时间里，曹家根本谈不上繁华了，即便尚有那么一点点，也绝对无法与《红楼梦》中的贾府相比。胡适的"改定稿"将曹雪芹由曹寅儿子改为曹頫儿子，就算是，也无"繁华梦"可做了。

倘如曹雪芹确系江南曹家的人，他一生只活了四十岁，依照逝年，可推知他出生在1724年，即雍正二年。到雍正六年（1728）初，曹家被抄，扫地以尽，从此落入贫困。曹雪芹如果是曹頫的儿子，那么他在江南那个曹家的环境里,也不过生活了四五年的光景。而这四五年,也正是曹家最为难过的时代,别说什么富贵繁华,连稍微阔一点、宽裕一点的日子,恐怕也难维持了。

康熙帝死,1723年,雍正一上台,严厉整顿吏治,因大量亏空,再加别的缘由,迅即籍没李煦之家。曹家和李家几代血肉相连,生死相依,这对曹家来说,无异于响在头上的惊天炸雷。同时曹𫖯的大量亏空也被发现、追缴,这等于向其宣告,尔家之末日,亦将到了。诚惶诚恐之状,从曹𫖯上雍正的奏折中,可以清楚看出。

六　无法解决的大麻烦

胡适在自己的说道中,将曹雪芹和贾宝玉合而为一,完全等同起来,而他又仅凭自己的想象变更曹雪芹出生的年份和年龄,就必然带来他意想不到的大麻烦。因为,既然将曹雪芹和贾宝玉死粘在一起,视为一人一身,当改变曹雪芹的年龄和出生时,也就意味着书中人物贾宝玉也当作同时同样的改变。这种改变,不但要改变《红楼梦》中贾宝玉所生活的时间、空间,还要相应地改变贾宝玉的社会关系亲情关系。在荣国府内内外外,贾宝玉不是一个孤立的存在,和他生活在一起,纠葛在一起,构筑出丰富多彩环节故事的许多人物,多套"班子",与之互动,作远远近近、疏疏密密的配合。胡适在改变曹雪芹的辈分、出生、生活的年代、时间、空间、社会关系时,贾宝玉改不改变?如不改变,两者怎么合得到一起?"自叙传"的"传主"都改变了,你那"自叙传"《红楼梦》不随之改变,还称得上"自叙传"吗?如果改变,那些与贾宝玉"配套"的人物,首先是金陵十二钗中林薛史王,还有元春、妙玉等,以及宝玉的父母,怎么办?非得相应地将年龄变大或缩小,辈分升高或降低。可是这些"配套"人物,也有自己的社会关系,自己的"配套班子",他们跟着贾宝玉变了,那些数不尽的"配套班子"

中的人，也非得起连锁反应才是。否则，便会游离，便会起结构性的散板。

这种连锁反应，甚至会波及到当时清王朝的皇帝和朝廷。夸张吗？也许。荒唐吗？有点。但按胡适的"考证"、黏合，又随意搬移，就非弄到这步不可。比如，书中的贵妃娘娘贾元春，谁都知道她是贾宝玉的亲姐姐，依胡适的说法，曹家即贾家，曹雪芹即贾宝玉，那么，按其逻辑，这个元春贵妃就应该是曹雪芹的亲姐姐了。在《红楼梦考证》（初稿）里，胡适说曹雪芹生于康熙三十五六年，依他的黏合，贾宝玉自然也当出生在这一年。那么，元春就该是康熙的妃子了。因为那时皇帝还是玄烨。到了"改定稿"，胡适将曹雪芹出生时间改在1712年或稍后，意味着贾宝玉也生在这个时候。书中的元妃约比贾宝玉大七八岁，当曹雪芹出生时，以及随后几年，她是不会选入宫中去成为玄烨之妃的，因为年龄太小。等她长起来，到达可以被选时，已是雍正时期了。要成为贵妃，只有选到雍正身边。随后胡适写《跋〈红楼梦考证〉》，再将曹雪芹出生推后，改到1719年。如果他的姐姐就是《红楼梦》里的贾元妃，则只有嫁给乾隆帝弘历了。

当然，以上都不过是缘于胡适的瞎扯而有的推导，目的不过是从另一个角度证明他的捆绑黏合是何等的荒谬。事实上，曹雪芹写《红楼梦》，绝对不是拿自己和他家的"史"做"底子"，书中的时间空间，也绝对不在清王朝康雍乾那会儿，他丝毫也没有纪实。事实上，用纪实方法写出的，也绝对成不了《红楼梦》。不但曹寅之家不能拿来附会，你就将清王朝的历史翻个底朝天，也找不出一个能和《红楼梦》中荣宁二府完全吻合得上的家族。《红楼梦》是艺术营造物，是作家曹雪芹熔铸生活逐步形成的想象品。读《红楼梦》可知，曹雪芹所写的，只是他自己的艺术构筑，包括它的时间与空间、历史背景、文化背景、所有的人物和故事。为避免使人附会、对号，以及别的一些原因，在书开头，还没有进入故事之前曹雪芹特意绕开了时代，模糊了空间。随后的进程中，在故事的编织上、官职称谓上、人物服饰打扮上、景物描写上、风习的铺陈上、情节展开的背景上等等,也都尽量不与任何时代"接轨",更避开全体男性公民皆辫子的大清王朝。虽然在书中所写的某些细节上,也透露出了只有康雍乾时代才有的东西。这是因为曹雪芹毕竟生活在那个时代或相近的年月,他所依凭的生活基本上都是从那个时代汲取来的,不可能完全绕开,更不可能根据自己的需要而将所汲取的淘洗得干干净净。但无论如何这不表明他就是在写那个时代的人和事,更不表明他是在写自己的"传"、写家族的"史"。

七　胡适的六条结论

《红楼梦考证》里,胡适总结关于"著者"的材料后,作了六条结论。"初稿"和"改定稿",六条基本一致。这里引用的抄自"改定稿"。抄时,字句下面加了重点符号。逐条加以分析,表明我的看法,并以揭其谬。

1.《红楼梦》的著者是曹雪芹。

一路行来,我们已经知道,有几个"曹雪芹":头一个是《红楼梦》文本中的曹雪芹,那是作者假托的名字。第二个是源头上的曹雪芹,那是长期隐居北京西郊偏僻山村的那个贫士的化名,此贫士才是《红楼梦》真正的作者,但其身世以及真实姓名,至今无人知晓。不过从其行止透露出的"自由民"的身份和过分穷困的生活看,他绝非皇家内务府的包衣,亦即绝非曹寅家族中的人。再从《红楼梦》文本的许多描写看,此人也绝非曹寅的儿子或孙子。第三个是袁枚信口开河编造出的曹雪芹。胡适这里说的曹雪芹,可算第四个曹雪芹。这个曹雪芹,是胡适假借袁枚的不实之言,由他自己捣弄另外编造出来的,与小说《红楼梦》毫无关系。

2. 曹雪芹是汉军正白旗人,曹寅孙子,曹頫儿子,生于极富贵之

家,身经极繁华的生活,又带有文学与美术的遗传与环境。他会作诗,也能画,与一班八旗名士往来。但他的生活非常贫苦,因为不得志,故流为一种纵酒放浪的生活。

胡适编造的这个曹雪芹,不是江南曹寅家族的人,在曹家,你查遍所有文献,查遍所有历史,根本找不到任何一点这个曹雪芹的踪影。说他"会作诗,也能画""生活非常贫苦""纵酒放浪",是事实。但这是从敦敏、敦诚兄弟的诗中得来的。二敦的诗是说源头上的那个"曹雪芹",二敦显然不知道他的身世,也从来没有讲过有关他身世的半句话。胡适却不加任何考证,甚至也不加任何捣弄,就拿来直接与曹家挂上。说他与"一班八旗名士往来",也是胡适虚话。那个以"曹雪芹"三个字做化名的西山贫士,与二敦为朋友,肯定也见过他们那个小圈子的一些人,但要说交往,没根据。那些人,从来没有任何文字提到过曹雪芹,曹雪芹这边自然也无任何讲到过他们的笔墨,甚至连二敦也没有在笔下留下点什么;那些人其时即在八旗中,也没有一个算得上名士。这里,要特别说说,胡适在辛苦的考证、搜罗中,发现了二敦兄弟的诗集,使我们知道了曹雪芹许多极为重要的情况。这对红学研究来说,是一桩很大的功劳。但千不该万不该,他顺手拿起,连人(曹雪芹)带文献资料,一起轻轻巧巧就挂到曹寅那根八竿子也打不到的桩子上,把什么都搞变味变态了,对后来的读者研究者起到了很不应该的误导作用,至今仍很难澄清。

3. 曹寅死于康熙五十一年,曹雪芹大概即生于此时,或稍后。

曹家无此雪芹。

4. 曹家极盛时,曾办过四次以上的接驾的阔差,但后来家境衰败,大概因亏空得罪被抄没。

这是曹寅家的事,跟小说《红楼梦》没有关系。

5.《红楼梦》一书是曹雪芹破产倾家之后在贫困中写的,作书的年代大概是乾隆初年到乾隆三十年左右,书未完而曹雪芹死了。

《红楼梦》是在贫困中作的,从二敦的诗中可以推测,应当属实。

但作者的家在何处,尚不知道,何言"破产倾家之后"?从其离城,远迁西郊,极度贫困,似乎从无亲友接济等数项看,倒是像因为难于说出的缘故,他与他的家族、亲友彻底决裂了。说"书未完而曹雪芹死了",肯定不对,造成的影响甚大,留在后面再谈。

6.《红楼梦》是一部隐去真事的自叙;里面的甄贾两宝玉,即是曹雪芹自己的化身;甄贾两府即是当日曹家的影子(故贾府在"长安"都中,而甄府始终在江南)。

这是胡适红学的核心。从任何层面、任何角度看,它都只能算是最无道理、最为可笑、最为荒谬、应该归于梦呓之类的胡言乱语。

八　简单几句话归总

袁枚是先导,胡适是后续。

袁枚信口胡乱编造,胡适一味玩空手道。

没有袁枚的《随园诗话》,便不会有胡适的《红楼梦考证》。

袁枚是无水之源,胡适捣弄成一条大河。

没有《红楼梦考证》,或许就没有考证派新红学的诞生。

没有考证派新红学,自然就没有当代红坛上那些莫名其妙的纷争。

第七章　冒牌与绑架

一　三合一的曹雪芹

胡适编造的曹雪芹,是个冒牌的曹雪芹,他由三个部分组合而成。第一部分:先为曹寅之子,再为曹寅之孙;先为曹颙之子,再为曹頫之子。这是胡适编造品的主体部分,亦可以说是核心部分。根据呢?除了袁枚的信口开河,拿来加以改造运用外,别的再无任何可以称得上旁证的文献资料,或确实让人信得过的传言。

江南曹寅之家没有曹雪芹这个人,找不到这个人的任何踪影。胡适编造出以后,近百年来,数不尽的考证者,曾经加以考证,说法很多,但没有一个找到称得上证据的证据。除了穿凿附会,还是穿凿附会。

胡适编造出曹雪芹,弄进曹寅之家,却无法在曹家给他寻到位置,儿子安不稳,安排为孙子,又找不出谁是他老子。出生的年份换来换去,生活在哪个时段,也游移不定;生存的状况,更是一概不言。至于抄家巨变之后到哪里去了,从此全无一丝半点信息留存,怎么能说你编造的这个人,就一定是后来创作《红楼梦》的人,写《红楼梦》的人就是他?

第二部分:直接从小说《红楼梦》搬取出来,又直接附会到曹雪芹身上。这部分量最大,也至为重要,是胡适编造的出发点,也是他编造的目的所在。"搬取"才开始不多久,他就迫不及待地亮出自己预设的结论,将整个贾宝玉搬来和他编造的曹雪芹糅在一起,使之合而为一,同时将两个性质完全不同且不在同一时空的曹贾两个家族,强行捆绑到一起,认作一体,以此证明他的"自叙传""家史"的发明的真实性。这部分很能迷惑人,但也最脆弱,稍微拨弄一下,就会解体。比如,它用对应对照的方法,将贾宝玉和曹雪芹黏合起来。我们也可用此方法拆解它的招数。就以曹雪芹和贾宝玉在不同年龄段的生活为例,看看两人能否互为彼此。将雍正六年(1728)初曹氏被籍没为坐标,其时曹雪芹不过四岁多不到五岁,他如果是这个家族中的一员,从此便沦为破落户的小儿郎,而后在贫困中度过他的一生。而书中的贾宝玉,这个年龄的时候,他还没有登场,没有露脸,他见林黛玉、见薛宝钗等等,都是几年后的事。然后,他就在花柳繁华之地、富贵温柔之乡很舒服地生活下去,做他自己各种各样的事,经历他各种各样的经历,然后逐渐长大起来,经受爱的欢愉、爱的挫折、爱的打击,娶宝钗为妻,再然后大约在十八九岁时离家出走,不知所终。这是曹雪芹吗?两人能够相合吗?如果这个不存在,两个家族也无从相铆了。

　　第三部分:敦诚《四松堂集》、敦敏《懋斋诗抄》两部诗集中所记录所描写的曹雪芹。二敦是曹雪芹的好友,而且几乎是曹雪芹仅有的朋友。诗集提供的信息,也可以说是我们今天所知道的关于曹雪芹的唯一可靠的信息。数量虽然不算多,但对研究曹雪芹来说,十分重要。二敦的诗集,是胡适发掘出的,应算他的一桩大功劳。不过,他把他拿来(实际是绑架来)塞入江南曹家,强行跟他编造的"曹雪芹"糅在一起,那就大错特错了。

二　不是绑架的对象

　　二敦笔下的曹雪芹,绝对不会是江南曹寅家族中的人。因为这仅仅是一个人的化名,并不是那个人的真实名字。使用这个化名的人,就是当年隐居在北京西郊偏僻山村的那个贫士,小说《红楼梦》真正的作者。

这个贫士,原来居住在北京城内,二十多岁时,移居到了那个山村。什么原因使他自甘赴向这几乎断绝生路的境地,无从知晓,也无法判断。那时《红楼梦》创作已经开始,其后一直在十分秘密的状态下进行。"后因曹雪芹于悼红轩中,披阅十载,增删五次,纂成目录,分出章回,又题曰'金陵十二钗'……"这一小段存在于第一回的文字,当时肯定已写出了。读《红楼梦》可知,它的作者就是那位全能全知的叙述者,他知道一切,能把握一切,支配一切,书中的一切都是他一个人叙述出来的,没有他的编织和叙述,便不会有《红楼梦》。为了躲避极端血腥的文字狱,他不仅隐去了自己作者的身份,也隐去了自己的姓名,而假托石头,假托空空道人抄书、孔梅溪题名,再虚构一个不知从哪来的曹雪芹来增删。如果"曹雪芹"三个字,不是虚构,不是假托,而是他自己,这就是说,他其实不怕文字狱,不怕暴露自己。但假如他不怕,何不直接标明自己是作者,而要降为增删者呢?绕这种弯子,不但没意思,反倒会带来许多不必要的麻烦,书一旦问世,人们会喋喋不休地探问,你说你增删,那原著者是谁,稿本从何得来,你删了哪些,增了哪些,又为何那样增那样删呀?好在那时,他的书还没有写出来,无人知晓,无人向他打听。

使用"曹雪芹"这个化名,应当与二敦兄弟成为朋友之前便已开始。那时他还居住在北京城内,年龄二十多岁,已动手写《红楼梦》。在某些陌生的场合,需亮姓名,比如遇上别人叩问时,由于某种原因,他不愿意让人知道自己,便随口以"曹雪芹"三字应之。这个由他自己虚拟,刚刚写入自己的小说,用以遭受不测时顶替自己以糊弄朝廷鹰犬的名字,他可能有特殊感、有偏爱。及至移居西郊山村,以隐居的方式生存,不想让人知道他的来处、他的根底,就干脆将"曹雪芹"做了自己的名字。因为,人需有姓名,才能够生活在一定的社会里,他离不开那个社会,他需有一个名字。

《红楼梦》的创作,一直是在秘密中进行,什么时候能完成、能问世,则遥遥无期。或许他根本就没指望在他生前,他的小说能够让读者读到。以化名做己名,他不担忧遇上诘问的麻烦,也不害怕因这个化名与书中的假托之名相同而遭到文字狱的追究。如果有一天,书能走向读者,在抄出以前,他另外拟个假名,将"曹雪芹"换掉就行了,举手之劳,花不了片刻工夫。

总之,在《红楼梦》的文本里,曹雪芹是个由作者虚拟的假托之名,实无其人。而作者当年隐居北京西郊创作《红楼梦》的时候,将这个假托之名,用作了自己的化名,不消说,他另有自己的真实名字。

胡适编造的那个"曹雪芹",说得很多,其实十分空洞,除了曹頫"子"曹寅"孙"而外,再无别的"内容"。将西郊山村的"曹雪芹"绑架去合而为一之后,一下子变得充实起来。因为二敦诗中那些生动、形象、重要的刻画和描写,都成了他制品极好的增塑剂,这对后来《红楼梦》的广大读者和研究者起了极为负面的误导作用。

三 绑架的后果

事实上,这种不该有的糅合,给胡适带去了相反的效应,使得他的编造更加显得缺乏道理。

首先,曹寅家族隶籍皇帝亲自掌握的正白旗,是皇家内务府的世袭包衣,其成员按习俗称为皇帝的"家生子儿",身份永世不能变更。无论男女,出生之后登记在案,长到一定年龄,派以差事,一切听候佐领安排,不得自行其是。曹雪芹如果是曹寅家的人,不必说也是内务府的包衣,怎么能够跑到荒山野村去长期隐居起来,还偷偷写小说。如此胆大妄为,情同逃逸,直接管辖者竟然从不追问,太难想象。须知,单是那写小说,倘若揭出点问题,他们也会被连坐,至少有失察之罪,轻则坐牢,重则砍头。

其次，皇家内务府的包衣，每月有固定的钱粮，足以维持几口之家的生活。曹雪芹如果是内务府的包衣，何至于那样穷，何至于"举家食粥酒常赊""日望西山餐暮霞"？包衣，自有包衣的观念，作为包衣的后裔，他也未必愿意脱离那有着铁杆庄家保障的去处。况且不是他想脱离就可脱离得了的。从这也可以断定，他不会是曹寅的后代。

再次，尤需注意的是，与曹寅家世有关的两部谱牒中，没有曹雪芹的任何信息。其一是《八旗满洲氏族通谱》。此《通谱》为乾隆帝敕修，算官谱，始于雍正十三年（1735），完成于乾隆九年（1744）。该谱卷七十四，《附载满洲旗分内尼堪姓氏》中，完备地载着曹家从曹锡远到曹颙之子曹天佑，计六代十一人，并记有其官职。曹頫亦在里面，但他名字之下，空空如也。从此谱看，曹頫没有儿子。

谱中，曹頫无儿，是不是漏载了呢？漏载的可能性估计很小很小。可以从以下几方面分析：

1. 按中国人的传统，修谱是非常严肃的事，它涉及许多方面，关系着许多家庭及其亲戚，诸如血统、祖宗、根子、支系、荣誉、后裔之间的交往认同等等，容不得半点错误。其材料来源，多系来自支脉小谱，或小家小族私谱，因其范围小，对其家其族近代或当代人，谁都知道，很难遗漏。而此部《八旗满洲氏族通谱》是乾隆帝亲自下令修的，带有明显的政治目的，比如加强内部团结等，动用的人力物力，自不一般。若在一些地方搞错，会带来严重的后果，具体主持者必遭惩罚，进行中不得不加倍仔细。

2. 曹頫生于何年，不知。他于康熙五十三年（1714）入嗣，继刚死去的曹颙任江宁织造，其年纪大约十六七岁光景。若他在枷号追赃中，不死于狱，到《八旗满洲氏族通谱》修谱的过程里，他应该是三十多岁到四十岁左右。他既被收入该谱，修谱者，按规矩，就不可能不查他有没有儿子。倘若曹雪芹是他的儿子，其时应有二十来岁。对这个大活人，又能诗会画，有很好的才能，且是皇家内务府包衣，时不时被佐领差遣去跑腿办点什么事,修谱者也不大可能视而不见。

3. 曹頫是江南曹氏家族的"亡国之君",一个辉煌半个多世纪的富豪之家,最后就"出脱"在他手里。康雍乾之世抄家成风,但被抄者,毕竟是少数,而后又长久枷号者更少。单就这点看,他在当时必定是"名人"。在家族、亲戚内部,绝对不会轻易被遗忘。社会上对曹家有所知晓的人,也会议论他。当人们站在各自的角度,非议他,诅咒他,怪怨他,或惋惜他,可怜他时,不可能不连及他一家人的遭遇。他有无后代,有无子息,不消说,也会在话题之中。如果曹雪芹是他的儿子,随着这个儿子年龄的增长,所表现出来的种种好与不好、肖与不肖、愚顽与上进、惹人厌还是令人喜,也会连到一起评说。这样在一定的圈子里,因其有个有相当"知名度"的老子,也会"沾"点"名气"的"光"。修谱者,不可能完全忽略他。

4. 说到"名气",还有另一面。曹頫原是曹寅弟弟曹宣的小儿子(老四)。他家数代都是皇家内务府的包衣,曾有多个人在内务府中下层担任一定职务,关系很广。1714年曹寅亲生儿子、原任江宁织造曹颙死后,康熙帝担心江南曹氏一家散板,亲自主持将曹頫过继给曹寅之妻李氏做嗣子,并赏给一个主事(相当于五六品)让他挂着作为头衔,继曹颙署理江宁织造。这是一个很弄钱的肥缺,许多事与皇帝本人直接沟通,办理皇帝直接交办的事,为皇帝充当耳目,搜集民情,甚至暗中为皇帝监视江南督抚大臣。那时他不过十多岁,自称"黄口"小儿,年纪轻轻竟然逢此好运,得到从天上掉下来的大馅饼,这不但在他的兄弟行,在内务府中下人员中,即便在部分朝臣中,也是值得羡慕、值得另眼相看的事。官方修谱时,对他(虽然已经革职)这样一个很早"知名"的人,名下如有儿子,那些主持者、采访者、材料汇集者、审核者,怎会忽略?怎会不查?怎会不书?

与曹氏有关的另一部谱牒,名叫《五庆堂重修曹氏宗谱》。与前面说的官谱相对,这是一部私家谱。据大学者冯其庸先生考证,此谱最初修于何时,已不可考。但顺治十八年重修过一次,重修时仍保留老谱的文字。乾隆时也重修过一次,到同治十三年又重修过一次。到现今,这部家谱中仍保存着九世曹锡远到十四世曹天佑共十一人的记载。所载人员与官谱《八旗满洲氏族通谱》相同。也就是说,有曹頫,但名下无儿子,亦无曹雪芹的任何踪影。

公私两谱,均如此,就很值得注意了。

曹雪芹随着《红楼梦》的流行,在乾隆时期,人们虽知道有其人,但不知其为何人。到嘉庆一朝,逐渐有人说他是曹寅的后代,并见诸文字,流布于世,辗转相传。到了《五庆堂谱》重修的同治年间,他早是大名人了,至少曹家的人会把他当作曹姓的大骄傲。重修家谱时,"曹頫子""曹寅孙"之说,修谱者不可能完全没有听说过,为什么不查不记?不记,岂不"数典忘祖"、开罪族人?很可能查过了,落不了实,故而不记。

曹雪芹为曹頫之子,清代历史上无任何记载,也无任何人说过。说曹雪芹为曹頫的儿子,是胡适写《红楼梦考证》时提出的。胡适说此话时,并无任何根据,只是一种分析、一种猜测、一种纯主观的断定、一种为曹雪芹找寻父亲而又找不到父亲后的硬"粘"。对此硬"粘",胡适的拥趸者,代代相因。在快近一个世纪里,一面在根据上,仍然空空如也,一面在说法上,则越说越活灵活现,其坚硬程度,直如木板上钉钉。

"四十萧然太瘦生","四十年华付杳冥"。敦诚吊曹雪芹诗句,说明曹雪芹一生只活了四十岁。这对胡适来说,也是很伤脑筋的事。他原先臆构的那个曹雪芹,塞入曹家后,怎么也安排不好位置,年龄、出生时间换来换去,都放不平顺。又去绑架一个出生迟而又逝世早的来,硬粘成一体,麻烦就更多了。出生迟,做不了"繁华梦";出生早,到1764年逝世时,又大大超过四十岁。两头都照顾,两头都滑脱,没办法,就随意增减,当成橡皮筋,拉来拉去。最糟糕的是,在拉橡皮筋中,将"自叙传""家史"一下子拉得全不见了。因为年龄东变西变,不但"传主"与记录下来的"传"严重脱节,甄贾两个家族的一切也全不相挨,根本找不到任何契合之点。

另外,曹寅,字子清,号荔轩,又号楝亭、雪樵。如果曹雪芹是江南曹家的人,且是曹寅的孙子,他怎敢以"雪芹"二字做他的"字",或做他的化名、别号?岂不是对其祖父大大不敬?《红楼梦》中还拿"唐寅"之名开玩笑,以状薛蟠的粗鄙无文。说"唐寅"固然不犯什么,但"寅",却也是曹寅之"寅"。曹雪芹倘若是他的孙子,按那时的习惯,笔下不可能有这种过分无礼的构筑。

如果曹雪芹是曹寅的孙子,那曹玺就是他的曾祖父。曹玺又名曹尔玉,在曹雪芹来说,对于"玉"字,笔下、口头上,依礼,按理,照规矩,也须避讳。但《红楼梦》中,以"玉"做名的,不但有贾宝"玉",还有林黛"玉",再有妙"玉"、红"玉"、唱戏的蒋"玉"函。同样,曹寅和他的兄弟曹宣、曹宜,名字都是"宝盖"头,这是他们的班辈。而贾宝玉的"宝",也是宝盖头,这里就冲犯了。

四　抄家之后,曹雪芹到哪里去了?

还有个大疑问,如果曹雪芹是曹寅之孙、曹頫之子,雍正五年年底曹家被抄没以后,年幼的曹雪芹到哪里去了呢?几乎所有红学家都认为,随家里长辈回到了北京,从此在北京生活,长成人,写《红楼梦》,后迁居西山,直到死去。胡适没有说,但看他将隐居西山的那个贫士绑架而去,可以推测,他也是这种逻辑、这种判断。

抄家第二年,即雍正六年春,新任江宁织造隋赫德(内务府郎中、负责执行雍正命令、没收处理曹氏家产者)有一份给雍正的奏折。该奏折除列述了没收经过、财产、人口数量等级情况外,末尾有这样一段话:

再,曹頫所有田产房屋人口等项,奴才荷蒙皇上浩荡天恩,特加赏赉,宠荣已极……曹頫家属,蒙恩谕少留房屋,以资养赡。今其家属不久回京,奴才应将在京房屋人口,酌量拨给。

以上文字,使我们知道,被没收后赏给隋赫德的"人口",只是曹家奴仆,不包括"曹頫家属"。对抄家以后"曹頫家属"的生活问题,雍正帝"恩谕""少留房屋,以资养赡""其家属不久回京",如果曹雪芹是曹頫的儿子,不必说就在其中。红学家们的推测、认定,也顺理成章。

但是,一年以后,雍正七年七月二十九日《刑部为知照曹頫获罪抄没缘由业经转行事致内务府移会》内,讲了一件复杂而又不很复杂的事:曹寅(生前)名下得过赵世显银子八千两,刑部行文让"署苏抚"的尹继善向曹寅儿子曹頫追缴,限时一年。尹继善将事情交给上元县去办理。期限满后,上元县向尹继善报告:

具详织造,随批开,前任织造之子曹頫已经戴罪在京,所有家人奉旨赏给本府,此外并未遗留可追之人。

尹继善据此向刑部"咨称":

既查明伊子现今在京,又无家属可以着追,上元县承追职名似应缴免。

刑部又向内务府行文,查曹頫情况。雍正七年五月初七日,准总管内务府回文"咨称":

原任江宁织造,员外郎曹頫,系包衣佐领下人,准正白旗满洲都统咨查到府。查曹頫因骚扰驿站获罪,现今枷号。曹頫之京城家产人口及江省家产人口,俱奉旨赏给隋赫德。后因隋赫德见曹寅之妻孀妇无力,不能度日,将赏伊之家产人口内,于京城崇文门外菜市口地方房十七间半,家仆三对,给曹寅之妻孀妇度命。除此,京城、江省再无着落催追之人。相应咨部。等因前来。

据此,应将内务府所咨曹寅之子曹𫖯京城及江省家产人口,俱经奉旨赏给隋赫德缘由,知会办理赵世显事务之王、大臣可也。

将这份《刑部移会》与前面隋赫德给雍正的奏折,两相对照,令人不得不产生疑惑。"奏折"里说,"曹𫖯家属,蒙恩谕少留房屋,以资养赡。今其家属不久回京,奴才应将在京房屋人口,酌量拨给"。《刑部移会》内,却只讲"曹寅之妻孀妇",不再提"曹𫖯家属"。曹寅之妻是曹𫖯的嗣母,他们一直生活在一起,按说法按行文习惯,说"曹𫖯家属",自然这嗣母就包括在内,而且送回京,"酌量拨给"房屋,是抄家之后,处理"曹𫖯家属"的生活,不单是为了这位嗣母一个人的生活。行文上,自然只能写成"曹𫖯家属",而不应只提"曹寅之妻"一个人。从《刑部移会》的文字看,似乎房屋、仆人都是拨给这位"孀妇"一个人的,因为她"无力"(大约是说她太老,又一个人),"不能度日"。拨房屋、仆人,是"给曹寅之妻孀妇度命",而不是给别人为生(即不包括曹𫖯家的其他的人)。

隋赫德的奏折,关于"曹𫖯家属"回京,只是一个尚未实行的安排。《刑部移会》里说的是事情施行的最后结果。应该以《刑部移会》为准。因此,我怀疑,除曹寅之妻李氏一人外,曹𫖯其他家属最终并未回京。

抄家,又叫籍没。就是彻底摧毁一个家庭(或一个家族),从根本上抹去其存在。清代康雍乾之世,有许多抄家的案例。被抄之家,财产全部没收,人口不分主子奴仆也全部没收。在处理上,十分残酷,杀的杀,关的关,充军的充军,圈禁的圈禁,其余公开出卖,或赏给"功臣"为奴。无论老幼,连很小的娃娃也不放过。以雍正元年抄苏州织造李煦家为例,除财产全部没收外,李煦全部家属(十余人)及全部奴仆,包括童男幼女,统统被捕、没收。除李煦本人及儿子李鼎、几个重要家人需关起来审讯,其余两百多"名口",在苏州公开变卖,每个人都预先定了身价。因南省人均知道是旗人,无人敢买。卖了将近一年,都没有卖脱。后来又押解回京,途中死去男子一、妇女一、幼女一,押解到京的共二百二十七名。内中有李煦妇孺十口,不知是什么原因,交给了李煦。剩下的二百十七名,全部交给崇文门监督变卖。留候审讯的八个重要家仆,"俟审明后交崇文门变卖"。

　　曹家被抄,原因和李煦家被抄一样,都是由于经济上亏空。那么,曹𫖯的家属被没收没有?依隋赫德的奏折,应该是没有没收;依《刑部移会》所讲的处理结果,似乎是遭到了没收。

　　曹𫖯家被抄前,就那么几个数得着的人,属于成年"主子"的,除他本人,只嗣母李氏、寡嫂马氏、他的妻子某氏三个女人而已。在相当长的时间里,家族内谁在具体当家?最初,曹颙死的前后,可能是马氏。但曹𫖯接任后,特别是他娶妻后,很可能逐渐转移到他妻子手上了。因为,马氏很年轻,不过二十多岁,又孀居,当家常需和他这个嗣弟相处相对,叔与嫂,礼数上十分不便。前面《刑部移会》、内务府的咨文、尹继善的报告,都说曹𫖯获罪被关,他的家人都没收,奉旨赏给隋赫德了。曹寅那笔须追缴回的八千两银子,北京和江南省再无可以追缴之人。如果他的家属他的妻子没有被没收赏给隋赫德,这个长久执掌家务大权的女性,不就是一个适合的追缴之人吗?虽然她肯定无力偿还。但上述的几家文字绝对不会那样写,因为不敢那样下笔行文。那样写,就难脱抵制、回护、包庇之嫌了。设若有人奏知雍正帝,可不是儿戏!

　　曹家之产,是数代人数十年间积累起来的,虽然不及李煦之巨,却也相当可观,隋赫德平白无故得之,突发大财,当然高兴。百多个奴仆,也成他的私产,其中当有不少是曹颙、曹𫖯甚至是曹寅时代的业务骨干,他可以用来顺利开展他接任织造署的工作。但曹𫖯的家属,对他来说,可是个难捏的红炭圆。即使没收赏他,他也绝对不想沾手。分析起来,原因太多。区区数人,全是妇幼,于他一无用处。虽无用处,却是不久前的主子,曹家奴仆不少是世仆,一代接一代的"家生子儿",各个方面,特别是在感情上,与主子有割不断的纠葛。若让他们仍留在织造署,或留在江南,那些被没收的奴仆,是听你隋赫德的还是依旧听他们的?至少在心理上不会服你听你,乃至厌恨你仇视你这个无端破人之家的外来者。更为重要的是,他不知道如何对待他们,在他们面前他会有难以克制的尴尬。照说,没收了,赏赐他了,他们就是他的奴仆,他可以随意骂随意打,甚至拿去送人、卖钱。可是,他敢吗?要知,他们有几家阔亲戚呢!其中李氏,就是老平郡王纳尔苏的丈母娘、小平郡王福彭的亲姥姥。不必说,曹颙之孀妇、曹𫖯之妻,就是纳尔苏的妻娣、福彭的舅姆娘。而平郡王与皇室关系密切,连续受到重用。还有,隋赫德是皇家内务府的郎中,跟曹家几代人同属一个"单位"。其职衔与曹寅一样,年龄只比曹寅略小几岁,当年曹寅在内务府时,必与他有所交往,至少在工作上曾有过联系。曹𫖯被抄,曹𫖯的三个亲哥哥,仍在内务府当差。在此之前相当长的时间里,隋赫德跟他们的关系怎样,不知。但总算是熟人吧!如今他不但将江南曹家的全部家产拿去,连一门家小也一下子成了他的奴仆,他能心安理得?内务府的成员,除少数头领外,大部分都是包衣(奴隶),这些包衣全是"世袭"的,祖祖孙孙,一代接一代,都在同一个"单位",供驱使差遣。成员之间构成了一种天然的特殊关系,有着大致相同的心理和观念。如今,你隋赫德一个"包衣",把人家另一个"包衣"的全部亲人拿去做再没有了人身自由的奴仆,怎么说呢,虽然是皇帝所赏,但他本人,恐怕也难以面对内务府那些几代人都与他家几代人同在一起的熟人。

无论如何,曹𫖯家属被没收,降为奴仆,对隋赫德必定构成一种"威胁",至少是一种心理上的、道义上的、人情上的巨大压力。唯一的办法,别划在没收之列,早早送离江南。

对曹寅妻子李氏的安排,雍正无疑是有过话的。曹寅是雍正老子康熙的亲信,长久受到康熙的重用和赏识,替皇家出过不少力,为人上名声也不错,生前可谓"誉满江南"。对曹寅的孀妇过分刻薄,肯定会招来许多非议。况且平郡王是她女婿,把她赏给隋赫德做奴仆,不但对纳尔苏太损,爱新觉罗氏的另一些后裔们,也会感到伤脸。再说,她太老了,犯罪的曹頫不是她亲生,而是嗣子。所以才有那样"少留房屋,以资养赡"的"恩谕"。这"恩谕"不见于另外的历史文献,有可能是口头上的交代,隋赫德没有听清楚,以为说的是曹頫全部家属(而这又是隋赫德所希望的),故奏折里才有"不久回京"的话。不过,绝不排除雍正最初说的就是全部家属,不单是指李氏一人。读历史可知,雍正是个性情残暴忌刻,说话往往不算数的人。当隋赫德的奏折递上去后,雍正将原来的话改变了。总之,从前面所引的《刑部移会》看,回到北京的多半只李氏一人而已。

如果曹雪芹是曹頫之子,很可能和其母亲等一起被没收,赏给隋赫德成为隋赫德的奴隶,留在南京了。过五年,即雍正十年,隋赫德因罪革职回京。那时他已七十多岁,但不久之后,仍遭雍正充军,发配到北方军台去"效力"。隋赫德回京前,有文献记载透露,他曾匆匆将赏赐给他的原属于曹家的部分财产卖成现银,带了回去。被赏的人口呢,历史上没有留下任何信息,估计不会带回北京。那么多人,他非大富豪,养不活,也无用处;送人,或就地卖掉,可能性更小。最大的可能,他自己一走了之,其余不管不问,由接任的新织造官去接管处理。

这些"曹頫家属"和百多号奴仆,经历了戏剧性的遭遇之后,在江南的生活,很难推测。但如果曹雪芹属于其中一员的话,他不会跑到北京去长住下来。北京对他来说,是个完全陌生的地方,他的祖母李氏,抄家时已七十岁左右,很老了,连遭娘家夫家抄没家毁的大难,她不会活得太久;父亲曹頫,不可能多年日夜戴着沉重的枷锁而还活着。他跑去干什么？去了如何生活？留在江南，应该说还较为好些，起码有父亲曹頫的朋友们在，有祖父曹寅朋友们的后裔在，有那么多的老仆人在，不会完全不照看他和他的母亲。

归结到一点，疑问重重，无从求解。在没有任何可靠的证据下，怎么能说曹雪芹是江南曹家的人？怎么能断定后来隐居北京西郊写《红楼梦》的那个贫士，真名就叫曹雪芹，而且就是曹寅孙、曹頫子？

五　在那十七间半房子里的生活

曹寅之妻李氏回京，不必说，是一种强制遣送的性质。她应该是在江南长大而后嫁曹家为妇，再孀居，再渐成老人的。南方北方所有财产都没收了，她回京何为？隋赫德"拨给"她十七间半房子、三对仆人，供她"度命"。三对仆人，就是三对夫妇吧？经济上她已上无片瓦，下无寸土，钱则不名一文，连自己也养活不了，如何向那六个男女提供饭食？可以想得到，不是她供养他们，而是他们供养她。他们除了在日常起居方面服侍她，还得出外以劳力换钱买粮买菜买油盐，否则服侍一个老妇，哪里用得着这么多人？

如果以我们原来的设想，"曹頫家属"都回京，可以算一算有多少人。至少有曹颙之妻马氏及儿子曹天佑，曹頫之妻某氏和曹雪芹，连曹寅之妻李氏，共计五人。但是，曹颙、曹頫有侧室没有？除了儿子，有未成年的女儿没有？按那时富豪家的习惯，特别是曹家一贯生育不强，人丁不旺，那两兄弟很难说不娶次妻，不置妾。娶了，置了，在长时间里，生不出儿子，未必生不出女儿。部分红学家相信脂砚斋的话，不是说曹雪芹还有个弟弟名叫曹棠村的吗？若然，这些人算不算"曹頫家属"？当然要算。如果都回到北京，没有十来人，也有七八人。除了一贯养尊处优的贵妇，就是鸡大蚂小的孩子，全要那三对仆人挣钱养活，如何养得活？设若三对仆人还有自己的孩子，那日子更难维持下去。

　　三对仆人是从曹家没收而来的,原先住在北京,不在江南,对主子们未必有多少感情。先前恐怕就是守守房子,做点小事,估计是很闲的,可能偶尔还能给自己弄点外快。现在倒好,那么多人的吃饭穿衣,都压到了他们身上,岂能无怨尤?说不定还会故意弄出不少事端,让这些从前享福享惯了的主子,如今尽吃闲饭的"罪犯家属"不快活。

　　还有,这些"曹頫家属"内部关系怎样?可能大灾大难之后,庆幸余生,如今艰难当头,亲情更浓,很能互相关切、体贴。但也存在另一种可能,那就是破落户家庭内部常见的互相没完没了的龃龉、争吵、咒骂、耍烂脾气。特别是那些长久居于压抑地位的妾和她们的后代,对大妇和大妇之子,大约不会有好脸色。另外,这个家族还有个难处理的缺陷,这就是曹頫是个入嗣者、家事的主宰者如今的毁家者,而曹颙之妻马氏生的儿子曹天佑,照理才是"正苗",才是日后这个家族事业的继承者。过去,曹頫、马氏叔嫂之间的关系怎样?可能没有什么矛盾冲突,也可能有点,未激化,但现在就不好说了,反正,家是你搞败的,没有你的犯罪,哪会弄到眼前这样?几代人,几十年的大家业、大富贵,全叫你这个旁枝别丫给毁了!马氏很难说没有这类的想法。如果有,照人的情绪生成习惯,就会把以前曾有过的种种不快,翻出来加到一起。那么,曹頫之妻某氏,临当这种怨恨和指责,又当如何反应?曹寅之妻李氏,夹在其中,她该如何?不大可能不卷进去。一卷进去,她的倾向必在马氏一边,因为天佑是她儿子的儿子,是她唯一的亲孙子,也是她丈夫遗传下来的能将家族延续下去的血脉,是曹家剩下来的成员中,她唯一最亲的亲人。这种倾向,必加重儿媳妯娌之间的内斗。

　　倘若曹雪芹果真是曹家的人,在那样拥挤、喧嚣、恶劣,又极端穷困的环境里,他一个几岁的孩子,不会受到良好的教育,也不会对读书之类的事感兴趣,而会自然而然地成为一个顽劣的野孩子。一个从小没有学习文化习惯的孩子,到二十多岁写《红楼梦》时,他哪来那么广博的知识?还有最为要紧的,在那样的环境,在那样的家庭条件下,其成长为少年、青年的过程中,不可能接触到数量较多的有教养的年轻女孩子。长大成人后,如果写小说,他绝不会去那样深沉地强烈地关注一群女孩子的命运,并塑造出一个又一个艺术性极高的典型。《红楼梦》当然不是自传,不是家史,但作家须有生活,须有自己心灵的体验,须有自己的某些相近、相似或多少有点相近相似的经历,做镜子,做触发剂,做发酵剂。

稍微有点文学创作经验的人都晓得,一部长篇小说,大框架大故事的构筑,不是太难的事。难上加难的,是那些细部细节。大框架大故事,是骨头骨骼;细部细节则是血和肉。没有骨骼不行,没有血肉更不行。细部细节上,你要能做到顺手拈来,层出不穷,左右逢源,选得精到,挑得独特,处理得自然,恰如其分,不拖泥带水,不臃肿不堆砌,写得活灵活现,满带青枝绿叶,就非得有丰富的生活和对生活的悟透不可。《红楼梦》之所以成为《红楼梦》,从文学艺术的角度说,很大程度上取决于此。读《红楼梦》,我常有个感觉,写这部伟大作品的作者,其头脑仿佛是一座集雨面积相当广阔的大水库,只要打开闸门,储存在里边的极为丰富的"水"(生活细节)便会恰到好处地流入他经营的田畴(小说中的篇章),从而长出茂盛的庄稼。而在那差不多有如地狱般的十七间半的房子里,不可能孕育这样的天才,它太窄太浅,"集雨面积"太小,积存不了多少"水"。集起来的,只能是混浊的杂质含量甚多的"水",不经相当的处理,做不了什么,更别说拿去塑造金陵十二钗,做她们的"血"和"肉"。

第八章 模式 偶然 必然

《红楼梦》问世已经两百多年,作者的名字真正叫什么,他的身世家世怎样,直到二十一世纪的今天,我们仍然一无所知。只晓得当年他隐居北京西郊一偏僻的山村时,朋友们叫他曹雪芹。而在《红楼梦》的文本里,"曹雪芹"三个字,则是个假托之名,是用来打马虎眼,防备文字狱的。当然也是为艺术营造上的需要。由此,我们猜想隐居西郊用的那个名字,是个化名。倘若他真叫曹雪芹,他便不会写到书里去,那样做,无异于自投罗网,或自我告密。也由此知道他不会姓曹。

在我们国家,有相当一部分古典作品(文学的、非文学的),问世之初,出于各种原因,作者往往都不署真名,或起一个别号,或用一个化名,或弄一个斋名,或搞一个假托,或干脆什么都不搞,而让署名处空着。后来,这些作者,有的被考证出来,有的一直弄不清,有的似清不清,似明不明,存在着争论。不管清不清,明不明,而人们在谈到某一部书时,一般都将那些化名、假托之名或斋名别号,认作该书的作者,因为年代久远,它一直就那样署着、存在着,你不能不承认。这是传统习惯,行之已久。《红楼梦》自然也可以按这样的习惯对待。它的作者姓名不知吗?尽可以用"曹雪芹"代之。因为,这个假托是他——作者自己的假托,不是别人的假托,而且是用来向读者表明,《红楼梦》是通过"曹雪芹"的"增删",再"纂成目录,分出章回"而后完成的。以此"曹"代之,不单可以,也应该说当得起。何况他还用之做过自己的化名呢!当然,如此说道,如此认定的时候,我们心中自有分寸:这个"曹",仍然只是个符号,不是现实中真正存在过的那个人。要弄清《红楼梦》作者的身世家世,还得去寻作者本人——文本中的那个全能全知的叙述者,即那个曾隐居在北京西郊山村的贫士,从他身上挖掘。否则,什么也得不到。打个比方,《阿Q正传》的作者是鲁迅,《子夜》的作者是茅盾,《太阳照在桑乾河上》的作者是丁玲,如果有人要想了解这几位作者的身世,就到鲁家、茅家、丁家去打听去考证,那行吗?

一　模　式

胡适笔下的曹雪芹,是个虚假的曹雪芹,与《红楼梦》的文本和《红楼梦》的作者,全不相挨,一无关系,是胡适运用不地道的、非学术性的法子编造而成的,其目的就是把他弄到曹寅之家成为一员。

说到这里,不妨提出一个问题:胡适自己明不明白他在编造?知不知道自己在造假?我认为,他是既知道又明白的。要不然,明明晓得袁枚的话不可信,却欣然拿起运用;明明知道没有任何可以作为支撑的文献资料,却还要那样去作为,全因为诱惑太大了!这就是前面提到过的,他,胡适并不懂得小说生成的道理,最初读《红楼梦》,形成个印象,是作者在写自己,写自己的家庭。这印象,可能由于《随园诗话》的引发,也可能有了印象后再联想到袁枚的话而有所加深。有了印象,就想证实,就想寻找证据,他先在书里搜索,而这很快就有了收获,那就是他后来在文章中反复征引过的第一回开头作者的两个"自云"。其时蔡元培的《石头记索隐》出版已有一段时间,索隐派风头正健,轰动非常大。从另外一面对胡适起了激励的作用,他决定亮出自己的学术主张,树起一杆属于他胡适的更大的旗帜。所谓诱惑,指的就是这个。算是一种潜在的信息吧。我是从他的《红楼梦考证》读出的,其字里行间,有明显的透露。

他当然不会承认自己在造假,甚至主观上也没有丝毫的那种想法。他只会觉得自己发现的"自叙""家史"远比索隐派那套"附会""猜笨谜"高明、正确。作为一位大学者,一位公认的导师,他有责任站出来告诉人真相,澄清混乱。有了这种使命感,他会觉得自己高尚,一个高尚的人,哪会去造假呢?为了学术,无论怎么做,都应该是正确的。所以明知道袁枚的话不可信,也要拿来做自己的根据。明知道袁枚讲的那个"曹雪芹"不是《红楼梦》的作者,不是曹寅家的人,也要连人带书一并打成包朝曹氏家族硬塞,盖不如此,他就无法在自己选择的道路上走出第一步。因为,其余他实在找不到支撑自己的东西了。这样做,他靠的是什么?靠的是大胆、自信,相信自己有法子能从不可信的袁枚那里,翻腾出属于他自己的可信的东西来。果然,在这方面,他表现出了高超而惊人的能耐。倘若有机会,不妨再回头读读他的《红楼梦考证》,看看那些将无变有的营造,那些谋篇布局上的机智,那些语言组合方面的技巧,那些叙述上的极见功力的安排和摆扎,就可知道了。无论如何,它弄蒙了许多人,以致过去将近百年的今天,仍然有些学者对之称颂不已。尽管它牵强附会,逻辑混乱,凭空捏造,处处相互矛盾,前言不符后语。而最为糟糕的是,它给《红楼梦》广大的读者和后世之红学带来了巨大的负面影响。

在编造曹雪芹的过程中,胡适完成了自己的学术理念。这理念,就是《红楼梦》不是虚构的小说,而是一部纪实作品。作者曹雪芹即书中的贾宝玉、甄宝玉的合体。书中的贾府和甄家,即清朝康熙时代江南织造曹寅之家。内容是作者的自叙传,再加曹家史。从理念出发,胡适初步建立起了自己的红学体系。这体系就是,以曹雪芹和贾宝玉为枢纽,将小说《红楼梦》里贾府和历史上的曹寅之家直接连接起来,寻找两者同一的证据,以证明两家原本就是一家,证明曹雪芹就是贾宝玉。这是体系的核心,也是他红学的基础和目的所在。操作的方法,则是历史学家常用的考证之法,同时也是他打出的旗帜。除了这个核心外,那时他的体系,还有一个子系,即专门考论后四十回非原著,而是高鹗所续,算是红学上最初的版本学。几年后的1927年,胡适意外地购得了人家送上门的《脂砚斋重评石头记》,即后来俗称的"甲戌本",很残,只有十六回。这是一个彻头彻尾的伪本子,浑身到处都是伪迹,明眼人稍一把玩便可鉴别。以胡适拥有的学问和见识,他不可能看不出。但因为本子上的不少批语,很合他的体系的路子,正好可以用来做体系的充实物,弥补它的空虚和空洞,所以很快他又发表长文《考证〈红楼梦〉的新材料》加以介绍和宣扬。于是,他体系中的另一个子系——脂学也初步有了眉目,同时前一个子系版本学也大有丰富。还有,按脂批提示而建立的探佚学,这时也开始有了苗头。而脂本的发现、研究、鼓吹,先前的后四十回为高鹗所续说,则进一步成了定论。

以上就是胡适红学体系的全部内容,每个子系都是它的有机的组成部分。子系之间相倚相存,不可分割,但有轻重之别。从后来发展的情形看,其中最为重要的是曹学和脂学,不过最为荒谬的也是这两学。曹学,其实就是曹寅家事之学,曹氏祖宗迁移之学,亡灵对号之学,与《红楼梦》毫无关系,却鹊巢鸠占,挤兑红学的空间,致使红学蜕化变质。脂学,在庚辰本、己卯本相继现身以后,持续多年大红大紫,甚嚣尘上,实际是捧骗子,捧伪本。

《红楼梦》是小说,凡小说都是虚构的,没有虚构,就没有小说。《红楼梦》当然也是虚构的,是作家曹雪芹汲取生活熔铸生活而后创作出来的。它不再是生活本身,而是文学艺术品。相对原生活来说,已是另外的一种东西,不含任何史,也容不下任何史。要了解它,诠释它,欣赏它,方法很多,可以有各种各样,也可以有多种角度、多种层次。唯独不能将它与哪段历史上存在过的某个家族、某些事件、某些人物直接捆绑起来,用史学上考证的方法去对它的文本进行考证,从中掘史、对号、觅迹、寻源。

胡适系统最根本的问题,还在于曹雪芹。曹雪芹是他进入曹寅之家的"通行证",或如前面所说的一个挂钩。没有这个通行证,没有这个挂钩,他进不了曹寅之家,进去了也与各方面挂不上。进不去,挂不上,一切也就无从说起。然而,他运用的这位"曹雪芹",不是可以代表《红楼梦》作者的那位曹雪芹,而是他使用空手道的法子编造出来再强行塞进曹寅之家的。曹家无其人,世也无其人,明白这点,自然就知道胡适红学的学术理念及其系统,该知道如何看待如何评价了。遗憾的是,这个系统,在后来,竟为许多红学家争相使用,成为一种很光鲜的模式。

二 偶然与必然

胡适的考证红学,应当看作是一个历史现象,是那个特定时代的历史产物。长时间的红热所产生出的群众性的对《红楼梦》索解要求,文史相混的历史传统观念,两者结合成了因子,成了基础。随着岁月增加,因子剧增,基础变厚,很自然地便产生了以求"史"觅"史"为宗旨的索隐红学、考证红学。两者都可以说是应运而生,因时而有。就考证红学而言,没有胡适,历史也自会造出一个"类胡适""胡适之类"的大师。因为历史需要这样的代表人物。只要有需要,就会造出来,这是历史的能耐、权利,也可以说是它的一种习性。历史创造的东西,并非全是正面的,有时它也造出些负面的产品。或许它本身也需要一些负面的东西。因为,在每个段落每个层面上,它走的都不是笔直的路,总是充满曲折。红学的历史,虽然范围不宽,也不很长,但也是历史。其道路,注定也是曲折的。

要被历史选中来充当"考证派红学的代表人物",自身必须具备相当的条件。首先必须是公认的名声极为响亮的大学者,否则说起话来人家不相信,难有振聋发聩的社会效应。第二,要有胆识有气魄,敢于登高一呼,树起自己的大旗。第三,要思想活跃,头脑活泼,见多识广,善文、善辩,敢辩,要机智灵活,没道理的地方也能找出道理来。第四，要有超乎寻常的自信，有永远不服输的倔劲，有一根筋走到黑的豪情。除此四点之外，最不能缺少的，还要本身知识结构不全，不真正懂得小说生成的道理，读不懂《红楼梦》。如果知识结构较全，一读《红楼梦》就知道是作家汲取生活、熔铸生活而后依照文学创作的方法虚构而成的，里面没有"史"，没有可以考证出的故事、人物，那么，他就万万不会去干那种傻事、费力不讨好的事、只能落下笑柄的事。另外，说考证，他不能懂得考证，因为考证这门学问，有着严格的游戏规则，还要训练有素，具有广泛的知识。如果他懂得考证之法，有一定的素养，有遵守游戏规则的习惯，就不会去干曹贾相连而考证《红楼梦》的事了。因为，他只要遵守其中的一条规则，或考证过程中，遵守一两次规则，他就肯定继续不下去了。

　　上述的条件，正面的、负面的种种，胡适都具备，而且都称得上是"优级"的。当反复研究之后，我十分惊讶，胡适似乎是天生出来专供历史选择的，而历史选择胡适，怎么就选得这样准确呢，难道冥冥之中有着什么命运的安排？或者，喜欢开人类玩笑的历史，有意要对那以后的《红楼梦》的读者和研究者开一次让你们掉入迷魂阵、掉入泥潭而且无休止地去争去吵的大玩笑？另外，不妨做点想象，将1921年前后那一历史时段的中国所有著名学者都排列出来，能找得出一个来代替胡适吗？肯定找不出。

　　胡适的红学理念、体系，特别是它的核心和操作方法，尽管十分荒谬，但一出现，一开局，便引起极大的轰动。因为它很新鲜，看起来也很科学，远比那时统治红坛的索隐派有道理，更能满足社会对《红楼梦》从史的层面上求解的普遍心理。索隐派也是从史的层面上阐释的，但言之空疏，过分依赖主观想象推测，难以取信，而且所说离人太远。胡适的一套则不同，他"落实"到一个有根有底的家族里，"落实"到作者本人的身上，而且他说他是从历史本身考证所得，实实在在，并非想象、虚构。虽然，他其实也一无根据，全靠挪移、编织、构筑、语言技巧。如果不经过细掰细研，还真分辨不出来。

胡适的考证红学,开初,认可的人很多,但真正追随而上者,却非常少,入其门者不过数人而已。即便在被看好的同时,也迭连有质疑之声、反对之人。旗帜尽管打得很大,挂得很高,但好长时间,并未真正形成门派,社会影响不大不宽。二十世纪五十年代初期,胡适的思想、学术,在大陆遭到激烈的批判之后,有些岁月,他的考证红学,在大陆不仅再无人称善,连提到的人也很少了。

当年胡适遭到批判的,主要是他的政治思想、哲学上的唯心主义和实用主义。红学上的"自叙传",亦遭到否定,但与之不可分割的"曹寅家事"说,却安然过关。以曹贾相连相铆为基础、为核心的包括几大支柱在内的整个体系,更未受到质疑和冲击。这就为以后的光大发扬,形成灾害,留下了根子,备下了空间。

一个人感染了病毒,病毒在肌体内繁育发展,到一定的时候,就会生出相应的病来。历史也会感染病毒,或自己生出病毒。文史相混的习惯观念,即是一种病毒。长久无相对的力量去抑制、清除,得以自由繁殖、泛滥。胡适的考证红学,即是这种病灶在《红楼梦》研究领域中的一种典型性的展现。它是一种历史的负面现象,是由历史的负面因素,在那个时空,自然而然地生出来的。它自己不会消除,只会潜伏。而当主客观条件适合的时候,便会活跃、发展,以至爆发开来。

在当年声势浩大的批判胡适的运动中,考证红学之所以能够基本无损,其原因可能是,主要注目之点在政治、在思想、在哲学,无暇过多地去"照顾"他的红学。但最为根本的还在于,那时批判的力量自身不具备出击的条件。因为许多参与者,在"曹贾相连"这一核心上,在考证这一主要方法上,与胡适的认识,基本相似,至少无多大差别。另一方面,考证红学,尚处在"一家之言"的阶段,未曾长大,未曾成派,更远未独尊独大,谈不上什么危害,荒谬亦不甚显著。相反,其面目倒有些招人喜爱。批判胡适的运动一过,它又渐次活跃于某些红学家的笔下,尽管隐去了"身世",不再提胡适这位始作俑者。

拨乱反正,改革开放,当新时期的春天来临之际,长期受到压制和摧残的许多门学术,纷纷复苏,重展绚丽的风姿。红学有点特殊,它从未遭到过打击,只是在一个时期被政治力量歪化了。歪化时,声势浩大,但实际的参与者很少,人多侧目而视。新时期来临,整个形势都变了,它亦迷途知返,较快地重新回到学术的道路上。《红楼梦》的读者一直很多,红热久久持续,红学的基础甚宽甚厚,后备力量的资源,相当雄实。在新时期里,在原有的学者意气风发的同时,又有大量的新鲜血液拥入研究的行列,一时间,呈现出一派前所未有的兴旺发达的景象。

胡适的"自叙传""自传"说,因过分荒谬,且遭到过批判,名声不佳,在新时期的红学界受到普遍的扬弃。尽管仍有人在高唱旧调,如什么"新自传"之类,但市场已经很小,信者不多。人都知道《红楼梦》是一部小说,研究者也承认它是一部作家创作的文学作品,这对红学来说,是一个很大的进步。

然而,"扬弃""进步"之后,一部分人又快速走入另外更大的误区,掉进也许更加糟糕的烂泥潭。这就是"生活来源说""亲身经历说""亲见亲闻说""生活素材说""原型说"。认为《红楼梦》虽是小说,不能说是纪实作品,但不能完全排除"史"的成分。说曹雪芹《红楼梦》是根据他自己"亲身经历"写的;书里写的,都来自他当年的"亲见亲闻";写《红楼梦》的"生活","都来源于曹雪芹自己的家和亲戚之家";"《红楼梦》里许多人物,在生活中都有'原型'。有的是当年曹家的,有的是亲戚家的如李煦、平郡王纳尔苏家的"……这一系列既无任何实际根据又纯粹外行的说道,抽象地说一说,尚无大碍,反正不过是"姑妄言之",听者也就"姑妄听之"罢了。但发明者、倡言者却偏要正儿八经地当成真理,当成正确的学理,去解释《红楼梦》的来源,当成曹雪芹的创作基础,当成一部伟大的小说的生成机制来反反复复地宣传,这就玄妄得不知所云了。不仅如此,他们还高举考证的旗帜,从书里、书外,以至历史上去考证,去发掘,去对号。实际上,脚下走的仍是胡适所走的那条"曹贾相连"的歪路,打的旗帜仍然是胡适当年自以为豪的旗帜,选的方向也是胡适所定的方向。具体的操作方法,也与胡适那时别无二致。

曹家——曹寅之家,是胡适虚造一个"曹雪芹"才扯上来的,与代表着《红楼梦》作者的那个曹雪芹毫无关系。在曹寅之家,你根本找不出一个实实在在的名字叫做曹雪芹的人。已经在那里挖掘了近百年,至少是到目前为止,没有挖到一点坚硬的信息。退一万步说,就算曹雪芹是曹寅家的人,也不能将两家铆起来考证其同一。曹家、贾家毫不相关,两者生成的机制不同,性质各异,可以量化的各项规模相差甚远,存在、发展、败亡的种种因素亦大相径庭,况且不在同一时间和空间,是不能黏合说事的。胡适完全从"史"的层面将之相捆相铆,以作自己的学术基础,自然荒唐。这些后来的人对《红楼梦》的诠释,虽然从胡适的"自传""家史",换到了文学、小说,却沿袭其老法,依旧去曹家及其亲戚们之家,"定点""定项"掘"史",寻求小说《红楼梦》的"史"的事实、"史"的证明、"史"的解释。这样的作为、做派,不是胡适的那一套也是胡适的那一套。

伟大的作家曹雪芹,对我们今天的人来说,仍在浓雾之中。他有过什么样的"亲身经历",全不清楚。至于他的"亲见亲闻","见"的是什么,"闻"的是什么,更无人知晓。断定《红楼梦》是他根据自己"亲身经历""亲见亲闻"所写,初听,似乎有点道理。想一想,根本不是那么回事。那样说,除了来自推测,你能拿得出一星半点事实作根据与书中所写两相对照吗?"亲身经历",亲身所"经"所"历",论性质,史事也,非虚构也;"亲见亲闻",亲自所"见"所"闻",也当是当初历史上发生过的事情。拿这些写《红楼梦》,或《红楼梦》就是根据这些写成的,那《红楼梦》不是又成了纪实作品而非小说了?写小说,可不是写回忆录,也不是新闻记者经过一段采访之后写新闻。写史,是另一种笔墨。作家写小说,他用不着写史。如以写史为能事、为宗旨,他就写不成小说。小说,又是一种笔墨。在小说中写史,或把史搬到小说里去涂抹,只能落得画虎成犬的结果。

作家写小说,只写他感受到的生活、反复熔铸过的生活。原生态的生活,是无法进入小说成为小说元件的。胡适和后来的考证派新红学家普遍不了解小说之类的文学作品生成之机理,比如作家如何汲取生活、感受生活、熔铸生活等。更不了解小说不等于生活,生活不等于小说。相对于生活,小说是"另一种东西";要成为小说,特别是成为好小说,它就必须"背叛"史,背叛原生态的生活。正如将一堆粮食,经过酿造,制成酒一样。人固然离不开粮食,但也需要酒。喝酒时,他喝的是酒,不是吃粮食。粮食代替不了酒。小说——文学作品,则是从原生态生活酿出的"酒"。酒,一旦酿成,便告别了原料,只能以酒的形态和酒的实质而存在,再还原不成原料。相对于原先作为原料的粮食,酒的酿造就是一种背叛。没有这种背叛,就不会有酒。

考证派新红学家们,面对《红楼梦》,面对这部小说的研究,讲"生活",说"素材",其实是不懂这些概念的真正含义。因为他们是从史的层面上说的,不是从文学创作的层面上说的。不仅说,还要用史学上常用的考证方法去作"史"的考证。这就如同面对一坛美酒,不去品尝,也不知道如何品尝,却力图从坛子内的酒里,捞取当初酿造它的那些粮食来一样。

考证的方法,是不能用于《红楼梦》文本的。书中人物、故事、情节,以及种种描写、塑造,都是作家曹雪芹创作的。创作,创造而作之,新也,前所未有也。一切始于曹雪芹。在曹雪芹"创作"之前,他们、她们、它们,本身并不存在,没有历史。你去"考"什么、"证"什么呢?令人遗憾的是,不但从"史"的方面去"考",还要和曹寅家(包括其亲戚李煦家)连起来、捆绑起来考。

《红楼梦》本无"事",本无"史",认定是"史"而去考,是永远考不出什么可称之为"史"的东西来的。在这方面,胡适考来考去,最终也没有考证出一桩半件。后来的考证派,考了这么多年,至今也同样没有考出什么真正称得上"史"的可以和《红楼梦》相连而说事的东西。

当代红学家都耻言受胡适影响,并摒弃胡适的自传说、家史说,转言小说,认可文学,说来是一种大进步。但在实践上,又沿袭胡适的搞歪了的老路,以胡适的基础为自己的学术基础,以胡适的学术核心为自己的学术核心。选择了这个方向,走上了这条歪路,就必然要钻入胡适的框架,全面地忠实地继承胡适当年建立的极为荒谬的系统。结果,"说来是一大进步",其实,不过是在原地上稍稍挪动了一下而已。而这种挪动,使得事情变得更为荒唐。

自传说、家史说,明显虚妄,屡遭质疑,难以在学术界和读者中获得较多的认可。变成"小说"说,再用新发明的"亲身经历""亲见亲闻""生活""素材""原型"诸说,装扮一番,依旧换汤不换药地和曹家紧连在一起。原有的虚妄性被隐蔽起来,穿上了堂而皇之的学术外衣。整个学派都遵奉不疑,亦蒙蔽和欺骗了此学派之外的许多人。

第九章 灾难 话题 危机

一 百年灾难

谈《红楼梦》绕不开红学，而谈红学又绕不开胡适。胡适的红学理念、体系、模式，直接影响了他之后的几代红学家，而这又直接影响到了对小说《红楼梦》的诠释和阐述。即是说直接或间接地影响到了千百万读者对《红楼梦》的阅读、欣赏、理悟，以及吸收汲取。

胡适的理念、体系、模式，全为负面，造成的影响是无法估算的，可以说是灾难吧。而这灾难从开始到如今，已近百年，仍在继续泛滥。应该做些盘点了。下面是我个人盘点后，开出的一个单子，请广大读者审查，看该不该有这个单子，开得对与不对。

1. 无视作者当初构筑过程中的良苦用心和艺术上的智慧与胆识，曲解《红楼梦》的时空，凭主观想象，将故事大背景，硬拉到清王朝的康雍乾时代，导致诠释、阐述上总是有那么多胡言乱语，总有那么多的牵强附会，甚至动不动往清廷政治斗争上瞎攀扯，平白无故制造出许多永远解不开的谜，进而将作者的意图和小说的主题，乃至整个小说都加以歪曲歪解。

2. 否认《红楼梦》小说的属性，曲解为纪实作品，这在诠释上是一种很不良的盗换，直接否定了文学创作，否定了艺术营造，也从根本上否定了《红楼梦》的价值。《红楼梦》之所以伟大，之所以为中华瑰宝,就在于它含有极高的多方面的由作家营造出的艺术成分,就在于它是一部非常优秀非常杰出的可以说是独步古今的文学作品。它在文学上的价值,它于人的意义,不但在中国,即使在世界范围,也将是永恒的。定性为纪实作品,那还会有多大的意义和价值呢?何况被说成康熙时代曹寅那样家族的历史的实录!不说牛头不对马嘴,它配吗?它负载得起吗?

明明是小说,是文学作品,硬要说成纪实性的东西,还要无穷无尽地去作历史的考证,只能是白费力气,久之还会将自己的头脑搞偏,偏到让人难以理解。

3.《红楼梦》中的贾府与江南曹寅家,相隔十万八千里,既不在同一时间,也不在同一空间。而且属性完全不同,一为作家的文学虚构,一为历史上曾经的存在。只由于一种想象,一种误读、误解,便将两者硬行捆绑起来,去寻求同一的考证。还没有动手作业,就凭空认定曹即贾、贾即曹,并以此作为自己学术的核心、基础。其结果,可想而知。除了生拉硬扯、望风捕影、牵强附会,实无别的招数。绝大多数时候,连最简单的常识也不顾。一个内务府官阶不过四五品的郎中,硬要视为两个封了一等公的开国大功臣;一个生育过四个孩子的郡王妃,却被说成一个从未生育的皇贵妃;一个人数不多的长期生活在江南的中等家庭,乱扯成一个长期生活在北方京城的有数百人口的大豪族;一个长期靠贪污、挪用、亏空公款而维持局面的人家,黏附成一个拥有巨量土地靠剥削农奴而存在而延续的大官僚大地主之家;一个存在于清康熙时代的完全满化了的旗人之家,被凭空断定为一个远在满洲贵族入主中原之前就已经存在并已演绎完全部《红楼梦》的人家;一个皇家内务府世袭包衣(奴隶)的家族,被考证成有世袭大封爵的两个公府;等等,还有更多,暂不再列举。总之,曹贾相连而考证、而说事、而证其同一,不过是荒唐不经的事。可谓百谬之源,它像一台专门生产荒谬的机器,只要一开动,荒谬便会源源不断地生产出来。

4. 为了证明《红楼梦》源于江南曹家,不但搜角搜缝去考证曹家四位织造官曹玺、曹寅、曹颙、曹頫的一切和他们家里家外的一切,还去考证他们的祖宗八代,追寻其迁徙踪迹,查找亡灵对号。久而久之,建立起一门庞大的、实际简陋而空疏的曹学。江南曹家的事、曹家的人、曹家的一切,与《红楼梦》全无关系,别说他们的列祖列宗了。曹学是一种莫名其妙的产物,对《红楼梦》及其研究来说,它是个无端的入侵者,不但引发了对《红楼梦》的错解和歪解,还严重地挤对了红学的空间,造成了红学的蜕化劣质化。而且在相当长的时间,对正常的红学研究,竟然大有取而代之的架势。

5. 除开曹贾相连而考证而说事之外,因尊脂拥脂造成的灾害,也非常大。脂,即脂砚斋、脂本、脂批。脂本有三个,即习惯称呼的甲戌本、己卯本、庚辰本,共用一个名字,叫做《脂砚斋重评石头记》。是一个化名脂砚斋的原始书商,为多赚银两,暗地开设土作坊,以很少的工资,雇请拙劣的抄手,先后炮制出的伪"古籍"本。其时远在清嘉庆以后,早也早不过同治、光绪年间,乃至到了民国时代,本子上所有的署年、纪年,都是伪造、倒填。制作工艺非常粗劣,错谬百出,不纠不改,也不校。为缩短时间,少花成本,还严重偷工减料,肆意整残本子。如甲戌本,竟然只有十六回;己卯本则只有全本三分之一多一点。

批语不少,若重复计算,三个本子加起来,有几千条。可分为两类:一类言文,一类言史。言文类,占绝大部分,毫无价值,都是些口水话,浅薄无聊。言史类,所占比例极小,总加起来,远不足百条。全是些凭空虚构的谎话,都是那个无良的书商自己所写。他有两个化名,一为脂砚斋,一为畸笏叟。为了骗人,通过批语,故意编造成两个辈分不同,年龄有别,一个早死一个后亡的人。那些言文的批语,书商自己写得很少,多数则是从别的带批语的本子上抄袭来的。也不排除这样的可能,有少量批语,是他花了些小钱,请人写的,或直接买得的。

三个脂本,到处都是伪迹,尽露于皮面,而且是胎里带,很容易识别。仅仅因为有少量与曹家、曹雪芹套近乎的批语,恰恰合了胡适及其门派的"曹贾相连"这一基础、核心的口味,使得本来很虚妄的东西,一下有了来自"历史"的坚实支撑。于是在数十年漫长的岁月里,他们持续地不遗余力地对脂砚斋及其伪本伪批大加吹捧、弘扬、添补、拓展,虚增光环,直至抬到神圣地位。表面看来,是学术,也许最初的确是学术研究。但愈到后来,愈没有学术,而演变成了一种深度的利益结盟。

说实话,我自己原先也是迷信脂砚斋的,直到二十多年前,人已进入老年,为抵抗病痛,集中读书,以转移注意力,安抚神经,才发现,事情有点不对,脂批里怎么有那么多的前言不符后语,怎么有那么多的纯属无见识的应当归于小儿科的说道。还有一些显然是不实之言。为解疑释惑,便扩大查找,选关键处深入追寻,渐渐省悟,以前是上当受骗了。或许因为那时正在病中,情绪容易波动,一明白到这点,顿时馊气满怀,决定写文章揭露。不想从那时起开始介入了红学,更没料到后来竟然陷得那么深,多次下决心撤出,终于未能。时至今天,已经过去二十多年,前后出版了三本拙作,书名分别是《红楼雾瘴》《红学末路》《红坛伪学》,内中有相当的篇幅,是揭露批判脂砚斋及其伪本伪批的。自以为击中了要害,揭露也较为彻底。因此眼前的这本书,就不想再去多说脂砚斋、脂本、脂批了。但有一点,还要再提:脂本原不足道,不过是几小片被历史遗忘了的垃圾。当初,脂砚斋制造时,是制造"古籍本""文物本",购买者也是买古籍买文物,买去不是为了繁殖,而是为了收藏。除自己欣赏把玩外,不会轻易示人。因此,在二十世纪出现之前,三个脂本始终就只三个本子,估计有过转手易主,但次数绝不会太多,一直沉淀在少数几个收藏者手里,成了隋性本子。读到过的人微乎其微,谈不上什么危害。其所以成灾,成大灾,全是因为胡适考证派新红学尊之、崇之、媚之的结果。

6. 三脂本冒充源头本,冒充曹雪芹生前就已经制出的本子,又因偷工减料,故意砍残本子。庚辰本算最长,也不足八十回,后面四十多回全被砍去了。怕出售时遭人诘问,就通过批语,谎说被借阅者迷失了。还编造一些根本不曾有过的情节，以作证明。如狱神庙、芸哥探庵、茜雪慰宝玉之类。许多红学家因视脂砚斋为大权威，故深信不疑，于是平地兴起了一门旷日持久的探佚学。本来是糊弄人的东西，一个空虚的无底洞而已，部分学者却乐此不疲，长年累月地待在其中，作永远找不到实证的探佚。

7. 胡适主张"自叙传"说，程、高本一百二十回全本与之大有冲突。胡适写《红楼梦考证》，借谈版本，横指后四十回为高鹗所续，那时脂本尚未"现身"。三脂本相继出来后，胡适之言有了物证，高鹗续书之说成了定论，曹雪芹《红楼梦》的著作权，一下子被砍去三分之一。无论在普通的读者中，还是在红学界，都有许多人对后四十回不看好，甚者直接诋毁为伪续，"狗尾续貂"。这也是一种灾害，一种在红学上大于其他灾害的灾害。后面，要专门谈。

以上只是几个大的方面，每个方面都是由许多较小的部分组合而成的，倘要细谈，那就不是几个章节可以说得清楚的，非得专门写一本书不可。

考证派新红学自身酿成的灾害，不但长期使读者受灾，最要命的是还会害及自己、异化自己，使得这个学派之学，不成其为学。它的学理虚妄，基础空洞，方向错误，方法不对，所言所说，皆缺乏可靠的根据。而它又是那样的脆弱，动它的任何一点，比如一条脂批的被证、一个说法的驳倒、一桩历史的弄清，都可起连锁反应而致整体的崩坍、散碎。

一切一切的总根源，就在于有一个人造的"曹雪芹"。

二 过分沉重的话题

1. 我们现在知道的曹雪芹，就是胡适编造的那个"曹雪芹"。前面已经说过，他由三个完全互不相关的部分组合而成。一是袁枚不实之言的改造;二是从小说人物贾宝玉身上活剥来的文学描写;三是绑架当年西郊山村的那个隐者,将他硬行塞进曹家,指派为曹寅之孙,而他本人肯定不姓曹。这个"曹雪芹"成了历史上"确实"存在过的"人",有自己的"身世""家世""经历",不再是《红楼梦》文本中的那个假托,也不再是西郊山村隐者用过的化名。《红楼梦》就是他写的,内容则是写他自己的"传",写他家的"史",属纪实作品。书中的时空,在大清康雍乾时代。

当代一切辞书曹雪芹词条,介绍的曹雪芹,就是这个"曹雪芹";各种报刊、各种文章、各种著作说到的曹雪芹,也是这个"曹雪芹";开会讨论曹雪芹、课堂上老师授课讲到的曹雪芹,同样也是这个"曹雪芹";甚至修纪念馆,开纪念会,纪念的曹雪芹,也是这个"曹雪芹"。总之,凡是曹雪芹应该出现的场合、所在,全被胡适三合一的产品占领了。

你不信吧,所有人都在信;信吧,又总感到有些不踏实;读《红楼》,谈《红楼》,研究《红楼》,连上曹公吧,只有跟在胡适及其学派的屁股后头,到江南曹家去观光,去拜神,去按人家早已走不通的虚假的路子,作虚假的探寻。然后乖乖地落入胡适将近百年前设计好的彀中,加入他为开山祖师的红学阵营。

站出来说,"曹雪芹"不是那么一回事吧,不说遭到谴责,斥为狂妄,也会受到讥笑:这小子不懂!

没办法,"曹雪芹"就算是曹雪芹吧,就承认他是《红楼梦》的作者吧,然而,也不行。

2. 胡适之所以要那样花大气力编造成"曹雪芹",可不是为着好看好玩,而是要用来做铆钉、做挂钩,直接将他与曹寅和江南曹家铆起来挂起来的。铆起挂起是为了开展考证,是为了证明"自叙传""家事说",是为了他胡适树起自己的旗帜,建立起自己的山头。没有"曹雪芹",一切便无从说起。为着这,没有曹雪芹,大胆而又特别自信的大学问家,也相信自己能从历史堆中掘出一个,或造出一个为他所用的"曹雪芹"。于是,就有了硬行改造袁枚的一系列的荒唐举动。

"曹雪芹"倒是被编造出来了,并且把他塞进了曹寅之家。但要证明他就是《红楼梦》中的贾宝玉,从而证明《红楼梦》是作者"曹雪芹"的"自叙传",不说比登天还难,至少是难上加难。这个模式最基本之点,就是传主"曹雪芹"的身世、经历、年龄、成长过程、社会关系,以及活着、存在的各段时空等,与"传"中的贾宝玉的相对应的一切高度吻合。唯一可用的方法,就是考证,两头寻找,挖掘,排列,淘洗,对比,相较,互证,综合,结论。但胡适并不真正懂得考证之法,他遵守不了必须遵守的规矩。他用的是牵强附会、望风捕影、凭空虚说。即便这样,最后的结果,依然是,他拿出的结论,做出的文章里,只有"传",没有"主"。即只有贾宝玉,没有"曹雪芹";只有小说《红楼梦》,没有纪实的自叙的成分。因为他编造出的"曹雪芹",不是一个真正存在过的人,缺少作为一个人本该拥有的一切,如身世家世经历之类;而这个贾宝玉呢,则是作家虚构的文学人物,他和他的一切,是作家运用文学创作的方法,创造出来的。那之前,什么都不存在。

"曹寅家事",或曰"曹寅家史",这也是胡适发明的模式。与前面的"自叙传"模式刚好相反。"自叙传"没有"传主"没有"曹雪芹",缺少一半,一个巴掌拍不响。而"家史"则掘出很多很多,形成大而无当、名声极响的所谓"曹学"。但它也缺少另外一半——书里写出那一半。书里的贾府,没有任何可以拿来与曹寅作相互呼应、以证同一的东西。因此,"家史"也只能算是"半个巴掌"。

两个单独拍不响的巴掌,说明了"曹贾相连"而考证而说事的思维、路子、方法、作为,不仅无用,而且极易误导人。胡适之后,红学界不知有多少饱学之士,相继走上了这条路。

胡适的系统、模式,很新颖,看来也真有点像他自己所吹嘘的很科学,只要你去参与,就会有所发现有所收获,因为其基本法子就是附会、想象、穿凿、胡乱攀扯。拥此,何往而不利,何往而不胜?有时根本没有考证到什么,感觉上却觉得收获颇丰。

路子愈不通愈要往前走,收获愈没有,愈要再接再厉。荒谬越积越多,气势越来越雄,系统越来越固化,模式越来越坚实。伟大的小说《红楼梦》越来越被歪解了,编造出的虚构的"曹雪芹"也越来越真实了。还有脂砚斋、脂本、脂批,也越来越神圣了,高鹗续的后四十回更肯定是狗尾续貂了!

于是,鱼目混珠、李代桃僵的悲剧或闹剧也就上演了。

成语,鱼目混珠。鱼目不是珠,但某种情况下,可混成珠子。胡适编造的"曹雪芹",不是真正的曹雪芹,但近一百年来,却实际上混成了曹雪芹。人们不晓得原来的那个曹雪芹,只知道胡适编造的这个"曹雪芹"。经过胡适及其门派的长期包装宣传,说得有板有眼,便以为他就是真正的曹雪芹了。不知不觉中,"自叙传"说、"家史"说,成了公认的定论;与《红楼梦》一无关系的曹学,成了红学的最重要基础;骗子脂砚斋成了曹雪芹最亲近的亲属、创作上重要的襄助者、书稿的整理者、抄评者、最早的传播者。然而,正是在这些了不起的发现、认定中,《红楼梦》被严重曲解了、糟蹋了、前后的历史也被抹杀了;曹雪芹本人则被丑化了,成了庸俗至极的吹牛者。自己原本是包衣的后代,却通过写"自叙传",说成是开国大功臣、国公爷的苗裔,连祖宗也不要了;父亲犯罪,家产被抄,自己在四五岁时,成了破落户的小儿郎,从此穷困一生,直到死去,却吹成在十几岁时,还生活在富豪之家的一个巨大的园子里,由一大群漂亮多情的女孩儿陪侍着,日子过得像神仙。谁要出来为伟大的大作家曹雪芹辟辟谣,说点真相,讲点公道话,恐怕也难。因为趋势很早就形成了,人的认识、观念、观感早固定化了。一句话,珍珠早被胡适的鱼目取代了。而代价呢,罪过呢,则要由源头上的那个曹雪芹来负。"李代桃僵",本该僵本该死的桃树,它不死不僵,却转嫁给旁边的李树,让李树代它去死去僵。因为,大多数人不会想到有两个曹雪芹,以为只有一个曹雪芹。

不但在今天,相信即便在以后漫长的时间里,只要言及曹雪芹,都将是一个沉重的话题,且是一个过分沉重的话题!

三　硝烟四起　著权危机

胡适乱编、滥用的结果,直接引起人们对曹雪芹的怀疑。怀疑他能否写《红楼梦》,怀疑他不是《红楼梦》的作者。说他是曹寅的孙子,但他是谁的儿子?曹颙、曹頫名下都挂不上,公私两种族谱中也无任何信息。再有,他若是江南曹氏家族的人,曹家被抄没时,他不过四五岁,随后一生都挣扎在穷困中,不曾有过任何"繁华梦"。没有经历,没有生活,没有感性的积存,他靠什么来写贾府、写金陵十二钗、写大观园里的形形色色?

于是,近二三十年来,不断有研究者抛开曹雪芹,突破胡适及新红学派设置的范围,从更为广阔的时空中去搜索《红楼梦》的真正作者。东来西去,还真有收获,真有发现,时不时有惊人的消息传出。掘出的对象,很不统一,可谓五花八门,加起来,竟有八九位之多。但有人说,不止,起码有十多个。最近读到一篇文章,说,超过三十了。真可谓硝烟四起,著作权上发生了多人争夺的危机。我孤陋寡闻,只知道有这样一些名字:曹頫、曹硕、曹颜、曹竹村、吴梅村、李渔、洪昇、顾景星。至于这些人是怎么被认定为《红楼梦》的作者的,则不甚了了。文章倒是读了一些,却未曾过细琢磨,只有些表皮的感觉。几个姓曹的,均为曹寅家族的人,是因为胡适发明的"自叙传""家事"说,留在脑里太深。曹雪芹条件差,顶不起,只好换马,弄个分量重的来撑住。但必须是曹家的人才行。

曹家以外的几个,都是康熙时代的大文人、大才子。但说写《红楼梦》,吴梅村、李渔,没有多少有硬度的证据支持,印象很淡。土默热先生发掘的洪昇、王巧林先生发掘的顾景星,感觉上则扎实得多。他们掌握的来自历史的信息,远比胡适门派所拥有的多而可信,提出的理由也更为充分,有着相当的说服力。但愿他们在已有的积累上,再有大的收获。同时,我也担心,他们操作的方法,和胡适门派近百年所持用的基本一样,那就是考证、搜罗、寻觅当年的人事活动、家族的兴亡变迁,拿与《红楼梦》所写相对照,以证源头,并证作者。

作品固然来源于生活,没有生活便没有作品。然而,生活毕竟不同于作品,作品也不同于生活。生活与作品是两种完全不同的东西。小说,特别是像《红楼梦》这样的小说,是不能与现实中的某个家族直接粘连起来,作"史"的考证,并以之求解的。胡适模式之所以荒唐,根本的原因就在于曹贾相连而考证、而说事、而称同一。洪昇说、顾景星说,如果不另辟新路,而袭其旧法,很难避免不落入其旧窠。

第十章 大玩笑两段自云,小玩笑一首小诗

——我们所有人都被玩了

一 大玩笑两段自云

此开卷第一回也,作者自云曾历过一番梦幻,故将真事隐去,而借"通灵"说此《石头记》一书也,故曰"甄士隐"云云。但书中所记何事何人?自己又云:"今风尘碌碌,一事无成,忽念及当日所有之女子,一一细考较去,觉其行止见识,皆出我之上。何我堂堂须眉,诚不若彼裙钗,我实愧则有余,悔又无益,大无可如何之日也!当此日,欲将已往所赖天恩祖德,锦衣纨袴之时,饫甘餍肥之日,背父兄教育之恩,负师友规训之德,以致今日一技无成,半生潦倒之罪。编述一集,以告天下。知我之负罪固多,然闺阁中历历有人,万不可因我之不肖,自己护短,一并使其泯灭也。故当此蓬牖茅椽,绳床瓦灶,未足妨我襟怀;况对着晨风夕月,阶柳庭花,更觉润人笔墨。虽我不学无文,又何妨用假语村言,敷演出来,亦可使闺阁昭传,复可破一时之闷,醒同人之目,不亦宜乎?故曰'贾雨村'云云。更于篇中间用'梦''幻'等字,却是此书本旨,兼寓提醒阅者之意。"

在现存的《红楼梦》《石头记》本子中,开头都有上述的一段文字,只是互相略有小异。不过《脂砚斋重评石头记》甲戌本把它移到了书前的《凡例》以内。而《脂砚斋重评石头记》己卯本的开头数页残缺,根据庚辰本的状况,估计己卯本上,原来也有这段文字。

介入红学研究以来,我对这段文字,一直持怀疑态度。拙作《红坛伪学》里,曾经写下这样的话:

《红楼梦》是幸运的,因其天生丽质,魅力无穷,最初一经面世,便不胫而走,连续形成"红热"。但流布途中,也可谓命运多舛:无端横遭腰斩,被割去三分之一,成为断尾巴蜻蜓。程伟元、高鹗寻来补上,缀为完品,却被斥为伪续,恣意贬毁。至于所遭到的歪解、瞎解、胡乱附会,更不知凡几。两百多年过去,时至今日,这种局面,似乎也没有多少改善。

在《红楼梦》所遭遇的诸多不幸中,有一大不幸,至今尚未为人所道及。这就是很早以前,被人在她脸面上硬加上一个丑陋的赘瘤。这可恶的硬加与寄生,严重地伤害了她的美丽和魅力,更在相当的程度上贬损了她的崇高品位和社会历史价值。

说这段文字是"赘瘤",是就《红楼梦》本身而言的。如果从读者、欣赏者、研究者、标点者、出版者这一面说,我倒觉得更像一个大玩笑。尽管从文字、词语、情态上看,炮制这话的人,不一定是在存心与谁开玩笑。但他打的是作者的招牌,毫无走展地告诉人,"自云""自又云"都是作者的自云,不是旁的什么人的"云"。而且是书的正文,不是旁批,位置又在整部书的开头,讲得那么"实在",合情合理,跟文本中所写,完全对得上号。以至我们一代接一代的人,都信了人和它(两个自云),读红、谈红、说红、研红,都喜欢拿它作引导,不少人写文章,阐述某些观点时,也爱征引来做自己的支撑,实则心甘情愿让它牵着鼻子走,所以我说它把我们所有人都"玩"了。

两个自云的这段文字,因其将《红楼梦》的作者(指曹雪芹,见前面文字)和《红楼梦》这部小说的主人公贾宝玉直接粘在一起,合二为一,特别引人注目。凡读过《红楼梦》的人,都不会陌生,其影响,既广泛又深远。红学界、文学理论界的专家学者,不知有多少次在自己的文章里加以引用、发挥(胡适甚至将它拿来做自己考证红学的主要根据),造成经久不息的混乱,越来越严重地妨碍红学的健康发展。它是风行已近百年直到今天仍然甚嚣尘上的"自传说""家史说""影子说""原型说"的源头,红学研究中许多纠缠不清的死结,许多莫名其妙的争论,许多猜来猜去的笨谜,许多歪论、怪论、荒谬之论,都可以从这里找到其所以发生所以存在的根由。骗子脂砚斋借此而成精成神成圣,脂批由此而令红坛诸公顶礼膜拜,脂学凭此而奠定自己的基石,考证派新红学拥此而张其一系列的高论,曹学仗此而得以远行……红坛因此而越来越热闹越来越拥挤,也越来越缺少生机。

这段古怪而名气甚大的文字,是谁的笔墨?

两个荒诞而权威的"自云",出自何人之口?

大部分红学家的回答是:"自云"当然是曹雪芹的自云,文字也是曹雪芹亲笔所写。

因为曹雪芹就是《红楼梦》的作者,两段文字又在书的正文里面。只有个别红学家如(已故的)戴不凡先生,不相信是曹雪芹,而认为是石兄所为。戴的观点:石兄才是《红楼梦》的作者,曹雪芹只是增删者。另有研究家认为,那段文字原是第一回的回前批,批者为脂砚斋,后来被传抄人弄混抄到了正文里面。但两个"自云"仍是作者曹雪芹本人的话。

我的看法是:文字绝对不是曹雪芹写的,两段"自云"更不是曹雪芹的话。内中的每一句话,都绝对和曹雪芹搭不上半点关系。理由很多:

1. 凡小说,必有作者。《红楼梦》当然也有作者,但由于多种缘故,他不承认自己是作者,而安排了一个神话故事,说书是空空道人从大荒山的石头上抄来的,后由曹雪芹在"悼红轩中,披阅十载,增删五次,纂成目录,分出章回",最后完成书。这是说《红楼梦》根本没有作者,怎么在第一回书的开始地方,却钻出了"作者"?还"自云""自又云",公然宣布自己的创作动因和要达到的意图。这绝不是曹雪芹(即那个作者)说的,也不是曹雪芹写的。如果是他说的写的,就无异于当着读者的面自己打自己的耳光,拆自己的台;他,一个极端聪明的大作家,也不会这样低级这样笨,写了多年的书,刚刚一开头,便弄出这种无法自圆其说的矛盾,显而易见的破绽。

2. 两段自云的文字,极为拙劣,逻辑混乱,处处不通,且胡乱用词。无论从哪方面看,它都不可能是曹雪芹的笔墨,而是出自于一个过分不学无文的人之手。读《红楼梦》可知,曹雪芹是个超级的语言大师,即使他随便乱涂抹,也不会出来这种丑陋的东西。世上什么东西都能作假,笔下的功夫却难作假。肚子里有多少墨水,一到笔下,旁人一眼便会明白。

有人说《红楼梦》有个原始作者,两段"自云",是这个"原始作者"说的或写的。"原始作者"之说,纯是一种毫无根据的猜想,缺少任何讨论的价值。如果在曹雪芹之外,确有个"原始作者",而两段"自云",又确实出于此人之口或手,则"自云"本身逻辑的混乱和文辞的糟糕,就证明他的头脑混乱和缺少必要的文化修养文字锻炼。如此之人,怎么能写出一部洋洋近百万言的后来被曹雪芹修改为《红楼梦》的小说?它至少要有个较好的基础,并能打动曹雪芹,诱发起曹雪芹的激情,曹雪芹才会去下功夫啊!

如果真的出于那个"原始作者"之口,那么谁记录下来的?只有曹雪芹。因为曹雪芹在拿他的小说修改,没有别的人插手。可是,那像曹雪芹的文字吗?如果出自那个"原始作者"之手,是他"原作"里原就有的,曹雪芹在"五次增删"的过程中,对这样自身矛盾,又与《红楼梦》故事构成大大不合的说道,为什么不删掉?如果因为某种我们无从理解的缘故,不能删掉,那至少应该将它修整得通顺一些合理一些,绝对不会听任其就那么一副丑样子、怪样子,摆在书的开头。

3. 头一个"自云","曾历过一番梦幻之后,故将真事隐去,而借'通灵'说此《石头记》一书也"。什么"梦幻"?梦中之幻,还是如梦之幻?梦中之幻,非真,不能以"真事"二字状之;如梦之幻,或可含真,但那"真"是什么?具体内容如何?不说不讲,等于没有。"故将真事隐去",所以将真事隐去。为什么要"隐去"?何因何由?"故"字未免用得蹊跷。"真事"既然"隐去",即不提"真事",不言"真事",完全甩开了去,又何能借"通灵"而说事?"借"得没名堂,也"说"得没理由。"通灵",神话中的石头也,与隐去"真事"的你,有什么关系?《石头记》中的故事、人物,又与你"隐去"的"真事"有何牵扯?

头一个"作者自云","故将真事隐去",刚刚"云"完,紧接设问,"但书中所记何事何人?"第二个"自又云"中,竟说是记他(作者)"当日"所认识的"所有女子"和他自己"锦衣纨袴之时,饫甘餍肥之日,背父兄教育之恩,负师友规训之德,以至今日一技无成,半生潦倒之罪"。前言不搭后语,瞬息变化,从一极跳到另一极,截然相反,叫人相信他前一个"自云",还是相信他后一个"自云"?

自己"悔罪",自当老老实实道来;为"闺阁昭传",不必说也应如实记之。但他却公然宣称,用"假语村言"去"敷演"。而且前面冠以"何妨"二字,表示理由正大,至少无害于原则。

请想一下,这样的话、这样的文字、这样的说法、这样的行事,会是《红楼梦》的作者曹雪芹自己写的、说的、做的吗?

为躲避文字狱,《红楼梦》开始不久,就宣布不依历来野史的法子,不搞假借汉唐,虚化了时空。也就是说,它写的都不是大清王朝时代的事,而是清代以前事,人物也是清代以前的。事实也如此。但《红楼梦》的作者,却确确实实是清代的人,生活在雍乾年间。他无法把自己,以及自己的父母、家族,还有他所认识的"所有""裙钗",如实如数地都搬到大清王朝以前的《红楼梦》那个世界、那个时空中去。

4. 两段"自云"的要害,是将曹雪芹和神话中的补天石、书中的贾宝玉等同起来，捏而为一，而且把这种"同一"，造谣成是曹雪芹自己说的，硬栽到他的头上，这就把一位伟大的作家推到了极其尴尬的境地，并歪曲了其高尚的人格。将种种荒唐的行径、庸俗低下的情趣、胡乱吹牛的品德，平白无故地算到他的账上，使其跳到黄河也洗不清了。

难道不是吗？那就来清理一下：

曹雪芹"自云"，他的前身是大荒山那块女娲炼过的石头；还到太虚幻境赤霞宫去当过神瑛侍者；在西方灵河岸上结识了女友绛珠仙子；出生时，嘴里衔着一块镌有字的"通灵宝玉"。而字则是一个名叫"茫茫大士"不知哪来的和尚弄上去的，后来这"玉"就成了他的命根子。再后来，他自己也出家当了和尚，回到大荒山，重新变成石头。不知怎么，石头上就有了一部叙述他在凡间的经历和亲见亲闻的《石头记》。

曹雪芹"自又云"，他是开国功臣的后裔，曾祖父那一代，出了两位国公爷，亲亲的弟兄俩，是当初为皇帝打天下的八大国公中的两位。不仅在原籍金陵建有"占了""大半条街"的两座国公府，皇帝又在京城特意为他们"敕造"了两座府第，规模十分宏大。他的一位同母所生的亲姐姐，很早选入宫中，后来受宠被封为皇贵妃。为迎接这位皇贵妃的省亲，专门建了一座省亲别墅，也就是写在书里的大观园。这座大观园十分了得，单是占地就大得很，构成了一个极尽诗意，也极尽豪华的世界。后来他和他的姊姊妹妹，连同一大群聪明漂亮的丫头，在里头住了好长时间，发生了许多悲欢离合的故事，都如实地一一写进了《红楼梦》这部书里。姊妹们，丫头们，全是从警幻仙姑的太虚幻境来的，虽注定个个薄命，但都个个不凡，才情出众，"行止见识"，"皆出于我"这个"堂堂须眉""之上"。家里人口甚多，单是"女孩儿""上上下下，就有几百个"。尽管到了"末世"，但财富仍然不菲，只田产一项，便有好多个庄子。

好了，再列举下去，便没多大意思了。

要添补一点的是：有人，如胡适及其追随者，不仅相信了两段所谓"作者自云"为曹雪芹的"自云"，又进而依据袁枚、脂砚斋等人的不实之言，将曹雪芹和他的《红楼梦》生拉硬扯地跟江南曹寅家族直接捆绑起来。通过什么"考证"之法，一一加以坐实，使得事情变得更为荒谬，将《红楼梦》这部独步古今的伟大小说糟蹋得一塌糊涂。也使红学研究，将近百年来，莫名其妙地陷入一种莫名其妙的境地。

5. 关于曹雪芹，除了敦敏、敦诚兄弟俩和张宜泉留下的一些零星的语焉不详的信息外，当今的人知之甚少，乃至可以说，一无所晓。两百多年来虽有些说法，但都是猜测而已，最多不过是某些人的分析判断罢了，并无真正的实际根据。

假如曹雪芹真是曹寅之孙，则无论他是曹颙之子，还是曹頫之子，两段"作者自云"都与他全然沾不上边。曹颙之子曹天佑，是个独生的遗腹子，其出生之后，既无兄也无活着的父亲。长大起来的过程中，何来的"背父兄教育之恩"呢？如果是曹頫之子，按其1764年逝世，敦诚挽诗，"四十年华付杳冥""四十萧然太瘦生"，他应生于1724年。是时曹家已处在风雨飘摇的危境之中，谈不上什么"锦衣纨袴之时，饫甘餍肥之日"了。更无法与书中贾宝玉的生活相提并论。到1728年，曹家被籍没时，他不过四岁多不足五岁的光景，从此落入穷困，终其一生。"作者自云，因曾历过一番梦幻"，如果这"梦幻"是指富贵繁华的生活的话，曹雪芹根本不曾"历过"，亦即根本没有那样的"真事"，又怎能说出"故将真事隐去"？退一步说，那时曹頫虽处在被追补巨额的亏空以至连妻孥冻馁也顾及不了的经济大困难中，但对曹雪芹这个初生的婴儿的喂养，以及到几岁时，还是丰厚的。但那样一个小小的孩子，如何能说他那时"背父兄教育之恩，负师友规训之德"？更别说把这种"背"和"负""自云"成他日后"风尘碌碌，一事无成""一技无成，半生潦倒"的根源！

从二敦兄弟的诗中，我们多少了解到一点曹雪芹的性格、风貌、格调的一些侧面，他大概不会叨念自己的"半生"、庸碌、潦倒、无技，并因此而判断为"罪",自认"负罪固多"吧？甚至要"编述一集,以告天下",把这种悔"罪",作为《红楼梦》创作的一个重要动因,就越发匪夷所思了。

"忽念及当日所有之女子",曹雪芹没有那个有特定含义和内容的"当日"。他在江南曹家生活的那个"当日",周围没有那些后来写进《红楼梦》的"女子""裙钗"。曹氏抄家败亡是个很重要的时间坐标,贾家的最后败亡,也是个重要的时间坐标。把两个坐标对照起来考察两个家族的人,便什么都清楚了。《红楼梦》中的"女子""裙钗",无论是"十二正钗",还是"十二副钗""又副钗",其中的每一个,若讲年龄,都要比曹雪芹大。曹雪芹四五岁时家被抄,离开原来生活的地方,从此落入穷困。而那些钗们长到十多岁二十多岁,甚至三四十岁,仍然生活在贾府里,活动在大观园的内内外外。到"三春过后诸芳尽"的时候,曹雪芹恐怕也没有长成人。

《红楼梦》中的"所有女子"和书中的其他人一样,都是文学人物,是曹雪芹笔下创作出来的。在曹雪芹没有写出来之前,他们都不存在。从这点来说,他们全比曹雪芹年轻。

江南曹寅家族没有那些"女子"。凭常识判断,凭已有的该家族历史资料提供的当时状况,它也产生不了那些"钗们"。当时,别的现实的领域中,同样也产生不了她们。她们只能产生于曹雪芹这位伟大天才的头脑中,是他长期汲取生活,同时长期熔炼生活的结果。

如果她们确实生活于两段"作者自云"的"当日"的话,幼小的曹雪芹,在年龄上,与她们也不在同一个级别上。其差别有如一个幼儿园的小朋友,跟教养他的阿姨们之间的差别。两者之间,绝对不会有如同贾宝玉与"金钗们"那样的感情、感知、思想见解上的交往、交流、冲突。多年以后,拿她们作比较,说"觉其行止见识,皆出于我之上。何我堂堂须眉,诚不若彼裙钗哉？"并由此而惭愧。真是说得不伦不类,比也比得不伦不类。

6. 两段"作者自云"的又一要害,是将一部虚构的小说,说成是一部纪实的作品,说成是作者记录自己早年的经历和认识的女子,在红学研究上造成了不少混乱。其中之一就是"原始作者"的争论,你说甲,我说乙,他说丙,时至今日,仍莫衷一是。

之所以如此,是因为争论的各方,都有两个共同的认识:一是书开头的"作者自云",的确是作这部书的"作者"的"自云";二是那个"作者自云"是真话,因此《红楼梦》是纪实性的作品,书中的贾宝玉就是作者自己,那班金钗们,也是实有其人,有的是他的姐妹,有的是他同辈的亲戚,都是他当年熟悉的。于是创作《红楼梦》的曹雪芹的身份,便成了问题。因为曹家被籍没时,他尚年幼,没有经历过那种繁华;因为他自己也说,他只是增删者。这样"原创者"便一个一个被"掘"了出来,什么"石兄",什么曹硕,什么曹颜,什么曹頫,等等,不一而足。各有各的理由,各有各的根据,但在诸多方面,各各又似乎难合其辙。论者说者也就各论各的,各说各的,各坚持各的,怎么也弄不到一堆儿。

其实,只稍研究一下《红楼梦》是不是纪实性的作品,纷争便不难解决。如果是虚构的小说,则宣称纪实的"作者自云",肯定不是真正的作者的自云,而是与此小说写作的无关的人的虚构。如果你认为是纪实,就请将你"掘"出的那个"原创者"拿来与书中的贾宝玉的有关种种,两相仔细对照着查一查,便知道那"自云",合不合实际。倘离得太远,全然不符,而你又将你想象的那个人,想象成"原始作者",将那不沾边的虚话,硬栽到他身上,说是他说的,岂不是凭空冤枉了人家?

说句笑话,不管你找谁来充当《红楼梦》的"原创者",首先应该查查其人是否是个和尚?因为书中的贾宝玉最后出了家。对于一个号称纪实把自己说是《红楼梦》中的主人公的人来说,这恐怕是一生中最重要的"实",岂能随便忘却?

另外,众多的"掘"者,掘出的众多的《红楼梦》原始作者都姓曹,全是曹寅家族的人,叫人发疑。曹寅一家遁入空门为僧的人何其多矣!

7.《红楼梦》开头的两段"作者自云",出现在书里的时间,不可能在作家曹雪芹生前。即是说,曹雪芹根本不知道有这两段话"钻"到了自己的作品里。原因极简单,它所说的不仅与曹雪芹本人和《红楼梦》的具体描写根本不合,对《红楼梦》的构筑,也是一种严重的破坏。从艺术构思,到诸多重要人物,到主题,到若干故事情节的设置铺陈,到作家的思想感情、创作心态、审美观、人生观、价值观等,进行了全面的歪曲。好长时间以来,相当多的人以为两段"作者自云"是曹雪芹本人的"自云",实在误认得远。

那些话,也不是曹雪芹的朋友写的。曹雪芹的好友,如敦敏、敦诚,还有较后认识的张宜泉,相对来说,都较有文笔锻炼,出手不会那样糟糕。作为朋友,应该说,他们在起码的程度上是了解曹雪芹的,不可能那样毫不沾边地瞎说。

是不是曹雪芹身边的"亲属集团"中的某个人写的?所谓曹雪芹的"亲属集团",不过是考证派新红学家因脂砚斋而有的虚构,其实不存在。亲属当更了解曹雪芹,如此全然不对的胡编乱造,亲戚朋友、左邻右舍,还有家庭中的人会不会笑话?曹雪芹的脸又朝哪里放?

然则,如部分红学家所说的,是脂砚斋写的回前批?

当初写《红楼雾瘴》时,我也相信那段话是第一回的回前批,其作者则是脂砚斋。后来渐渐发现,这个观点需作修改。单独看,它的确像第一回的回前批语,仔细考察,就不对了。

《脂砚斋重评石头记》的回前批,数量很少。如所谓的"甲戌本",全部现存十六回,只有六回有回前批,其余十回均没有。这些回前批有个主要的特点,即只谈小说的结构、写法、具体行文。虽然肤浅可笑,却不搞穿凿附会,更不涉及作者本人的一星半点(第十六回回批那句"借省亲事写南巡,出脱心中多少忆昔感今"除外,已另有解剖);文字当然也极粗糙,但比赘瘤那段话通顺。那段话的炮制者如果写回前批,他就绝不会只写这么一回,还会写得多一些。从那段话里,我们已经领教了他的"风格",一是文字奇丑;二是极爱穿凿;三是睁眉露眼瞪诒。这三个方面,他可以称得上到了"登峰造极"的地步。老话说,文如其人,他在任何地方出手,怕也难改这副"尊面目"。可是,除开那段话以外,《红楼梦》各种版本里,再寻不到他留下的"业绩"。

炮制这段话的人,我们恐怕永远也搞不清他的姓名了。为便于行文,我在这里姑且给他起个代号,叫他Y君。

脂砚斋也极爱搞穿凿,但与此君相比,二者有显著的区别:

脂砚斋的穿凿,在于作伪,在于装饰他自己,冒充当日曹家生活的知情者、见证者、亲历者、作家曹雪芹的"亲属""长辈""同辈"、创作上的助手、素材的提供者、书中人物的原型、稿子的整理者、最初的誊抄者加批者。而其手法则是专拣鸡毛蒜皮的细枝末节做文章,行文尽量隐约含混,词意尽量模棱两可,感情尽量虚张,语态尽量做作,说事尽量四处布烟幕。拿准人们普遍存在的探秘心理、索隐欲望,投你所好,吊你口味,叫你摸不着首尾,叫你抓不到马脚,不知不觉堕入其彀中。Y君毫不掩饰躲闪,无弯无绕直白道来,而且将题目朝大里做,讲曹雪芹的经历,讲曹雪芹的身世,讲曹雪芹的悔罪,讲曹雪芹的生存状况,讲曹雪芹说话时的词情语态,讲《石头记》的创作动因,讲《石头记》的写作环境。这些都与脂砚斋的"风格"大相径庭。号称多至数千条的脂批,你就根本找不到一条道及曹雪芹"自己的"事。连至关重要的(曹雪芹这个人)的居处、家人、生活、性格、爱憎、嗜好、朋友、诗文、《红楼梦》的写作年月、写作环境、写作过程、中间有些什么苦恼周折,一概不言。曹晚年的状况、病逝前后情形、埋骨何处、手稿落于何方,同样无一字提到。

不涉"大事"是脂砚斋的狡猾;专从大处下手,是Y君的愚蠢。脂砚斋是个明显的骗子;Y君则难算骗子。他的主观上甚至不含行骗的成分。如要行骗,他就不会如此直白,如此拙劣,如此顾头不顾尾;也不会只在这一处玩弄伎俩,而不在别的地方捣鬼。再说行骗必有目的,不带目的的行骗,恐怕世界上还不曾有过一桩。Y君的目的是什么？他又没有把自己和那段文字连起来，甚至连他的尊姓大名也没有署上。而脂砚斋的目的则再清楚不过，通过作伪冒充，搞商品包装，向收藏者推销他的伪"文物"本，牟取比别的白文本子高得多的银两。

那么，Y君为什么要写那段话呢？看来，当初他是试图解读《红楼梦》。因其头脑特别迷于穿凿，而又盲目相信自己的理解能力，看到第一回有"甄士隐""贾雨村"字样，有石头与空空道人那样的对话，又看到第二回贾雨村和冷子兴闲谈时说到的金陵城甄家甄宝玉的一些事，以为那个甄宝玉就是作家自己。于是从这一点出发，去凭空捕捉，去揣想，去推断，去虚铸，最后便写出了那段话。后来，这段话成为"名言"，又由"名言"所引出诸般种种，当然是他始料不及的。

他不是评点者，也没打算在书上作什么批语，否则他不会只写这一丁点儿。

从他所写的那段文字里，可以看出他这个人的基本特征。概括来说，就是内质不平衡；头脑特别发达，极善臆想；知识却少得可怜，笔下尤为不堪。条件所限，他注定成不了《红楼梦》的加批者，如硬做下去，他自己也会因不胜其力不胜其劳不胜其苦，不得不"落荒而逃"。

Y君的那段话，最初可能是写在另外纸上而夹在书中，或者写在书上的什么地方，比如开头的书眉上，或本子的封页上。其后有人抄书，看见了，认为有价值，便抄在第一回的前头，招徕买主。经过再再翻抄，便成了正文。

8. 在我们国家，古老传统的文化观念是文史不分。在实践上，文也是史，史也是文。搅得混混沌沌，难解难分。总是把虚构的神话、文艺作品、民间传说弄成与信史一体看待。许多时候，明明是部小说，却要问你写的哪朝哪代，说的是何地何处何人的故事。当你告诉说，这是小说，故事和人物都是虚构的，问者马上会惊讶不迭，既然在写，你总该有点实在的根据呀！更多的时候则是拿上小说里的事件和人物去到处对号、比附、索隐、发微;对不上号,生拉硬扯也要硬凑上一堆儿,然后才觉得心里有了底,或拥护,或反对,或评头品足,或大张挞伐。这类悲剧喜剧闹剧,发生得太多了,直到今天某些地方某些角落,仍然有其不时产生的厚实土壤。我们的作家不知是耍花招,还是缺乏信心,写起小说来往往召唤历史亡灵,将自己编织的故事强附在那些曾经在历史舞台上活动过的角色身上,在这方面戏曲创作尤其多。情形仿佛改革开放初期办公司,总得找个挂靠单位,否则既不合法,客户也不信任你。

可以想见,Y君那段话,自从抄入正文后,便理所当然地获得了读者的认同。

它像寄生植物一样长在《红楼梦》这株大树上,久而久之,竟成一种不可少去的景观。虽然先有《红楼梦》才有它,而不是先有它才有《红楼梦》。但在人们看来,它却是《红楼梦》的源头。没有这个源头,少了它的穿凿和附会,这部伟大的小说,就成为不可理解的怪物。

不过,在好长的岁月里,人们似乎不把它当成一回事。比如《红楼梦》早期的那些读者,还有后来的索隐派,就根本不提它,更不评说它。它之走红,成为有害,是二十世纪胡适考证红学兴起后的事。它是"自传说"的根基,也是考证派新红学的旗帜。经过几代新红学家的炒作、解读、考证、发挥、发展、推演、评说,反复发酵,使其所含的异质的因素大为膨胀,不单是渗透了考证派新红学的每块肌肉,到今天可以说已经"流毒万里"。

Y君那段话出现的年代,是在曹雪芹死后。具体时间,可判断在程伟元、高鹗经营本子以前,"程本"上载有它便是证明(本章前面所引的文字,即是程本上的。但这与程本无关。因为程伟元搜集之前,它已经存在于各种本子之上了。程高只是未识破,未将其剔除而已)。上限则是永忠、明义读《红楼梦》以后,即1768(乾隆三十三年)—1791(乾隆五十六年)之间。因为那段话是写在名叫《石头记》的本子上的(所谓"故将真事隐去而撰此'石头记'一书也"),而那之前,永忠读的曹雪芹的小说,名叫《红楼梦》。这是十分可靠的历史文献记载。《红楼梦》之名在前,《石头记》之名在后(所有的红学家都把这搞倒了)。永忠、明义读《红楼梦》时,本子上不会有Y君那段涂鸦,因为那时还不曾有《石头记》这一书名。

Y君的涂鸦,从另外一个方面说,也有难得的好处,它让我们一下子就认出了脂砚斋是个骗子,三个脂本是伪本。因为脂本上有那段涂鸦,就证明它们不是曹雪芹的原传本,更不是出生在曹雪芹还活着的时候。

二 小玩笑一首小诗

《红楼梦》第一回,"东鲁孔梅溪则题曰'风月宝鉴'",紧接一段文字:

后因曹雪芹于悼红轩中,披阅十载,增删五次,纂成目录,分出章回,又题曰"金陵十二钗",并题一绝——即此便是"石头记"的缘起。诗云:
满纸荒唐言,一把辛酸泪。
都云作者痴,谁解其中味?

诗,缺少诗味。另一面,又好像很不平凡。仅仅二十个字,竟然概括了一部近百万字的大书,讲了它的内容和形式间有着差异的特殊构造,还暗示作者有着不简单的创作动因,以及负载于其中的很纠结的感情。"荒唐言",无稽之言也。满纸都是些没根底的话,但正是这些话里,含着满把辛酸的眼泪。读了书的人都说作者痴迷不悟,又有谁能够理解其中真正的底蕴呢?

写诗的人是谁? 当然是曹雪芹。书里已经说得很清楚,是他在完成增删,纂成目录,分出章回,题书名时,"并题一绝"。这"一绝",便是那首五言绝句。然则,所谓"作者",又是谁呢?这好答,也当是曹雪芹。

可是,曹雪芹不是增删者吗,怎么成了作者?认真说来,连增删者也算不上。因为,他根本没有动过笔,况且那时书才开始写"缘起",尚未进入正文,没有稿子,从哪里去增删?就算有稿子,他也无从动笔。他不是具有实体的人,而是一个假托的名字。

你的意思,那诗,是原作者写的?没有什么原作者,自始至终,只有一个作者。即那个全能全知的叙述者(前面我们已经说过好多次),是他独立完成了全部《红楼梦》的创作。懂了,诗是他自己写的。不对,他虽然写了全部书,可是,他不承认,将自己的名字藏起来不说,连书有无作者这样的事也加回避,推托说是空空道人从大荒山石头上抄来的。想一想,他还会写诗自我暴露吗?

那么,你说是谁写的?我也是猜想,写这首小诗的人,恐怕就是那位Y君。前面那个曾经虚拟"作者自云""自又云"的先生?对,我认为是。他内质不平衡,头脑过分发达,智力却很糟糕,全凭想象说话,特喜欢拿《红楼梦》的作者搞自己的虚构,还专爱朝作者创作的动因上、内心上、感情上乱牵扯。看来,他又开了我们一次玩笑。

大玩笑还是小玩笑?比起"两个自云",应该算小,不过也小不到哪里去。同样把我们许多人都玩进去了。直到现在,一谈到《红楼梦》,连及作者,人们总少不了提到"一把辛酸泪""都云作者痴",还有"谁解其中味",进而与(胡适编造的)作者身世家世、几代繁华、抄家、败亡、穷困等扯上,再与《红楼梦》所写糅合、求解、阐述,再得出结论,往往将事情拉到云霄九天之外。

第十一章　一百二十回程甲本
《红楼梦》的真传本

程高本十分重要，无论读红、谈红、研究红，这都是头号问题。不止关乎《红楼梦》，而且是中华文化史上的一个大问题。

一　探索《红楼梦》早期传播历史

在《红楼梦》的传播历史上，程伟元和高鹗都是大功臣。两人合作，搜集整理本子，用木活字印刷，于乾隆五十六、五十七年（1791—1792）先后相继出版过两个本子，即后来人们说的程甲本、程乙本。后者是前者的修改本。程甲本书前，程伟元有一篇《序》，文曰：

> 《红楼梦》小说本名《石头记》，作者相传不一，究未知出自何人，唯书内记雪芹曹先生删改数过。好事者每传抄一部，置庙市中，昂其值得数十金，可谓不胫而走者矣。然原目一百二十卷，今所传只八十卷，殊非全本。即间称有全部者，及检阅仍止八十卷，读者颇以为憾。不佞以是书既有百廿卷之目，岂无全璧？爰为竭力搜罗，自藏书家甚至故纸堆中无不留心，数年以来，仅积有廿余卷。一日偶于鼓担上得十余卷，遂重价购之，欣然翻阅，

见其前后起伏,尚属接笋,然漶漫不可收拾,乃同友人细加厘剔,截长补短,抄成全部,复为镌板,以公同好,《红楼梦》全书始至是告成矣。书成,因并志其缘起,以告海内君子。凡我同人,或亦先睹为快者欤?小泉程伟元识。

紧接程《序》之后,高鹗亦有篇《叙》,其文曰:

予闻《红楼梦》脍炙人口者,几廿余年,然无全璧,无定本。向曾从友人借观,窃以染指尝鼎为憾。今年春,友人程子小泉过予,以其所购全书见示,且曰:"此仆数年铢积寸累之苦心,将付剞劂,公同好。子闲且惫矣,盍分任之?"予以是书虽稗官野史之流,然尚不谬于名教,欣然拜诺,正以波斯奴见宝为幸,遂襄其役。工既竣,并识端末,以告阅者。时乾隆辛亥冬至后五日铁岭高鹗叙并书。

(《红楼梦》程乙本)引言

是书前八十回,藏书家抄阅几三十年矣,今得后四十回合成完璧。缘友人借抄争睹者甚伙,抄录固难,刊板亦需时日,姑集活字刷印。因急欲公诸同好,故初印时不及细校,间有纰缪。今复聚集各原本详加校阅,改订无讹,唯识者谅。书中前八十回抄本,各家互异;今广集核勘,准情酌理,补遗订讹。其间或有增损数字处,意在便于披阅,非敢争胜前人也。

是书沿传既久,坊间缮本及诸家所藏秘稿,繁简歧出,前后错见。即如六十七回,此有彼无,题同文异,燕石莫辨。兹唯择其情理较协者,取为定本。

书中后四十回系就历年所得,集腋成裘,更无他本可考。唯按其前后关照者,略为修辑,使其应接而无矛盾。至其原文,未敢臆改,俟再得善本,更为厘定,且不欲尽掩其本来面目也。

是书词意新雅,久为名公巨卿赏鉴,但创始刷印,卷帙较多,工力浩繁,故未加评点。其中运笔吞吐,虚实掩映之妙,识者当自得之。

向来奇书小说题序署名,多出名家。是书开卷略志数语,非云弁首,实因残缺有年,一旦颠末毕具,大快人心,欣然题名,聊以记成书之幸。

是书刷印,原为同好传玩起见,后因坊间再四乞兑,爰公议定值,以备工料之费,非谓奇货可居也。壬子花朝后一日小泉、兰墅又识。

在《红楼梦》传播的历史上,上述程本的两"序"一"引言",是所有历史文献资料中,最为重要、最有价值的文献。它们向我们提供了许多非常珍贵非常有用的信息,使我们这些后世的人,较为清楚地知道了两百多年前《红楼梦》面世以后初期阶段的传播状况。这些提供,不仅有着重大的历史意义,对我们当代的红学研究亦有着不同寻常的作用。可惜,一直没有受到应有的重视。从出现以来,虽经过了漫长的时间,但至今还没有一个研究者对它们进行过全面的、细致的、有深度的探讨、研究、阐述。倒是有不少人,出于各种原因,对它们做出了多方面的乱解、歪解,甚至诋毁。以致带来不少至今仍然在起着坏作用的说道。比如,从鼓担买得十余卷书稿,是扯谎;程伟元是书商,为赚钱,勾结高鹗通同作弊;后四十回原本没有,是高鹗的狗尾续貂;高鹗人品低下,功名利禄心重,让一贯反对科举制度的贾宝玉出走前还去考中举人;程、高不但伪造后四十回,还肆意乱改前八十回,曹雪芹的文字处理在许多地方,被他们糟蹋;程本是拿《脂砚斋重评石头记》作底本而制造出的,但却隐瞒这一事实,删去了脂批、改了书名不说,连脂砚斋、脂本也全不提谈等等,完全颠倒黑白。

二　程高本的重大功绩

　　《红楼梦》文本的许多迹象表明,曹雪芹生前写完了一百二十回全本,但因为早逝,没有来得及作从头到尾的修改。故书中尚有不少前后矛盾之处,没有协调;许多大小漏洞,也没有弥补堵塞。一直只有作者自己的手稿本,没有抄出本;名字就叫做《红楼梦》,不曾有过别的什么称号。乾隆二十九年(1764)甲申年,曹雪芹死后,稿本转移到敦敏、敦诚兄弟手上,逐渐在他们那个很小的贵族圈子里传阅,时间有三四年。乾隆三十三年(1768)戊子年,爱新觉罗·永忠读到《红楼梦》稿本,写了三首吊曹雪芹的诗,明确指出曹雪芹就是《红楼梦》的作者。大约在那以后不久《红楼梦》开始有传抄,越出了贵族的小圈子。随着日月变移,抄本增加,在当时北京的某些范围,迅速形成了红热,温度持续攀升,广度不断扩大。二十来年后,到了乾隆五十六年(1791)辛亥年之前,程伟元着手搜集本子时,红热已经达到了很难想象的地步。高鹗以"脍炙人口"四字形容,仿佛美食一样,人人都喜欢吃。据传,一些有钱有地位的人,还把收藏《红楼梦》当成一种时尚,想方设法搞一部,陈列在家中的案头上,意在向来客显示自己的品位不俗。程伟元说:"好事者每传抄一部,置庙市中,昂其值得数十金,可谓不胫而走者矣。"从另外一面更勾勒出了那个"热"的程度。

　　"数十金",数十两银子。银子价值不菲,康雍乾时代,一两银子,可以买得一石大米。一个七品县官,一年薪俸也不过五六十两银子;像曹寅那样的四五品的官,单算薪俸,一年也只有一百零几两银子。再看抄书,一个中等速度的人,一天抄一万字,大概是不成问题的。一个抄手,设若终年都抄《红楼梦》,一年下来,所得的回报,比两三个县官的薪俸还丰厚,可见多么诱人!

　　在那段十多二十年的特定时段里,手抄《红楼梦》而卖,肯定成了一门"新兴的行业"。不需要有多大的才能,只要会写字就行。也不需要什么专门的设备,买点纸笔墨砚便可以干开,而且要不了几天就会有收入,其速度简直如吹糠见米。可以想得到,事情开始时,不会有多少从事者,因为需有信息,还需有底本。不知道信息,不知道如何下手,没有底本,想干也干不成。但只要有钱挣,有大钱可得,什么障碍都难不倒人。信息不通,可以打听,可以窥探别人在如何干;缺少底本,可以出钱请有本子的人,将本子拆开来,分回分别传抄。还可以找个地方,由一个人朗读,多个抄手听写。东来西去,参与炮制的人肯定很多,而且时日增加,越来越多。估计有些家庭全家都投进其中,抄写的抄写,装订的装订,跑庙市的跑庙市,一条龙服务。即便这样,市场上还是严重地供不应求。单看那个价格就知道了,几乎每个本子,都有资格成为奇货可居。要晓得,后来不几年,印刷本大行,市场转向正常,一部印刷装订都很好的一百二十回《红楼梦》,在正规书店里,也才不过卖二两银子,甚至一两银子。相比之下,原先买一个手抄本的钱,到后来可以买几十部印刷本;一个抄书而卖的人,卖一本得的报酬,比后来的经营本子的书商,多得了几十倍的钱。

　　北京是历史文化名城,文化积淀极为丰厚。文物多,书店多,书商也多。书商们除了卖文物,卖古籍,遇上有好的本子,有时也雇人雕版印刷卖新书。像《红楼梦》这样宏大厚重而又有巨大市场的书,本应该由一家或几家正儿八经的书店书商来经营最为合适,但书商书店作这种操办,需得有充分的准备。比如事先摸清路子,找到可作底本的善本,邀请名家主持,巨额的资金筹集,还有雕版、印刷、营销一大套人马、器物的准备等,需要时日,需要很多时日。因此相对来说,他们是迟钝的,反应能力差,行动更是缓慢。而红热其来之速,浪潮之大,远出于人们的想象,可能历史上任何书籍都不曾造成过这样的气势和局面。于是,市场只有仰之于个体抄卖者。他们人数不少,但绝大部分过去不曾干过此种营生,能力严重参差不齐,更不遵守应该遵守的游戏规则。为了少花工夫,尽量多赚钱,便随意砍残本子,几回几十回地落掉,整段整段跳过不抄,抄得五花八门,错谬斑斑,也不校不纠不改。反正生意特好,抄半部能卖钱,抄几回能卖钱,随意乱改瞎改,也能卖钱。红热,对《红楼梦》来说,原本是难得的盛筵,但如此一搞,就成大灾难了!程伟元、高鹗笔下已有披露,那时的《红楼梦》,已被弄得"无全璧,无定本"。"前八十回抄本,各家互异","坊间缮本及诸家所藏秘稿,繁简歧出,前后错见。即如六十七回,此有彼无,题同文异,燕石莫辨"。最为严重的是,后面四十回,竟然全部搞掉,只剩下回目。

情形如此,不难想象,倘若没有相对的力量来制止,听任其继续发展下去。本子的抄制,会越来越恶劣,会越来越五花八门,篇幅也会越来越少。那些染有怪癖,动不动喜欢在人家书稿上肆意涂抹、篡改者,也会越来越"意气风发",用不着多少年,比方再过十年二十年,就会再找不到稍微像样的《红楼梦》的本子。读者也必然会对《红楼梦》这样的小说,失去兴趣,乃至厌恶。如果有谁想奋起挽救,也找不到可以作为基础的本子来参照,慢说修复、修改、整理、完善。即使你找到了,并且花大工夫,弄出一个与原著相差不太大的本子,社会也不会承认。因为没有可靠的参照物,人家搞不懂,你那究竟是真本还是假本。况且,因为读滥本子,胃口普遍早读坏了,你没办法再引起人们的兴趣。

那个畸形的市场,那种畸形的交易,对《红楼梦》来说,似乎是难得的机遇,但实际却是一种可怕的危机,行将毁于一旦的先兆。

幸好,程伟元出现了。他不是后来个别人所污蔑的谋利的书商,而是一个有心胸、有志向,又有诗文才艺的文士。他不惜花费数年工夫,利用关系,在北京的范围,竭力搜求《红楼梦》的可以用来做基础以整理新本子的手抄本。他先后见过许多本子,弄到手的本子也有好多种。对只有回目,而无正文的四十回,付出的气力尤为大,自藏书家甚至故纸堆中无不留心。几年下来,搜罗所得,积累到廿余卷(回)。皇天不负苦心人,最后终于在偶然中,从鼓担上重价购得所缺的十余卷(回)。有了这些基础稿子,便约朋友高鹗和他一起进行全面整理、修补。对不同部分,采用不同的方法处理。前八十回,遇上各家各异之处,因手上有多种本子,便"广集核勘,准情酌理,补遗订讹,其间或有增损数字之处,意在便于披阅"。对"坊间缮本及诸家所藏秘稿,繁简歧出,前后错见。即如六十七回,此有彼无,题同文异,燕石莫辨。兹唯择其情理较协者,取为定本"。对后四十回书稿,因是历年所得,"集腋成裘","更无他本可考",便"按其关照者,略为修辑,使其应接而无矛盾"。遇上"漶漫不可收拾"处,则细加厘定之后,截长补短。"至其原文,未敢臆改,俟得善本,更为厘定。"

两人的工作,效率不错,仅十来个月时间,便修葺、整理出了程甲本全部一百二十回的书稿。从这种速度看,他们的工作,一定很辛苦,很紧张。高鹗相当不错,才艺不凡,干活很卖力,与程伟元配合,亦大佳。

程伟元、高鹗和他们整理出版的程甲本《红楼梦》,功劳至伟,在高质量的意义上,统一了《红楼梦》的本子,统一了纷乱的局面,有了完整完美的一百二十回全本,从根本上化解了很可能成为历史遗憾的"亡本失书"的大危机。程、高二人,不仅是《红楼梦》传播史上的大功臣,应该说,也是中华文化史上值得赞扬的人物。

程、高一百二十回全本,是用木活字排版印刷的,这在当时,可以称为出版界"最先进"的生产方法和"现代化"的生产流程。成本虽高,但一旦投产,便成"规模",又多又好,价廉,物亦美。对书商来说,是一个很大的诱惑。于是,坊间争相经营售卖;江南一带有能力的制造者,亦起而仿效搞印刷本。结果是,获利者,获利日多,而本子的价格却大降。有记载,那之后不过两三年,在南京,印刷的全部一百二十回《红楼梦》,售价也不过二两银子。这意味着,只要你喜欢读,即使手上不是很宽裕也买得起。

在《红楼梦》的传播史中,程、高本多个方面都是划时代的。它开创的活字印刷,也是划时代的。因其生产快速,数量多,质量好,价格低,易仿效,市场被其迅速占领,而原来极为吃香的手抄本,则被逐出,落荒而走。另一面《红楼梦》的读者迅速大增,层次亦泛化、多样化。从前,多知识界人士;而后,则较下层的粗识之无的人也开始加入了。还有一个方面,那就是程、高本的出现,本子固定,质量又好,读者大增,求解、求释、求答,渐渐成为一种普遍性的社会需要,为稍后的嘉庆年间开始的《红楼梦》评点派,准备了历史的、社会的条件。

中国人喜欢评书,但程、高之前,《红楼梦》是没有评点派涉足、染指那时,因红热,本子被乱抄卖,弄得歧见百出,无全本无定本,谁肯当成一件正儿八经的事去干、去评点?不小心,陷进去,就耗你几年十几年。评点派评点书,有自己干的,但一般都受邀于出版商之请,最后的目的,都是为了日后出版,赚取银两。没有这种指望,谁肯朝里下本钱!

不过那时有人在本子上涂鸦,肯定是有的,说不定还较普遍,这也是一些人的传统习惯。一种优良的习惯、宝贵的习惯,也是恶劣的习惯。得到一本书,读得动情、起劲,总喜欢提起笔来,在行间、眉额写上几笔,抒发自己的见解。那时的书,无论手抄或刻印,天地都留得较宽,空白处有的是,程、高《引言》里说,"是书词意新雅,久为名公巨卿赏鉴",即此类。本子第一回最前面的"作者自云""自又云",还有那首冒曹雪芹之名写的"并题一绝",也是这种东西。

《红楼梦》,曹雪芹本人的手稿,早被历史的烟尘吞没,极大可能永远也找不到了。最初的,即从二敦兄弟贵族小圈子传出来以后,因被人接连抄传而扩向社会的本子,也无任何踪影。甚至红热高烧不断时期,北京庙市上高价售卖、数量甚多的那些本子,后人同样不曾具体读到过一个。但有一个情况却是实在而清楚的,即程高的第一个本子(程甲本),前八十回,是根据当时搜集到的多个本子(包括坊间缮本、诸家所藏秘稿),经过对照校勘而后确定再整理成稿本的。后四十回则没有碰上整本的本子,而是分多次搜集得到的,较为零散。最多的一次,是从鼓担重金买到的,有十多回。此外再无别的参考,只有在那基础上整理。

根据上述的历史和各方面的状况,在曹雪芹手稿本和最初的传抄本均不可见的情形下,我们有充足的理由认为,程高本是可以代表曹雪芹《红楼梦》的。事实上,自从有程高的一百二十回全本以后,两百多年以来,在中国出现的所有的一百二十回《红楼梦》,无论改名叫什么,追其祖,寻其源,没有一部不是来自程高本。所以说,程高本是曹雪芹《红楼梦》的真正传本。在现存的各种《红楼梦》《石头记》的版本中,也只有程高本最全、最可靠、最值得人相信。

第十二章　简单明了说脂本

两百多年来,《红楼梦》在传播的进程中,发展成多种版本。程高本和脂本不过是其中的两种,纵有多少差异,终归是一个源头流来,性质上、本体上,应该说是具有同一性的,至少是大致相同相近的东西。单就小说的文本而言,这话没什么错,尽管有篇幅上的长短,有言辞上的许多不一致,主要部分却都是曹雪芹的手笔。然而,程高本是白文本,脂本则有大量的批语。正是这些批语的附加、包装、引导、诠释,从根本上改变了本子的性质。这种改变,是严重的篡改,使它不但与程高本无法合辙,也和《红楼梦》在许多方面造成了显然的对立。

说程伟元、高鹗二人功劳很大,程高本是《红楼梦》真正的传本,脂砚斋、脂本、脂批的尊仰者、崇拜者,一定会很不高兴。他们人数非常多,在红学界有很大的势力。照他们看来,三个脂本才是《红楼梦》的真正传本。为此不知写了多少文章来吹捧、颂扬、宣传,直到快成了圣物。同时,又竭力贬损程高本,甚至说程高本,也是脂系本子,是从脂系本子抄制而成的。这就等于张开大口,将比其早产生起码百年以上的本子吞到其肚子里,变成它自己的东西了。

曾经说过,在一个很长的时间里,我也是崇信脂本、脂批、脂砚斋的。直到退休后,因多次病卧在床,为转移神经注意力,以抗剧痛,集中细心阅读与《红楼梦》有关的书,才发现三脂大有问题。又二十多年过去,写了不少揭露三脂的文字。当进入眼前这部稿子的写作时,便决定,不再去碰什么三脂。进程中,发现完全绕开,显然不行,只得又写下少量几笔。眼前,忽然有个新的想法,只要书中需要,未尝不可,但要写得有新意;一涉三脂,牵一发而动全身,又因所言所说往往生涩、生僻,且琐碎不堪。说简单了,别人不解,想详细点,听者又会不耐。能不能只用较少的常识范围内的话,将事情讲个一清二楚呢?试试看吧。

试以前,先大体了解一下有关的知识。脂本,只要对红学不太陌生的人,都知道是指三个同名为《脂砚斋重评石头记》的手抄本。名字尽管相同,篇幅长短却有很大的差别,批语和某些内容,也不尽一样。为了不致搞混,人们习惯分别将它们称为"甲戌本""己卯本""庚辰本"。缘于上面有字样:"至脂砚斋甲戌抄阅再评仍用石头记";"己卯冬月定本";"庚辰秋月定本""庚辰秋定本"。甲戌为乾隆十九年(1754),己卯为乾隆二十四年(1759),庚辰为乾隆二十五年(1760)。看来似自志备忘,实意却是示人,那是本子产生的时间。后来的研究家们,也正是这么看的。彼时,曹雪芹还健在。不过,不但如此,三个本子上所有纪年、题署之类的字样,都是制造本子、批书者自己所为,没有别的任何证明可资参照。盲目相信,必然上当。事实上,只要深入研究,就可发现,没有一条不是倒填。

三个脂本,现身很迟,均在民元以后。之前的有清一代,从无一人、一记载、一文献提到过其中任何一本。三脂本属小说本子。小说本子,不同于别的文字本子,首先要有公众性、社会性,还要有历史性,其地位亦由这几个方面来决定。即是说,要看它在社会上有多少读者,进程中跨越了多长的历史时间。如果很少有读者,经历的时间也短,那就难说其价值,更谈不上它的历史地位。考证派新红学的学者总说,三个脂本是《红楼梦》最初的传本,后来的一切《红楼梦》的本子,都是由三脂本传下来的,不过是因为相信脂砚斋其人,进而相信其胡乱编造,然后有的错解、误解而已。不说别的什么,只消看看《脂砚斋重评石头记》这个名字,就晓得它们不但不是最初的传本,而且应该说是现存所有本子当中很靠后的本子。

三个脂本,没有源头本,即没有它们的父本、祖本。另一面,它们也没有后代本,没有繁殖的经历。三个本子,就只三个本子而已,当初制造出来时的样子,基本上就是我们今天看到的那个样子。尽管有一种说法很流行,叫做脂系本子,将陆续发现的十来个手抄本,都画到了脂砚斋的范围,但在那些本子上,你根本找不到任何属于脂本的遗传基因。

脂本的出生秩序,也绝对不是有人说的甲戌本在先,己卯本居次,庚辰本最后。从其大量批语的变动、改动、合并、放置地位分析,庚辰本才是老大,甲戌本只能算老幺,己卯本居中。三脂本不是传抄本,而是原制本,它们没有母本,只有原材料本。庚辰本的制造,就是将程甲本为原材料,先将其严重砍残,并加篡改,再按事先弄得的批语,规划出安放批语的位置,然后开设土作坊,雇用抄手,在相对秘密的状态下完成制造。其操作流程,拙著《红学末路》有较为详尽的揭露。

庚辰本以程甲本作原材料,砍残、篡改、抄袭,过程中又屡屡有抄错的事,贵州大学著名教授、著名学者曲沐先生,在经过认真的比勘、查对、研究,而后完成的质量很高的学术著作《庚辰本〈石头记〉抄自程甲本〈红楼梦〉实证录》中,揭露得准确而又彻底,单是举出例子,就有三十四例之多,令人信服,也令人震动,在学术界极受关注。

三个脂本上批语很多,如果重复计算,加起来,共有好几千条。但绝大部分都是些口水话,水平很低,说了等于没说,情趣不高,一部分又相当庸俗,整个给人的印象是不讲质量,只图多,显堆头。三两字,甚至一个字,也算一条。另外有很少一部分,约有几十条,是制造者用他自己的另一个化名畸笏叟写的,专门平白扯谎,无中生有,空穴来风,与曹雪芹、曹家套近乎,拉关系,把自己打扮成曹氏家族的成员,与曹雪芹很亲密,是当年生活的见证人、亲身经历者,动不动大动感情,以过来人的身份,将一些"旧事"翻出来,与书中的描写相连结,回溯、追忆、大发感慨。暗示读者,一部《红楼梦》,就是作者曹雪芹在写自己,写他们曹家从前的事、从前的繁华。这是脂砚斋、脂本、脂批的核心,也是它们的要害所在。其目的,不过是在冒充古籍,冒充最珍贵的本子,冒充当日的亲历者提供的书背后原生活、原历史的底里,诱使上当者在购买他的制品时,能慷慨解囊,多掏银两也!他可能没有料到,他的伪造物,日后竟会成为一种学术的研究对象,一门学术建立的基础材料和根本的依据。更可能没有料到的是,他一个卑微的专以制假为能事的全无品德的刨食者,竟然会被一大群很有知识、有头脸、聪明才智可以说皆居上游的学者,捧上神圣的地位,大加顶礼膜拜。

一 《红楼梦》的时间与空间

小说都是虚构的,没有虚构便没有小说。此为这门艺术建构的本质所决定。但小说的熔铸和具体的描写,又特别讲究自身的时间与空间的安排与安置。这不单是情节故事外在的需要,更是人物性格、思想、行为及整个内构的根据所在。少了它,或把握不准,摆布不当,所有描写和叙述,就会如漂泊之萍,失去真实感,引起阅读的危机。因此,小说家,凡为小说,无不十分注意时间与空间的设置、构造、经营、表述。

小说中的时空,有大小之分,有隐显之别,有关键与一般的不同。大时空,即小说大的历史背景,总体故事产生的时代、朝代、年代,以及人物出生、成长、活动的大地域、大地区、大范围;小时空,即小说中所写的那些大大小小的非常具体的环境,以及具体人物活动、故事演进的时间。

时空相连,相互作用,不可任意分割。世间事,人间事,都是在特定的时空下发生的,没有特定的时空,世界上、宇宙间、人世间,什么事都不会发生。我们认识人,认识社会,认识历史,靠的也是彼时彼代的特定的时空。离开具体的时间和空间,犹如离开了具体的标志,我们就无法认识任何人、任何社会、任何历史时代。

在小说里,大时空统率小时空,小时空必须与大时空协调一致,不能相互冲突,否则就成笑话。这种笑话,在一般的文学作品里,人们经常见得到。大多是从作品的大时空的角度说,因历史、时代的原故,有些话语,有些观念,有些细节,有些工具、工艺、礼仪等,当时是不可能有的,但在该作品的细部、小时空中却被"明目张胆"地呈现在读者眼前。更多的时候,更多的作品里,不是细部、细节、小时空与大时空"顶板"制造"笑话",而是贫乏,数量太少,又呆板,老一套,缺少新意。不过这是另外的一个问题,留待以后再讨论。眼前还是说《红楼梦》的时间与空间。

在中华大地上,《红楼梦》是独步古今的大作品。在艺术上,它有许多极为高超的美妙的创造。比如单是大时空的设置和处理,就值得我们花许多力气许多心思去探讨、去研究。

依照第一回的描写和交代:

> 看官,你道此书从何而起?说来虽近荒唐,细玩深有趣味。却说那女娲氏炼石补天之时,于大荒山无稽崖炼成高十二丈、见方二十四丈大的顽石三万六千五百零一块。那娲皇只用了三万六千五百块,单单剩下一块未用,弃在青埂峰下。谁知此石自经煅炼之后,灵性已通,自去自来,可大可小,因见众石俱得补天,独自己无才,不得入选,遂自怨自愧,日夜悲哀。
>
> 一日,正嗟悼之际,俄见一僧一道,远远而来,生得骨格不凡,丰神迥异,来到这青埂峰下,席地坐谈。见着这块鲜莹明洁的石头,且又缩成扇坠一般,甚属可爱。那僧托于掌上,笑道:"形体倒也是个灵物了,只是没有实在好处,须得再镌上几个字,使人人见了,便知你是件奇物,然后携你到那昌明隆盛之邦、诗礼簪缨之族、花柳繁华地、温柔福贵乡那里走一遭。"石头听了大

喜,因问:"不知镌何字?携到何方?望乞明示。"那僧道:"你且莫问,日后自然明白。"说毕,便袖了,同那道人飘然而去,竟不知投向何方。

又不知过了几世几劫,因有个空空道人访道求仙,从这青埂峰下经过,忽见一块大石,上面字迹分明,编述历历。空空道人乃从头一看,原来是无才补天,幻形入世,被那茫茫大士、渺渺真人携入红尘、引登彼岸的一块顽石。上面叙述堕落之乡,投胎之处,以及家庭琐事,闺阁闲情,诗词谜语,倒还全备。只是朝代年纪,失落无考。后面又有一偈云:

无材可去补苍天,枉入红尘若许年。
此系身前身后事,倩谁记去作奇传。

空空道人看了一回,晓得这石头有些来历,遂向石头问道:"石兄,你这一段故事,据你自己说来,有些趣味,故镌写在此,意欲闻世传奇。据我看来,第一件,无朝代年纪可考;第二件,并无大贤大忠理朝廷、治风俗的善政,其中不过几个异样女子,或情或痴,或小才微善,我纵然抄去,也算不得一种奇书。"石头果然答道:"我师何必太痴?我想历来野史的朝代,无非假借'汉''唐'的名色,莫如我这石头所记,不借此套,只按自己的事体情理反倒新鲜别致。况且那野史中,或讪谤君相,或贬人妻女,奸淫凶恶,不可胜数。更有一种风月笔墨,其淫秽污臭,最易坏人子弟……竟不如我半世亲见亲闻的这几个女子,虽说不敢强似前代书中所有之人,但视其事迹原委,亦可消愁破闷;至于几首歪诗,亦可喷饭供酒。其间离合悲欢,兴衰际遇,俱是按迹循踪,不敢稍加穿凿,至失其真。只愿世人当醉余睡醒之时,或避事消愁之际,把此一玩,不但洗了旧套,换了眼目,却也省了些寿命筋力,不比那谋虚逐妄。我师意为何如?"

空空道人听如此说，思忖半晌，将这《石头记》再检阅一遍，因见上面大旨不过谈情，亦只实录其事，绝无伤时淫秽之病，方从头至尾抄写回来，闻世传奇。

　　"此是身前身后事，倩谁记去作奇传。"石头在两个世界都经历一番后，希望有人记去当野史、传奇问世。空空道人认为不够格，第一件无朝代年纪可考；第二件无大贤大忠理朝廷、治风俗的善政。内容上不过写了几个异样的女子，或情或痴，或小才微善。总然抄去，也算不得"一种奇书"。石头似乎预先料到空空道人会有不同的评价，而他自己亦早有自己的一套思考，于是，立即作了颇有针对性的回答。其中对"第一件"的回答，尤为重要、精彩、简练，可谓惊世骇俗，亦可谓闻所未闻，并且干脆利落。"我想历来野史的朝代，无非假借'汉''唐'的名色，莫如我这石头所记，不借此套，只按自己的事体情理反倒新鲜别致。"谁在说话，表面看，是石头。但石头只下凡经历，而不写文章，不会去考虑这些。说话的自然是作者，只因为小说里这一不太长的一段，把叙述权暂时交给了石头，叙述的方式，由第三人称变成了第一人称。作者一时插不上嘴，要说话，只有请石头代他说。话虽很短，里头却包含着难得的智慧与胆识，也在一定程度上透露出了作者渊博的知识与饱览群书的经历。他深知"历来野史"（指小说、传奇之类）的毛病，早已使人不耐。自己的作品，必须有不同的写法，从内容到形式都需创新。而其中最大的变革，就是作品的背景、时空。他不仅不再像"历来野史"那样"无非假借'汉''唐'的名色"，连大的时空、朝代、年代、背景，也一概不讲不提了，"只按自己的事体情理"去写，"反倒新鲜别致"。新鲜固然新鲜，因为他不但打破了"历来野史"的写法，也在范围庞大的叙事文学领域内，独立树起很鲜明的一帜。

　　《红楼梦》为什么要这样做？做的结果怎么样？就是说，路走得通吗？在探讨这两个问题之前，我们先来看看书中省去时空的状况。说《红楼梦》有意模糊时空、忽略时空,并非是说,它完全省去时空。时空还是有的,只不过深深地隐藏起来,轻易不去提说罢了。但必须明了,《红楼梦》的时空,并不是历史曾有过的时空,而只是作者想象的时空,它只存在于作者个人的心目中,不存在于别的时代和地方。打比方,就像书中的长安、京都、宁国府、荣国府、宁荣大街、大观园等等,还有许多建筑、许多人物、许多情节故事一样,当作者写出来,落到纸面上,就成为书的某个部分,没有写出来时,就待在作者头脑里,谁也不知道。可以说他们、它们存在,也可以说其实不存在。一个作家感受生活、熔铸生活,最后写出作品,从量的角度说,写到纸上的总是很少的一部分,而未写出来的总是比写出来的多得多。《红楼梦》肯定也有许多东西没有写出来,只是我们无法猜想罢了。

　　《红楼梦》究竟写的是哪个朝代的事,去探讨,是没有意义的。因为在作者心目中,本来就不曾去具体的设想要放在哪朝哪代。但有一点可以肯定,是汉人做天子、做统治者的朝代,而不是少数民族做天子、做统治者的朝代。进而可以推定,时间和空间都不在满清王朝,这一点,最为关键。

　　关于《红楼梦》的时空,小说里有一个可供参照的数据。一僧一道从大荒山无稽崖带走那石头后,"又不知过了几世几劫",方有空空道人出现。也即是说,石头下凡是"几世几劫"以前的事,而空空道人抄书传世,则是"几世几劫"以后的事。几世几劫是多长的时间?这是佛家用语,世,指世界、宇宙。佛家认为,宇宙有周期性的生毁过程,每一次生毁,称为一劫。如此夸张,岂可称为数据,还说供参照?不过从另外的角度看,也未必就过分。那就是在作者心目中要将那个时差尽量拉得大一点,使其不要与他生活的大清王朝离得太近。

　　大清王朝是中国历史上最后一个封建王朝,也是一个非常特殊的王朝,政治制度、军事制度、编民制度,均与许多朝代大不相同。公元1644年,李自成攻破北京,明王朝中央政权解体,趁中原多事之秋,清朝摄政王多尔衮收买山海关守将吴三桂为其前导,八旗劲旅紧随其后,迅速席卷整个北京及全部京畿之地。由于以少搏多,多带侥幸,文化、经济所有领域,均落后许多,因之缺少凭何统治的信心,于是,便暴力、血腥随之。动不动将事情弄得无以复加的地步,种族矛盾达到空前,以致连一般百姓的服饰衣着也列入必须同化的对象,后来凡男性公民头上都有着作为臣服物的辫子。老是屠戮毕竟不是办法,一味压迫只会带来更加强烈的反抗。后来,对汉族在某些地方的残余统治者,特别对汉族知识分子采取收买的政策,同时也减少杀戮,发展生产,安置流民。到了康雍乾时期,竟出现一个"盛世",清朝就在那时到了强大的时代。但整个社会无论从哪方面讲,都被"改造"得面目皆非。这当中由于加入了过多的满蒙因素、旗人因素、八旗军事制度、满汉混合,而显得五彩斑斓。任意选择,割取一块下来,都只能是那个时代的,而不是别的朝代的,别的朝代你根本找不到。而作家无论古典、非古典都喜欢在人物穿插、故事进展之际,顺手描写世俗画、风土人情、市井俚习。除开增加动感,拓宽领域外,对特定的时空突显,亦有点染之用。《红楼梦》的作者生活在清朝雍正、乾隆年间,上距康熙朝也不远,无论站在什么立场,他对那时较为突出的,只有那个时代才有的"风俗""世情",应当是不陌生的。可他在自己的作品里,一点也不涉及。女人不着旗装,男人头无辫子,一律汉家衣冠。贵族皆汉姓,官员皆汉人。张嘴无满蒙,书写无满文,往来皆汉家礼仪。充斥各级官场、构成社会重要阶层、所在皆有的旗人,反倒整部书不见一个。连皇帝也不是清朝的,京城也不在北京城。

  说起来好像有点奇怪,因为《红楼梦》所写原本就不是康雍乾时代的事情,而是在大清以前很久发生的事情,至于落实在何朝何代,那就难以定下了。说穿了,它的作者只写他的想象,只写他心中长时间的构筑。他觉得如何写为合情、合理、合度,合他的人物、故事、是与非、艺术、审美,他就写下了。作者是很自由的,自由到连小说大的时空,都抛开不去管了。但是,这个自由,不是上天的赐予,而是冒着极大风险,挖空心思,费尽精神,在不屈不挠中获得的、争得的。

作家汲取生活、熔铸生活,到落笔进入具体的写作之前,必有一段构思的过程,这段时间,一般都不会很短,篇幅越大的作品,花去的时间越长。构思的作用,是理顺故事,调整人物,深化主题。实际是让作者的激情持续燃烧。这是因为原本面目模糊的人物,渐次越来越清晰,一个两个呼之欲出;主题、故事也随着人物渐次显出它们摇曳多姿和震撼的力量。《红楼梦》的作者在这一段的构思过程,当是无人知道的了。但可以肯定他是经过相当长的时间构思了,被持续的燃烧的激情烧得发煳发焦。但他准备投入具体的创作时,不得不犹豫起来。

　　文字狱是大清王朝的重大国策之一,意在防范能制造舆论的知识分子兴风作浪。始于顺治,大盛于康雍乾三朝,屡兴大狱,杀人无数,越演越烈。许多时候简直就是穿凿附会,故意拈过拿错。谈者变色,闻者亦变色。

　　《红楼梦》的作者当初的构思,或许从头到尾都比较现实,不像今天本子那样有许多准神话参加其中。但是,有朝廷,有当今天子,有皇贵妃,有若干王爷,有八大因战功封了一等公的开国大功臣和许多侯、伯之类,这是肯定的,后来也没有修改,便是证明。证明差不多,把整个朝廷都搬进你胡编乱造的小说里了,还公然宣称已到末世,要写上到皇贵妃下到各类女子的薄命。至于京中,你说是长安,长安在哪里,不就是明明影射北京城吗?若照原构思所写,非遭巨祸不可,连辩也没法辩。不能写,就别写吧。但作家都是性情中人,往往将创作看得比自己的生命还重要,你要他放弃布满灵魂、浸透热血、行将见诸笔墨的作品,毋宁要他自己死去。设想,《红楼梦》的作者,也多半是这种人。他打起了太极拳,能躲就躲,能藏就藏,能辩就辩,你认定是写本朝,我干脆给你点明是写前朝,写不知"过了几世几劫"的那个时候。于是,在小说的开头,专门加添一个"缘起",大讲女娲炼石补天,讲石头下凡,讲僧道的作用,讲空空抄书,还有孔梅溪题名,曹雪芹的增删。另一面呢,则有警幻仙姑和她管理的世界,有经过煅炼之后能起幻化作用的石头到赤霞宫充当神瑛侍者,又到西方灵河岸,得以结识后来修成女体的绛珠草,因有还泪之说,"就勾出多少风流冤家都要下凡,造历幻缘"。结果,小说里就多了从神话世界来的贾宝玉,号称有三十六人队的"金陵十二钗"。与原构思相比较,不但各方面起了丰富的作用,也在质的方面有了大的飞跃。有前世今生,有孽缘早结,命运多舛,隐隐约约每个人物在描写上,都有了更为广阔的时空,艺术也随之得到升腾,凸显出无比的魅力。试想,如果没有那个准神话,没有金陵十二钗,没有因准神话、金陵十二钗而贯穿始终的人物命运的描写,以及运用自如的模糊、暗示、借物比拟等之类的手法,那《红楼梦》还叫《红楼梦》吗?

凡此种种,都是文字狱逼出来的。戴着镣铐跳舞,如果不讲恶意摧残的话,对跳舞者最终必有益处。那会在苛刻的条件下,逼着舞者去适应、去发挥、去创造。

作这假托之名,"曹雪芹"也是《红楼梦》的一个创造,并且是很成功的创造。只几句话,就将一个神话世界的故事搬到了人间,让它接上地气,由"现实"中的人士来叙述,并且"接管"了石头第一人称的叙述权,还原成作者全能全知的第三人称的叙述状态。而作者也正是这种轻轻虚晃一枪之后,把自己深深地隐藏了起来——这是那时他极需要的事。

二 不须细察就知道三个脂本是伪本

《红楼梦》能够模糊时空,忽视时空,作者只写自己心中想象的世界,这在古今中外的小说中,应该算是绝无仅有的事,了不起的发明。我们在前面说过,这是一种胆识,更是一种智慧。要读懂这部伟大的小说,从思想、艺术的深层次,以及更为广阔的历史角度去了解它的一系列人物,准确地把握它的主题,首先就必须了解它在时空方面的打理。这是整部小说中最首要的问题,也是最为紧要的问题。

一切都是为了排除"史"的成分,读者的视线真正聚焦在虚构的人物身上。这些从无到有的虚构的人物,是作者在漫长的时间里心血的凝结,他为他们耗尽了全部感情,也必定为他们吃尽苦头。他非常担心,日后会有人将他的人物胡乱搬移,去这个时空,去那个时空,硬给贴上"史"的标签,塞进某个历史上存在过的家族,再加歪解、牵合、附会。所以干脆直白宣布,不搞"假借'汉''唐'",没有大的时空。大的时空,实际还是有的,只不过那是作者的想象,在中国的历史上,却又不在历史上的哪一具体阶段,我们只要记着"末世"二字就行了。

作者的话,应该算是很明白的了。但很不幸,《红楼梦》问世不久,还在乾隆中后期,就有人开始了附会,说是写"张侯家事""傅恒家事"。紧接着,袁枚又通过他的《随园诗话》说,《红楼梦》作者曹雪芹是康熙年间江宁织造曹寅的孙子,内容是"备记"他们家"风月繁华之盛",书中所写的大观园,就是他袁枚的随园,以前属曹家,曹家为在那里召妓,曹雪芹曾经写了两首诗,送给那个"尤艳"的妓女。袁枚那时连《红楼梦》也没看过,他的话纯属信口开河。但《随园诗话》的发行量很大,随此,他的名声也大起来,对《红楼梦》影响极大。后来,胡适玩空手道,编造曹雪芹与曹寅的关系,依靠的主要根据就是袁枚的不实之词。

《红楼梦》的作者,当初隐姓埋名,做得极其成功,后世之人搞不清楚,原也是很自然的事。但是脂砚斋就不同了,按脂批或明或暗的透露,他是曹雪芹很亲近的人,书还远远没有写完,他就开始整理誊抄,加上批语,有时还提笔在曹雪芹创作的稿本写上几句。这样的一个脂砚斋,岂能不知道作者故意模糊小说时空的意图?岂能不知道作者远离清王朝的以免招过拿错的思考?岂能不了解不与任何现实存在过的有家族纠缠不清的营造?可他竟然在多条批语中,揭示《红楼梦》是作者曹雪芹在写自己和当年他家里的事。听来好像跟袁枚,甚至跟胡适当过学生一样。因此,我们面对一直来路不明的脂砚斋,有权提出自己的疑问:此君到底生于何代,长于何世?

要晓得,《红楼梦》的作者当年最害怕的是什么?不言可知,最怕的就是说他的小说,是写大清王朝,是写康雍时代,你写你自家,当然就是写本朝。那样一旦有人告密,他和他的家人就只能上断头台了。

脂砚斋如果是作者很亲近的人,他肯在他的批语中那样胡来吗?实际上那也是告密啊!作者会同意他?和他一起批书的还有好几个"亲属",为什么不阻止?最要紧的是,他那样干,一朝事发,他也跑不脱背插亡命旗。保不定,头一个斩作者,第二个就是他,他有那样傻吗?

然而,脂砚斋还是那样写了,一切都平平安安,还因卖抄的书,赚了一笔钱。这就明白那个时代早过去了,至少是没有文字狱的朝代了。

三 翻不过的门槛

脂砚斋始终站在红楼的外面,他进入不到里面,原因是有条门槛把他挡住了。《红楼梦》的主题,就是红楼的门槛。这主题看起来很淡,也多层次,多角度。但只要认真挖掘、把握,它的核心还是十分清楚的,只不过它很深,在古典小说中,可谓难得一见。具体说,它写了一个末世,与这个末世紧密相连的是几个大的家族,其中最为显贵的就是宁荣二府。两府"赫赫扬扬已将百年",日月太长,内部矛盾反复积累,越来越厚重,而子孙因享受繁华太多,早已一代不如一代,已经到了气数将尽的前奏,只差最后走向崩溃和灭亡,任何力量都难有回天之力。这可以说是一种历史的法则,一种自然规律和社会的屡见不鲜的死亡现象。不过,这还仅仅是主题的外壳,至多算个背景。它所着力描写的,则是这艘老旧不堪注定要沉没的大船,在其沉没的过程中,搭载在上面的一群年轻女子——金陵十二钗的悲惨命运。她们是无辜的,危机早已四伏,却很少有感觉,当命运无情袭来时,她们竟然无一点反抗的能力,只有听任命运的摆布。

脂砚斋读不懂《红楼梦》,也读不懂《红楼梦》的主题及其意义,只一味将曹贾两家捆绑到一块说事,炫耀他所知道的两家的历史。他知道什么历史呢?别说他知道贾家什么历史,贾家是小说家的塑造,该写出来的,都写出来了;没有写出的就算没有写出,连作者也不知道,他怎么会知道?至于江南曹家,曹寅是康熙时代的"大闻人",能诗能文,生前出版好几种著作。他的交友很广,内中文人不少,笔墨间每每留存有他的信息,只要下功夫去查,是可以寻到好多的。脂砚斋拿到批语中炒作的,为数极少,而且显然来自道听途说。即便他是"曹家通",手上握有曹家全部的历史,又有什么用呢?他能因此而将两个完全不同的家族铆合起来吗?说实话,他不了解更好,稍微有所了解,他可能就不会那样贼大胆了。因为他会害怕,每说一点,便会害怕有人立刻揭穿他,因为两家实在是相差得太远了。幸得他的目的不在"说史""对号",而在诱人上当,对他的产品多掏钱。

四 脂砚斋也被玩了

前面有一段单独成章的文字,题目叫做"大玩笑,我们大家都被玩了",说的是《红楼梦》第一回开头的"作者自云""自又云",那不是《红楼梦》作者自己的话,而是别人的话。这个人,我们可能永远弄不清楚了,为便于行文,我暂且给他取了个代号,称他是Y君。这位Y君文笔奇丑,但头脑特别发达,极善联想穿凿,他不是写评语,也不是写第一回的回前批,而是在写读《红楼梦》后的感受,或心得。根据主要来源于第一回石头向空空道人说的那些话,还有第二回书中的一些文字。

两段作者自云放在那里,如果得到承认,《红楼梦》任何一面都会起冲突,说不通,而整个艺术构筑也会受到严重的破坏。关于这些,我在前面曾作过多方面的研究分析,自以为还是比较充分的,故这里不再多赘。另外,针对有人说,那是脂砚斋写的第一回的回前批语,故将Y君文笔、路数、思维与脂砚斋作了全面的对比研究,结论是,与脂砚斋全无关系。

《红楼梦》原作者的手稿本上,肯定是没有Y君那段涂鸦的。那么何时混入的呢?我以为,上限应是在1768年永忠读到《红楼梦》不久之后,手抄本突破二敦兄弟为核心的贵族集团,流向社会的初期的时候;下限则是1791年,程伟元开始动手搜集本子之前的那段时间。程甲本上有那涂鸦便是证明。最初Y君可能是写在回目页之后,或开始的书眉上,借他本子抄书的人看见了,觉得有道理,或以为是正文,就抄在第一回的开头处。接下来,就繁殖开了。等到程伟元找书时,有那段文字的本子,已经很多。不是他的错,他不过是没有认出来而已。我在前面的引文,就是从程甲本直抄来的。

值得思索的是Y君那段话在脂本上的状况。最先制造的庚辰本,那段话存在的位置和程甲本一样,都在第一回的开头处;第二个制造的己卯本,开头几页扯丢失了,估计原来在时那段话也在,和庚辰本的位置没有区别;最后制造的甲戌本最为特殊,竟然不伦不类地被搬到书前的《凡例》,那凡例是一个不知凡例为何物的人胡乱草就的,把那段话塞进去凑数,便使得整个《凡例》越发不伦不类。

这是怎么一回事?按三个脂本上的题署,其制造的时间,都在作者生前,是得到作者同意而后抄制成本子的。Y君是后来人,又是外人,他从何处跑到脂砚斋亲手抄制的本子上去随意涂抹呢?这就需要认真读一读著名学者、贵州大学教授曲沐的《庚辰本〈石头记〉抄自程甲本〈红楼梦〉实证录》了。在这一久负盛名的著作里,曲沐先生从多方面揭示得很清楚,脂砚斋炮制的庚辰本,是将一部印刷的程甲本砍残,并加篡改,而后抄制成的。在炮制的过程中,又缺少责任观念,愈到后面愈抄得糟糕,漏句、脱行竟有几十处之多。正是这些漏句、脱行,暴露了脂本冒充假古籍、假文物本的事实。

我曾说过,假如把Y君之说看作开玩笑的话,可以说我们都被玩了。想不到可以称之曰"人精"的脂砚斋,也被玩了。我们被玩,是因为那是过去本子上的话,没有认出来。脂砚斋不仅被玩,连带其全部的骗子面目,也一起暴露了。

令人遗憾的是,到了今天仍然有红学大家为脂砚斋唱赞歌、打掩护,说书开头那段含两个自云的话,是脂砚斋写的第一回的回前批语。可惜,这只能是帮倒忙。不必再说那内容有多么荒唐,只重提一点:那些话将《红楼梦》的作者与书中的主人公贾宝玉当成是一个人,也就是曹雪芹,落得实吗?有何真正的根据?

五　骗子与骗子

前面几段,从时空、主题、作者两段自云,揭露脂砚斋及其本子,都可以算是提纲挈领的东西。下面谈谈裕瑞。裕瑞并不重要,在红学上也无建树,有一本集子,名叫《枣窗闲笔》,一直没有刊行。到1963年,才有上海古籍刊行社影印出版。裕瑞(1771—1838),姓爱新觉罗,号思元斋、思元主人,豫通亲王多铎的后裔,封辅国公,工诗善画。其人性偏颇,许多专家都不看好他的话,认为不可靠。不过,有些话还是值得玩味的,至少下面一段很重要。

裕瑞在文章中说他自己:

> 曾见其抄本卷额,本本有其叔脂砚斋批语,引当年事甚确。易其名曰《红楼梦》。

两句话里,包含几件事:第一,他亲眼见过一种《红楼梦》的手抄本;第二,抄本卷额上,都有其(指曹雪芹)叔父脂砚斋写的批语;第三,批语引他们家里的事,与书中的描写相对照,看来两下都对得上,

"甚确";第四,于是,将原书名改成了《红楼梦》。——原书名没有说,可能就是《石头记》吧。谁改的,也没有说,大约是加批、引事,并抄本子、制造本子的那个"其叔"。

裕瑞生性偏颇,轻信,过分受"前辈姻亲"传闻的影响,故所说的话(主要是有关曹雪芹传闻的)多不可靠。那么,这里引的话该如何看待?我认为,还是值得相信的。因为他说的是一个手抄本,很简单,很具体的一件事物,是他亲眼得见的,大概还翻看过,不大可能睁眼说瞎话。"脂砚斋"是个很怪的名字,他如果说谎,不会专门去拼凑这样的三个字;"其叔",当是脂砚斋批语,"引当事甚确"的时候,对他自己的身份用和曹雪芹的关系透露,也合情合理。

不妨记住,裕瑞前边的这段话,是清代历史上唯一提到脂砚斋、脂本、脂批的文字,其外,那么长的岁月里,就再没有一个人提到过"三脂"。尽管如此,但历来都不受人重视,主要是因为他的许多话都不值得相信。即便在竭力尊脂的学者中,也存在着很大分歧。裕瑞是相信"叔传"说的,他曾说过"闻所谓宝玉者,尚系指其叔辈某人,非自己(指曹雪芹)写照也"。与后来的"自传"说"亲睹亲闻"说,大有冲突,故不被认可。另一些尊脂的学者则认为裕瑞的话,证明了脂砚斋是曹家的人,脂本是早期的本子,脂批值得重视的有力证据。

我自己近些年在读书、思考中,却愈来愈觉得,如果换换角度去审视裕瑞前面的话,极大可能,我们会轻而易举地同时擒获两大骗子。

那个"其叔",那个在"本本""卷额"上加批语,"引当年事甚确"的脂砚斋,毫无疑问,是个骗子。不需要别的更多的根据和理由,单是他写的批语,就足够了。当然也是换在现今,能作这种判断的人,已经很多。放在以前,水被搅得很浑,把曹贾两家直接黏合起来说事,正是了不起的学问呢,有谁能说敢说这种话,一是想不到,一是说了准定遭到群起而攻之。如今,人们普遍知道了一个事实,曹家、贾家,两不相挨,自从胡适硬行黏合以来,近百年时间已经过去,竟然从来不曾寻获过半点真正的证据。原来供在神坛上的那个脂砚斋,让人横生疑窦,怎么又跑出一个同样同名又同干一种勾当的货色来?

裕瑞说他看到过的这个脂本,有如下的几个特点:

第一,是由《石头记》"易"名为《红楼梦》的手抄本。"易其名"的人,这必说,就是批书并制造出这个本子的脂砚斋。"名"既"易"为《红楼梦》了,裕瑞看到时,本子上标的名,当然就是"红楼梦"三个字,而不是"石头记"。更非我们熟知的《脂砚斋重评石头记》。

有可靠的事实证明,《红楼梦》的作者生前留下的只有一部名"红楼梦"的手稿本。"石头记"一名,是《红楼梦》开始流行后才有的。最先应是出自抄卖者之手,是文字狱的阴影下形成的,盖不欲其过分招眼也。名为"石头记"的本子,那时数量也不多。等到乾隆五十六年(1791)辛亥年,名为"红楼梦"的程甲本出来以后,因是一百二十回全本,又是印刷本,质地优良,远非昔日的手抄本可比,迅速大行其世,影响所及,连带"石头记"一名,也相形见绌了。故"其叔"脂砚斋"易其名",应当是在程伟元本子出来,即1791年以后,至少又过相当一段时间才有的事。具体说,最早也不过是嘉庆中期或晚期才出现的。

第二,加批者脂砚斋是曹雪芹"其叔"。这当是此本子批语中的明言或透露。如果不是,裕瑞不可能凭空作出这种认定。这跟现存的三个脂本又是最重要的不同。现存的三个脂本,批语总共数千条,无一条明言过或透露过批者脂砚斋与曹雪芹究竟有无关系?如有,又是一种什么关系?相反,倒是有不少批语分明显出,他们不是同时代的人,相互根本不认识。

第三,这个名叫《红楼梦》的脂批本子,其批语有个很引人注目之处(至少是裕瑞如此认为),即"引年事甚确",而且"本本""卷额"上均有。这就是说,在这个批书者脂砚斋看来,《红楼梦》不是小说,而是纪实作品,记的是他们曹家"当年"的事。书中所记都有本,全是"当年"在曹家发生过的。他是曹家的人,是曹雪芹的叔父,他知道"当年"的事,知道书中所记的一切。加批时,针对书中某些地方所描所写,再把当年曹家实际生活中的事件、人物重新提出来、讲出来,以证明其侄儿曹雪芹《红楼梦》所写的并非虚构虚说而是实有其事,并且"甚确"。这和现存的三个脂本也大有距离。三个脂本固然也有些瞎扯"史"的批语,但其实在批语的总量中,只占极少的一部分,可以说不成比例。而且净拣鸡毛蒜皮的事情做文章。言小不言大,言远不言近,言结果不言过程,一律采取蜻蜓点水的手法,稍一触及,马上跳开,生怕让人瞧出他玩的西洋景。

第四,"其叔",什么"叔"?曹雪芹本人尚远远未"定位",照《红楼梦》,他是个假托之名,照"源头"上,他是个化名。就算是个"实名",那他是谁家子,谁人子,至今也没有可靠信息,何论"其叔"?若依大家习惯的说法,他是曹寅之孙。曹寅有两个儿子,亲子曹颙,嗣子曹頫。如他是曹頫之子,在曹家他只有伯,没有叔;如是曹颙之子,倒是有"叔"的,即曹頫。但曹頫被捕,枷号追赃,一年多后便无消息,谁能证明他没有被折磨死,数十年后又化名脂砚斋去批书?况且,曹颙之子曹天佑,乾隆初年"现任州同",无论从哪方面分析,他都绝对不是曹雪芹。

第五,裕瑞见到的这个脂批本子,不会是现存的三个名为《脂砚斋重评石头记》中任何一个。因这两相比较,有显著的不同,如前面说过的书名,还有引"当年事"的批语的数量、密度、放置的位置,以及批者身份的"自表"等。

裕瑞肯定没有见过三脂本。如果见过,当写这段文字时,他会拿来比较,相连而说,以强调脂砚斋、几个脂本之真之不虚,《红楼梦》之为曹雪芹写自己家里事的说法之可靠。

那么,裕瑞见到的这个名为"红楼梦"的脂批本,与三个名为"脂砚斋重评石头记"的本子,其出笼,何者为先,何者为后呢?

以前研究三个脂本,对书名上所含的"重评"二字,及甲戌本批语中的"余批重出"一语,感觉难捉其意。现在分析了裕瑞说的有关这个本子的话以后,方明白,脂砚斋是针对前面有个脂批《红楼梦》而搞的鬼。相对于前面的那个脂批《红楼梦》,他制造的三个脂本,因为在后,也只能叫做"重评";所加之批,故称"重出"。为此,他还在甲戌本的开头不久,特别弄上那句:"至脂砚斋甲戌抄阅再评仍用《石头记》",来制造假象,蒙骗出大价钱买他假古籍的人。

由此可知,三个《脂砚斋重评石头记》的本子,自身标识的什么"庚辰秋月定本""己卯冬月定本""甲戌抄阅再评",都是谎言,目的都在于让人相信,他的本子是曹雪芹生前时的本子。

三个《脂砚斋重评石头记》的本子的批语里,所以没有了"其叔"方面的明言或暗示,转而为谁也猜不透的模糊的关系;没有了在"本本""卷额""引当年事甚确",而改为了在一些地方"蜻蜓点水",叫你感觉得到,却又摸不着首尾,大约是那本名叫"红楼梦"的脂批本,批语中扯谎扯得太笨太显太具体,制造者自己穿了帮,引起过严重的质疑。到假造成三脂本时,他"这个后来的脂砚斋"学乖了,引以为鉴,身份上不再搞明显的冒充。

历史上,第一个将曹贾两家连起来说事的人是袁枚,他在他的《随园诗话》中关于《红楼梦》的话,全是想象,没一丝一毫的根据。《随园诗话》在乾隆晚期问世,到嘉庆时代连续再版,随着那段他编造的关于《红楼梦》、曹雪芹、曹寅的话,也传扬开去,影响很大。裕瑞见过的那个"叔批"《红楼梦》的本子,正是出在嘉庆中后期,不必说是受袁枚的"启发"而造出的"伪书"。前面已经作过比较,他和后来制造三个脂本的脂砚斋,是两个人,不是一个人。

为了在研究中不致缠夹不清,这里姑且以"彼此"二字区别:将裕瑞说的那个评《红楼梦》的脂砚斋唤做"彼脂砚斋";将炮制三脂本的脂砚斋唤做"此脂砚斋"。他们出世的先后,毫无疑问,"彼脂砚斋"在先,"此脂砚斋"在后。

为何要盗人之名,稍加琢磨,便不难明白。三脂本上有许多充当教师爷的批语,老是"教导"人如何去读《红楼梦》。证明制造者制造本子、加批语,都不是为了自己欣赏,而是为了他人。即是说,他制造的是商品,是要拿去换取银两的。商品有一个属性,就是追求最大的利润,尽量卖得更多的钱。要卖得更多的钱,首先是产品质量要最上乘,有竞争力,与市场对路,再就是经营有方。除此之外,偷工减料、以劣充好、假冒名牌,也可获得很好的收益,甚至暴利。三脂本走的就是后一种路子。

甲戌本第二回有一条大家都知道的眉批:

> 余批重出。余阅此书,偶有所得即笔录之。非从头至尾阅过复从首加批者,故偶有复处。且诸公之批,自有诸公眼界。砚斋之批亦有砚斋取乐处。后每一阅亦必一语半言重加批评于侧,故又有于前后照应之说等批。

这条批语极有意思,从中可以解读出很多信息。

"余批重出"。所谓"重出",长时间里,研究家的解释都是,第二次加批的意思,并引据书中那句"至脂砚斋甲戌抄阅再评仍用《石头记》"作证。又由此推测脂砚斋在乾隆(1754)甲戌年之前有过一次初评,还判断其事是在那之前的,即1752年。但找不到任何证据,连简单的迹象也没有。可知,"甲戌抄阅再评",也是子虚乌有的谎言。

"此脂砚斋"在制造三脂本之前,对《红楼梦》没有加过任何点评。写在甲戌本上的"重出",是假冒,由"彼脂砚斋"及其评点而引发而虚构的。他盗用"彼脂砚斋"之名,写上批语,当然就只有算"重出"。人家早"出"过了,他冒充其人,冒充其事,不标上"重",难道能说成是"首创"? 这个"重"也真"重"得妙,一下子就把自己和从前那个脂砚斋"重叠"成了一个人,将不同时代的两个人"重"成了一个"余"。"此脂砚斋"当初可能没有想到,他假冒的那个人,跟他自己一样,也是个骗子,制造的产品,也同是一种伪品。如果他一早知道,还会不会偷盗人家那张其实很容易暴露出破绽的皮?

批书就批书,制造本子就制造本子,何必搞此鬼祟的烂事? 说起来,仿佛也有些"不得已"。"且诸公之批,自是诸公眼界"一句,透露出了这样的背景:脂砚斋的"批语""重出"之前,已有"诸公之批"。"诸公之批"在先,脂砚斋的"重出"在后。现在要研究的是,这些"诸公"是谁?

长久以来,按考证派新红学家们的说法,所谓"诸公",就是畸笏叟、松斋、梅溪之类的人,说他们和脂砚斋一起构成了一个曹雪芹身边的"亲属集团"。曹雪芹一边写书,"亲属集团"就一边誊抄加评。然而,这不过是一种毫无根据的想象。"亲属集团"是不存在的,统共只有一个造假的脂砚斋。在写《红学末路》时,鄙人曾研究过,有事实证明,畸笏叟是他的另一化名;松斋、梅溪是临时虚构,意在用以虚张声势,批语也只各写了一条,算不上批书者。请设想一下,三个脂本是他脂砚斋一手炮制的,书名就叫《脂砚斋重评石头记》。怎么誊抄完后,他的批语还没有"重出",倒叫那些人先拿去写上了许多批语,道理何在?既然是"亲属集团",同在一个本子上加评同一本书,自当天天见面,至少经常聚首,许多话应该是早交谈过、讲明过了,"余批重出",他们不晓得你"重出"吗?要特意声明"诸公之批,自是诸公眼界。脂斋之批,亦有脂斋取乐处",语气何以如此陌生?而且话里有话,专门表明把自己和天天跟他一起批书的几个人区别开来,仿佛人家是一伙,他自己是单干户,批语、批书的方法、出发点都不一样,人家是一套,他自己是又一套,应该拉开距离,不要相挨。真是太见外了!为什么不当面锣对面鼓地口头说,而要写到纸上,写到书上,写到批语里。写给谁看?给同在一起批书的人看,实在多此一举;给买你本子的读者看,空洞的一句话,人家怎么搞得清你等的什么眼界、什么乐处?况且,这段话是写在甲戌本上的,只有这个本子上才有。买你本子的也不过一个买主,买去有几个人看?就算是捉摸到你等的"眼界""乐处",又有什么意思?

所以"诸公之批",绝对不是"亲属集团"之批,是针对别的批书者之批而说的。透露出的情况是,"此脂砚斋"冒"彼脂砚斋"之名炮制三个脂本时,世上早有了带批语的《红楼梦》。并且不止一种,而是多种;评点者也不止一个,而是多个,即所谓的"诸公"。这些评本,是商品,任人买。不然"此脂砚斋"看不到。没看见过,他就不会拿作比较;没比较,也就不会说出那样的话。

　　说那样的话,显然是因为他批书的路数和诸公的路数不同,大有区别。人家老老实实批书,他则耍鬼,假冒重评,假冒真,假冒早,虚构曹贾关系,平白跟曹雪芹套近乎,装扮成当日生活的见证者,目的是诱骗买主看重他的批语,从而看重他的本子,出大钱。

　　何苦出此贱招?不说也知道。

　　老实批书,老实制作本子,脂砚斋是不行的,他文化太低。即便制作出来,在那"诸公"林立、只要出钱便可买到带批语本子的局面下,也没有竞争能力。恐怕连花去的买纸的钱也换不回去。

　　点评书,特别是像点评《红楼梦》这样的鸿篇巨制,是很费精力和时间的,没有几年工夫,甚至更多的时日,拿不下来。当然,还得有足够的知识、足够的本领,并有足够的耐力和信心。从三脂本上的脂砚斋的批语可知,他不具备这些条件。即使具备,他也不会有耐心去从事这种老是得不到回报的事情。他要的是快速获利,获大利。

　　批书,让制成的批本能够进入市场,成为商品,成为能够获利的紧俏东西,不但选择的底本要好,本全,批语要高质量,有独到精辟的见解,执笔批书的人,还要有知名度,在一定的社会范围有影响力。而这又是最紧要之点。那个制造三个脂本的骗子,所缺少的,正是这一点。要以他的真名而去搞批本,肯定无人问津。于是有了盗袭"彼脂砚斋"之举。这个脂砚斋,谁也搞不清楚其为谁,应当也是无名之辈。但那之前,他弄出了一个脂批《红楼梦》。凭这,在一些人头脑里留下了印迹,让人知道了写《红楼梦》的曹雪芹有这么一个"其叔",晓得那些繁华背后的许多根根底底。这是一个何等炫人眼目的招牌,一个正好利用的躯壳!当初,那个制造三脂本的骗子,暗中造伪时,很可能没有多费神思,便钻了进去,像一只寄居蟹钻进一只海螺壳那样,然后便熟练地开始了自己的营生。

假冒别人之名,总是危险之事,因为很可能招来兴师问罪。何以不另外虚造个桩子呢?他既为"其叔",何不冒个"其伯""其兄""其弟"不就绕开了吗?但不行,同样有被揭穿的可能。或许,前面有个"其叔",你再来个"其伯"什么的,更容易招人怀疑。况且,不管你假冒什么,都不如已经为人所知、为人所接受的"脂砚斋"三个字为佳。

《红楼梦》引起的红热,最初起于乾隆中后期,起于北京。袁枚《随园诗话》后,社会上始有"曹贾相连"之说。到了嘉庆时代,此说渐次纷传,裕瑞说的那个"叔"批《红楼梦》因得"应时应运"而出,地点当然也在北京。北京文化积淀深厚,明清时代,书业、书肆、文物古董市场,十分兴旺,形成一种经久不衰的特殊行业。三脂本的制造者,从其以土作坊的方式进行生产上看,此人无疑是那时的一个原始书商,对业内情形及某些相关的信息,都比较熟悉。他必定一早听说过那本"叔"批《红楼梦》,但不一定就阅读过,那只一本,不会有多本,要读到不容易。他大约不认识那个"其叔"脂砚斋。因为,他动手制造三脂本前,已有"诸公"批本进入了市场。而这又当是"叔"批《红楼梦》出现以后很久方有的事。就是说,到嘉庆中后期,历史虽然具有了可让三脂本产生的条件和因素,但三脂本产生的实际年代,绝不会在嘉庆一朝。那还在以后,甚至很后很后。冒名的脂砚斋制造三脂本时,前面的那个脂砚斋应当早死了。因此,他敢肆无忌惮地盗用人家的躯壳。不过,在钻进盗来的躯壳时,他不知道,那躯壳也是虚构,前面的脂砚斋,跟他这个后面的脂砚斋,原本是同一种角色。如果知道,他大概不会这样演戏。

前面已经说了许多,本来用不着再唠叨,但因为事情重要,偏又复杂,说是说了,却难让人清楚。所以再归总一下,共是三点,明晰列出,一以备忘,让有兴趣的研究者,便于循迹深入追寻。

1. 两个不同时代的人,却拥有一个相同的很怪的化名——脂砚斋,先后去批同一部小说《红楼梦》。评点的路子相同,手法相同,都说自己是作者的亲属,都以"翻出"当年"史事"附会小说的描写为能事、为显著的"旗号"。这不可能是巧合,也不可能是相约共谋。而是后一个对前一个进行了盗袭,即制造三个脂本的脂砚斋,盗袭了制造"脂批《红楼梦》"的脂砚斋。

2. 前一个脂砚斋是骗子,后一个脂砚斋盗其名为己名,说明他不知其为骗子,说明他自己也是骗子。因为,他不清楚前面那个人玩的是虚假的把戏(背靠"曹贾相连",冒充"其叔",编造"当年事"),以为那些都是真东西,故而循其路数,套用其术,仿其伎俩,造出三个脂本。可以说是骗子上了骗子的当,也可以说是"青出于蓝而胜于蓝"。因为他的伪品,在后来的考证派新红学从事者的"发扬光大"下,骗着的人更是多得不计其数。

3. 前一个脂砚斋制造批本,时间尚在嘉庆中期,上距曹雪芹之逝,起码在四十年以上。他如是曹雪芹的叔父,又能"引当年事甚确",说明他经过"当年",熟悉"当年",记得"当年"的那些繁华。其年纪将比曹雪芹大得多。因为那繁华,只在曹寅时代才有。那么,在嘉庆中期他制造裕瑞说的那脂本时,至少有一百多岁了。后一个脂砚斋制造三脂本的时间,又比他后得多。这后一个脂砚斋如果不是骗子,而是像他自己说的在曹雪芹活着时,就已经介入曹雪芹的创作,到三脂本实际产生的时间,他至少也应该在百岁以上。信得过吗?我宁愿相信,曹雪芹写完一百二十回稿子的时候,他还远远没有出生。他制造三个脂本,最早也早不过慈禧当政的同、光时期,迟则到民国时代了。

第十三章　小心,别掉进无底洞

一　主流红学很穷

　　我非红学界之人,平生只是嗜红而已。曹雪芹的《红楼梦》,确实是古今中外少有的奇书,它不仅能给人以高度的艺术享受,拓宽人的视野,增加人的智慧,丰富人的精神境界,在我的感觉里,它还能安神、养心、正性。偶遇小恙,烦躁不适,或因什么,横积于胸,抑郁不快,便独自坐下,静读《红楼梦》。待到渐入佳境,沉浸其中,随书意走神驰,身心两忘。时间一长,不知不觉有了调整,往往获得奇效。

　　以上一段话,是谈我自己读《红楼梦》的感受。后来形成文字,写进了拙作《红学末路》自序的开头部分。其实,不光读《红楼梦》,读其他小说,都是如此。即着重文本,着重个人的直接感受,并以自己的感受去评判。每得一本,觉得合口味,好读,就细读,精读;觉得不好读,就匆匆翻过,甚至几页之后便弃之一旁。至于作者、版本、主题、背景、生活来源、原型之类则不大关心,还有相关的理论文章、研究文章、评说文章,除开少量的熟人写的而外,更难得去读。
　　这种积习,应当说是很偏颇的,但因为远在少年时代的阅读中就已开始养成,没想去改。没想改的另一原因是,阅读小说,是很个人化的事情，无非是一种爱好，大可不必有规有矩地整齐划一。偶尔有朋友相问，怎么读小说？我都是回答，你想怎么读就怎么读，愿意怎么读就怎么读。渐次发现有些老读小说，把读小说当成嗜好的人，也都这样。其中一位，在攀谈中，向我说他是自由阅读。概括得真好，我完全接受。那以后在某些场合，逢上要谈阅读小说时，我都以"自由阅读"四字应之，再辅以简短的说明。

二十世纪九十年代初，偶然原因介入红学后渐渐悟出，"自由阅读"别的小说，如果尚有可能的话，在《红楼梦》实际上早已不存在，或基本上不存在了。至少是，相当多的人，自觉或不自觉地放弃了这种功能。

《红楼梦》作为小说，可谓天生丽质，魅力无穷。各方面都优秀，富含俘虏读者的能量。远在乾隆时代，问世之初，便不胫而走，随后红热迭起，长期持续，以至代代不衰。读者之多，远远超过了中国任何时代的任何小说。读者一多，看法也多。因读者来自社会各个方面、各个阶层，教养不同，经历各异，拥有的知识量，差别甚大，见解自然也就纷繁复杂。还因为作者在创作上，营造独特，神话与现实相连，讲前世今生，讲因果相随，借用图谶，预设伏笔，遣字造词爱用谐音，尤喜真假对立与统一的营造，与历来的传统小说大相异趣。而读者又普遍不了解小说生成的原因，于是在诠释时，差不多都只依赖于发挥主观能动性，以猜谜的办法来解决。这样，读者与读者之间，就更难说到一条路上了。不过有一点还是比较一致的，那就是认同《红楼梦》的主体的纪实性，其人物、故事、大的情节，在实际生活中，都是有其本的。这是儒家经学影响的结果。而当具体化时，各各又莫衷一是了。你说明珠家，他说傅恒家，我说和珅家，还有的人说南京张侯家。到了袁枚那里，则说是曹寅之家，讲得有板有眼，信的人不少，影响很大。不过，袁枚之言，全是信口开河，空穴来风，并无丝毫实际根据，所以也有许多人不相信。

在漫长的历史时段里，人们读《红楼梦》，谈《红楼梦》，争议

《红楼梦》,甚至因见解相左而大动感情,挥拳相向。但认真研究《红楼梦》,将其作为学术对象而去花工夫,似乎一直不曾有过。虽然嘉庆以后,出现过零星的评点派,却因水平低,又囿于模仿金圣叹,过分着重个人零碎的读后感,算不得正儿八经的研究,社会影响也甚微。真正进行学术研究的,应该说是始于清末民初的索隐派中的某部分人。惜乎他们的方向错了,操作的法子也不对,不从《红楼梦》的营造上着手,而去寻找深藏于书背后的那个实际并不存在的"隐"。他们人不多,有著作问世的仅数人而已。从方法上说,他们是一个学派;从目标上说,则全是"独行侠""单干户",没有两个索隐者"索"相同的"隐"。索隐派曾经轰动一时,但自从胡适的考证红学行世后,便很快式微。不过没有灭亡,生命力很强,有时还发出很大很响的声音。这是因为,在方法上,它与胡适发明的考证红学,实质上并无差别,都在寻求实证,让实证去为研究作结论。而"索"与"考",词意则是一样的,只是说法不同而已。记得,我曾经用"一个小铜钱的两个面"比喻它们。

任何"游戏",都有自己的"游戏"规则。常常用于历史学的索隐与考证,当然也有,而且很严格。遗憾的是,无论索隐派还是胡适本人,都根本不遵守规则。这是因为他们,特别是胡适,原就不知道"考证"是什么东西。他有一句很得意的名言,"大胆的假设,小心的求证"。还说要以此来教导年轻人怎么做学问。明显荒唐,先靠自己大胆想象出结论,再小心地去求证,而所谓"小心"所谓"求证",不过是花工夫去搜寻证明那个预先想象出的结论罢了。过程中,对获得的证据,必然是合则取之,不合则弃之,与其相反的则讳之。更糟糕的是,生拉硬扯牵合,甚至凭空虚拟虚造,以"搭"成其圆说。纵观胡适的许多操作,无一不是这种方式。早有不少学者对胡适的"十字真言",或曰"公式"进行过批判,或说它是实用主义,或说它是唯心主义,还有说它是先验论。

考证,考而证之,靠事实说话,靠证据下结论,是认识事物,弄清事物的有效方法。中华文化精髓之一,我们老祖先发明的,几千年来,学者用,普通人用,做学问用,日常生活里用,甚至偏僻山村不识一字的大妈大爷也用。只不过时代不同、人不同、场合不同,在表述上有所不同而已。

在小说研究方面,也离不开考证之法,只不过使用面很窄。所涉大体上仅止于作者、版本、时代背景、传播历史,以及某些必要的注释等。小说是虚构的文学作品,虽然来源于人的社会生活,但与实际存在过的历史无关。欣赏它,研究它,主要依靠感受、解读、诠释,重点则在于艺术、美学、营造和它生成的道理,当然也不拒绝从中顺带获取些对人生、人世、生命、历史、社会的省悟与理会。欣赏小说,是一种生活习惯,研究小说,则需一定的水平,无论阅读和研究,都会获得精神的愉悦。

胡适才智很高,学问很大,但他不懂得小说生成的道理,也读不懂《红楼梦》,这从他多次贬低《红楼梦》可以看得出。他说,《红楼梦》是平凡的自然主义的杰作,艺术上赶不上《老残游记》《海上花列传》。至于他对《红楼梦》的研究,更暴露出他作为一个外行人的实质:花了那么多的时间,发表了那么多的文章,竟然没有一个观点,乃至(在关键问题上)没有一句话是说对了的。严格来讲,胡适不宜于研究《红楼梦》,或者说不配研究《红楼梦》。不幸的是,他终于行动了起来。他为何投入,如何作业,以及如何捣弄、善玩语言技巧,前面已经有过许多揭露,这里不再多说。要特别重提的只有一点,正是由于善捣弄,在一无根据的情况下,胡适竟拼凑出一套"完整"的颇能迷惑人的体系来。这就是几乎人人都知晓的:认定书中的贾家即生活中的曹家,从而捆绑两家,相连说事。用考证的方法,两下发掘历史事实,从中去寻源、对号、求证同一。这是他整个体系的核心、基础,也是他打的旗帜和操作的要素。

事情源于胡适早年阅读《红楼梦》所得的印象。因本身的局限,认定不是虚构的作品,而是纪实性的东西,是作者在写他自己和他家里的历史。其时,红坛上索隐派风光已久,及至蔡元培先生的《石头记索隐》发表,掀起了新的热潮,社会影响非常巨大。胡适生性张扬,喜为人先,好为人师,犹好立山头,树大旗,"五四"新文化运动中建立功勋后,来自性格内在的驱动力更加健旺,更加十足。发现蔡元培"吊明之亡,揭清之失",显然有毛病,便极想将自己认定的一套,作为学说,推向社会。然而,在他脑海里形成的东西,要成为学说,成为学术,必须有大量的历史事实作支撑,实际这是个实证问题,没有足够的实证,说了也是白说。偏偏历史无法向他提供他所急需的实证,因为历史本身不存在这种东西,《红楼梦》与胡适的想象完全两样,是文学创作,而不是历史的记录或摹写。

胡适不得不玩起"空手道"。前面已反复说过,他借重袁枚,而袁枚《随园诗话》中有关曹雪芹的说道,全是信口开河,一无根据。以胡适的见识、学问、经验,不可能辨认不出来。即是说,他明知其假,也当成真的运用。无疑,他自信,有本事弄假成真。他对袁枚不实之言,一面大加肯定大加吹捧,一面借解读、阐述、分析之机,运用自己的语言、视角,改组、重述,像玩戏法似的,轻而易举就"废"掉了袁枚的一套,换成了他胡适的一套,并且在众目睽睽之下。说实话,前些年,我读胡适的开山之作《红楼梦考证》,初稿和改定稿都读,连读几遍,仍感到眼花缭乱,捕捉不住他的路数和招数。后来,时日渐久,慢慢悟出,须从其善于倒腾概念、驾驭语言的技巧入手,只消留意跟踪,诀窍便很快呈现在眼前。

胡适玩的"空手道",最重大的要害,是编造出了一个"三合一"的曹雪芹。并把这个实际不存在的曹雪芹硬塞进江南曹寅之家,成为曹家成员,用之做挂钩,做铆钉,从而将《红楼梦》中小说家营造的贾氏家族与现实存在过的曹氏家族直接挂上,并牢牢捆绑起来,铆合成同一体。这是胡适红学体系的源头、灵魂,也是它基础的基础,没有这个人工虚造的曹雪芹,胡适再有本事,也只能寸步难行。

在虚造曹雪芹的过程中,因"说头"实在太少,胡适只好扯草塞笆篓,把话头尽量缠绕在曹寅及其祖宗身上,由此,初步建立了与《红楼梦》绝对无关的所谓"曹学"。其后,1927年,胡适得到只有十六回的《脂砚斋重评石头记》,发现许多批语跟他考证的红学十分契合,便著文力捧。再后,同名的另外两个脂本——庚辰本和己卯本,陆续被人提谈,胡适找来读后,也欣然一一写专论宣扬。什么脂学、版体学、探佚学亦随之出现,加上之前的高鹗续书说,于是,胡适红学体系的框架便搭建起来。虽然内容还较简陋,眉目却全有了。

我所说的无底洞,就是胡适的这个体系。

不过需说清楚的是,开山之初,胡适的这个体系,还不能对它使用任何贬义之词,最了不起,一家之言罢了。那时,人都觉得新颖,看好的并不多,追随者不过数人而已。社会影响面很小。二十世纪五十年代批胡之后,其红学体系更无人问津,至少在公开的言论里如此。尽管它荒谬,但于人无害。即便叫它是无底洞,也不会有人掉落下去,因为无人愿意走到它跟前去。

胡适的红学体系,于人有害,有大害,是近数十年的事。由于各种机缘、各种因素的凑合和汇聚,胡适红学忽然平地翻身,大走其运,他的红学体系,为红学派广泛接受,成为主流红学的灵魂。

所谓主流红学,顾名思义,重在"主流"二字,不在正确与否。只因为在红坛范围内,作为一个同一类观点组合起来的学派,它人数最多,发表的文章最多,专著最多,说话的机会最多;它声音最大,势力最大,社会影响最大;全国性的红学组织,许多年来,领导权一直在其精英手中,红学研究的学术资源,基本上亦尽为其所垄断。而尤其令人侧目的是,那个全国唯一最大的"学刊",本应该严格地按"百花齐放,百家争鸣"去办,但实际却成了鼓吹一派观点的阵地。对胡适的那一套,更是不遗余力地加以弘扬光大。

当代主流红学派的人,都耻于承认受胡适影响,口头上、文章里,从不言说这个。甚至连"考证红学"这一名称也不承认,一讲到自己,都只说"红学",最了不起说"新红学",绝对回避学术的派别属性。其原因当然是想得到的,可能也有些想不到,都用不着多探究了。我们只需问问,他们在谈曹雪芹的时候,是依照本来面目讲,还是依照胡适"三合一"的编造讲?说到"曹贾相连而说事、而考证、而还原、而对号、而断言两家同一"的时候,是持肯定的态度,还是怀疑的态度、批评的态度、反对的态度?不思考,更不下功夫追本溯源,考证一下胡适说的那个"曹雪芹",历史上是否实有其人?是否真正为曹寅家的成员?被当作挂钩、当作铆钉把曹贾两家挂上,再铆起来,是否符合历史,符合真实,除开袁枚的信口开河、胡适的编造,还有什么确实可靠的历史根据?至于胡适红学体系中的几大支柱,或曰几大重要的组成部分,诸如曹学、脂学、版本学、探佚学、高鹗续书说,用不着辨,也用不着辩,全都为后来的主流红学全面地、半点不少地拿过去了。所不同的,是那些支柱,在胡适那时候还很简陋,互相之间也不是连得那么紧,经过主流红学的经营,不但每条支柱有了很大的丰富、发展,而且将整个——支柱与支柱之间、支柱与基础之间、核心与局部之间,严实地胶合到了一起,使之相互依存,互为表里,相互支持。

胡适的红学体系,除了它的虚假性,好为哗众取宠之言而外,其最大的特点,就是黏合历史,从历史中去寻求诠释。反对文学,反对艺术,反对审美。这是儒家实用主义的遗传基因所致,这种遗传,直到当代,在文学领域,影响力仍然不小。相比之下,小说生成的基本道理,则普遍陌生。不但社会其他行业不熟悉,即便某些从事小说研究的专家、学者,也往往了解不全,而考证派的新红学家就更少有真正懂得的了。要不然,他们便不会在自己跻身的学派头上,特别"冠"以"考证"两字,并在探讨《红楼梦》的源头时,动不动就搬出"素材""原型""亲睹亲闻""亲身经历"之类的话来。

由于传统观念普遍存在的原因,考证派新红学全面接受胡适的红学体系,乃是很自然的事。实在,它的精英,对《红楼梦》的理解,原本也和胡适无多少差别,不仅另外提不出什么,即使有人提出不同的看法,他们也会反对。这些,后来的历史,完全得到了证实。

正因为全面继承了胡适的红学体系,考证派新红学很容易地迈过了它的初创阶段,加上与存在于社会的传统观念契合,它既快速又顺利地发展起来,几乎在开始不久,就在红坛上占领了主流地位,也可以说是统治地位。人数众多,势力特大,威望很高,俘获力很强,形成一种看得见或看不见的"气场"。有些辞书、报刊、文学研究者、课堂上教书的老师,因不了解情况,在部分问题上,如曹雪芹的身世、曹贾两家的关系、曹学的价值、《红楼梦》的主题、描写的时空、脂本脂批脂砚斋的真实性等等,每当需要言及涉及时,也总喜欢采用源自该学派学术体系的说法。因之,不妨说,红坛内外,好长的时期,都只有它的一个声音,没有别的声音。在这种全方位的深度的覆盖下,读者中还会有多少人不受其影响,尚能保持自己的自由阅读呢?

《红楼梦》研究者都是从阅读者中产生的,没有先期的阅读经历,大概不会有研究者,因他没有内心的触动,没有兴趣的产生和促使。阅读已经丧失自我和自由,研究自然也不会有自我和自由。因为主体(研究者)的大脑,已经被广受尊崇的主流红学体系所异化,对《红楼梦》的理解和认识,再没有了自己独立的东西。全面认同这个体系,心甘情愿地跟着它的路子走,掉进它的无底洞,几乎是必然的结果。

二 什么是无底洞?

这是我使用的一个形容词、一个比喻。意思是说考证派新红学,从胡适那里继承来的体系,无论它的主体的基础,还是它的支柱,每个组成部分,都是虚想虚设虚构的,没有底可触的,即永远找不到历史事实来支持、来依托、来证实。掉入其中,只能空忙、空耗。久之,人也会受到异化,越来越变得迷信、虚妄、缺少普通常识。例子很多,放眼皆是。号称"考证",曹贾相连,以寻源对号为能事。胡适搞了多半辈子,主流红学派那么多的大师、精师、中坚,齐心协力又搞了这么些年,出版的学术专著、集子、文章,汗牛充栋。所阐述的道理,所证实的问题,所得出的结论,不说以千计,至少可以百计,但是,动硬列账,严格按科学规矩衡量,有几点几件能够立得住呢?尽管如此,仍忘不了时时自吹自擂,并意气风发地继续前行。

由于一直喜欢阅读《红楼梦》,在好些年里,连类而及,偶尔也读点红学诸家的文字。感染之下,说实在的,打心里起也是十分敬佩考证新红学的一整套的。直到退休,步入老年,才因故较为密集地读脂本、脂批、脂砚斋,发现前言不符后语,为解惑,扩大阅读,进而介入红学,然后方渐渐看出端倪。至于比较透彻,则是从那时起,又近二十年过去的事了。

初入红学的头几年,视野很窄,眼睛只留意脂砚斋及其批语,认为是他将红学界的人骗了、玩了,说他是笼罩在红学上空含有毒素的雾瘴中,既遮蔽了《红楼梦》的美妙姿容,又使它的研究者时时吸入有害的气体。后来才看出,脂砚斋固然是不折不扣的骗子,在骗人,玩人,但从更为主要的方面说,倒是胡适及其追随者、继承者玩了脂砚斋。因为那套体系,十分需要脂砚斋,于是就打扮他、美化他、尊崇他、神化他,将他抬到直与圣贤相差无几的地位,诱使人无休止地向其顶礼膜拜。说穿了,高化脂砚斋,是高化他们自己,是学术利益作怪。倘不,一个不知来处、底细、连名姓也深藏不露,且庸俗鄙陋、缺少文化、说话漏洞百出的家伙,在那么多的崇尚考证的饱学之士面前,持续数十年,竟然无一人对之有所觉察,有所怀疑?

脂砚斋走红,无论是他骗人,还是人玩了他,都不是偶然的,与新红学的研究方法有着解不开的纠结。新红学之所以有考证研究之方法,则是由它的体系产生出来的。而这套体系的建立,又是因为有曹雪芹的存在。如果没有曹雪芹的存在,那个挂钩,那个铆钉,无从产生,无从运用,自然也就没有了那体系。

三　我曾有过的建议

2005年初,拙作《红学末路》出版后,渐觉有些事情远未说清。于是,将视点转移到曹雪芹身上,多少意识到这位伟大的作家,可能才是真正的关键的关键。

曹雪芹的身世家世,是大热点。研究者、探索者、言说者、猜测者,一直都很多。甚至也不乏虚说虚造者。我在细读细研众说众言中,有了普遍的了解,获益不浅,却也让我迷惑不已,以致久久吃惊。所谓曹雪芹的身世,几乎人人都曾言说,大同小异,一律认定他是江南曹氏家族成员。至于何以说起,则又全部省略,而把主要篇章去铺陈曹寅,讲曹寅有关的一切,包括他的祖宗八代。仿佛说了这些,就可以证明曹雪芹是曹寅家的人,或者曹雪芹之为曹寅之子、曹寅之孙,乃是天然之事,不需要任何证明似的。

当然,也有极少数学者,讲了些具体的根据。但深探其源,都似是而非,无法证明。倒是有许多历史事实证明曹雪芹与曹寅之家毫无关系,全不相挨。将他硬塞进曹家,许多冲突无法解释,更无从摆平。最后,我的感受是,曹雪芹,实无其人,而是《红楼梦》作者所设的一个假托,或是作者的一个化名。有如今天一个作家使用的笔名。于是,我很花工夫地写了几万字的一篇文字,叫做"疑云重重难消散——暂且将曹雪芹'挂'起来如何?"2010年底,拙作《红坛伪学》完稿前,作为第一章编入了书中。斗胆向红学界进此一言。彼时,心里考虑的是,研究红楼而不说曹雪芹,固然遗憾,却也是不得已的事。从另一方面说,与其越研究越分歧,且极容易滑到丧失理性的歪路上去,还不如暂时搁置下来,等待以后有了新的较为可信的文献或信息出现,再研究不晚。所谓搁置,也不是什么都搁置,只是暂时不去追寻他的身世家世而已。

况且,研究小说,重在研究文本,而作者、版本等项,虽也重要,但比起文本,却是次要的。研究作者、版本是为了更好地研究文体,倘若不研究文体,又何必研究作者、版本呢?

作者不等于他的作品,一部作品写好后,出版问世,它就独立存在了,独自在社会上,并在读者群体中"行走"了。它的美丑、它的意义、它的价值,自有历史、社会、广大读者去诠释、去领悟、去评说、去取舍,甚至共同去"完善"它、"完成"它。这一过程中,那位作者——它的制造者,是无能为力的。就绝大多数的读者来说,也不会去理睬那位作者;他的种种,别人才懒得去管呢!别人感兴趣的是作品,并不是你作者是谁家人谁人子、生平做过些什么,因为你是陌生人。不知道你,不了解你,别人照样读得津津有味;知道你,从什么地方读到了有关你的一些情况,别人未见得就特别对你的作品多施青眼。

一些古典文学作品,时代一久,后世之人往往搞不清它们的作者。比如《三国演义》《水浒传》《西游记》《封神演义》等小说的作者,至今仍众说纷纭。特别是那个写《金瓶梅》的兰陵笑笑生,研究家寻找了不知多少年,连影子也没捕捉到半点。可是,绝不妨碍千百万读者读它们,也丝毫不妨碍研究家们对它们发表自己的见解。在外国,这种情形似乎也不少。《荷马史诗》的荷马、《伊索寓言》的伊索,谁搞得清楚呢?连《安徒生童话》的安徒生、《莎士比亚戏剧集》的莎士比亚,也还有许多争论。可是对那些作品,人家的研究工作,不照样一代接一代地进行得好好的吗?

如果不限于文学作品,拉得开点来比方,事情或许就容易明白。拿中国古老的《诗》《书》《礼》《易》《春秋》说吧。《春秋》是孔子依据档案资料编纂的史书,《诗》是收集起来编辑出的,不必问它们的作者。可是《易》《尚书》《礼记》的作者是谁?不是也不清楚吗?但从前的人照样研究它们、运用它们。还有《道德经》和《庄子》,前者的作者叫李耳,又被称为老聃,春秋时楚国人,做过藏书管理员;后者的作者,姓庄名周,战国时宋国人,当过漆园小吏。如此而已。其外,关于他们,后来人就不很知道了。但绝对没有妨碍对两部极其伟大的作品的研究。

暂且搁置曹雪芹的身世追寻,将注意力集中到文本上,并不妨碍对《红楼梦》全方位的精湛的诠释和研究,相反,倒是一次十分重要的促进红学健康发展的契机。

百年来的红学,特别是随后风行于世的考证派新红学,基本上不研究《红楼梦》本身。从胡适起,到后来的一些红学家,形成一个传统:都拒绝把它当成文学作品研究,而将大量的时间、精力、资源耗费在"自叙传""新自传""曹贾相连"全然望风捕影的拼凑上,净说些与小说《红楼梦》根本不沾边的话。还有一些人,似乎学得"滑头"了,尽管全面继承胡适发明的体系,但不再言祖师爷的"自叙传"说、"家史"说,而改为"生活素材"说、"原型"说、"曹家生活来源"说、"亲身经历"说、"亲睹亲闻"说、"底子"说、"影子"说。表面上承认了《红楼梦》是小说,却不承认小说的一系列原则和小说生成的道理。拿与胡适那一套相较,实质上并无差别,换汤不换药。甚或,药没有换,汤也没有换,只是稍稍换了一下熬制的方法,即在某些地方文字上、表述上,另换上一些说道而已。弄得一副"药"比胡适那时亲手炮制的还要糟糕,因为于人更具有迷惑性,致幻力等副作用亦大得多。自己曾遭逢过,但愿那副作用,能缩小范围,所以才提出这样的建议。

在同一本拙作里,还有另一条建议,叫做"断开曹贾"。曹贾相连而说事而考证,是考证派新红学即当今的主流派红学,从胡适那里继承而来的,是胡适的一个大发明。在胡适手上,它是他整个红学的基础,也是他所打的旗帜、所操作的方法。在考证派新红学的整个学派,其作用,同样也是基础、旗帜、主要的操作方法。在介入红学的初期,我还仅仅认为坏就坏在有一个脂砚斋,几年后,方渐渐弄明白,更为有害的,还是这个基础。近百年来,红坛上总有许多奇谈怪论、歪说邪说、荒诞无稽之言,我费了许多精力查对,发现几乎全与这个基础紧密相连,是它直接产出或因它而派生出的。印象里,它仿佛是台专门生产荒谬的机器,只要开动它,荒谬便会源源不断地生产出来,转动越快,生产得越多。最后,我的结论是:曹贾相连,百谬之源。并提出了自己的挽救路子和方法:断开曹贾,立见真假。并以之作题目,写成专章,编入了拙作。不是要纠正谁,自知绝无那样的资格。仅想再提个建议,能引起当事者一点点回顾、反思,就很满意了。

四　反思反省很难

做学问,搞学术研究,依我这个门外汉的看法,最重要的品质,就是善于反思反省。因为是在进行开拓性的工作,每走一步,都是在创造,所探所求,都是在陌生的地带上作业。没有先例可循,没有前人留下的足迹可资引导。稍一不注意,就有可能为假象、误识、错判所干扰、所误导,走入小道,踏上歧途。鉴于此,对已经走过的路段、已有的成绩和一路行来,段段落落的大小结论,时时作些总结、回顾、检查、反思、反省,力求始终保持着清醒头脑。但让人难以理解的是,快一百年了,胡适一脉下来的考证派新红学的团队里,先先后后有过多少人啊,能够真正进行过反思反省的,不说没有,恕我孤陋寡闻,所知不过俞平伯先生一人而已。俞平伯先生是勇敢而伟大的,仅此一点就令我崇敬不已。

事情不能怪怨考证派新红学的普通成员,甚至对其实际人数不多的精英层,也不必苛责。略微查对一下,就知道问题出在从胡适那里继承来的那个体系上。这个体系尽管十分荒谬,但它自身结构却非常严密,主体、基础、支柱——各个组成部分之间环环相扣,节节相连相通,互为表里,而且浇筑得像铁板一块,不可分割,也不接受分割。信其一,必信其二;信其二,必信其三、信其四⋯⋯直到信其全部。该学派的成员、研究者,对自己学派之学,包括任何知识、任何学说、任何一条支柱和任何一点,都是不能怀疑的。怀疑一点,就不可避免地要联结到第二点、第三点、第四点……并一一怀疑之,进而势必引起对自己学术成就的怀疑。不要说,有无反思反省的能力,即使有人具有,也不会去运用,因为可能失去名声而产生畏惧。还意味着接下来就是冲破、离开,自己将失去更多,包括学术上赖以安身立命之地。说实在话,反思反省有时会很痛苦,有时则是很恐怖的事。

照理说,红学作为一门学术,其研究本身应该是开放的、多种多样的、宽广的。考证派新红学却由于自身诸多因素(如旨趣、方向、基础、道路、方法等)而将整个学术筑造在了一个非常狭隘、完全封闭的地带。所经所营,十分肤浅、荒谬。器小,气度气量亦小。既虚弱又脆弱,排他性极强。容不得异见异说,畏闻畏见新的发现、新的观点。久而久之,形成一种群体性的非常偏颇的心理。红学发展,客观上要求组建组织,设立阵地,集中一定的资源,以利前进,这当然是天大的好事。要做好这一工作,必须贯彻执行党的"百花齐放,百家争鸣"的方针。然而,考证派新红学的少数精英,当时由于近水楼台,很自然地就用来增强派别势力,巩固内部,排斥异己。本学派内的小碰撞倒是有一些,但不同学派之间带有根本性的争鸣,则似乎从不曾有过,便是证明。由于主客观的多种因素,以及善于操作上的缘故,它很快发展成主流,独大,便以为独尊,唯我正确,实质上却很脆弱,所持所说,到处都是漏洞。多种矛盾交织,心理上偏颇成分有增无已,一面特好自吹自擂,另一面在要害问题上,任何一点点与之相左的看法,都会使之发怒,甚或招致无端的歪曲。骂你不学无术,想出风头。二十世纪九十年代初,一个"程前脂后",竟使该学派的精英层如临大敌,惊惶中慌忙组织围剿。

这样的学派,还能时时作些反思和反省吗?

五　四说四论

要说考证派新红学完全无反省,也是冤枉了他们。当初,胡适建立的红学体系,一味强调《红楼梦》是曹雪芹的自叙传(后来他直接说是自传)、曹寅的家史,完全否认这部伟大的作品的小说性质,在他的奠基之作《红楼梦考证》中,甚至连"小说"二字也不提说。当今的主流红学,几十年前起始时,一下子投入此中的人很多,但绝大部分均为"新进者",包括后来成为精英和中坚的部分学者。热情很高,干劲很大,缺少实践经验,学识也不是很丰富,无以开路。仓促之下,眼睛便瞄上了胡适,不知不觉,或不惊不诧,将其营造搬了过去。比如(胡适编造的那个)"曹雪芹"、曹学、曹贾相连、考证之法、脂砚斋脂本脂批、后四十回为高续、探佚学等之类。你搬一点,我搬一点,他搬一点,几乎无人不搬;越会搬,搬得越多的人,在群体中,便很快崭露头角。不多久,胡适那一套体系便全部搬到了另一个时代。而"新的"考证派新红学也就正式出现在了学术历史的舞台上。不过,有一点需记住,他们大搬胡适,把什么东西都搬去,却从不说跟胡适有什么关系,更忌言"继承"一类的话语,好像那体系的每一种说道,全都是由他们自己发明的一样。

与胡适相较,考证派新红学也有不同。胡适强调"自叙传""家史",断定《红楼梦》是纪实性的作品,不承认是小说。考证派新红学则明白无误地说是小说,是作者根据生活,按照文学艺术虚构的方法,制造出来的文学作品。开头那几年,学派内部说的人还少,而且含含糊糊。近些年说的人就多了,有些文章还非常明确地强调,小说作品都是虚构的,没有虚构就没有小说。意思是《红楼梦》也是虚构的,没有虚构便不会有《红楼梦》。

说得多么正确多么好啊,看似一个不太大的移动,文学创作换史实记录,《红楼梦》被歪解的属性,便被重新发掘出来了。胡适红学体系中荒谬的核心、荒谬的基础,被摧毁了。顺理成章,接下来,红学研究就自然地走上了康庄大道。说考证派新红学没有反思、反省,这不正是反思反省吗?

然而,很不幸,当具体说到《红楼梦》的成因,即这部伟大的小说是怎样写成时,他们又跳回了原地,重新拾起原说原论,只不过语言上,多少有些变化,意思却与先前基本一样。话不少,内涵却很单调,归纳一下,大致也就是四说:"生活素材"说、"原型"说、"亲身经历"说、"亲睹亲闻"说。四说,或曰四论,在考证新红学中从无人系统地论述过。但零零碎碎在文章中言及的人,却非常之多。一些人一有机会,就搬出来重复一番,只是从来没有讲清楚过。不过,其意还是可以让人明白的,那就是:

"生活素材"说——写小说,需有生活素材,没有生活素材没法写。《红楼梦》的生活素材,是当年作者曹雪芹从他自己的家庭和几家亲戚如李煦等家里获取来的。

"原型"说——《红楼梦》的许多重要人物,在当年的现实中,都是有原型的,他们、她们就生活在作者曹雪芹自己的家族里,有些则是曹家的亲戚。曹雪芹都熟悉,写《红楼梦》就拿来做了模特儿。

"亲身经历"说——曹雪芹是江南曹氏家族的人,曹寅的孙子,家族里发生的事情,很多都是他亲身经历过的,感受很深,成为后来创作《红楼梦》的一个重要的动因。《红楼梦》的主题、布局、人物、情节故事,都与他当年的亲身经历紧密相关,不少地方,可以说就是他的亲身经历的借写或再现。

"亲睹亲闻"说——曹雪芹写《红楼梦》,没有一点是凭空想象,都有原有本,出现在他笔下的那些人物、事件,乃至细节,要么是他曾经亲眼见过的,要么是他亲耳听闻过的,所以才那样真实,那样生动。

以上四说,或四论,骤看似乎很有道理,细研则大谬。它不但深度歪解了《红楼梦》,还涉及了小说生成的道理、文学创作的本源、生活作者作品三者的正常关系和作家汲取生活熔铸生活等多个方面。说开来,话很长,这里暂且放下。眼前只做一些一般性的分析。

四说四论,所讲的四个方面,就其本质说,皆"史"也。"亲身经历""亲睹亲闻""原型",自然离不开"史"的范围,论属性,当以"史"视之。因为,相对于小说《红楼梦》,它们原就是存在物,而不是写小说才虚构或想象出来的东西。至于"生活素材",毫无疑问,也属于"史"的范畴。原因是,你不能抽象说或架空说,任何生活素材,都是因人而有的,没有人,哪来的什么生活什么素材?一旦和人连起来,就和"史"断不开关系了。

任何史,任何原生态的生活,都是搬不进小说的,小说只接受作家熔铸过的生活。考证派新红学精英们的"四说"或"四论",将《红楼梦》的源头,处处与"史"联结,而且主要与曹雪芹和他的家族联结,还竭力去文本里和历史记录的文字中,寻求两下的对号,表明他们:

第一,不了解小说生成的道理,虽说承认了小说的虚构性,却不知道这个"虚构"的原理和法则,甚至也不很知道如何解释"原型""生活素材"之类的常识问题。

第二,他们始终没有读懂《红楼梦》,不懂得它描写的时空,不懂得它的主题,不了解它的许多重要的人物。诠释、阐述上总是莫名其妙地跟曹寅之家、康雍乾时代的政治胡乱搅在一堆儿。殊不知,那是红学研究上的死胡同。

第三,最为根本性的问题,是他们学术上离不开胡适那一套体系,即离不开那个虚造的挂钩、那个虚造的铆钉,还有那个生死牵合的"曹贾相连而说事而考证"的基础和核心。还有因之而派生出的什么曹学、脂学、版本学、探佚学、高鹗(或无名氏)的续书说。如果真正认识到《红楼梦》是小说,是虚构的文学作品,是作家熔铸生活后的属于另一种性质的艺术产物,就必然要全部抛弃胡适的体系,它的主体、核心、基础,还是它的几大支柱,都无法留存。因为,它们不管是哪一点,全与文学、艺术、小说成因有着尖锐的不可调和的矛盾。然而，一旦离开胡适，离开胡适的体系，他们一贯信奉并赖以发迹、走红、名满天下的曹学、曹贾相连说、脂学、版本学，还有考证之方法，也一概无从说起了。

说来难解，考证派新红学，如此大的一个学术流派，从兴起到如今，有好几十年了，竟然没有真正属于自己的主张、方法、核心、基础，没有自己的学术体系。若不"借重"胡适，拿胡适的东西，他们从何处说话呢？

当他们从理性上意识到胡适的"史""传"说大有毛病，提出自己的"文学创作"说、"小说虚构"说等一系列的看法时，就意味着他们已经站到了胡适的对立面，应该是从行动上抛弃胡适的那套体系了。因为，作为学术的核心和基础，两者是如此的不同，绝对无法并立共存。可是，冲突还未开始，便被调和起来，这就是"四说""四论"的妙用。还是那句话，他们可以离开胡适，不提胡适，但离不开胡适的体系。一旦离开，便找不到话说，也摸不清方向。学术上他们"太穷"，没有自己的话题，没有自己的话源，没有自己的东西。至于"四说""四论"发明权也不属他们，而是从文艺评论家那里借来的，和胡适体系混合使用，就成了表面虚壳，成了粉饰物，使得那体系具有了很强的迷惑性。

六　小心，别掉下去

胡适的红学体系，最初无所谓迷惑性，也用不着拿"无底洞"去作比方，它只不过是一家之言而已。新颖倒是新颖，关注的人颇不少，但追随者却寥寥无几。二十世纪五十年代中期，大家都知道的原因，胡适横遭厄运，在大陆，不但他的红学再无人看好，甚至连他的名姓，也很少有人愿意提起了。过了些年，一批新红学家崛起，全面继承他的体系，却也从不言及其来龙去脉。

胡适的红学体系,虽然失去胡适其人的冠名,可它很快就大红大紫起来,具有相当强的迷惑力。不太长的时间里,便俘虏了许多人,在红坛上,形成一个唯我独尊的主流学派。这是继承者操作的结果,但这种结果,也使它成了掉下去便很难爬上来的无底洞。

说"小心,别掉进无底洞"。应怎样小心呢?我修养少,见识少,很难提供什么,就谈谈这二十多年,自己介入红学的思索和感受吧。前面提到过,阅读小说(包括阅读《红楼梦》),是很个人化的事情。无非就是爱好,常读,读惯了,不读不过瘾。再就是消闲,解闷,转换一下生活方式,缓解一下因工作或别的事造成的身心方面的紧张,恢复常态下的安宁。按自己的习惯读,爱怎么读就怎么读,用不着去另外寻求"读法"之类的教导。红学的书,大可不必读,如想读,也可以翻阅一些,但千万不可迷信、盲从。要培养自己独立思考的能力,不要简单地人云亦云。还有,不要只读一个学派的著作,如有条件,最好多读几家。

在中国,红学研究的后备力量,非常雄厚,每年都有相当数量的新人拥入其中。一般说来,单纯阅读,尚不易受人之惑。倘要着手搞研究,就需要特别留神了。只要踏进红坛之门,那无底洞,几乎无处不在,并且人多势大,声音很响,有很强的俘获能力,稍一不注意,便被吸到里头去。

说来意味深长,这无底洞,所有东西皆虚凑,实际空空如也,并且触不到底。它挂的招牌,却是"考证",一切靠事实说话,凭实证结论问题。这是科学的原则,也是为学的原则,叫人不能不服。几十年了,一代接一代,的确考证了许多东西,发表出版的文章、专著,多得难以统计。学派的领导者,往往一开口就说成绩很大,引以为自豪。

是否真的如此?人们不妨对那些考证所得,参照已知的各个方面的信息和有关的历史文献一一查对,便会明白真相。上世纪末和本世纪初,我曾连续花了好几年的时间,学着运用历史考证之法,对考证派新红学的考证所得,进行复查细勘。诸如曹贾两家相连所构成的种种实证;曹学与《红楼梦》如何有着不可分割的关系;脂砚斋、脂批、三脂本的造作与《红楼梦》的创作、传播历史的真证源流;高鹗续书说的真与假;后数十回迷失以及探佚从何说起,等等。分别列成专题,严格地探其源头,究其主证,查其旁证,析其反证,辨其时空,识其在链条环节中的位置与地位,以及在整体中所起的作用所显露出的性质。同时在进程中,不断将其放在《红楼梦》的大时空、总主题所构成的特定的范围内,加以剖析、检验、推敲,以断其真假。

　　此外,我还将考证派新红学,从考证中得出的结论与描述,拿与《红楼梦》(前八十回)逐章逐回的每一个人物、每一个情节、每一个场景不漏一点地详为对勘,寻求曹贾两家之间,有无同一之点,或相似之处。

　　以上两次长时间的劳作,等到确信有把握可以作结论的时候,心头真是五味俱全。

　　随后,我又换了一个路子,即依照他们的"四说""四论"的指引,从"文学创作"的角度出发,去寻找曹贾相连的实例、状况和缘由,反复扒梳,同样花去相当多的工夫,最后,也同样两手空空。

　　他们考证,我也考证,选准题目,列出要点,脚跟脚,步跟步,半点不错位地进行。然后,将各自的获得,对照着比较,便一目了然:谁为实,谁为虚;谁为真,谁为假。这是我的一点体会,不能算什么经验。只是私下在心里想,初进红坛之门的研究者,从这方面付出一些劳动,必会大大减少掉入无底洞的可能性。

七　死抠源头　追其来处

　　不过,我深感自己所为,花费的时日太多了。而且烦琐不堪,过程中往往使人不耐。如今想来,要弄清事情,其实用不着这样笨拙,可以采取较为简便的路子和方法。考证派新红学从开头到现今,尽管快一百年,成为主流亦好几十年了,但仍处在辨别具体事物的真假是非阶段上,即初级阶段上,尚未真正进入学术研究的领域。

"弄清事情",就是弄清真假是非,为进行真正的学术研究打好基础,摆脱不必要的干扰,优化环境,彰显规则。而弄清真假是非,最便捷最关键的方法,依我个人理悟,就是死抠源头,追其来处。遇上事端,先查源头,究其因何而起,因何而传,因何而争,因何扩展,又因何而与别的事项相连而结成板块,铸成整体。总之找到链条上的第一个连环,细加深究,看其牢实不牢实,如果一敲便断,整个链条就都会掉到地上。比如,考证派新红学有个探佚学,探佚学的源头在几条脂批;脂批的源头在脂砚斋;脂砚斋的源头在脂本。因为脂本是脂批、脂砚斋的载体,只存在于脂本,不存在于别的空间。脂学全系统,全范围,无论有多少环节,有多么庞杂,脂本都是源头,是脂学与整个考证派新红学衔接、赖以钩挂上的第一个环子。此外,它还是该学派版本学的源头和第一个环子。如果想知道探佚学、脂批、脂砚斋、新红学的版本学的真与假,值不值得信任,该如何着手?大可不必花大气力深究它们本身的方方面面,只需查查脂本——这个源头这个环子的虚实真假就行了。它为实它为真,它们自然为真为实,反之亦然。不,这也用不着去麻烦,只需要理抹一下它自己的源头和第一个环子便清楚。这就是曹贾相连而说事而考证而对号寻源——考证派新红学的基础和核心。这个基础、核心,不仅是脂学的源头和第一个环子,也是该学派的每个组成部分每条支柱的源头和第一个环子。为求简便,这一环我们也可暂时不去管,因为它的上面还有源头,还有更高的链环,说明白了,也就是曹寅、曹雪芹。考证派新红学之所以能成为学,能拼凑出一个看似很严密很科学的体系,能红火、能壮大、能成为主流、能经久不衰,全系之于曹寅、曹雪芹。而其中曹雪芹尤为重要,在考证派新红学来说,他才是整个学派的真正源头,学派生命最顶端的第一个环子。用之联结上曹寅,就很轻巧地将江南曹家与小说《红楼梦》中的贾家混合到了一起。于是,考证派新红学就产生了！

本书前面说的"铆钉""挂钩"，也是这个意思。

要辨识、判断考证派新红学的意义、价值、真伪，说起来很复杂，很不易，很花工夫，而且必定争吵不息，扯皮不已，旷日持久得不出结论。但如果从第一源头、从第一个环子、从铆钉、挂钩，即从"曹雪芹"这一名号下手，大概就比较容易解决了。对这个名号，只需弄清两点就足够：

第一，是真人真名，还是别人的假托、化名？

第二，如果是真人真名，是否确为江南曹家的人、曹寅的后代？

两点可以简化为一点：曹雪芹的身世。

关于这一点，我在前面已经说了许多，中心是揭露胡适的编造。眼前用不着再重复、唠叨，只希望有志于参与红学研究的年轻朋友，专门花点时间，关注一下曹雪芹。开始，面不要宽，求解他是不是曹家的人就行了。求解途中，可以相信辞书，可以相信各种成说，可以相信各路各派的权威，但更重要的是相信历史，相信事实，相信确实可靠的证据。一切都追到源头，联系多个方面，一点一点进行检验、勘核，切忌半腰扯起一幅就跑，更不要迷信，轻易作结论。

第十四章 《红楼梦》的艺术及其他

阅读《红楼梦》的人一直很多,由于个体之间的差异,切入的角度不完全一样,关注之点也不尽相同,甚至大有区别,所获所得当然就千种百样。普通的读者如此,研究者也一样。但不管如何,只要阅读,只要研究,都会有所收获。收获有多有少,有深有浅,有厚有薄,有宽有窄,会因人而异。这里要说的是,在阅读和研究的进程中,如何扩展你的收获,提高阅读和研究的质量,使它由少变多,由浅变深,由薄变厚,由窄变宽。方法就是,戴上你的"艺术眼镜",把它们置于艺术之光的笼罩下,一一摆弄,解剖,拷问,挖掘其本身的艺术含量,并探寻其形成的机制,与此同时,上升到审美的层面上去考察,用审美的眼光对它们认识,再认识,又再认识,直到觉得味之无穷,好像永远到不了尽头。

所谓"艺术眼镜",不过是个比喻。我的意思是指"艺术眼光",或者说"艺术角度"。

"艺术"二字,作为名词,要诠释,很难说清。它太抽象,又过分宽泛,至今无公认的定论。有人说它是一种世界观,就玄妙了。但如果不要那么多的理性,而是感性一点,我以为便好理解了。它与人的本性有关,人类生性爱美,美与真善相连,构成一体。既有内在,也有外在,美是它的形式,真与善是它的实质。美,非自在之物,它不能自己生成,而是因人们的感觉而有、创造而有,即是说是人造物。人在创造美的过程中,所怀有的观念、愿望,所拥有的修养、爱憎倾向、个性偏好,以及传统习惯、价值观、所使用的方法、营造技巧等,综合起来,就可说是"艺术"——艺之术也。这种本领,由人的本性而来,是一种天生。只要头脑完好,智力正常,每一个人都会具有,并随时随地都在自觉地或不自觉地运用。重要之点,在于发现、发掘、实践、训练、开拓、提高,使之加强。

说人人都具有艺术的能力,可以举些实例。从前,在某些边远偏僻的乡村,相当多的妇女都没进过学校,以致缺乏文化,对村外世界也都茫然。但她们当中,一直存在着具有很好艺术才能的人,并且数量不少。她们除了体力劳动、经管家务,还会刺绣、做一些有地方民族特色的服饰、剪纸,用布块、面团,以至黏土,缝制、捏塑各种动物、人物、神灵。诸如此类的制作和活动,都需要谋划、方法、技巧、经验、选材等项,综合起来,这就是艺术——艺之术了。因为那些本身就是艺术品。其中最重要的则是隐含在制品里的作者的愿望、意图,以及价值观、审美观。

这些如果不能说明问题,还有切近的阐述办法。这里要谈的是《红楼梦》的艺术,《红楼梦》是小说,因此谈《红楼梦》,就少不了谈小说艺术。只有了解了小说艺术,才能更好地了解《红楼梦》的艺术。《红楼梦》的艺术有很多方面、有许多层次,最为重要的是作者营造的艺术,文本自身所含的艺术,以及读者包括研究者所读出的和研究出的艺术。所有的小说,从艺术上说,都会涉及这三个方面。照理说,三个方面应该是一致的,作者营造中营造出了多少艺术,文本(作品)就会存在着多少艺术的成分,而读者、研究者也会读出或领悟多少艺术。实际上,远非如此,更多时候,倒是颇为错位的。有的作者在艺术上不乏才能,营造时也没少花气力,但文本中包含的艺术成分却很不如人意;读者、研究者方面,得到的就更少。《红楼梦》的三个方面,也是错位的,不过情形却要复杂得多。它的作者,肯定是个天才,有极大的艺术才华,在营造上付出的辛劳也非常巨大,可以说耗尽了一生的心血。遗憾的是,英年早逝,没有来得及作从头到尾的修改,更没有最后杀青、脱稿。但从文本上看,它的艺术却是如此丰满、如此完美、如此显现出强大的征服人的力量。作为读物,它的若干由遗憾带来的缺憾,被掩盖,被忽略了;个别人物因设置上的错误,甚至反而成了艺术营造上的优点,还有的地方明明是笔触"写滑"了,"滑"出行文的"轨道"了,却成了特别精彩的段落。这意味着,文本显现出的艺术含量,大有"增值"和"扩容",超越了文本自身的构筑,也超越了作者的意图。至于普通读者的感受与《红楼梦》的艺术之间,一般都不会有多大的错位,因为他们觉得好读才会读,心里喜欢读才会读。这好读,喜欢读,就表明他们感受到了其中所包含的艺术,并从心理上加以认同,只是由于人与人的差异,感受有多有少有深有浅而已。但说到研究者,那就五花八门了。有的人研究一辈子《红楼梦》却基本上不谈《红楼梦》的艺术,有的则厌恶谈《红楼梦》的艺术,有的则完全不懂《红楼梦》的艺术。甚者,竟与《红楼梦》的营造相左,一味寻史,追史,掘史,否定其小说的属性,实际上完全抹杀了它的辉煌艺术。当然,事情也有另外一面,在红学界,有的研究者始终坚持从文学艺术的层面去研究《红楼梦》,探讨它的人物塑造、创作路数的探寻、情节故事的设置、生活的浓缩和凝聚、主题的展现与开拓、细节的选择和妙用等。不过,这样的研究者,在近代和当代的红坛上是很少的,少得直如凤毛麟角。还有一类的研究者,出于学术的正义感和责任感,将绝大部分精力,投向了揭伪批伪、辨真护真(因为红坛上伪东西假东西,实在太多),招来强势的反制、群攻,陷入长期的无尽的口舌之中,无暇去管什么艺术。但换一个角度说,他们也正是在关注艺术——揭伪批伪、辨真护真,崇尚真善美也!而真善美则是一切艺术的核心、灵魂。惜乎这样的研究者也很少。

上述两种"很少"的研究者,令人赞叹。我由衷地敬仰他们。

阅读《红楼梦》几十年,我也算得上《红楼梦》的一名老读者了。阅读中渐渐省悟到,无论作为读者,或研究者,它的艺术都至为重要。似乎可以这样说:倘若丢开它的艺术不理会,读了也等于没有读,研究了也等于白研究。在阅读《红楼梦》的过程中,我也在某些方面对它的艺术做过少量的研究,因为修养少,水平低,悟性始终很差。如今要来谈它,实在有太大的难度,只有跟着自己的感觉走,勉力而为,权当砖头,抛出引玉罢。谈得不对,敬请读者不妨一笑置之,如果直斥我虚妄,我一定心悦诚服地领受,并加改正。

鉴于红学历史造成的状况,谈艺术,必遇许多干扰。为减少障碍,有些事,心里应当先有个底。其实,若干话早说过了,为引起注意,这里只不过简单地再提说一下而已。

一 两样的曹雪芹

谈《红楼梦》的艺术,正如谈《红楼梦》的任何问题一样,首先必须弄明白曹雪芹。要不,便会越讲越不清,越说越糊涂,越谈越歪谈。内中的缘故,方方面面,本书前面已经谈过不少,只是没有与艺术连接起来分析罢了。应该说,"曹雪芹"本身,自从有红学以来,一直是个问题,而且时间进入现代以后,经过不断的发展,成了巨大的问号,加巨大的惊叹号,再加一长段省略号(? +! +……),并占据了红学的核心地位。

1. 历史承认的曹雪芹

《红楼梦》是小说,任何小说都必定有作者,《红楼梦》当然也有作者。这作者,就是文本中那位全知全能的叙述者,他知道一切,也叙述了一切。但因文网森严,惧遭大祸,以及艺术构筑上的缘故,他不承认自己是作者,将自己的名姓、身份和种种作为,都隐蔽起来,而在小说的开头虚构了一个"缘起",作了一系列的假托:假托石头下凡,回归后,在石头上形成一大篇文字;假托几世几劫后,空空道人走去看见,抄下、改名、传世;假托东鲁孔梅溪另题名字;假托"后因曹雪芹于悼红轩中,披阅十载,增删五次,纂成回目,分出章回,又题曰《金陵十二钗》"。

再从可靠的源头上看,这位深藏不露的全知全能的叙述者,在创作《红楼梦》的当年(乾隆时代),曾长时间隐居在北京西郊一个偏僻的山村,那时他使用的名字,确实是"曹雪芹"三个字。不过凭常识可知,这是个化名,而非真名。如是真名,只需稍加分析,就会知道各个方面都将说之不通。其中道理,我在前面《缘起的缘起》一节里,已经详细地陈述过了。

尽管是假托之名,我们仍然要承认他是《红楼梦》这部伟大作品的真正作者。理由前面同样也说过的。(1)这个假托的名字(曹雪芹),不是别的什么人的假托,而是《红楼梦》作者——那个全能全知的叙述者的假托,假托他最后完成了《红楼梦》的创作。在这个假托者(真正的作者)的一切,包括真名实姓、身世等一直不为人所知晓的情况下,人们将他假托的曹雪芹认成是作者、认成是他本人,说他就叫曹雪芹。虽是误解,但却是完全合乎情理的。(2)这个全知全能的叙述者,当年隐居北京西郊小山村的时候,使用的名字,一直就是"曹雪芹",从二十出头到"四十岁"死去,前后长达十好几年。他本是北京城里人,不知什么原因,在迁到西郊之前(至少是迁来西郊之后),他原有家人、亲朋故旧,除一个妻子而外,似乎全与他断绝了关系。只个别后来萍水结识的朋友敦敏、敦诚兄弟还和他往来,或许还应该加上一个更后主动巴结他的张宜泉,他们也只知道他叫"曹雪芹",并写进了他们的诗作之中。而不知道他还有另外的姓和名,也从来不提说他的身世、家世和迁居西郊之前的经历。尽管是化名,或曰假名,但使用的时间,毕竟那么久长,而中途又从来没有另换过,加上他的知己朋友和当地老百姓都认可,因此这化名或假名,应该说已经转化成他的真名了,至少可以算作他本人的一个代称。1763年(乾隆二十八年),他逝世以后,《红楼梦》手稿转移到二敦兄弟手上,不太久,开始在以二敦兄弟为中心的人数不多的贵族小群落里传阅。大约在1768年,爱新觉罗·永忠读到《红楼梦》稿本,非常激动,提笔写了三首诗,题目叫做"因墨香得观《红楼梦》小说吊雪芹三绝句(姓曹)"。这是历史上第一次将曹雪芹与《红楼梦》直接连起来,并明白指出曹雪芹是《红楼梦》的作者的文字。可以想见,此信息是由二敦兄弟处得来,也当是那个贵族小群体的共识。永忠写诗距现在二百几十年了,那以后,凡提到《红楼梦》,差不多的人都说是曹雪芹写的。因此,作为一种观念、一种说道、一种论断,不仅在历史上存在,也是得到历史所承认的。

(3)正由于这种历史本身的承认,读《红楼梦》、研究《红楼梦》,当需要涉及《红楼梦》的作者时,而又找不到那全知全能的叙述者任何踪迹的情况下,是可以将"曹雪芹"三个字拿来称呼他、代替他、说曹雪芹就是他、他就是曹雪芹的。比方,我们现在谈《红楼梦》的艺术,便可以说谈《红楼梦》作者的艺术、谈曹雪芹的艺术。但我们始终要记住,"曹雪芹"不是作者的本姓本名,而是作者假托之名、化名,或者如现代人说的笔名。只有和使用这个笔名的人连在一起,合而为一,才能够算是一个曾经在现实社会中生活过的人。以他作笔名的人的一切,就是他的一切;他不能离开他所依附的本体,离开了,他便不能存在。正如鲁迅不能脱开周树人、茅盾不能脱开沈雁冰、丁玲不能脱开蒋冰之一样。遗憾的是,当初源头上认识他的人,包括二敦、山村群众、那个贵族小群体曾经见过他的人,和稍后的墨香、永忠,全都不知道那名字是化名(笔名),只以为这是他的本名。好在他们没有在身世家世上给他乱猜或乱编一通。从那时的总体看,若做这样的判断甚至结论:曹雪芹,《红楼梦》的作者,身世不详。是可以的。这,当然是一种无可奈何。

2. 虚造的曹雪芹

不幸的是,自从《红楼梦》突破那个贵族小群体,走向普通读者以后,来自二敦、永忠等人的源头上有关曹雪芹的信息,就断了,消失在历史的烟尘里了。直到一百多年以后,才又重新发掘出来。在那漫长的岁月里,也有零零星星的人偶尔提到曹雪芹,可能看见书上有曹雪芹披阅增删那段文字,而所有本子上又都没有作者的署名,书的开头却有着两段"作者自云""自又云",便以为曹雪芹是个实际存在过的历史人物，《红楼梦》是他写的，他就是作者。于是便花费心思，望风捕影，从道听途说中去勾稽曹雪芹的一切，勾稽不足，就凭空想象，编造，信口开河。袁枚就是个典型。

最为糟糕的则是胡适的"三合一"的编造，以及以此为基础，所捣鼓出的"胡适派的红学体系"。照说胡适"三合一"的编造，和他的红学体系，漏洞百出，荒谬至甚，本不足道，本不足畏。足道足畏的，是因为近几十年的考证派新红学，仓促崛起，学术上缺少先期的积累，太穷，没有自己的东西，便拿胡适的，什么都搬到自己的名下。内中最为核心的就是"三合一的曹雪芹"，若没有这个核心，那个很有名的体系，便搭造不起来，要搭造也无从下手。而这个"三合一"的要害，又在于曹雪芹身世的虚造，没有这种虚造，那体系的基础——曹贾相连而说事、而考证、而寻源对号，就无从存在。因之，以胡适红学体系为自己体系的考证派新红学的大师、精英、中坚们，总是对胡适以空手道之法编造出来的曹雪芹，予以力挺，千方百计维护。遇到不同的观点，一律加以驳斥。东来西去，把事情弄得十分偏颇，曹雪芹和红学上的所有事情都挂上钩，又仿佛曹雪芹就是红学的一切。更让人觉得可畏的是，由于考证派新红学的努力传播，文本上、源头上说的曹雪芹，或曰历史承认的曹雪芹，实际上早湮没了；当今人们知道的曹雪芹，各种报刊上、词典上、书籍上，以至专门召开的纪念上、专设的纪念馆里所说的曹雪芹，都不是真正的写《红楼梦》的伟大作家曹雪芹，而是先由胡适编造、继由考证派新红学的"发扬光大"的实际并不存在的那个曹寅后裔的曹雪芹。

一切就是这样错得远。

以虚造的曹雪芹为核心，去关照红学，去看《红楼梦》，谈《红楼梦》，研究《红楼梦》，当然便会同样错得很远。

当我们谈《红楼梦》的艺术时，也应该摒弃胡适的编造和考证派新红学的持说和信奉。他们那一套寻史觅史求证史以研究小说的方法，本身就与艺术背道而驰，只会扼杀艺术。

二　艺术与版本

　　读《红楼梦》,研究《红楼梦》,谈《红楼梦》的艺术,首要的一项,就是选择一个好的、可靠的完整的本子,依之作自己的作业的基础,说道的根据,探索上的路标。这十分重要,如果选错,必带来严重的后果。这好比到一个陌生的地方去旅行,找错了向导,或带错了地图。

　　最可靠的本子,当然是曹雪芹死后留下的原稿本,或依据它直接抄写成的传本。但这两种本子,都早被历史吞噬了。我们这些后代人,今天能读到的《红楼梦》,享受它的艺术和多方面的高质量的熏陶,完全得益于程伟元、高鹗和他们搜集、整理、出版的程甲本。关于这个《红楼梦》,前面已经说得够多了。由于眼前要以它作文本上的根据,探索《红楼梦》、曹雪芹创作上的艺术,不得不将有些说过的话,再扼要地重提一下。

1. 最早最先最可靠的本子

　　程甲本,是当今存在的《红楼梦》(包括另外的别名)的所有本子中,最早最先出现的一个本子。(1)它问世于乾隆五十六年(1791)辛亥年,上距作者曹雪芹的逝世,不足三十年,到今天则有二百二十多年了。(2)它的制作过程和流布历史,均很清楚,无可怀疑,完全可信。(3)它是全本,一百二十回,也是所有存世的本子中最为完整的一个。(4)它是《红楼梦》的第一个印刷本,且用的是木活字排版,当时最先进的制作技术。不仅产品精美,又能大规模生产,相对来说,成本投入亦少,售价远比手抄本低廉,钱不多的人也买得起。对当时的出版商,起了很大的激励作用,相继效尤。结果将那些兴风作浪于庙市的粗制滥造、严重缺斤短两、任意篡改、价格奇高的手抄本,迅速挤出了市场。有效地化解了《红楼梦》在那种乌烟瘴气的市场极不道德、绝无规则的恶性竞争中,极可能失去读者而走向消亡的危局。另一方面,生产方式优化,本子大规模产出,促使市场进入良性循环,大大推动了《红楼梦》的传播,为评点派的产生,准备下了相应的历史条件和社会环境。(5)也是相对而言,程甲本,尽管含有整理者程伟元、高鹗的相当一部分文字,但从文本上说,从总体上说,我个人觉得它应该是与曹雪芹原本最为接近、最能代表曹雪芹原本的善本。当然这是我个人的观点,正确与否,还有待商榷。虽然原本早已失传,我们无从据以对照比勘。(6)假如说程甲本是现存本子中最先最早的本子,那么它就是当今所有本子的源头本、祖宗本,所有本子都是由它在不同的时间段内,不同的环境中,由不同的人在不同意图的驱使下,直接或间接、又间接、再间接繁衍出来的。说起来意味深长,它不但繁殖出了许多真实的有价值的好本子,也繁殖出了一些骗人牟利的伪"古籍"如三脂本和冒牌的庚辰本。这些伪本没有自己的父本或祖本,而是偷偷拿程甲本做原料,肆意砍残,大加篡改,再拼凑若干低劣庸俗、虚构史实的批语,然后抄成本子,整个炮制过程便算完成。

总之,阅读《红楼梦》,研究《红楼梦》,想探讨《红楼梦》的作者曹雪芹的营造艺术,我以为,程甲本应该是我们当代人可以选择的一个本子。不单说艺术,在其他方面也应当如此。

2. 最迟最后最不可靠的本子

脂砚斋制造的三个本子,是《红楼梦》现存本子中,最迟最后最不可靠的本子,也是彻头彻尾的伪本。我在涉红的三部拙作中,对它们曾作这样的界定:说三个脂本是伪本,并不是指它们的文本而言。其文本的本身,虽然经过了脂砚斋大量的篡改(连原书名也以冒牌代之),并严重砍残,但绝大部分还是作者曹雪芹本人的文字,不能定性为伪。说它们伪,是因为制造者脂砚斋通过批语,加进了大量的关于史实的谎言,从整体上改变了本子的性质。

(1)显然,拿三脂本这样的伪本作文本依据,谈什么都不行;谈艺术,更是古怪荒唐。(2)如以它们谈艺术,是谈《红楼梦》、曹雪芹的创作艺术,还是脂砚斋的制假造假骗人的"艺术"?(3)艺术与真善美紧密相连,可以说是探究真善美形成之术、开拓之术、欣赏之术。三脂本乃伪古籍假文物,为谋取非分之财而造,本身就是假丑恶,岂可从中去发掘真善美,寻找什么艺术?(4)三脂本通过批语,凭编造大量谎言,不但虚构"曹雪芹"这个人,还虚构他(脂砚斋)自己与"曹雪芹"、江南曹氏家族的亲缘关系,假冒当初历史、生活、创作的知情人、见证人,和《红楼梦》写作的指导者、协助者,稿本的整理者、誊抄者、第一个加评者。如若相信这些,并以三脂本为文本依据去研究什么(包括艺术),必定大上其当。前车之鉴多多,不少人正是沿着这条小道,掉入胡适的无底洞的。三脂本是胡适无底洞的一个重要的组成部分。(5)三脂本制造很迟很迟,有清一代,从无人、无任何文字提到过它们。从1927年胡适得到甲戌本算起,至今已快一百年了。除开在二十世纪四五十年代相继冒出来庚辰本、己卯本而外,再没有与脂砚斋有关系的本子了。这说明,三脂本,就只三个本子。它们,既无祖(本),也无父(本),更无后代儿孙(繁衍本)。当初,制造者卖出时,是卖"古籍"卖"文物";买主掏大钱也是买"文物"买"古籍"。买去便珍藏起来,不轻易示人。中间是否易主?估计,有也极少。也就是说,原先读到过它们的人,肯定少得可怜。小说本子,不是别的东西,首先它应该有社会性、公众性,拥有一定数量的读者。没有这两性,等于没有历史。所以我曾说:"三脂本不过是被历史遗忘了的几片小垃圾罢了。"与社会与历史基本绝缘。怎么能够拿其代表《红楼梦》,从中发掘《红楼梦》的艺术呢?就算你掘得了什么"艺术",可它没有读者,又何能让人识得,并在相应的范围引起共鸣呢?(6)三脂本是制造者故意砍残的残本,其残十分严重。要谈艺术,像甲戌本、己卯本这种残之又残、短之又短的本子,根本无法拿来说事。就讲篇幅最长的庚辰本吧,也只有七十八回,与一百二十回的全本(程甲本)相较,尚不足三分之二。应该有的情节、故事,远没有发展到可以打住之处。众多的重要人物的命运,尚在变化与折腾之中,阅读者无从感知其最后的结局。人物的命运,是由人物的性格所决定的。有什么样的性格,便有什么样的命运。因本子后面四十多回的巨大篇幅被砍掉,人物的命运突然中断,尚待向完整、厚重方面发展的人物性格塑造,也只能停留在半途,徘徊于浅层次的领域。人物塑造受损,命运结局提前停摆,作品主题展现必然遭到重创,变得难以捉摸,不知所云。这样的东西,还有什么艺术可言。(7)三脂本制造过程中,脂砚斋对文本肆意篡改。篡改之处,多得难以数计,或大或小,或轻或重;从头到尾,遍布在整个文本之中。凡篡改,皆荒诞不经,又特喜使用脏字眼、下流话,趣味庸俗不堪。这里仅举一例,即知其荒唐到什么地步了:大荒山的那块石头,和赤霞宫的神瑛侍者,本是统一的,下凡成为贾宝玉。宝玉出生时,嘴里衔的那块通灵宝玉,是他的前身,在大荒山时,他就曾经变化成那样子,上面的字则是临下凡之前,由茫茫大士弄上去的。衔在嘴里,随到人间,是让他前世今生仍然统一,两头不脱节。

　　脂本将一块石头篡改为两块石头,神瑛侍者了神瑛侍者,补天石了补天石。那么,下凡之后,贾宝玉是谁变的呢,哪块石头是他的前身呢?从脂本看,当是神瑛侍者,但文本里贾宝玉本人的身上,丝毫看不出与神瑛侍者有什么关系。倒是那块通灵宝玉日日挂在宝玉的脖颈上,成了他万不可离开的命根子。它跟他的前世今生到底有什么牵扯瓜葛,有什么理由什么资格要死赖在那里,扮演那样的角色?脂砚斋篡改的文字表明,补天石之所以到人间,是因为听僧道言说红尘中的荣华富贵,不觉打动凡心,请求携带他"入红尘,在那富贵场中温柔乡里,受享几年"。得到了答应。篡改的文字中,补天自己不会变化,由"那僧""念咒书符大展幻术,将一块大石登时变成一块鲜明莹洁的美玉,且又缩成扇坠大小的可佩可拿"。这里说的要点,是受享,是到人间去经历。然而,它在人间的存在,自始至终,是块雀卵大的小小的玉,虽说通灵,却从没有变成人,没有人应该具有的一切,十八九年的岁月里,它没有喝过一杯茶,没有吃过一口饭,没有穿过一件衣,"受享"什么?人间经历,只有人才有人间经历,它连人都不是,有什么人的经历?贾宝玉倒是有许多经历,可那是贾宝玉的经历,不是它的经历。篡改的文字里,它不过是"那僧"玩的一个"夹带",和贾宝玉的关系,实质是寄生物与宿主的关系,此外与书中的任何人都没有关系。然则,有何理由要存在于《红楼梦》之中呢？脂砚斋之所以要胡乱篡改,是因为他的伪制品是拿程甲本做原料,经过一系列的变形变样的外科手术炮制而成的,他害怕买主瞧出来,不得不玩此花招。至于选择石头下手,只能表明他太愚蠢,倒让人轻而易举便可发现他在捣鬼。这种捣鬼,是对《红楼梦》文本的严重不敬和严重破坏,使得这部作品的每一部分描写,都带上了荒谬的色彩。

三 《红楼梦》作者,没有通改过自己的作品

　　仔细读《红楼梦》,会发现它有不少大洞小眼,未曾弥补,前后部分矛盾之处,亦未协调。有的地方笔"写滑"了显得枝蔓,有的地方则写得不足,交代不清,没有处理。有些人物关系过分省略,年龄或大或小等等,而这些"洞眼""矛盾""不清""过分""滑与不足",看去,大都不难处理。有些只消提笔几挥便可搁平的地方,也依旧摆在那里没动,表明作者当年没有修改过,至少没有从头到尾修改过。文本仍处在毛稿、创作阶段和状态中。修改的过程,是进一步完善、深化、提高、优化作品的过程,是文学作品创作上绝对不可缺少的最后一道工序。《红楼梦》正是缺少了这个过程和工序,应该算是遗憾。

　　究其原因,则是作者的过于早逝,没有来得及进入这个阶段。假如他不是"四十年华付杳冥",而是多在世几年,甚至活到"知命"之年,事情便肯定不会是这个样子。

　　后四十回与前八十回相比,有明显的落差,这是没有争议的,谁都承认。在拙作《红学末路》的写作过程中,我曾仔细研究过它的这种落差,形成的原因实有多个方面。没有来得及修改,作进一步的加工,即是其中之一,而且是很重要的一个方面。

探究《红楼梦》的艺术，不可不留意上述文本中的"遗憾"及其形成的缘由。因为它在红学研究的领域里，早已有许多误读误识，带来至今仍然存在的分歧，没完没了的争论，在一定程度上妨害着对艺术的感受和探索。

对"遗憾"的本身，我认为，从总的说，应该抱着一种"理解"的态度，不妨予以忽略。切忌挑剔、扩大、指责，多从正面去发掘、看待。因为，历史已经形成，我们没有理由、更无办法去弥补它、纠正它。况且某一个体生命（作家）创作的一部小说，再写得好，也做不到绝对完美，或多或少，总难免有些不尽如人意的地方。有所遗憾，才是正常的，全无遗憾则不是正常的。一般情况下，即便要争论、要探讨，也不必反对，但最好不要钻牛角尖。确实需要用眼睛盯住的，是胡适一类的红坛大师，看到后四十回有落差，有不斗榫之处，有与他想象不合拍的地方，就妄断不是曹雪芹的原著，主张砍下昇之于高鹗。更需要盯紧的是骗子脂砚斋，文本上凡有漏洞、矛盾之处，他都少不了抓住利用，以售其奸。小的如有第十三回的批语"伏史湘云""史小姐湘云消息也"；大的如同回之后的脂批"命删"。更大的则是完全否定后四十回的存在与曹雪芹的著作权，冒充见证者，虚构稿子迷失，编造佚稿情节，谎称结尾处有"情榜"，将金钗人数扩大成六十个。在读者和研究者中造成经久不息的大混乱，并直接导致后来的荒唐可笑的"探佚学"的产生和走俏。最为恶劣的，文本自身原无问题，脂砚斋自己砍残再从中捣鬼，比如将十七、十八两回故意捏合成为一回，却加上批语："此回宜分二回方妥。"此类情况，脂本有很多，讲起来很烦琐，这里权且打住。

第十五章 小说泛论

中国,无疑应该算是小说生产大国。这是从历史角度讲的。在历史上,中国小说出现之早,数量之多,质量之高,读者之众,社会影响之深、之广、之远,在世界所有的国家中,倘要排位,无论怎么说,也当名列前茅。

与此相对应的是,小说理论却很滞后。在漫长的历史进程中,它一直没有建立起自己的较为正确、完整、实用、能起指导作用的系统。不但在小说的本质认识上、小说生成的原理上如此,即便在创作的具体操作上,诠释解读的方法上,以及评论的依据和范围上,也大致如此。说来,原因很多,寻根究底,则只有一条:儒家实用主义和儒学派生出的经学所构成的历史传统的影响。这种传统,在很长的历史时期,对中国社会和人文领域影响至深。就本质而言,它与文学艺术根本对立。除了排斥排挤,余外,便是改造、异化——将文学艺术拉入它的领域,从价值、用途、创作、常用母题,到诠释、评论,都一一清洗、剔除、更换,同时竭力注入它自己的成分,包括其价值观、世界观、审美情趣等。

尽管这种改造、异化,没能完全消灭文学艺术(文学艺术,追源头,应当是出于人类天性,是人性的创造物,世上没有任何力量可以完全毁灭它,除非将人类全部消灭),但真正的可以指导文学艺术创作和发展的理论,却没有随着文学艺术的发展而建立起来。因为理论建立的机制,与文学艺术生成的机制有所不同。它和历史的、时代的、社会的统治思想有关。在很长的历史时期,儒家思想及其变种,一直是统治思想。只要儒家思想和派生出的经学的影响还在,还掺杂在文学观念和文学理论中,都势必影响着、妨害着文学艺术的理解、阅读、研究。这从多年来红学两大派——索隐派和考证派的主张和行事作为上,就可以看得很清楚。

红学上的索隐派和考证派,当然不能与儒家学说和其衍生出的解经学、考据学做等量齐观,但在很大程度上受其影响,却是不争的事实。要不然,它们就不会那样热衷在明明是虚构的小说《红楼梦》中,去挖掘根本不存在的所谓历史事实和宫闱秘事、政治斗争,而对于绝对不可忽视的艺术,则表现得非常冷漠,全无兴趣。

作为文学作品,《红楼梦》的艺术,应该视为《红楼梦》最为重要的东西。长久以来,其所以能一直风行于世,就因为它从头至尾都闪耀着十分杰出的独特的艺术光彩。无论对哪一部分、哪一层次的读者,均具有强大的诱惑力。尽管构成它的绝不仅是艺术,还有多个方面。毫无疑问,它的所有部分,也都重要,也都不可缺少。但如果没有艺术的赋予,使之艺术化,那也就可有可无了。

不言可知,探讨《红楼梦》的艺术,必然要遇到许多困难。一是红坛学者,多数为寻史觅史所扰、所误,对《红楼梦》的艺术,基本上从不问津。偶有涉猎,亦浅尝辄止,未曾积累起可供参照的此方面的学术成果和学术经验。新投入者,在入门之前,常需花很多工夫,自己从头寻路问径。二是探讨艺术,阐述虚构,与考史相左,跟主流派明显抵牾,不可避免招致白眼,甚或歪曲,至少在其掌控的地盘上,不会慷慨地给你话语权。

怎么办?

我个人认为,不妨绕个弯子,先不必直接探究《红楼梦》的艺术,可从一般性的小说生成的道理入手。大体弄清小说的各个主要方面后,再来探究《红楼梦》的艺术,相对便不那么难了。《红楼梦》是小说,从本质上讲,与别的小说没有什么区别,都是作家根据文学创作的原理和方法,虚构而成的。因为同是小说,就有许多共同之处,彼此相通,探究此便易知彼,反之亦然。

本节主旨,题目已经表明:小说泛论。泛论,即泛泛之论,浅层次之论,一般性之论,常识范围之论。因为,这里用不着深奥的东西,只需作些泛泛的提谈,便可说明问题了。实在话,我自己很肤浅,见识也不多,要往深奥层面上说,绝无此种能耐。

一　几种关系

小说生成,有自己的原理和不可缺少的流程。说起来有点抽象,但只要理清几种关系,事情便会变得非常清楚,并让人一目了然。

1. 生活和作品的关系。生活(主要是指人类的社会生活)是一切文学作品的源泉。没有这个源泉,世间便不会有文学作品,这是绝对真理。但生活不会自动变为作品,而且作品不同于生活,生活也不同于作品。相对于生活,作品是另一种东西,它是人造物,不是自在物。

2. 世上任何文学作品,都是作家制造的;凡制造文学作品的人,均可称为作家。在制造作品上,作家是主体,没有这个主体的努力,当然也就不会有作品。这是作家与作品的关系——制造者与被制造者的关系。

3. 这种关系是如何实现的呢?简单地说,是作家在生活中汲取了生活,感受了生活,而后根据自己的感受,写成了作品。如果往复杂说,就有可能复杂到难以说清的地步,不但旁观者说不清,甚至连作家本人也说不清。作家汲取和感受的生活,是原生态的生活,而原生态的生活,是无法直接写成小说这样的文学作品的。因为它太零散太琐碎,其产生有许多偶然性,前后彼此之间,往往缺乏连续性和因果的必然性。而且,一般也少有单独存在的价值和意义。严格说,它只能算作原材料——最初级的原材料,其重要性自不待言,但要成为文学作品（比如小说），则必须经过作家的反复熔铸而后才有可能。

  4. 熔铸生活，是作家创作中最为重要的事情，可以说不经过这一环，便不会有小说。我曾在拙作《红坛伪学》里，花很多笔墨阐述此事，非常烦琐。这里本来不想再说了，又觉得完全丢开不行，还是简单地讲一讲吧。作家汲取的生活，感受的生活，多数时候，都是无意识的，碰着什么汲取什么。过后，时日一久，许多淡忘了。少数有点意义的，或印象深刻的，特别是那些当时触动过心灵和感情的，就沉淀在记忆里。以后遇上什么诱发，又回到心头，于是就追忆就回味，想想它原来是怎样的一码子事，推寻其中所含的前因后果。有些事，不仅想起一次两次，会有多次，延续的时间可能几月几年，甚至几十年，从儿时到壮年乃至晚年。还会连类而及，思索到别的事别的人。久而久之，无形中，会像发酵，膨胀又膨胀，拓展又拓展，细小的会变成成片的，简单的会变成复杂的，浅薄的会变成厚重的，无甚意义的会变成很值得研究的，这就是所谓的熔铸了。熔铸，对作家说来，并非刻意而为，而是在有意无意中进行的。多数时候，他——作家，根本没有想到在熔铸什么，心里也没有"熔铸"这个概念，只不过那时脑子正闲着，无意间展开了想象的翅膀，听任心猿意马胡乱驰骋一番而已。这种精神活动，不单作家有，许多人都有。要特别说明的是，作家是血肉之躯，他有自己纯属个人的感情、个性、修养、世界观、价值观、爱憎倾向、审美标准等，当他将汲取的原生态的生活加以熔铸时，必然把自己的东西加到里面去，这实际上是一种改选，彻底的改选。结果，富含历史成分的原生态的生活，便失去了它"原生态"的实质和面目，脱离了它原来的能够存在的背景和环境，以及各种曾经不可分割的关系，变成了另外的东西——作家虚构的，并且只属该作家自己的东西。作家就是依靠这种东西做自己的原料来构建自己的小说。

二　生活的阶段和形态

1. 作家熔铸生活的时候,那些汲取来的原生态的生活,绝对不止一种两种,通常会有多种,在他脑海里转来转去,翻滚不已。他有时会思索这个,有时会思索那个。过程中,他原先积累起的(包括反复熔铸过)种种生活,和所拥有的各种知识、思维能力、驾驭本领、文学天分、艺术素质,都会自然而然地调动起来,投入到里面一起熔铸。慢慢地他原先的拥有便会与新的熔铸凝固在一起,生成一种新的东西,在他心里迸发出一种前所未有的辐射的能量。再渐渐,他便有了新的创作的欲望。

2. 创作欲望持久不衰,甚至越来越强,欲罢不能。于是,他——作家,进入了创作的前期阶段,全面盘点他的熔铸、辨识的意义,寻找切入的角度,开始初步的构思。构思,不同的作家,会有不同的着眼点,不同的切入角度。少部分作家,从故事情节入手,从局部到整体,来来回回编织,寻求完美;多数作家则从人物特别是未来小说中的主要人物和相对重要的人物的塑造上去动脑筋。人物的大多数,先就存在于他心里,是他(不知什么时候)熔铸生活时,一起熔铸过的,而且,一般都经过了多次的熔铸,成了他的"老熟人",每一忆及,便觉栩栩如生。构思中,由于将人物摆在了中心的地位,又因为人物互相不同,各有各的特点,那些已经熔铸为片状、块状,大大小小,各不相挨的生活,一下子便明朗起来。会像排班站队一样,很快就分别归依到它所适合的人物身边,化为故事情节。人物一个一个出现,因有具体的故事情节支撑,形象逐渐丰满,性格开始展现,关系也初步搭建;互相冲突中,作品的主题产生,由浅显的概念向形象化的纵深发展,渐次朝哲学的境界延伸。此时,未来作品,在想象中已经可以初见眉目,作家被自己创作欲望燃起的烈火,烧得发昏、发糊。猜想,许多优秀的小说的具体写作,就是在这种情况下,开始运笔的。

3. 作家写进小说的生活,与原生态的有着历史属性的生活无关,与熔铸阶段的生活亦大有区别。尽管写作过程中,作家仍在继续不断地熔铸生活,但此时的熔铸,是深度的熔铸。可以说,实际上是作家在熔铸他自己,将他自己与正在创作中的作品(特别是主人公以及主题、风格、艺术气质等)高度结合在一起,融为一体:他就是作品,作品就是他。他的喜怒哀乐、世界观、价值观、爱憎倾向、文化修养、艺术才能,像独特好闻的气味一样,弥漫在整个作品之中。读者只要留心阅读,无论读哪一部分、哪个情节或某一个人物,都可以读出写小说的作家来。当然,这是从优秀小说比如《红楼梦》这样的作品而讲的。每一部优秀的长篇小说,都是一个自存一体的社会,一个单独的天地。它是开放性的,任何人都可以请进去,或将其中某个人物请出来。它唯一拒绝的是,将历史存在过的某一个家族史、人物史搬到里面去。那是乱点鸳鸯谱,必起结构性的破坏。

4. 读者(包括研究者)读小说时,读出的生活,一般来说,与作品所含的生活,并不完全吻合,有时还相差很大,这很自然。或因为时代不同,社会观念有变化;或因当初的生活已经远去,许多是非标准早已不存在;或因社会结构改异,伦理道德变移,都会影响到读者对作品写的生活的理解。至于读者自身的因素所限,修养层次多样,所获的感受,就更归不到一个模式、一条路上了。

三 读者成为主体

一部作品最后完成,出版问世,进入社会,走向读者,在某种程度上,它就和创作它的作家断开了。它的命运、它的意义、它的美丑好坏,将获得怎样的评价,还有它的生命的长短、力量的强弱,都得看它自己的"社会实践"如何,即由广大读者去评判,由社会历史去检验、去决定。作家本人是无能为力的。之前之后,关于它,他说过什么话,有过什么评价,寄予过什么希望,全无作用。读者不会因此而对它特别青睐。在这个阶段里,就群体而言,读者不但成了主体,而且成了绝对权威。

生活是广阔的、无限的,因为历史、社会不断地发展变化。人类的思想、认识、文化,还有所处的环境,以及自然界,也都在不断地变化和发展,这就给文学艺术作品,提供了无限之源。

作家写进作品的生活,则是很有限,非常有限的。即便是《红楼梦》这样含量十分丰富的作品,倘要和整个社会、历史所提供的生活比起来,那也少得可怜。

但是,作品从作家手上出来之后(那些优秀的作品)在世上"行走",原有的生活含量,往往会起变化,甚至可以达到有限变成无限。这是因为读者读它的结果。读者各种各样,层次不一,阅读经验和习惯也各异,即便读同一本书,收获也不尽相同。但阅读的内在机制,却大体是一样的,即以自己拥有的知识、见识、人生经历、经验、感情、各种认知上的准则为基础,与正在阅读着的书打交道。阅读,从另一种角度说,其实是在有意无意间,重新检阅自己、审视自己、总结自己、提炼自己、深化自己。其间,他会以因读而及的联想方式,将自己拥有的生活、知识、人生阅历,以及感情、经验、经历搬出来与书中的描写相连接、相比较、相融合,从而求得对书的理解和诠释,获得与书中人物乃至作家沟通的愉悦。这样,书中所描写的生活,其含量便在书的"社会实践"中,自然而然地增加了。随着这种附加的"生活含量"的增加,书的价值、意义和人物的典型程度,都会变高变大变厚。所以有这样的说法,一部好的文学作品,是作家和读者共同完成的。我要补充的是,还有绝对不可少的时代因素和社会因素。

四　占领　改造　为我所用

中国的历史和文化,有别于其他许多国家,几千年绵延不断,所以特别重视继承和传统。又因为时代、社会总是处于变化之中,前进、衰落、发展、停滞,或倒退。由于不断变化,在不同的时代、不同的时期,总会涌现出一些社会思潮。思潮多样,有大有小,有长有短,在一定的范围引领着某些风尚或时尚,左右着人们的头脑和行为,以及社会主流的意识形态。阅读小说本来是很个人化的事情,怎么阅读都可以,总的说,应该居于自由化的状态。然而,读者无一不是生活在具体的时空之中的,当这个具体的时空范围充满了某种思潮,他(读者)就不能不受这种思潮的影响了。他会很自然地,以那种思潮的内核为指南、为准则,去阅读,去感受,去寻求诠释。不知不觉间,完全丧失了自我,泯灭了自我。可畏的是,泯灭的不仅仅是某些个体,而是大片大片的群体,甚至是全体。这里不妨以阅读《红楼梦》为例,从历史的层面上,作些简单的盘点。

1. 在清代,人们读《红楼梦》、谈《红楼梦》,基本上都是把它当成"家史"来看待,将这家、那家拉来与它硬行黏合。因为,那时左右社会人文领域的,仍是儒家文史不分的传统观念和解经派的"六经皆史"的虚说;出来充当"解说员"的,亦皆是这种"传统"的坚信者和鼓吹者。

2. 到了清末民初,革命、政治、反清、遥念明朝,成了覆盖面极广的思潮和社会热门话题,于是索隐派崛起。宫闱秘史、朝廷政争、明遗反满等都被扯进《红楼梦》的解读之中,成了作品的主旨和人物隐藏在背后的源泉。

3. 随后,经过"五四"新文化运动的洗礼,时代、社会诞生出了强大的、持久不衰的、广为传播的新思潮,崇尚反传统,崇尚科学民主,崇尚新思想、新方法、新路子。运动过去，新思潮继续向深度发展，素来喜欢站在潮头的弄潮儿胡适，搬来在历史上一直走俏的考据学，树为自己的旗帜，乘潮建立起了考证派新红学。

4. 新中国成立后，对原有的社会进行全面的改造，阶级和阶级斗争的学说成了全国全社会最重要最基本的指南。红坛领域亦迅速为其占领，部分走在前列的研究者，既不懂《红楼梦》，又不知文学，更不懂小说，其实对阶级和阶级斗争的学说，亦只一知半解，却偏偏要在《红楼梦》里，搜寻阶级矛盾、阶级压迫和阶级斗争的描写，以资向社会证明。

5. 一段时期，中国从上到下，政治挂帅，假大空盛行，实事求是的传统，一扫而光。凡事不讲区别，一律政治第一、思想第一，造成许多失误，伤害了不少善良，人心普遍深恶痛绝。随后，大势剧变，新风劲吹，优良传统复现。挣脱桎梏的整个社会，处处欣欣向荣。《红楼梦》的诠释权亦有了变易，曾经一度垄断它的政治假大空和阶级斗争学说，很快退场，以寻史追源的考证派新红学，凭借胡适的体系而成为新的红坛骄子、新的权威。

6. 从以上简单的盘点中，我们可以看出，《红楼梦》的产生在先，那些社会思潮，或浪潮，产生在后。对它们来说，《红楼梦》应该算是出自古人之手的古典文学作品；而它们作为后时代的思潮或浪潮，全属于社会产品、政治产品，与文学，特别是古典文学作品不沾边。可以说，它们与《红楼梦》全无关系。

7. 所谓的思潮或浪潮，无一不是历史自身的产物，其产生和风行，都有自己的必然性。很难用简单的标准，评判它们对与不对。就大多数而言，应当都是有道理的，对历史的发展起过一定的推动作用。但是，用它们的道理、观念、方法来诠释《红楼梦》，却没有一种正确的，统统都在歪解《红楼梦》、糟蹋《红楼梦》。胡适就是个典型。

五　艺术高于一切

1. 阅读小说,通常可以见到它的故事搭建、情节铺排、人物塑造、思想倾向、主题旨趣、语言文笔美丑。然而,阅读优秀的小说,特别是像《红楼梦》这样的杰出的鸿篇巨制,感觉和感受,就不一样了。可以说,它就是一个社会、一个世界。内容极为广阔,极为丰富、多样、复杂。我们到里面去旅游去考查(阅读和研究),只需稍加注意,便可以看到那社会那世界的人物、生活显现出的形形色色、千姿百态、悲欢离合、爱恨情仇、盛衰兴亡,甚至人的前世今生,因果轮回。往往因之而触动情怀,引起思索,与所处的现实社会相连、对照,悟到一些有关人生、世情、命运、个体生命存在的偶然和艰辛。乃或将思维引向到某些哲学的层面,激起更深的思考。许多读者,正是在这种有形无形中,受到了熏陶,心灵上、情操上不知不觉地有了历练与深化。为什么有这种功效?就因为《红楼梦》自身有着超群出众的艺术。越从艺术的角度去阅读、去感受,得到的东西就越多。倘若一部小说,所含艺术很少,所有人物、思想、主题、语言、理念,都直白的、赤裸裸的,就怎么都不感染人了。或虽有艺术,而且含量不少,但读者不习惯从艺术方面去读,即便读了,并且认真读了,那也很难说得到了什么真正的收获。

2.《红楼梦》的艺术,是无所不在的,弥漫在整部小说中。凡是读它的人,只要调整好自己的视角,聚焦于艺术,一般都会得到不菲的益处。然则,什么是艺术?什么是《红楼梦》的艺术?抽象说,概括说,很难说,必须从文本中的人物塑造、情景描写、故事编织、细节选用、语言功夫等着手,以例证的方法去阐述。但那未免过于琐碎了,一二例、三四例根本说不清,五六例或更多的例也未必就能让人全部明白。我自己读《红楼梦》几十年,每读都是很随意的,没有什么经验积累,不过也曾多少琢磨过,要怎么读才比较有效。设想是静下心来,暂时排开其他干扰,面对文本中的所描所写,敞开胸怀,用心灵去拥抱,去感受,用感情与之交流,忘我地随着作者的感觉而走,时时与之共舞。凡读到你心情特别舒畅、如沐浴在风和日丽之中的地方,思潮澎湃的地方,感情汹涌不息的地方,令你五体投地的地方,情不自禁热泪横流的地方,或直想大吼大叫的地方,连续几天食不甘味、总是梦绕魂牵的地方,我想,那大概就是艺术最浓的地方了,千万要抓住不放。

3. 我们每个人都有自己的认知系统,早存于胸中的观念,惯常有的思维逻辑和判断事物的方法、路子。这些东西,是个人自身不同的经历、不同的教养、不同的知识拥有、不同的价值观、不同的思维习惯等等所形成的。当其阅读《红楼梦》时,这些一早凝固于脑的基本属于观念、概念、模式性的东西,都会在无形中成为他(读者)的路标、度量器、视角定位仪。好不好呢?应该说好,因为只要阅读,必然有收获,有收获就好。但要提高层次,从艺术上追寻,在开卷之时,最好还是先将自己原来拥有的种种观念、概念暂且推开,虚怀若谷地去与《红楼梦》交流,接受它的熏陶,将它的艺术,当成那宽广领域的一种价值最高的富矿来开采。不过,这有相当的难度。

4. 最大的难度,还在于,有些观念、概念早成了一定社会群体的共识,甚至成了某些学术的定论,这就是直接否定《红楼梦》文学作品的最基本的属性,而断言它是历史范畴的纪实文字。简单说就是作者曹雪芹的自传和曹寅的家史,完全排除了文学艺术的存在。他们的兴趣是考证,求取历史的实证。倘要谈《红楼梦》的艺术,则无此兴趣。

5. 讲句实在话,百年来的红学,就其主流来说,一直在低端徘徊。宗旨不清,任务不明,方法错误,观念陈旧,一味囿于寻史觅证,疲于简单的并无意义的是与非、真与假,以至鸡毛蒜皮之争。口舌不断,扯皮不已。要改变这种局面,唯一的办法,就是更换路子,弄清方向,脱离原来的低级状态,提高学术研究的段位,把主要的精力和注意力尽量多地用在《红楼梦》艺术的探讨上。这样不单品位高,境界宽,路子也广。而且不同的学派之间,较易取得共识。

第十六章　基础构筑的艺术

《红楼梦》的艺术是多方面的,如果要谈它,研究它,应该从何下手?没有一定之规,从何处起都可以。通常见到的,就一般而言,大多喜欢先谈人物的塑造,再及故事、情节、生活场景,像选矿淘金,一边掬起其中的艺术。我的选择,是从它的基础构筑方面去发掘。整部《红楼梦》,如同一座拔地而起耸立在文学史上的富丽宏伟的大楼,它最初建筑时,就是从基础开始的。弄清基础的构筑,便能较好地研究它的其余方面了。

我的发掘,或者说探讨,主要有三:大家族制度、奴仆制度、神话的融入。

一　大家族制度

1. 读《红楼梦》,最初印象最突出的就是宁荣两府,和以之为主体,连及若干房同族的兄弟子侄的后裔,构成一个庞大的家族。大家族,在当代,可以说早已绝迹了。但它在中国的历史上,可谓源远流长。

华夏民族的祖先,就主体部分说,开始便居住在世界最东边的两河——长江与黄河——流域。地理环境得天独厚,气候温暖,四季分明,雨量充沛,土地肥沃,很适合谷物和其他农作物的生长,因此比世界上许多民族都更早地告别渔猎时代,而进入农耕时代。

农耕,不同于游牧,需要安定下来,筑屋而居,以利耕种收藏。虽然辛苦,收获却有把握。食物不再那么匮乏,人口也较快地发展起来。域内丘陵、平原十分广阔,只要开垦,就能耕种,能有较多的收获。无论从客观需要,还是主观希望,都要求人口多,越多越好。人多,开垦多,耕种多,收获多,而且有利于自保,防止别的强势者前来掠夺。

农耕领域,生产门类很多,各种前所未有的技术和技能,纷纷出现、应用于人们面前。社会经济发展,出现了多方面的分工。为适应,也需要人口的大量增长。不但如此,还需要群房连屋和村落式的聚居,以便于信息交流、技艺学习、相互帮扶。于是,以血缘为纽带的大家族制度,便自然地发展起来了,以尊崇祖先、怀念祖先、照老法子办事为起点的宗法观念,也渐次形成了。

农耕家族,逐渐发展为部族,部族逐渐发展为部落,部落联盟,再逐渐形成最初的国家。这是华夏民族(农耕部分)所走过的由家族到国家的道路。每一步发展,差不多都与战争——反对外部掠夺的战争相连。在成为国家之前,农耕部族、部落,很少相互侵夺、攻占,但可能有主动依附,更多的则是通过联姻,结成一定的关系。

农耕社会的经济基础是土地,土地,在早期,几乎是唯一的生产资料。但那时人少,土地多,不感到缺乏,也就无人独占。很长的历史时期,存在的都是家族或部落公有制。有了国家后,变为国家所有。公元前十一世纪,西周崛起,击败奴隶制的商殷,夺取政权后,推行分封制,土地变为地方所有,实际是一大批拥有政治、军事势力的代表人物和他们的家族所有。这种因分封而来的、拥有政治、军事和巨额土地、人口的家族,不同于史前社会的相对小得多的大家族,也有异于夏、商王朝那些较大的家族。它是封建制度和封建社会的特殊产物,在中国前后延续几千年的封建社会里,始终普遍存在。大的,有所谓"钟鸣鼎食之家",人数可达数百数千甚至更多。因为,除了本族成员外,还有食客帮闲、奴仆,乃至私家武装力量;小的亦足以占据几个村庄,填满几条里巷。它们是封建王朝、封建社会的中坚力量,大的常常左右着朝廷的大政方针,小的则直接管理着基层的政事民事,客观上,成为国家、朝廷在社会基层的代理人。大家族形成的制度,是封建社会组织的最基本的制度,是延续几千年而不衰的宗法观念的源头。

大家族,就单个来说,与封建制度远非同寿,其生命长度,非常有限。一般情况下,延续不过数代,长的也不过六七代,便衰败、灭亡,或解体,成员零落星散。有的是它内部积累的矛盾太大太多,无法消除;有的是它的代表人物因故失势,如蜂群失王,再无凝聚的力量。更多的则是因为社会动乱,成为被打击的对象。封建社会总是不平静的,一定规模的动乱,简直就像家常便饭。每遇因暴力而致的改朝换代,原有的大家族更是难逃脱灭亡的命运。不过,原有的消失了,新的大家族又会在新王朝的帮扶下,成批地冒出来。所以,作为社会、历史的现象,它始终不衰。

2.《红楼梦》不是专门写大家族的小说,作家曹雪芹为什么要虚构出宁、荣二府——一个庞大家族,并加以大规模地正面描写呢?要知道,这是十分劳神费力的大作业,他何苦如此不惮辛劳?

这和《红楼梦》的主题有关。主题是作家汲取生活、感受生活、熔铸生活,到一定程度,进入具体的构思阶段,随着人物形象显现、故事情节有了大致的走向,逐渐有了些设想,再经过拓展、深化、反复提炼,而后慢慢形成的。曹雪芹当初如何熔铸,如何构思,我们不得而知,但主题的形成和设置,大概不会与这条轨迹离得太远。他给《红楼梦》安排的主题是什么呢?前面已经专门考察过,概括说,就是一群生长或生活于富贵繁华之乡的各方面都不寻常的年轻男女,在末世来临之际各种各样的遭遇,和令人惋惜、悲哀的个体命运、群体命运,以及蕴涵于这一系列形象中的社会意义和哲理的启示。

《红楼梦》中所谓的末世,何解?有人说,是指作家曹雪芹所生活的清代康雍乾之世,有人说是指整个封建社会最后行将灭亡之世。这不对,康雍乾之世,与历史上许多朝代相比,不但不能说是末世,可以说称得上是盛世。三朝国力一直在上升,人口有较大的发展,经济也应该说不错,这是有史可查的。离开北京城到西郊山村隐居的曹雪芹,很可能不喜欢他所处的那个时代,但不会以末世看待。至于说,末世是指整个封建国体、封建社会的末世。那时,下距中国最后一个封建王朝(清王朝)的灭亡,还有一百好几十年,曹雪芹不可能有那样的预见。况且,作为那个时代的一名知识分子,他也不可能想到整个封建制度会有末世,会为其他什么制度所代替。

《红楼梦》里所说的末世,当是指改朝换代中,前一个王朝在覆灭以前大走下坡路的那段时日。中国几千年的文明史上,改朝换代的事不知有过多少。一般情况下,一个王朝的垮台,都不是突然出现的,之前总是要经历相对长的衰败时间。衰败过程中,各种腐朽腐烂的因素大量产生,渐次充满朝廷上下,弥漫于整个社会。恶人横行,善良遭殃;假丑恶层出不穷,真善美则时时被毁灭。曹雪芹选择这样的世道,来作《红楼梦》的时代背景,将人物命运、故事情节、具体的小环境,放在这种时代大背景下来刻画、来设置、来构筑,应该说,是很不俗的,甚至是高超的。

然而,好则好也,妙则妙也,这样的想法或设计,却是根本无法用小说的笔墨具体描绘出来的。一是改朝换代之事,历史上虽然多,但史书上都有明确的记载。就算你是在写小说,它的那些主要人物、主要事件、主要过程,你却不能虚构。如果照实写来,必然陷在纷繁复杂而又琐碎不堪的史料之中,而无法再顾及小说的人物、故事情节、主题、场景、风物等等。

最为难办的,还是《红楼梦》本身的障碍。小说是叙事体文学作品,最不可缺少的是时代朝代,具体的大时空。《红楼梦》另辟蹊径,只设小环境,大环境大时空,则取消了,至少是模糊了,不讲了,这是在古今中外的文学创作史上,唯一的一例,算是难得的发明。不是作者率意而为,而是出自《红楼梦》本体的原因。可以说,它是《红楼梦》的命脉所在,不能乱动,动了改了,这部伟大的小说就会显得到处都不合理。

"末世",在《红楼梦》的作者来说,既不能写,又不能不写。怎么办?他巧妙地将它移植到一两个非常具体的大家族中,通过对大家族的描写来展现,事情便好办了。这是十分高明的决策,当是在作品构思阶段完成的。曹雪芹最初是如何具体构思的我们无法知道,也没有必要追寻,只需知道这样的历史事实,就够了。一代王朝,总是和一代众多的大家族紧密地连在一起的。王朝临到末世,那些大家族不必说,也临到了末世,它们之间有太多的共性,也有太多的瓜葛勾扯。

3. 古往今来,写到家庭的小说数量非常多,写到家族的,也有一些。但那些家庭、家族规模相对地比较小,而且大多数只作背景描写,着力刻画的人物,也不过数人而已。像《红楼梦》这样的对一个庞大的巨型家族,作全方位、正面描写的小说,不仅在中国不曾有过,即便在世界范围内,似乎也找不出一部堪与之比肩的作品。

往大了说,它是一个单独的世界,一个单独的社会;往小里说,可算是人世间的一座大舞台。这舞台,五光十色,令人眼花缭乱,上演节目之多,似乎无穷无尽,而且大都精彩。登台演出的角色,人数之众,亦是前所未有,且个个不俗。内中主要担纲者,更是优秀,对观众尤具有特殊的魅力。然而,正如书中人物王熙凤所说,"大有大的难处"。这样庞大而复杂的组合,这样纷繁而多元的构筑,给具体的营造工艺带来了很大的不利。

小说,文学艺术创作,诀窍之一,就是以少胜多,以一当十,以十当百,特别讲求凝聚、集中、典型化。尤忌分散,多头化,宽泛,漫无边际。你把摊子摆得那样宽,人物上场,动辄一大群,大情节不算多,小情节、细节却每每喷涌而出,一摊未完又来一摊,不得不时时跳动、转换。不仅要叙述、展现、刻画现场上的,还要照顾背后的、不在场面的。因为它的构筑,不是单线条的,而是网状的,并且不是平面网状,而是多层次、多结构的,立体状网状式的。如果,只管现场的,不照顾背后的、不在现场上的,叙事向前,章回一多,读者极容易将许多人物忘却。情节故事,在读者头脑中,也会碎片化,连续不起来。从前,说书人不是常有这样的话吗:"一张嘴难说两家话,一支笔难写两头事。花开两朵,各攀一枝。话说……"轻轻巧巧,就作了切换。可是,用笔来写小说,碰上这样的事,便不那么好处理了。

不过人间事,总少不了两个面。难度大,也有好处,越大越能考验当事者,越能激起攻坚者的兴趣和决心。同样,也更能煅炼出人的本领。可以相信,曹雪芹的不寻常的才能,即是从各种高难度的实践中,逐渐煅炼出来的。而正是这一系列高难度的攻克,显现出了《红楼梦》营造上多方面的杰出不凡的艺术。

4. 许多事情,留待以后再说。这里先就《红楼梦》贾氏家族本体的设置和结构上的艺术,作一些分析。

历史上的大家族,当其步入末世的阶段时,大多有着这样一些不可救药的症状:特别贪婪,恣意掠夺,凶横霸道,操弄权术,干犯国法,腐化堕落,欺压善良,丧失人心,内部矛盾重重,争斗不已,人伦颠倒,丑闻四传,等等。然而,作家曹雪芹在构筑、描写《红楼梦》贾府这样的大家族时,却没有去管现实历史中这种常有甚至必然有的现象。他是没有注意到还是有意绕开了,我们暂且不去理会,先看看文本里他对这个大家族的"末世"是怎么设计、怎么说的?

第一回,青埂峰下,石头初会僧道:

> 一日,(石头)正当嗟悼之际,俄见一僧一道,远远而来,生得骨格不凡,丰神迥异,来到这青埂峰下,席地坐谈。见着这块鲜莹明洁的石头,且又缩成扇坠一般,甚属可爱。那僧托于掌上,笑道:"形体倒也是个灵物了,只是没有实在的好处,须得再镌上几个字,使人见了,便知你是件奇物,然后携你到那昌明隆盛之邦、诗书簪缨之族、花柳繁华地、温柔富贵乡那里走一遭。"石头听了大喜,因问:"不知可镌何字?携到何方?望乞明示。"那僧笑道:"你且莫问,日后自然明白。"说毕,便袖了,同那道人飘然而去,竟不知投向何方。

这里说的"诗书簪缨之族、花柳繁华地、温柔富贵乡",毫无疑问,是指后来文本中的贾氏家族,即荣国府。给贾府以这样崇高、美好的评判之语,可以想见,作家心中没有要从负面暴露贾家的意思。

第二回,冷子兴演说荣国府(在淮扬地方的一家小酒店,贾雨村偶遇从都中来的朋友、珠宝商人冷子兴。喝酒间,雨村打听都中新闻,言谈时涉及宁、荣两府)。冷子兴说:"……古人有言'百足之虫,死而不僵'。如今虽说不似先年那样兴盛,较之平常仕宦之家,到底气象不同。如今生齿日繁,事务日盛,主仆上下,安富尊荣尽多,运筹谋画者无一。其日用排场费用,又不能将就省俭。如今外面的架子虽未甚倒,内囊却也尽上来了。这也小事。更有一件大事:谁知这样钟鸣鼎食之家,翰墨诗书之族,如今的儿孙,竟一代不如一代了。"

冷子兴是荣国府管家周瑞的女婿,因此知道贾府的一些情形。但他与贾府无直接关系,是个外人。他的介绍性的评说,应算是旁观者之说。从其话中,可以知道贾氏家族步入末世的原因:(1)人口越生越多,需要办的事情也一天比一天多;(2)主仆上下,都只知道享受,却没有一个真正能做事的人;(3)日用花销排场大,不能将就省俭。如今从外面看,架子尽管没有怎么倒,但内瓤子却已快空了。(4)更加要命的是,那样大的钟鸣鼎食的、又是文化甚高的家族,如今的儿孙,竟然一代不如一代了。言外之意,那下坡路只能接连走下去了。

冷子兴的介绍,是曹雪芹特意安排的第三者的介绍,在文本结构上,是一次很重要的对贾家的定性叙述。走上末世的原因不少,条条实在,却仍然只有叹惜、惋惜及无可奈何的心情,而没有本应该有的暴露和谴责。

第五回,贾宝玉神游太虚境:

……警幻仙姑忙携住宝玉的手,向众姊妹笑道:"你等不知原委,今日原欲往荣府去接绛珠,适从宁府经过,偶遇荣、宁二公之灵,嘱吾云:'吾家自国朝定鼎以来,功名奕世,富贵流传,已历百年。奈运终数尽,不可挽回。我等之子孙虽多,竟无可以继业者。唯嫡孙宝玉一人,禀性乖张,生性怪谲,虽聪明灵慧,略可望成,无奈吾家运数合终,恐无人规引入正,幸仙姑偶来,可望先以情欲声色等事警其痴顽,或能使彼跳出迷人圈子,入于正路,亦吾兄弟之幸矣!'"

古人谈到某些事情的变化时,很喜欢讲"运"、讲"数",是说某种事物存在的时空的长度和广度,而这又是上天预先规定的,叫做天意。"运终数尽",是说某种事物,因存在得太久,上天给安排的时间和空间全已耗尽、花完,再无条件继续存在下去了。荣、宁二公之灵说他们家,正是到了这种情况。将贾府走上末路、最终败亡的原因,归之于天意,而不言其他,当然也是曹雪芹特意向他的读者作出的一种说明。

第十三回,秦可卿托梦王熙凤。秦可卿死亡,那时半夜,"已交三鼓"。她灵魂离开躯壳,临回(太虚幻境)去之前,到荣国府托梦告别,要当家的王熙凤做些为家族预留后路的事。谈到她们家族行将败亡,说:"……常言:'月满则亏,水满则溢。'又道是:'登高必跌重。'如今我们家赫赫扬扬,已将百载,一日倘或'乐极生悲',若应了那句'树倒猢狲散'的俗语,岂不虚称了一世诗书旧族了?"王熙凤说,这话考虑的极是,问她有何法子可以永保无虑。可卿冷笑道:"婶婶好痴也。'否极泰来',荣辱自古周而复始,岂人力所能保常的?"

以下,可卿谈怎么预后的办法,引文从略。单就贾氏家族的败落而言,着眼点,也是讲历史的法则、自然的法则,与荣、宁二公之灵向警幻仙姑讲的"运终数尽",实际上差不多。秦可卿,一个二十来岁的贵族少妇,一贯养尊处优,她不可能有那样富于哲理的思考和老辣周全的预后措施。她的话,不过是作家曹雪芹自己要说的话。文本中,秦可卿这个人物,在设计上是大有毛病的,问题出在构思的时候。留待后面再说,这里只探讨曹雪芹对贾氏家族,为什么总是那样"客气",那样"优容"呢?好像贾氏家族之走向末世走向灭亡都是来自天意,来自客观的他们自身无法抗拒的原因。

　　5. 对荣、宁二府这种居于末世,行将覆灭的巨型家族,《红楼梦》作为叙事性小说,在具体塑造上,没有完全依照世俗的、现实的、历史现象、社会现象去模拟、去描写,而是作了许多超越,走了另外的路子,基本上忽略了它罪恶的那一面。初看很没有道理,细读细赏会发现,正是这样的选择和处理,凸显出了作家曹雪芹的高明。因为内中涉及的方面太广,而且这些太多的方面,每一面都直接关乎《红楼梦》艺术上的高与下、成与败。且看主人公贾宝玉和金陵十二钗的塑造:贾宝玉的前身,是女娲炼石补天的一块剩石,随后遗弃在青埂峰下。此石经过煅炼之后,灵性已通,自来自去,可大可小。因见众石俱得补天,独自己无才,不得入先选,遂自怨自愧,日夜悲号。日子久了,可能觉得无聊,便到处走动、游玩,不意闯到太虚幻境,警幻仙子知他有些来历,留他在赤霞宫居住,就名他为赤霞宫神瑛侍者。拿今天现代人的话来说,就是"服务员"吧。大约那里也没有什么事情要做,他便常去西方灵河岸上行走。看见三生石畔,有株绛珠仙草可爱,遂日以甘露灌溉。这株绛珠草,始得久延岁月,后来受天地之精华,脱去草木之胎,得换人形,修成女体,终日游于"离恨天",饥餐"秘情果",渴饮"灌愁水"。因为尚未酬报灌溉之德,五内郁结着一段缠绵不尽之意。她常说:"自己受他雨露之惠,我并无此水可还。他若下世为人,我也同去走一遭,但把我一生所有的眼泪还他,也还得过了。"因此一事,就勾出多少风流冤家都下凡,造历幻缘。那绛珠仙草也在其中。绛珠即后来的林黛玉。"多少风流冤家"则是后来凡间的"金陵十二钗",包括林黛玉在内,分上中下三等,共计三十六人。

　　贾宝玉和金陵十二钗是《红楼梦》里最为主要的人物。读《红楼梦》文本可以感知,为塑造好他们,曹雪芹耗尽了自己一生的心血。他们是他的至爱,字里行间,笔触只要涉及到他们时,都仿佛可以感觉到他那种炙热的感情在涌动、在流淌。他并不一味写他们如何优秀,如何有才,如何善良,也写他们的不足、毛病甚至乖张,但感情的倾向却是十分明显的。即使写王熙凤的某些狠毒时,也都以"就事写事"处之,没有更多的谴责。

　　中国古典小说,喜欢在文中夹入一些诗词歌赋、散曲、对联之类。有借用古人的,有人物做的,有作者自己直接的抒发。这类东西,好的有,但大都平庸。按我的习惯,读时碰上,通常都跳跃而过。因为读之往往味同嚼蜡,且在感觉里它会造成文路堵塞,气韵中断。《红楼梦》则是另类,它的诗词歌赋、曲子、偈语、对联,比任何一部小说都多,前后有好几百首(篇),却一点也不令人讨厌。我每读,对每一首(篇)都认真读,不但用心领会,还少不了细细琢磨。一则,它们整体水平不错,能在一定程度上给人以艺术的享受;二则,多数隐含有对人物命运周折,或故事情节发展的暗示和预示,这是《红楼梦》许多特色中的一个较为显著、较为重大的特色。

　　这一大特色,使得《红楼梦》的文字显得特别优美,构筑显得富有诗意。对主人公贾宝玉及众多的重要人物的塑造,起了不同寻常的作用。他们年纪轻轻,有文化,单纯,善良,富有感情,又有才华,能诗,也极爱诗,一有机会就起诗社,心里一有触动就吟诗、写诗,有时简直就是诗的化身。正是这种诗化的生命底蕴,加上令人揪心的命运遭遇和鲜明的性格,使他们成了文学史上少有的群像,难得的典型。

　　尽管那些诗篇词作,是作家曹雪芹模拟他们的身份、才能、彼时彼刻的感受、感情,代替他们写的,但作为成功的文学形象,我们却不能不认为是出于他们自己的笔墨。

　　此一切,需要有客观背景、客观条件,也就是"典型环境"。没有"典型环境",就没有他们这些典型人物的"典型性格"。此处说的典型环境,就是他们赖以生存、生活、成长的贾氏大家族。其中最为重要的是,要有由来已久的文化传统。

　　《红楼梦》涉及贾氏家族的历史时,几次使用了这样的文字:"诗书簪缨之族,花柳繁华地,温柔富贵乡";"钟鸣鼎食之家,翰墨诗书之族";"赫赫扬扬已将百载"的"诗书旧族"(这是茫茫大士、冷子兴、秦可卿的话,前面已引述)。

华夏民族,自古以来,十分尊重文化。凡说到谁谁是"诗书之家""诗书传家""翰墨之族""读书人之家""文化人辈出之家",听者都会油然生出好感。因为,那意味着"这家人"有好传统,懂规矩,讲礼信,重门风,重家教,善待外人。由此而对它的成员包括大大小小、老老少少,都会产生好感。这种对贾氏家族文化上的高赋予,当是曹雪芹的特意安排,是为从艺术上、观感上进一步提高贾宝玉和十二钗的形象塑造而采取的措施。

可以从另外的角度设想,如果曹雪芹当初创作时,没有对贾家给予这种"文化成分"的注入,甚或依据末世之家而有的常情、常态而加以摹写,那他最为心仪的贾宝玉和十二钗,将会是什么样子呢?

金陵十二钗,个个薄命,贾宝玉也因心灵遭受重大挫折,对家族对现实极度失望,最后随僧道而去。但他们和他命运发生大变化以前,多数时候,还是很愉快很欢乐的。贾氏家族向他和他们提供了全部优厚的物质保证,良好而舒适的环境,浓烈的亲情和关爱。他们的美好的品质和才能,也是在这个天地里逐渐养成的。最不能忘记的是,贾氏家族还为他们提供了大观园——一座人间少有的"伊甸园",让他们自由自在生活其中,尽情地去欢乐、去相互交往、去经历人生、去发展情谊、去爱。这一系列的构筑,就绝了,不能因为末世而将这个大家族置于过分暴露和批判的地位。倘若小说里,老是写它乌烟瘴气、恶事坏事接连不断,那不仅要花去过多的笔墨,造成喧宾夺主,而且贾宝玉、十二钗那一面也无法写下去。他们既是书中重要的人物,又是贾氏家族的成员,那些恶事坏事,无法做到与他们毫无牵扯。一有牵扯,有可能什么都变味了。从这里也可以看出,作家曹雪芹非常能够拿捏住艺术上的分寸。分寸,对艺术来说,可是一种关键:不足,则少味;过之,则败味。

6. 不过,写《红楼梦》的曹雪芹,也不是要完全回避贾家由于末世而产生的那些负面的东西。完全回避不写,对艺术也必造成损失,起码会遭到指责。他把负面的事,主要放在宁国府贾珍、贾蓉父子俩身上。事项则主要有败坏家风,不遵祖训,肆意挥霍,淫乱,在家聚众赌博,玩娈童。荣国府这面,主要是贾赦。他是贾母的大儿子、贾政的亲哥哥,品德极为糟糕的老淫棍,生性乖张,平日躲在屋里,难得见人,什么事也不做。年龄已经步入老年了,有一妻两妾,可是他还想将母亲最倚重的大丫头鸳鸯弄过去,结果撞了一鼻子灰,最后花了几百两银子买了个年轻姑娘,才算安定下来。他干的最为丧尽天良的事:有个石呆子,有十把家传的古扇,他见了十分眼红,想买,人家不卖,他便勾结大贪官贾雨村,平白无故栽诬人家犯了什么法,将人逮到官府强行勒索,害得石呆子家破人亡。贾赦还极爱贪财,不知什么原因,他拿了孙绍祖一笔银子,人家要起来,他赖着不还,却将自己亲生女儿贾迎春拿去抵债,做了孙绍祖的妻子。孙绍祖是个"中山狼",为人极坏而且凶暴,以致原本"花柳之质"的迎春姑娘,到孙家仅仅一年,便被虐待而亡。不须说,这也是他贾赦的一桩大罪过。

  但是,小说里对贾赦的安排,却有点奇怪。在荣国府,贾赦本是嫡长子,第二代荣国公贾代善死后,他袭了荣国公的爵,一等将军。按家族祖传的规矩,他应该是理所当然的荣国府的当家人,全部财产的继承者。可从小说的描写看,首先,他的住屋就比他的同胞兄弟贾政差了一大截:贾政住在正房,而他却住在偏院。他除了自己住屋里的东西、屋子里的妻妾、少量几个奴仆之外,什么也支配不了。他的亲儿子贾琏、亲儿媳王熙凤,倒是管理着荣国府这个大家,但他们却不听他的。荣国府管理上真正的大权,在贾政之妻王夫人手里。而本来无继承权的老二贾政,才是真正的家长,只有他才有支配一切的权力,威信很高,是家族的顶梁柱,内外的事情他都管。原本应该居于"一号"位置的贾赦,似乎一开始就被边缘化了。

  作为读者,好长时间,我都感到困惑。后来才慢慢悟出,根子还是在《红楼梦》的构筑上。是作家曹雪芹有意这样安排的。我猜,当初构思中,如何"处理"好贾赦这个人物,曹雪芹一定伤过许多脑筋,而深层次的原因,则是要怎么才不会给贾宝玉、十二钗的塑造上带来"危害"。于是就有了两个原则:第一,不能回避;第二,须适可而止。也就是涉及的人要少,牵扯面不能宽。

　　宁国府写了贾珍、贾蓉父子。那么,荣国府该将"文章"做到谁的头上呢?贾政倒是个"人选",在过去大户人家,如果要出坏蛋的话,通常都是小儿子。因为上一辈总是给以溺爱,容易自我放纵、出轨、堕落、生坏。但贾政不同,他是贾宝玉的父亲,十二正钗中的几个重要的"钗",都与他有不可分开的血缘或亲缘关系。若将他写成许多坏事的制造者,那,宝玉和十二钗怎么写?无论怎么写,都不会如我们今天读到的《红楼梦》文本写的那样合理、成功。因此,不但不能将贾政写"坏",还要按封建传统标准,尽量写成"优秀分子"。他重人伦,重家风,重家教,讲忠孝,守本分,尽职守,节俭,不贪,有很好的文化教养,深得皇帝信任,多次派到外省当官,竟还让他去当学政。

　　所以,"坏蛋"只能指派大老爷贾赦充任。剥夺他继承权,半"禁锢"在偏院里,加以边缘化。虽然大有悖于封建大家族的传统和规矩,但也不是完全说不过去。可以想想荣国府的实际情形,上一代的荣国公贾代善早死了,可他的正妻贾母还在,老太太从年轻时代起,一直是荣国府的内当家,府内的事概由她说了算。如今,尽管老了,不管事了,却仍然有着极高的威信。她的娘家一直很显赫,与贾家结为"团块"的另外的权势之家的阔亲戚,也一直很尊仰她。贾赦、贾政都是她亲生的儿子,可以设想,丈夫贾代善死时和以后一段时间,她仍然当着家,对两个儿子,谁来继承,谁做什么,谁不能做什么,全是她的安排和决定。两个儿子、儿媳,都无权反对,也不能反对。甚至,再后来到了更为年轻的一代,如王熙凤、贾琏参与管家,贾宝玉、林黛玉、薛宝钗、史湘云等的生活,都少不了她的关怀和干预。

　　7. 贾母是文学人物,她拥有的家族权力和影响力,是作家曹雪芹"赋予"的。贾母依靠手上的权力,在临当末世的家族里,"造出"一个

"正人君子"的贾政。而贾政则是作家曹雪芹的一个"平衡器"。作为《红楼梦》的作者,曹雪芹不想将贾家写得太坏,或者说他不想让读者觉得贾家的执政的男性都很坏,须得有一个贾政这样的人来平衡,目的则是保护贾宝玉和十二钗的光鲜描写。但是,作为封建卫道士的贾政,就其本质来说,与大荒山青埂峰转世而来的石头——生性喜欢自由自在、并且蔑视世俗的若干神圣原则的贾宝玉,是大相悖谬、无从调和的。父子俩只要相逢,就会磕磕绊绊,到一定的时候,必会形成要命的大冲突。因此,只好安排贾政到外面去当官,经常不在家里。设若让他经常在家,贾宝玉必然会被搞得死气沉沉。贾宝玉一旦不成为贾宝玉,不仅十二钗没办法写下去,连《红楼梦》的创作,也会搁笔。

然而,父子俩又是不能不冲突的。完全无冲突,贾政便不是贾政,贾宝玉也不是贾宝玉。同样,《红楼梦》也成不了杰出的小说。不仅需要冲突,而且激烈、尖锐的程度,有时甚至要达到生死的地步。而选择在什么时候、什么境况下发生,正如前面说过的,要拿捏好分寸。

写小说,拿捏分寸,就是拿捏艺术营造上的分寸。从《红楼梦》的文本可以读出,曹雪芹极善此道。但也让读者感觉到,这也是他的难点,至少是某些"分寸"的关键处,他可谓绞尽了脑汁。仍以贾政为例,他是贾宝玉的父亲,并非是贾宝玉的仇人;但正因为是父亲,所以才表现得像仇人。他有三个儿子:大儿子贾珠早死了,小儿子贾环,是庶出,小老婆生的,人也很差。看来,他之后的继承人,只有这老二宝玉了。偏偏宝玉的表现很不像样,与他的标准、希望、要求,完全南辕北辙。作为家族之长,作为朝廷命官,他深知那时政治环境的险恶。他十分害怕,或因宝玉之不肖,将来有朝一日,做出大逆不道之事,致使身败家亡,完全断送祖宗的根基。所以平时不得不非常严厉地对待,形成了一种不自觉的心理习惯,与宝玉之间也形成了一种猫鼠关系。但实际上,他还是爱他的,这从第十七回"大观园试才题对额"等处的描写,可以让人明显感觉到:口头上仍是老习惯,贬低宝玉；心头透露出来的却是为有这个儿子而得意。即便是第三十三回，对宝玉大加笞挞时，那是盛怒之下，他一时控制不住自己，而并非真要夺取儿子的性命。说实在话，设若宝玉那时真的死去，那，贾政的下半生会永远在痛苦之中。再说，作家曹雪芹也决不会那样写，主人公那时死去，他的创作怎么继续下去？这种父子间冲突的"登峰造极"的描写有何意义，可以从多方面去探寻。但若从艺术角度来说，不妨从艺术的"分寸"上去思考。还是前面说过的话，要足，但不能过。打得个半死，恰足；打残了，甚至打死了，则什么都完了。这个"恰足"，不但打与被打的两方贾政和宝玉，艺术塑造上，都恰足，很出色很成功，围绕此一事件的各个不同身份的"第三者"：王夫人、贾母、林黛玉、薛宝钗、王熙凤，还有一些丫鬟、小厮，甚至还有使坏的贾环，写得又是何等的让人难忘啊！其中的因素，也是由于贾政、贾宝玉的"恰足"，他们才会那样强烈地反应，那样不寻常地表现，而后曹雪芹才可能有那样出色的描写刻画。

艺术上的分寸，不光有长度和宽度，还有深度和层次。层次可以有多重，深度也会有多种。另外，还有辐射的力度和广度。仍以贾政为例：作为颇有典范意味的卫道士，他的大气凛然的行为，其实只能与他的信条背道而驰。他要卫道，适足以败道；他要保家，适足以破家；他要尊祖，适足以辱祖。他对家族的危害，比他哥哥贾赦的危害大得多。

这种逻辑，这种结论，好像没有道理，但请想一想，宝玉，这个儿子，按你的愿望你的认定，是你自己唯一的希望，家族将来唯一可靠的继承人。可是，在你的常常蛮不讲理、全无人性的"教育"下，搞得他心灵上伤痕累累，对人间、对家庭、对一切亲情友情，一概心灰意冷，最后只剩下一条路——从红尘世界悄然逃离，致使你的道统、你的家族从此没有了你所希望的继承人，不免走向败落的命运，这难道不是你的错你的罪？最具悲剧意味的是，宝玉离去，石归青埂峰下，上面形成一大篇文字，空空道人抄来传世，当讲到你贾政时，仍然没有几句好话(作家曹雪芹给人物拟名时,喜欢用谐音字。因此有读者说,贾政,假正,假正经也。是耶非耶)。

8. 直接逼走贾宝玉的人,是王夫人。

王夫人,贾政之妻,宝玉的生母,出自四大家族之一的"东海缺少白玉床,龙王来请金陵王"的王家,荣国府的第一号内当家,很有权势的贵族夫人,也是一个不错的慈母,同时还是一个内心深感压力的、既可以为善又可以为恶的世俗女人。她所处的环境,有许多十分优越的条件,同时又潜藏着非常的不利。她自己颇为清醒,不得不时时提心吊胆。大儿子贾珠早死了,只剩下老二贾宝玉。按当时荣国府内部的情况,贾政之后,宝玉便是唯一的继承人。母以子贵,只要宝玉顺利成长,将来"接"上"班",她在家族中的地位便永远无虞,最后像她婆母史太君一样,成为全族奉为至尊的老封君。看见儿子宝玉小小年纪,便长得相貌出众,聪慧伶俐,人见人爱,她很高兴。只是觉得他未免过分好动,十处打锣九处在,又往往出语乖僻,心性奇特。第三回,林黛玉初进荣国府时,作为亲舅母,向她介绍自己这个宝贝儿子时,曾如此说:"我有个孽根祸胎,家里的'混世魔'。"那时还不是隐忧,只是一种说话的方式,至多向新来的外甥女预先打个招呼,但口角间,明显透露出一种做母亲的骄傲。

随着时间的推移,宝玉从孩童开始步入少年。贾政对儿子要求愈来愈严格,特别是要宝玉多读圣贤书。丈夫对儿子的态度和要求,对王夫人无疑是一种很大的压力:丈夫经常不在,管好儿子是她当母亲的首要职责。儿子宝玉读不读书,当妈的倒不觉得怎样,她所当心是渐渐年长起来的宝玉,老是喜欢和女孩子混在一起,甚至表现出一些性倾向的怪癖,如总爱缠着丫头要吃人家嘴上胭脂之类。她心里不觉间形成一种很固执的观念,有些年纪同样越来越大的丫头,存心要勾引她的儿子,并且争先恐后,群体而上。她实在太害怕,好端端的儿子,在那些心怀叵测的小狐狸精的勾引下,会迅速变得不可收拾,招致她儿子的老爸意想不到的惩戒,如果从此坏了名声,更非她所愿。在宝玉之下,还有个贾环,她的"仇敌"赵姨娘所生。照说,只要她的宝玉在,庶出的贾环是无资格继承并执掌家业大权的。但只能说,那是正常情况下的事,设若出现非常,就当别论了。连朝廷立的太子,还有废掉的呢！如果,这种分析,多少可以站得住脚的话,王氏不分是非,突然暴怒、严重失态、亲手重打她自己的大丫头金钏,并当场给予最高的处罚,将其逐回家去,就不觉得奇怪了,她的心理早就有了严重的病态。最后造成一个无辜的女孩屈辱难忍,投井而亡。

金钏之死,给王氏心理带来严重的冲击,也受到良心的谴责,但她并不真正后悔与反省。稍后,伶人蒋玉函(演小旦的琪官)事发,忠顺王府派长府官,造府向贾政当面索人,贾政怒不可遏寻找儿子宝玉,贾环趁机借金钏之事加以诬告,火上浇油。于是,宝玉几被打死的令人惊心动魄的场面发生。王氏,作为母亲,在那生与死的过程中,心灵遭受的痛苦,或许比宝玉身体上遭受的疼痛还要多出几十倍。那以后,她心里沉淀下了什么,曹雪芹的文本里没有说,但我们可以从想象中猜测。

平静没几年,抄检大观园的事发生。最初的起因是贾母房中的粗使丫头傻大姐,在大观园假山石边误拾得一个绣春囊。恰逢贾赦之妻邢夫人碰上,要去,然后密封,派人送与王夫人,请王处理,因王是一号内当家。绣春囊乃年轻男女相爱的私情物,在大观园发现,当然值得重视。但毕竟是很偶然很个别的事,而且尚在保密中,并未传扬开。按正常的做法,应该是封锁消息,暗地派人密查,弄清情况再作处理。王氏找凤姐商量,本来也是想如此。谁知邢氏派她的陪房王善保家的来协助。这个愚鲁好事又有私心的老妇,正想借机报复一下大观园里几个曾经冒犯过她的丫头,竭力主张借口失了东西,查盗,调集人马,等到晚上人静时,对大观园进行全面抄检。照说,大观园是怎样的一个所在,原是迎接过元妃的省亲别墅,现在宝玉和贾氏家族的几个至为尊贵的女孩子以及亲戚薛宝钗、林黛玉住在那里,如此搞突然袭击,兴师动众,大抄大检,其中的弊害,是显而易见的。

王夫人应该有此辨别的能力,但她心理早被不断积累的压力,弄得不正常了,起码的智慧也被蒙蔽了。加上家族内,她和邢夫人之间,掌权与不掌权的没有公开的矛盾、妯娌之间莫名其妙的暗中心理对峙等因素,于是她以应战的方式,听从了王善保家的"进言"。这样,一场差不多搞得鸡飞狗跳的喜剧和闹剧便发生了。

　　这场喜剧和闹剧,很快演变成一场大悲剧和大惨剧。没等几天,王夫人寻出了时间,开始行动,先处理有赃证的、已被看管起来的"罪犯"司棋。司棋是迎春的大丫头,而迎春则是贾赦"跟前的人"所生,属荣国府长房的人。王氏便命自己的陪房周瑞家的,会同长房那边的"几个媳妇",到大观园贾迎春住处,将司棋带出,逐出荣国府。按王夫人这之前曾吩咐周瑞家的,说:"快办了这一件,再办咱们家的那些妖精。"所谓的"咱们家的那些妖精",是指大观园怡红院贾宝玉身边那群大大小小的丫头。王氏一直很担心她们把她的宝贝儿子教坏了。

　　王夫人似乎一早就盘算好了,要对怡红院来一次大整顿、大清洗。她一到怡红院,先下令驱逐晴雯,接着又命将所有的丫头传到面前,让她一一过目;从一号大丫头袭人起,到极小的干粗活的小丫头,个个亲自看了一遍。有个名叫蕙香又叫四儿的小丫头,曾在偶然中和宝玉私话,不知怎么叫王氏知道了,当下挑出蕙香,怒目细看后,冷笑道:"这也是个没廉耻的货!她背地里说的同日生日就是夫妻(指那句私语),这可是你说的?打谅我隔得远,都不知道呢!可知我身子虽不大来,我的心耳神意时时都在这里。难道我统共一个宝玉,就白放心凭你们勾引坏了不成?"紧接着又处理了芳官等家庭戏班的一群小女子,说:"唱戏的女孩子,自然更是狐狸精了!"吩咐,"上年凡有姑娘分的唱戏女孩子,一概不许留在园里,都令其各人的干娘,带出去聘嫁。"此外,王氏还"满屋里搜检宝玉之物,凡略有眼生之物,命一并收卷起来,拿到自己房里去了。"说这才干净,省得傍人口舌。

　　整个事件中,被蛮横驱走的无辜的女孩子,计有入画、司棋、晴雯、蕙香和已经转成丫鬟的原戏班的七八个小女孩（其中芳官等三人，最后被强送到尼庵，出家成了小尼姑）。每个人的被驱，都饱受凌辱，情状十分凄惨。尤为悲哀的是，直接造成晴雯、司棋和与她相恋的表弟潘又安的死亡。司棋、潘又安死得很悲壮；晴雯则死得最为令人揪心。她太纯洁，太无辜，太冤枉，也太无防范的能力了！晴雯之死，使宝玉在心灵上受到极为沉重的打击，以致在撰写的祭奠晴雯的《芙蓉诔》中，愤怒地喊出："呜呼！固鬼蜮之为灾，岂神灵之有妒？毁呓奴之口，讨岂从宽？剖悍妇之心，忿犹未释！"他恨不得将直接迫害晴雯的王善保家的、周瑞家的这种"呓奴""悍妇"的嘴打烂，挖其心，即便是这样，他心里的愤恨也难以消除；"固鬼蜮之为灾，岂神灵之有妒？"同时，宝玉也意识到，晴雯之无辜遭难，并不是神灵对她怀有什么嫉妒，而是有"鬼蜮"在背后使坏。他怀疑身边有人事先向母亲告了密，这对他也是非常大的震撼。

再后来，又有"掉包计"的发生。

宝玉渐渐大了，已到谈婚年龄，连续有人提亲，均不适合。荣国府高层贾母、王夫人、王熙凤，倾向于薛宝钗，经过与薛姨妈商量，取得同意，便暗暗定了下来。这时候，宝玉脑子出了毛病：他的那块与生俱来的命根子——挂在脖子上的通灵宝玉，不知怎么，突然不见了，人便成了半疯傻状态。这对荣国府来说，可是天大的事。为了抗病，几个高层，决定用传统"冲喜"的办法，马上行动，安排宝玉与宝钗举行婚礼。但她们心里全明白，宝玉深爱的是黛玉，黛玉更是深爱着宝哥哥。黛玉，她们可以不去考虑，怕的是宝玉一下明白过来，会坚决反对。共商时都感到为难，后来决定了个"掉包"的计策。即向宝玉说，要给他娶亲了，新媳妇是林妹妹。同时，在作各项准备中，也向全府上下如此说，只瞒住潇湘馆的黛玉一个人。

主意虽出自王熙凤，但应该说，其实是王夫人的意思。因为里头涉及到的利益，数她那面最大。第一，宝玉是她现存的唯一的亲儿子，按照当时的风俗习惯确也该成亲了，她的丈夫贾政，也是这个意思。

第二,作为未来的婆母,最关心的是未来儿媳妇的人品、容貌、身体、家族、贤与不贤、能不能与她很好相处。依照这些,宝钗无疑是最佳人选。一个是亲姨妈,一个是亲侄女,关系再亲不过,相处已经好几年,又是那样融洽。第三,宝钗母亲薛姨妈,是她王夫人的同胞亲妹子,出自"东海缺少白玉床,龙王来请金陵王"的王家,姊妹俩关系从来都很好。后来她自己嫁到的"贾不假,白玉为堂金作马"的贾府,妹子则嫁到"丰年好大雪,珍珠如土金如铁"的薛家。如今,薛家虽然人丁不旺,但仍是皇商,拥有很多的财富。再加上当今贾氏家族最高的权威、来自"阿房宫,三百里,住不下金陵一个史"侯家的、她的婆母——史太君,一向又那样倚重她,对她那么好。宝玉、宝钗一旦完成婚礼,结为夫妻,那么贾、王、史、薛金陵四大家族之光辉、之灵脉、之神运,可以说全都聚集到她母子两人的头上了!试想,今后,在贾氏家族中,还有什么力量能够动摇她的崇高地位和权势呢?

利令智昏。或许正因为如此,几个高层,首先是王夫人自己,竟然丝毫也没有意识到"掉包"其实是个最狠毒、最不道德、最低下、最恶俗、最愚蠢的主意。不但对宝、黛、钗是严重的侮辱和最致命的打击,对这个"诗书簪缨""赫赫扬扬已近百年"的望族,及其祖先,也是莫大的耻辱。

这是红楼最大最后的悲剧,"铁三角"被彻底摧毁了,木石前盟被破坏了,金玉良缘实际也被捣碎了。黛玉因此而魂归离恨天,宝钗由此而一辈子守活寡。宝玉在遭受一系列挫折之后,再历此大难,对家族、祖宗、父亲、母亲彻底失望了,对人世间也彻底失望了,绝无留恋了,剩下只有一条路:出走,遁世,永不回头。

家族虽然还未彻底败亡,但为期已不远了。想想看,日后接班的,只有赵姨娘的儿子,那个猥琐不堪、心肠糟糕的庶子贾环。此人一旦袭爵、接班、执掌家族大权,继承全部财产,还会有好结果吗?

9. 在《红楼梦》里,贾政、王夫人都不是反面人物,读文本,可以感觉到,作家曹雪芹丝毫没有要批判这夫妇俩的意思。他只不过依据他们具有的性格,揣摩其在那种环境下,会那样行事罢了。作为读者的我们,平心而论,似乎也可以认为,这夫妻俩是可以谅解的角色,至少用不着去严加谴责。世间事,愿望和结果常常并不一致,有时甚至适得其反,越是劳神费力,得到的越是糟糕。末世之下,事事失常、反常,更是容易出现这种现象。贾政,正人君子,遵祖德,重家风,严管不肖之子;王夫人,慈母,发现儿子在变,时时高度警惕,临了,毫不犹豫地采取措施,根子源于母爱。两夫妻,从两极着手,两种方式,都不错,都应该。最后所得到的结果,也都一样:一样事与愿违,一样糟,一样恶,一样只足以招致天怒人怨。作为父母,他们算是尽了应尽的职责,结果却是最严重地失职;他们制造了悲剧,最后自己也掉进悲剧,成了悲剧的角色,而且是很可悲的角色。

前面说,艺术需拿捏分寸。分寸,是长度与宽度,要点,在于足与不足。不过这只是平面,最当紧的,还需要讲层次,看厚度和深度。从贾政夫妇的塑造里,我们正是看到了这种艺术营造上的广度、厚度和深度。

10. 写贾家败亡,求艺术深度,除了"写足"贾政夫妇之外,还有更能够提供艺术营造上的向深层次进掘的方法。这就是前面已经几次提到过的来自文本的判断和认定——运终数尽,不可挽回。运、数、气、命,这是中国古代人,对历史、社会某些重大的变化,在认识、判断、研究、评论、追寻其来龙去脉时,常用的一些词语。总的来说,叫做"天意"。因其阐述中,往往说得神秘难懂,有时便被人看作迷信。其实不然。

世上一切兴衰成败,大至国家大事,小至小家小事,弄到其所以然,都是有缘有故的,不是无缘无故的。兴有兴的情由,衰有衰的原因;成有成的机制,败有败的必然。当兴时,你不想兴,还不行,会有力量来促使你兴;当衰时,你不肯衰,想挽救,怎么挽救也无力回天。成和败,也是这个道理。通常都是该事物、该局面、该存在,存在的时间太长太久,主观和客观两个方面都起了巨大的变化,原有的赖以依托的条件和机制,都不复存在,只有寿终正寝。对这类现象,古人常用运数、气数、天意去解释、去概括。其实是一种社会规律和历史规律,乃或一种自然规律。规律就是规律,它要走的路,任何力量也阻止不住。人、人的意志,对它们更是无能为力的。作为读者,我相信作家曹雪芹,当初也是从这个角度这个层面去看待贾家和其败亡的。

贾氏大家族既然依照气数,逐渐走向末世,接下去便是彻底败亡。此一时段内,由于它自身的因素,必然要干出许多负面的事来加速它的毁灭。《红楼梦》既然以贾氏家族作它的艺术环境,对其负面的东西,不能不写,但也不能多写。这与主题有关,它最重要的核心,是贾宝玉和十二钗的命运遭遇,而不是贾氏家族如何走向败亡。如将文章过多地做在贾家的人如何干坏事,如何恶毒、凶狠、犯罪,最后如何灭亡,势必喧宾夺主,导致主旨异化,情节故事一般化,艺术品位低俗化、劣质化,远不如将其败亡归之于"运终数尽",归之于"天意";归之于一种虽然看不见,却可以感觉到的,谁都无能与之抗衡的久已存在于人间的规律。

不去过多地强调贾氏家族负面的原因,前面已说过,一旦放开笔写,势必损害对贾宝玉和十二钗的描写、塑造。不仅如此,还会影响到神界的人物警幻仙姑和她的帮手——一僧一道,是他们在设置一切,支配一切,导演一切,安排一切。凡间,贾家,这个"诗书簪缨之族,花柳繁华地,温柔富贵乡",作为补天石、一干"风流冤家"下凡后集中活动的场所,也当是她——警幻仙姑和帮手预先选定的。对此,那僧去大荒山"邀请"石头时,还特意向石头炫耀过。怎么到头来竟是一个尽出坏事的乌烟瘴气的乌地方,那不是耍人家骗人家吗?那僧那道,浑身阴阳怪气,不去说了,警幻仙姑是何等的令人心仪的女性,谁相信她会那样作为?

不讲分寸地铺陈贾家负面,会使《红楼梦》神界设置的合理性、艺术性受损。对世间人物贾母的塑造,则将是一场自我毁弃的灾难。从文本篇幅的安排上看,贾母似乎是比较边缘的人物,但实际上却是非常重要的角色。如果将小说《红楼梦》看作一个社会、一个世界、一个艺术造作的世界,她就应该算是这个"世界"的女娲氏。她存在的岁月很长,贾氏家族存在的人都跟她有很亲的血缘或亲缘关系,贾家的人,无论主仆,都称呼她为"老祖宗"。即便是将另外的王、史、薛三个家族并拢计算,她也是辈分最高、年龄最大、最受尊敬的老人。在她身上,仿佛存在着母系社会"家族首领"的某些品质和特征。她为人谦和、善良、慈爱、诚恳,怜老惜贫,乐善好施。对家族的人都很爱,对奴仆也能平等相待、友好共处,几个"杰出"的丫头鸳鸯、袭人、晴雯、紫鹃都是她亲手调教出来的。她心性平和,见多识广,很智慧,能知人,会幽默,善言辞,精通人情世故,也极善"人情世故"。其中最大的举措,是丈夫贾代善死后,她运用自己的地位和手中的权力,在荣国府家业继承权和家务管理权上,审时度势,改变了祖宗传统之法,在两个儿子中,排开了长子贾赦及配偶邢氏,选择了次子贾政和配偶王氏。她虽然很老,早"退休"了,许多事不再管了,但她仍然关心着她应该关心的一切,其中包括对年轻一代的宝玉、黛玉、湘云、宝钗、贾氏四春的爱。

贾母,从《红楼梦》第三回,林黛玉进荣国府时头一次出现,到第一百十回,她八十三岁时寿终正寝,差不多经历了《红楼梦》时空的全过程。临去之际,还念念不忘她最爱孙儿宝玉,让人叫到床前,拉着他的手嘱咐:"我的儿,你要争气才好!"而在那之前的第一百六回、第一百七回,她还做了两件很感人的事。一是在自己院内焚起斗香,长跪,哭求老天,饶恕其儿孙,贾门各家之罪,由她一人承当,早早赐她一死;二是叫儿媳妇邢、王二夫人到她所住的屋里,和丫头鸳鸯一起"开箱倒笼",将她从当年"做媳妇起到如今积攒的东西都拿出来",包括好几千两银子和她自己的衣物、首饰,全部分给荣、宁两府的贾赦、贾政、贾珍、贾琏、王熙凤。那时两府都急需重大开支,而经济却正处在极度的困难中。

贾母,作为小说中大家族老祖母的形象,塑造是这样完整和完美。除开《红楼梦》外,在中国古代的长篇小说中,还没有第二位。查世界小说史,也同样不曾有过可以与之媲美的人物的记述。从本质说,她,这一形象,应该是出自华夏民族的历史,是曾经长期存在过那种大家族文化的结晶。当然,归根到底,是作家曹雪芹的塑造,是缘于曹雪芹高超的艺术感悟和对艺术分寸的把握。设若对她所据以存在的环境——贾氏家族,不管分寸地负面描写,那将怎么样呢?她还会那样雍容大度,还会有那么多的爱施之于人而不焦头烂额、不怨天尤人吗?

11. 创作中,曹雪芹不仅没有大写贾氏家族的负面,还对它的艰难困顿,作了些另外的描述。如财政紧张,开销无法缩减,左支右绌,拆东墙补西墙,内廷太监无端狮子大开口,当家者每每束手无策。以及抄家时,罪名过大,证据欠实等。这显然是因为从小说整体——主题、艺术结构、人物、环境、故事诸般种种,全盘考虑而使其然。但后世的读者,却读出了一种感觉:作者对贾氏家族,怀有同情之心。有些研究者甚至以此为根据,说贾家就是康熙时代江南曹寅之家,断定曹雪芹是在写他自己的家族。

曹雪芹对贾家抱有某种程度的同情,在我看来,应该是事实。但要说是在写他自己的家,离事实就太远太远了,因为找不到丝毫根据。同情,曹雪芹在创作中既然对那么多的红楼人物给予了那样深切的同情,为什么就不能对那个"典型环境"(贾氏家族)自身所遭遇到的困顿表示点公正的看法?况且,他也不是什么都同情,是有区分的,爱憎的倾向十分明确,半点也不含糊。说到这里,引起我的一个想法:如果要研究曹雪芹,这个"同情",应该是不能少的内容之一。从这里,或可以捉摸到他的世界观、他的感情倾向、他的为人、心性等。

12. 曹雪芹不仅对贾氏家族表现出某种程度的同情,更叫人吃惊的是,这个已经被皇帝下令抄家,在政治、经济上遭受沉重打击的家族,到后来竟没有彻底败落、灭亡。第一百七回"复世职政老沐天恩"、第一百十九回"沐皇恩贾家延世泽",在朝廷有关权力人物北静王等的活动、说好下，皇帝宽宥了他们：发还被抄的全部家产、恢复了两个被废除的"世职"（封爵）；被捕充军、关押的几个罪犯贾珍、贾赦、贾琏、贾蓉，也免罪释放回家。到第一百二十回，最后结尾的地方，作者还通过成了"老仙翁"的甄士隐的嘴，（向贾雨村）说出了这样的话："富善祸淫，古今定理。现今荣宁两府，善者修缘，恶者悔祸，将来兰桂齐芳，家道复初，也是自然的道理。"部分读者很觉倒胃口，一些研究者则大张挞伐，说是高鹗的伪续。另有一些人认为是曹雪芹对自己被雍正帝抄没的家族，抱有"复兴"的幻想。还有一些人说，中国人没有悲剧意识。从中国人不懂文学悲剧的角度去分析、责难。

我要说的是，不是"中国人不懂文学悲剧"，而是谴责者不懂中华民族的悲剧观。他们只知道西方人的悲剧观，所以就拿西方的悲剧观来评判中国人的悲剧观。话题很重要，但扯远了，留待以后有充分的时间再细说。

二　奴仆制度——一个可悲而特别的阶级

1. 前面讨论了大家族制度，在《红楼梦》基础艺术的构筑中，还有一个奴仆制度。就是它描写的人物中，除了荣宁二府的主子而外，还有一批奴仆。主子数量，相对很少，奴仆的人数则多得多。两府奴仆加起来，起码在三四百人以上，主子不过数十人而已。两府除了继承家业财产的嫡派子孙外，还有较多的旁系支派的人散居在附近周围，但在奴仆面前，却不能算作主子。

主子和奴仆，是对立又统一的存在体，失去一方，另一方就不存在。没有主子，就没有奴仆；没有奴仆，同样也没有主子。犹如没有大家族制度，便不会有奴仆制度；没有奴仆制度，也不会有大家族制度的产生。两种制度构成《红楼梦》所描写的社会、世界、天地的主要基础，活动于这个社会、世界、天地的人，主要就是这两种人——主子和奴仆。

奴和仆,是两种不同的概念,奴非仆,仆非奴。合起来,却变成一个名词,专指那时的一种较为特殊的人群。奴是指其身份的实质,与主子之间的隶属关系;仆是指其工作,在主子家中所进行的侍候、服务性的劳动。

2. 奴仆的来源,从《红楼梦》文本看,主要有这样几种:第一,原有的奴仆诞育的后代,俗称"家生子儿"。如小说中的鸳鸯、红玉、赖嬷嬷的几代儿孙;第二,直接用金钱从人口市场上或人伢子手中或被卖者父母、血亲长辈那里买得。这一种,在荣宁两府人数最多。买来的,分两种,一种到一定的时候,可以由其家赎回,一种是死契,永远不能赎。不能赎的占绝大多数;第三,女主人当初结婚时,作为一种特殊的陪嫁品,从娘家一齐带到夫家的,通常是原来的贴身丫头。还有就是能替她应付各种事务的一对或几对青壮年夫妇,一般称作陪房。这一种人数不多,但在奴仆中,因深得主子信任,级别都较高;第四,另有一种,由于破产,流离失所,无以为生等原因,自动前来投充,求依附。这一种人数很少。

3. 奴仆不同于奴隶。奴隶是奴隶社会的产物,属于那时的一个单独的阶级,与之构成对立关系的是奴隶主阶级。奴隶社会,在中国历史上,存在的时间并不很长,远在商殷灭亡之后,便基本结束了。奴隶来源于战争俘虏,绝对没有丝毫的人身自由。奴仆是封建社会的产物,其来源和人身状况、生存状况、隶属状况,都与奴隶有很大的区别。

奴仆制度下的奴仆,与广大的农民、庄户人家、佣人、佣工、雇工,都显著不同。跟清朝满族权贵之家的"包衣"略有相似,但实际相差甚远。包衣存在的历史很短,而且范围很小。奴仆和奴仆制度存在的历史非常长,与封建制度同生同死,前后有几千年。其成员散布也很宽,不仅大家族有,普通的官吏之家、一般富人之家、小乡绅、小地主,以及城市较有钱的商人之家,彼时都少不了一定数量的奴仆。

4. 在封建制度下的封建社会里,我们已经熟知的阶级,有农民阶级、地主阶级、城镇贫民阶级,共计三个。其实,奴仆也应算一个阶级,可以称作封建社会的第四阶级,它的人数比农民阶级、城镇贫民阶级要少,但比地主阶级要多。它有许多特点,是其余三个阶级所没有的。它的成员,最初基本上都来自农民阶级和城镇贫民阶级,是两个阶级中的某一部分人,因各种天灾人祸的打击,破产,无法生存,逼迫卖到主子家而成为奴仆的。卖到主子家后,成为主子家的最低等成员。被卖时,绝大多数都是死契,从此断绝了与父母、故旧的一切往来,除开能保持姓氏外,常常连名字也改了,由主子喜欢叫什么就叫什么。久而久之,特别是经过一代两代以后,那些"家生子儿",根本就不知道自己的"根"原来在什么地方,是何族何家何人的后裔了。

5. 奴仆,除极个别外,都是彻底的"无产者"。从整体说,则可以算作那时的"无产阶级"。他们中的绝大多数,都不拥有任何生产资料。生活资料方面,从住屋到睡床、到吃饭的餐具,也都是主子家的;甚至连身上平日穿的衣服,也非自己所有。比如晴雯被逐时,王夫人便下令扣留了她的全部衣物和唯一的存放她个人私用品的小木箱,最后只"撂"给了贴身的衣服。因为那一切,包括个人使用的小物品,按那时人的观念(不成文的法律观念),也都不是晴雯的,而是属于贾家的主子所有。恼怒满怀的王夫人,觉得不能白送给这个"可恶"的小奴才、"坏"丫头。而深抱冤屈、也敢顶嘴的晴雯,却没有抗议,可见她自己也这样认为。

6. 另一面,奴仆在主子之家,其生存的状态和生活的状态,一般说并不差。至少比同时代的农民阶级、城镇贫民阶级要好得多。他们从不忧惧天旱水涝无粮可吃,也不必操心应付苛捐杂税、繁重的国家劳役,更不用提心吊胆防备强暴者的打劫。相对,每天付出的劳动,也少得多、轻得多。从《红楼梦》荣宁两府日常生活的描写中,可以看到许多历史的情形。他们不仅吃得好、穿得好、过得好,甚至依等级,每个月还能得到固定的由主家发给的"月例"(津贴);数量也不菲,大丫头能得到一两银子,最低等的小丫头,也可得到二三百文,足以够她们购买自己用的小零碎了。也许《红楼梦》所写,是"个案",并不普遍。但奴仆的日子,过得比同时代的广大农民好,则是肯定的。至少他们不会去逃荒,成为流民,成为路野饿殍。里面有许多原因:第一,肯花钱买奴仆的人家,均很富有,不在乎向奴仆提供稍为像样的衣食居室。第二,购买来的奴仆,是他(主子)的私有财产,是可以大增值的财产,比如从小男小女长成可供多方驱使的青壮年,可以指配婚姻,繁育"家生子儿"。第三,奴仆不仅要服侍他一辈子,还要服侍他的后代子子孙孙,需要市恩示惠,买其心,固其心,让其感恩。第四,如果刻薄对待,给奴仆过分的粗衣恶食,致使其穿得破破烂烂,面有菜色,天天在他面前,他看了也不会舒服。传到外面,或走在外面,让亲戚、朋友、外人知道、看到,从而招致刻薄之名,让人瞧不起,更是于他有损。略微爱脸面的人,都不允许这样的事情发生在他家、他身上。第五,主奴相处,不是几天几年,一般都是许多年,甚至几代人,日久天长,互相都熟悉都了解,自会有些感情。在一个大家族里,相当一部分奴仆,是长久划给某个主子专用的,算是他或她的"私人",以至"心腹",自然不会受到亏待。这方面,《红楼梦》有很多描写,尤其是年轻主子,比如贾宝玉、林黛玉、薛宝钗、史湘云、探春与他们身边的主要丫头,简直就成了很亲的姊妹。

7. 历史上的奴隶阶级,当其存在时,几乎无时无刻不在反抗,向奴隶主进行斗争。农民阶级与地主阶级亦常有碰撞、冲突,大大小小的起义,更不知有过多少次。奴仆阶级,作为被剥削者,作为广大的社会群体,却从来不曾有过什么像样的反抗行动。不仅不反抗,而且其中绝大多数,都忠心于主家,成为可靠的附庸。在中国几千年的封建社会里,这个特别的阶级,状况都基本如此。由于长久的依附,这个阶级,失去了自我,没有阶级的品格,没有阶级的独有的感觉,许多个体,甚至没有自己独立的社会人格,没有起码的独立的需求。因此可以说,这是历史上唯一的可悲而独特的阶级。

不过,可悲的成因,并不来源它的自身,而是历史、社会造成的。总的说,奴仆制度、奴仆阶级,和其他制度其他阶级一样,都是历史、社会造就的。没有那样的历史、社会,自然便没有奴仆及奴仆阶级的产生。具体讲:第一,在那时的历史、社会里,主要是农耕经济,很不发达,职业门类十分有限。遇上灾难荒年,从农耕、贫民"甩"出来的人,除了当佣工,很难找到别的谋生的出处。内中一无能力的妇幼,随时都有冻饿死去的可能。被卖,成为富贵人家的奴仆,既是不得已而走的路,在当时人看来,或许还要算是较好的路。第二,当奴仆在主子家,大多都是侍候人,失去了学习别的生产技能的机会,也丧失了自由、独立的本性。一旦要离开主子家,他会产生恐怖:出去,到何处去落脚、寻饭吃?第三,奴仆在主子家基本上无强劳动,久之身体也不适应。特别是年轻的丫头,长期陪伴着女主子、小姐,渐渐自己也变得同样娇弱了。除了继续当丫头,无法再干别的什么。越是这样,其依附的观念就越强。第四,奴仆大多数都是经过"市场"买卖到主子家的,被卖时,许多都在童年或少男少女阶段,时间一长,记忆上,对原有的家和亲人,变淡,甚至遗忘。尤其是那些"家生子儿",根本就不知道自己从哪里来,又可以到另外的哪里去。第五,有部分奴仆,几代人都在主子家里,没有别的房屋,离开了主子的家,便等于离开他或她自己的家,当然不愿。所以,我们从《红楼梦》里看到,几乎所有奴仆,都死心塌地依附荣宁二府、忠于二府,一旦被逐,总是感到那么恐惧、那么羞辱、那么冤屈、那么不幸、那么痛不欲生。

8. 历史上的小说,写到奴仆的,很常见。但多为配角,而且人数极少,几乎都是单个的,至多不过数人、十来人而已。像《红楼梦》这样大规模地,正面写奴仆,却仅此一部。和它描写大家族一样,在世界文学史上,也未见有记录。将两方面合起来,在同一部小说中,加以全方位地细致地、形象化地、极真实地加以描写、刻画、塑造,就更难寻找了。应该说,不但在中华大地,即使在世界范围内,它也是空前的,极大可能还是绝后的,因为产生它的时代,永远过去了。单只这一点看,它的历史价值和艺术价值,都是难以估计的。

不过,对于奴仆,作家曹雪芹并没有作为一个阶级来描写,更没有作为一个阶级来看待。生活于清朝雍乾时代的他,不可能有阶级的观念和有关的知识、认识。如果,他有所认识,有所感觉,有所思考,比如:奴仆,作为社会群体,由于财富的占有与不占有,与主子群体形成社会地位不同的两种群体,一方是支配者,一方是被支配者;一方有绝对的自由,一方则难有自由;一方物质上可以尽情享受,一方全赖别人施舍;一方精神世界有条件尽情拓展,一方因缺少主客观的条件和环境,不得不自然而然地压缩,以致普遍贫困化。进而形成人与人的不同,相互有着根本性的差别;冲突是永不可避免的,调和、合作则只能是某种时候某种条件的暂时现象。这样,曹雪芹就不能写他的《红楼梦》了,即使写出来,也必定不是《红楼梦》,它的主题、人物、情节、故事和艺术风格以至语言文字,都将是另外一套。

9. 曹雪芹写奴仆,写了一个庞大的群体,但他的着眼点,却是作为个体的人来写的。即将他们当成历史的人、社会的人、现实的人,和大家族的主子、贵族成员一样的人来描写的。写他们作为个体的人的生存状况、遭遇、感情、性格、命运、喜怒哀乐。奴仆,就身份就社会地位来说,那时无疑算是卑贱的,但在曹雪芹的心目中却未必这样看。比如,奴仆行列中的晴雯、袭人、香菱,算是卑贱的了,但曹雪芹却将她们安排进"金陵十二钗"的"团队",与至高至贵的帝妃元春、王妃探春,还有黛玉、宝钗、湘云、凤姐、李纨这些在贾府大有分量的人物并列、同位,共同塑造,这就很说明问题了。

十二钗,三十六人,既有今生,亦有前世。在前世的神话世界里,都是单个的个体,绝无贵贱之分,也无贫富之别,谁也不隶属谁。只有一个共同的代称,所谓的"风流冤家"。到了人世间以后,才有了各式各样的差别。这差别,是人间的社会使其然,是命运之神使其然。她们到人世是为了"造劫",好像一个自愿临时组成的演出团体,到某个乡村演戏,生旦净末丑皆有。等到演完了,卸妆了,回去了,那种卑贱高贵、主子奴仆的身份，就全部没有了。如果再有，那需等到下一个轮回。但剧情呢？角色分配呢？恐怕不会照旧了。

写大家族就写大家族，写荣宁二府就写荣宁二府，为什么还写那么多的奴仆，并将其中的一些奴仆作为重要人物来塑造呢？这恐怕不仅仅是从故事情节去考虑的，更为主要的，还应该是因为涉及到历史的真实和人的重要而有的艺术的安排。

"易"学，是中国独有的一门非常特别而深奥的学术。它有个同样独特的"太极八卦图"，图中有黑白两条"鱼"，代表着天地、阴阳、对立而统一的两极。矛盾而又不可分割的两极，因相互作用而不断地运转，就产生了宇宙、世界中的万事万物。这里，我们可以借用来形容贵族和奴仆，二者也算是封建大家族的两极，对立而不可分割：长久共存，互相矛盾，于是在几千年的历史上，衍生出了各种各样形形色色。就是说，奴仆，虽然卑贱，虽然一无所有，但从社会、历史、家族来讲，他们也是主角，一个绝不可少的主角。作家曹雪芹当初怎么想、怎么思考，我们不知道，但有一点却可以猜想得到：他一定明白，必须写那些奴仆，而且要写好，其中有一些还要当成重要人物来写。不然他的《红楼梦》会大大减色，乃或写不下去。

对于当代读者来说，奴仆制度早已远去，谁也没有亲眼见过那时奴仆生存的状况。关于这方面的文字记载，出版的图书好像也极少。可叹的是，作为一个阶级，一个庞大的群体，一个也参与过创造历史的主角，反倒被历史遗忘了，或隐藏在不为史家所注意的角落了。感谢《红楼梦》，感谢《红楼梦》通过它自己的艺术手段，让我们具体地、形象地看到了那时的许多方面、许多人物、许多东西。

奴仆制度、奴仆阶级虽然早不存在了，但因在历史上起作用的时间太长，许多观念凝固化，以致形成一种非常顽固的文化积淀，在历史上长久地留存下来。直到今天，某些角落、某些地方，还有人很愿意地给别人当奴仆。当奴仆，是为了从主子那里分得一杯羹。再说，那是一个有效的梯子，较容易让自己爬到更高的位置，凭着高位，自己也可弄到一批能供其使唤的奴仆。

三 神话的融入

《红楼梦》有个神话,或准神话,所占篇幅不长,但它的气息却弥漫在整个红楼世界之中,成为这部杰出小说的基础构筑之一。少了它,《红楼梦》将不再是《红楼梦》,而是另外的文学作品。

中国古典文学作品,特别是古典小说和戏剧,含有神话故事的很多,写得好的也不少。许多作家似乎对神话,情有独钟。但真正相信有神,从而编织神话,写神话的作家,却是很难找寻的。编织神话,写神话,凭神话铺陈情节,不过是一种艺术创作方法,绝不是哗众取宠,更非没话找话。真正的用意,恐怕还在于借神话说人,写人,写现实中的人。有些高水平的作家,则是借以从深处探索人。他们可能认为,现实中的人,社会的人,具有人所未知的潜在的"神性"。至少其中一小部分,比如智慧上、性格上、悟性上、潜意识上、某种情况下的感觉上、独特的命运的遭逢上,隐含有一定程度的神性。希望通过神话人物的研究、塑造、描写,反观现实中人物的人性、社会性;再从现实人物的身上,探寻他们或她们的神性。作家笔下的神话人物,千种百样的妖魔鬼怪,也总是含有人性和人的一切,让我们看到或感觉到这种双向交流的认同。

作家曹雪芹写神话,是否也怀有类似的意图,他自己没有说。读者如有兴趣,可以想象,或从《红楼梦》的文本中寻觅。这里先说说《红楼梦》的神话构筑,与别的古典文学作品构筑的神话,有何不同。

古典文学作品描写的神话,大多不脱离神仙佛道,它们各有不同的系统。作品里只要有神灵出现,读者马上就能对上号,其来源于何方何地何系何界。但《红楼梦》的神话和神话人物,与神仙佛道及其系统,都扯不上关系。比如十二钗的前生,当其被称为"风流冤家"时,很难说隶属于哪一系统。只在有了"下凡造劫"的意念时,才向警幻仙姑挂了号,归属到警幻仙境。贾宝玉前世,大荒山的那块石头,女娲所遗,应该说来历清楚,却是绝对的孤家寡人,不属于任何"体制"。后来游荡到赤霞宫,做了"侍者",才勉强上了"户口",算作那个警幻"单位"的"人"。警幻仙境、警幻仙姑,更是"名不见经传"不为世人所闻。至于仙姑的那两个帮手,一僧一道,该有根底了。不过,听其法号:茫茫、渺渺,就知道是曹雪芹写《红楼梦》时,新造的角色。

应该说,曹雪芹写的神话,不能算作神话,因为里面没有"神"。最多算个准神话而已。但不意味着它就低了,相反倒是因为有了独特性,显出了特殊的艺术价值,对读者有着相当的诱惑力。如果一定要探寻它的属性,可以简单地概括为一个字:幻。那境界,不是叫"太虚幻境"、主宰者的名号不是叫"警幻仙姑""警幻仙子"吗?幻,虚幻也。连着的词,还有空幻、梦幻、幻视、幻觉、幻听等。意思都是空的,不实在的,虚假的。尽管有时有景象、有人物、有活动、有声音、有感觉,但都与真实不相挨。一切都来自于个体生命的主观世界,是个体的精神、意识、感知系统出了毛病,居于紊乱状态而有的自我虚构。故有一种说法,叫做"幻由心生"。这种现象,产生于梦境的较多。中国的古典作家们,很早以前就注意到了,有的便取以做创作材料,构筑自己作品的框架。比如唐代作家沈济写的《枕中记》、李公佐写的《南柯太守传》,都是很有名的。后来,到明朝,大剧作家汤显祖取以为材,经过创作,分别写成了广为流传的《邯郸记》《南柯记》。在汤之前,元朝杂剧家马致远,还曾根据《枕中记》写成过《黄粱梦》,同样有名。

曹雪芹对上述两个题材、一个核心(梦幻)的小说和剧作,无疑很熟悉。读《红楼梦》可知,他几乎无书不读。可以断定,《红楼梦》的梦幻,与前人笔下的梦幻,有着明显的联系,应算作继承,或者说借鉴。

但从布局、人物、内容、主题、思维、场景、表现手法等多方面看,曹雪芹营造的梦幻,与前人构筑的梦幻,又是那样的不同。因此,不是简单地继承,或借鉴,而是在继承、借鉴的前提下,全新的再创作。

《红楼梦》第一回的开头,有个"缘起"。我在仔细研究之后,心里形成了一个看法,即作者当初在熔铸生活和构思阶段,很大可能,是没有那个以幻为特征的神话的。直到构思快要成悉,行将动笔创作时,才意识到那样写下去,很难逃脱文字狱的厄运。但他又不愿放弃,经过苦苦的思考,终于找到了"打太极拳"和修筑"防洪堤"的办法。于是,他推倒了原来的构思,在重新探索路子的过程中,渐渐产生了那个我们早已熟悉了的神话。虚构出了一个非常独特的"太虚幻境",为他的主要人物贾宝玉和金陵十二钗,安排了"神籍",以及前世今生。

虚构神话,最初的用意,可能仅仅是为了构筑"防洪堤""打太极拳"。但虚构越来越完整,越来越向深处发展的时候,意义和性质渐渐变了。这应当是在那变化的过程中,作者已经清醒地意识到的,所以在后来的虚构中,特别强化了这种虚构。

虚构神话,是为了突破现实,向非现实进军。作者显然是想在自己的作品里,尽量多地写进非现实的东西,以强化《红楼梦》的"梦"的性质、"梦"的意义、"梦"的艺术,从而突破现实,减少现实的描写,避免"现实"过分多的拖泥带水,造成不必要的干扰。《红楼梦》由于其本身独特的艺术所决定,"向非现实进军"应该算作一种"占领高地"的行动。站在这种非现实的"高地"上,再回观"现实"中的种种、一切,或可以发现这"种种""一切"里,更为有深度、有意义的东西。

对现实的突破,是作家曹雪芹对自己的突破,是自己对原有的生活的感受、凝聚、把握、认识的突破,是对自己原来熟悉的小说创作手法的突破;向非现实进军,是他向刚悟到的新的境界进军,是向生活的更深处进军,是向更高更新的艺术感悟进军。好像一枚隐藏在茧子里的蛹,在那狭窄的小环境里,艰辛地默默地成长着。有朝一日,时候到了,成熟了,自己咬破茧壳,爬出来。于是一只美丽的大蝴蝶便翩翩起舞地飞向花丛的上空。它有了极大的自由,极大的活动空间。作家曹雪芹也因为对现实的突破,再突破,又再突破,有了极大的自由度。在《红楼梦》的故事构筑里,抛弃了绝对不可少的大时空,模糊了时代朝代和大的地域,只写他心目中想象的社会、世界。他可以将一个拥有几百人的大家族,不加任何说明地由南方整体(包括居住的府第)搬到几千公里的北方;可以在南北两个不同的家庭中写出两个几乎一模一样的两个少年(贾宝玉和甄宝玉);可以虚构出一大批王公、高官、贵族,甚至一个朝廷,一个皇帝,一座皇宫,放在中国北方的京都(其实那地方就是明清时代的北京城,他将两座京城重叠起来)。可见其自由度之宽广,艺术能耐之巨大,几乎到了无边无际的地步。然而,两百多年来,广大的读者,对其笔下的描写和筑造,也都承认,也都欣赏。读者的欣赏和承认,说明了这种自由度和艺术能耐是既合理又合法(文学创作之法)的。至于,部分专家学者曾经提到过的,像北京那个地方那个时代那个气候条件下,不会有梅花、竹林、南方人睡的眠床;还有小说中的某些人物年龄上忽大忽小。若以曹雪芹创造与拥有的"自由度"、艺术胆识来看待、来解释,那可能就容易理解了。他写的《红楼梦》有一个隐性的基调:梦和幻。梦和幻,非现实,是人在某种特殊的情况下,由心与神虚造出来的特殊的产物,哪能去计较它的对与不对、实与不实呢?我宁愿相信,是作家曹雪芹自己,故意那样设置的,目的是让读者不要忘记,他的创作有着幻与梦的内核。《红楼梦》之所以成为杰出的、稀世的作品,作为基础构筑之一的这个"内核",是重要的因素。仅从这个"内核"的设置、描绘、展现来说,应该算是自有小说以来,世界上唯一的一部。

第十七章　无尽的文化大宝藏

——《红楼梦》具体营造的艺术

《红楼梦》面世,迄今两百多年了。它的意义是多方面的,但时代变迁,社会发展进步,其意义也在变化,有的更加突出了,有的则逐渐减弱了。就当代而言,最具有价值的,应该是它的艺术。

前面谈了基础构筑的艺术,现在来说它主体部分具体营造上的艺术。因为它的基础艺术构筑非常宽广、独特、坚实,视角和方法也都很不寻常。尤其是在现实与非现实之间的交差、交流和自然转换,使之获得了几乎无限的"自由度"和巨大的艺术魅力,给主体部分的艺术营造创造了极好极佳的条件。细赏《红楼梦》,每每令人感叹,它的艺术营造,竟是那样丰富,那样高妙,而且多种多样。可以说是一座能供我们永久开发的宝藏。

自己虽然也算个文学艺术的老学徒了,但生性愚钝,用功又少,说不上有什么水平。要来谈《红楼梦》的营造艺术,怕只会贻笑大方。但因为《红楼梦》艺术太重要,读它,谈它,研究它,倘若无视它的艺术,不管它的艺术,实际等于与它在深处绝缘,失之交臂。所以,勉强为之,望得到行家的指教。

另外,因为《红楼梦》具体的营造艺术,太宽太广太丰富,我只能就自己的感受,选择着谈。所谈,只有少量部分,稍微详细,大多都是提纲式的。

一　真的艺术与假的艺术

1. 秦氏的摆设，我们的困惑

《红楼梦》第五回《游幻境指迷十二钗　饮仙醪曲演红楼梦》，作者有一段非常特别的描写：

> 说着，大家来至秦氏房中。刚至房中，便有一股细细的甜香袭人。宝玉便觉得眼饧骨软，连说："好香！"入房向壁上看时，有唐伯虎画的《海棠春睡图》，两边有宋学士秦太虚写的一副对联云：嫩寒锁梦因春冷，芳气袭人是酒香。案上设着武则天当日镜室中设的宝镜，一边摆着赵飞燕立着舞的金盘，盘内盛着安禄山掷过伤了太真乳的木瓜。上面设着寿昌公主于含章殿下卧的宝榻，悬的是同昌公主制的连珠帐。宝玉含笑道："这里好！这里好！"秦氏笑道："我这屋子，大约神仙也可以住得的。"说着亲自展开了西子浣过的纱衾，移了红娘抱过的鸳枕。……

面对如此这般莫名其妙的文字，如此见所未见闻所未闻的描述，许多读者和研究者都傻了眼。这是人的卧室里的摆设吗？是少妇秦可卿睡房内应该有、可能有的、真的有的东西吗？是曹雪芹这样独步古今、才华超群而又十分谨严的作家的笔墨吗？全是来自历史的传说和虚构的物事，曹雪芹如何能够去帮助秦氏将它们搬到她的房里来？就算都是真实的，可那些东西，比如那个木瓜，原本是供人吃的一种水果，怎么能够天长地久地留下来，最后又到宁国府成为长久的摆设？至于那些"宝镜""金盘""宝榻""连珠帐""纱衾""鸳枕"，也当早就"灰飞烟灭"了。

由于"傻眼"，搞不懂，就发挥主观能动，想入非非，作各种想象，各种推测,各样"合理的"解释。红坛上涉及此事的文章,记得曾有过好几篇。我不是红学家,但因为迷恋读《红楼梦》,也成为"傻眼者"之一,同样想入非非:中国古典小说家,还有那些以说古典小说为业的说书家,为活跃气氛,吸引读者或听众,在小说里或讲述中,临时离开文本,加入少量调侃意味的文字,或借评说者的身份,说些另有所指的俏皮话。我想,曹雪芹那样写秦氏房中的摆设,大概也属此类。后来,又觉得不对,因为那不像曹雪芹的风格,那段铺陈,也绝无讥诮之意。可那又为何呢?是不是作家对秦可卿这个本来应该是较为"纯情"的人物,不经意间赋予的"角色"太多了,加给的"任务"亦未免太重、太多样化了,有点把握不住,当心笔下最终弄成个四不像。而主观上对她又有所"偏爱",不想将她"单纯"化、明朗化,所以故意"寻"来那些虚妄荒诞的东西来给她作陪衬,使其越发复杂化,诱使读者慢慢去"咀嚼"。须知,这也是一种艺术手法。

2. 提醒造假,自我揭底

咀嚼来,咀嚼去,直到近两年,我才咀嚼出一些真正的味道:秦氏房中的那些摆设,非为秦氏而设,是为(第五回)整个"梦游"而设。并且,这种摆设也不是摆设,而是一种提示,或者说是作者在事前向未来的读者,发出的一种"敬告"。意在提醒人们,即将开始的"梦游",和这些"摆设"一样,都是虚构的、假造的,与真无关;所状所写所描,绝无真实的成分,请不要从真实的角度去看、去读、去想,否则会搞得晕头转向。

经这一提醒,再回头去读去研究,便很容易发现,无论是那境地、那人物、那故事、那细节、那图册、那十多支曲子,的确全都是虚的、假的,是人世间,现实中,绝对不可能有的。连那个"梦"的本身,那个"游"的形式,也可以说,根本不存在。俗话说,日有所思,夜有所梦。梦非真,但都有潜在的现实作基础;尽管千奇百怪,变形变态,倘做梦的主体(人)头脑里完全没有现实的任何留存,即没有任何最起码的"原材料",便不会有那样的梦。贾宝玉不过是一个童稚少年,他头脑积存有可以用来在梦境里制造太虚幻境、警幻仙姑、图谶及那些曲子的"原材料"吗？显然没有。

第五回是全书情节故事的"提纲"、简要的"设计图"。《红楼梦》里的主要人物、主要情节，这里都已经显现了苗头。梦游之事虚假，不言可知，全书一百二十回所写的人和事，都应是虚的、假的，是作家曹雪芹虚构的、假造的。说得不错，正是如此。事实上，从小说落笔起，曹雪芹写第一回时，便特意将两个具有象征性的人名，甄士隐、贾雨村嵌进了回目之中。明白地告诉读者，他写的这部小说里，没有真事，如果有真事，早已隐去了。里边的话，也都是假话（贾化），是用"假语"来"陈"（村）述的。贾雨村者，"假语陈"也。

那么，曹雪芹为什么要玩这一手呢？作家写小说，不总是力求写实写真吗？制假造假，也很花工夫的，既然制造了，又何必自我揭穿，劝人不要相信呢？内中，自然有道理，而且有大道理。这里先把一个概念弄清楚，然后再去慢慢谈。

所谓"假"，所谓"造假"，不是道德意义上的假，不是"假丑恶"的假，不是需要严厉加以谴责的那种假。而是与文学虚构同义同位同作用的"假"，是艺术上故意变形变态的那种假，是人类在现实中有时需要而有意弄出来的假，是人们为着进一步了解事物，而虚造出借以观察原来的那种假。不是为着某种利益故意弄出来糊弄人的那种假。在特殊的事情上，特殊的意义下，造假成为特殊的行动，甚至是一种大有益于人的特殊的创造。

话，听来似乎有点玄乎，不妨了解一下别的造假的事。

3. 神女和神话

长江三峡上空有座神女峰，不过就是一座山峰而已，最初谁也不去注意它。后来有人坐船从江面上经过，偶然抬头仰望，恰好角度适合，觉得像个古装的女郎。事情渐渐传开，船行过那里的人，都不免亲自目验一番。继后，就有了人编的故事，正式名其为"巫山神女"，说她是天帝之女下凡，职责是"朝行云，暮行雨"，保护江上的船行者和巫峡一带的百姓苍生。再后，又有大才子宋玉，取以为材，写成《高唐赋》和《神女赋》，向世人描绘出了她的极为美丽的形象，还给她编织了一个令人百世难忘的与楚襄王的爱情故事。此是两千多年前的事了。相对于那座山峰来说，神女便是假。但人们喜欢这个假，需要这个假，她让人有了许多遐思，精神上得到了许多愉悦。从这里可以看到艺术的本质、来头、存在之理、传播之由。当然，这与那个古老的时代有关，还跟那空寂的神秘的动辄虎啸猿啼的高山大岭的环境密不可分。换成现代，换成城市附近，你怎么造也造不出来了。

原始时代，人类穴居野处，与大自然零距离，免不了遇逢电闪雷鸣，野火燃烧，山崩地陷，洪水泛滥。感到恐怖，害怕，神魂震抖，便设想天上有一种超乎一切的力量，在控制着大地上的一切生灵，也包括他们自己。于是就推测，想象那力量的模样，同时竭力崇拜。这就产生了最初的神话，也产生了与神拉好关系的念头。获得猎物，献给神吃，向神跪拜祷告，祈其保佑、赐福。如此之后，就觉得与神有了良好的关系，有了可靠的保障，心里不只是得到安慰，而且大大增强了自信。一切都源于最初的虚构，是一种想象中的造假。虽然造假，但对当初的人来说，却有着无穷的价值。

4. 从比较中得到的启示

神女和神话的虚造、编织，比较简单。《红楼梦》的虚造、编织则要复杂得多。凭那个规模，那众多的各色人物，那纷繁复杂的事件，那广阔无垠的牵扯，那几乎无所不勾连的方方面面，可以说，它虚造了一个从来没有过的五光十色的社会，一个世界，一个天地。不过，拿与"神女""神话"相比较、对照，却可以发现两者的性质、本质所含的因素、所用的方法，基本上是一致的。第一，它们都是人在一定的时代、一定的环境下制造的。而且，其所为，都是因为受着人自身内在力的驱动。倘无自身的驱动，便不会有这种行动。第二，从真实、现实的层面上看，所造物未免荒诞无稽，但它们源头，却正是在现实社会。如果没有现实社会，没有现实社会中的人，没有现实社会中人的观念、生活方式、互相的关系、人的各种命运,绝不会有那些"荒诞"的虚造。因为,那些虚造,正如现实社会一样,都是以人为中心的,并且是由于人的活动才会形成。说荒诞,其实不荒诞,只是变了形而已。其与现实的渊源,是绝对断不开的。第三,虚造的主体是人,所有的虚造都是人造出的。人为什么要花费力气去虚造?因为需要;所有的虚造,都是为着人(包括虚造者自己)。人类如果没有虚造的需求,当然便不会有这种虚造。这里涉及艺术的本质,也涉及人的本质的某些方面。

人总是生活在一定的历史环境和一定的文化环境当中的。而历史文化,又是在漫长的时间里,渐渐积累起来的。内涵十分丰厚,却也十分杂乱。在这样的基础上,建立起来的现实社会,内涵自然也丰厚而杂乱。单个的生命生活其中,很难有更多的了解,相反,倒是知之甚微甚少。这就常常处于疑惑或迷惑、困惑的境地,正因为此,激发了人的求知欲望和探索的兴趣。以致成为一种普遍的天性,一种本性。探索、求知有些常用的方法,就是从所居的位置离开,站到另外的地方,或另外的层面上,回观、分析、辨别,向深层次掘进,设身处地,将心比心,观察各种人物,细研各种现象,追寻其所以然。所谓"另外的地方""另外的层面",其实就是虚构的平台、虚构的某种境界。不仅可借用来观现实,看社会,探世界,究人事,研究历史,还可以作镜子,反照自己,细察自己,进一步认识自己,真正弄清自己。我认为,小说,就本质来说,便是这种"平台",或者说,包含在这种"平台"之内。其重要功能,是用来帮助人认识现实社会、人生和自己的。

5. 曹雪芹的主观和客观

曹雪芹在创作《红楼梦》期间,想到过"平台"没有,肯定地说,没有想过。"平台"是我个人使用的语词,其内涵和搭建,也是我个人的设想。但其因由大概不会超出我说的那个范围之外。他在他所处的那个时代,对社会,对人,对种种现象,越见得多,便越感到不解,越觉得有所怀疑。为解疑释惑,便设身处地,改换视角,站在另外的层面,反反复复观察,求真实的所在,求因果的根源,求来龙去脉的关联。渐渐地他有了很多新发现,有了许多以前不曾有的新认识,凝聚许多新的观念。因为人是社会的中心,他的新发现、新认识、新感受,绝大多数都是和他认识的、见过的、听说过的,甚至是从书上读到过、戏剧舞台上看到过的人相连在一起的。东来西去,在不知不觉中,便有不少初步"文学化""艺术化"的人物,在他脑海里留存下来。并且随着时间的增长,新的感受增加,或因想象的深化、拓展,那些留存在他脑海里的人物,便自己明朗化起来,完备化起来,从形象到内质也逐渐固化。

再后来,因为什么触发,他想到了写小说,借小说来表达自己的感受和观察所得,于是他进入了构思。经过长久的熔铸和构思,终于基本上完成了《红楼梦》的创作。就小说《红楼梦》而言,起决定性作用的不仅是观察、汲取、熔铸生活,尤为重要的是,应该是曹雪芹本人的世界观、价值观、爱憎倾向、性格、风格,以及文学和多方的修养。还有感情的激发与融入,那些在现实生活里,曾经直接或间接引起过他感情上震动,留下过很深痕迹的经历和生活,所起的作用尤为关键。

前面说,写小说,虚构,造假,作艺术的营造。是人,首先营造者即作家自己的需要。从曹雪芹身上,也可以得到印证。他见得太多,思谋太多,心头积累太多,积郁太多,自身内在压力太大,需要抒发、展露、一吐为快,需要尽量形成文字,公之于世。否则他会觉得十分难受。特别是进入具体的构思阶段时,人物一个接一个越来越成型,故事情节纷至沓来,持续燃烧的激情,温度越来越高,他便有了那种企求,否则他会觉得自己快被烧煳烧焦。

作家熔铸生活,进行创作,不仅是在精化、深化原来从现实社会中汲取的生活、感受到的生活,进行创新,创原来不曾有过的新。实际也是在熔铸作家自己,创新作家自己,在自我完善自己。这也是一种内在的驱动力,或者说,压力。我深信,曹雪芹也是这样的。当《红楼梦》接近完成的时候,与以前相比,他对人生、人世、命运、艺术的看法,还有他的思维能力、逻辑习惯、表达方式,甚至爱憎倾向,都有所变化,有所不同了。

6. 假作真时真亦假

《红楼梦》写的"太虚幻境"进入处,石牌坊两边有一副对联。上联是:假作真时真亦假。

这像一句偈语,又仿佛是一个公式。它所涵盖的方面可能很广,层次也似乎多样。但我觉得,首先应该把它当成曹雪芹的文学艺术观、小说观来理解。涉及的核心,就是艺术虚构、写假,与现实、真实的关系和转换,和艺术的本质、人的本质、人对客观世界的认识及方法,有着深刻的渊源。按这种理解,试着来阐述:

"太虚幻境",既是虚又是幻,不必说是假的。这幻境里,显现出了许多许多人物事物,自我构成了一个天地、一个世界、一个社会。人们就把它当成真——真的天地,真的世界,真的社会。其实,幻境里显出的真,人们认为的真,也都是假的。这可以看作表面的阐述,或第一轮的解读。

将"公式"倒转来,成为"真作假时假亦真"。方才说的假里,其实包含了许多真,那是艺术之真,人类认可之真,需要之真,喜欢之真。若将它当成假,那么,这个"假",也是真的了。这可以算是第二轮的解读,或曰深一个层次的解读。

如果再倒转去,又再倒转,作第三轮、第四轮、更深、更深层次的探索和阐释,那将会得出什么样的结论?什么样的认识?

要么,循环不已,得不出什么结论;要么,真真假假,混杂不清,假中有真,真中有假。两下合起来成为一体,就是艺术创作上的真,更是客观世界之真。在真假的感觉上、认识上,人类永远都在途中,达不到止境。艺术也是如此,因为,艺术就是艺术,人就是人。

老子的《道德经》有言:玄之又玄,众妙之门。

从文学艺术的意义上说,这里我想模仿一句:假之又假,众真之门。

二　有的艺术与无的艺术

太虚幻境进入处的石牌坊两边对联，前面已引录上联"假作真时真亦假"。大家知道，还有下联"无为有处有还无"。对联这种辞语构筑，这种文字作品，这种意义和趣味都无穷尽的表达形式，是中国古人的一项大发明，至今仍无处不在，极受人喜爱。它与华夏民族的思维、逻辑习惯有关，制作时有着严格的规矩，这些暂不去说了。只说幻境的下联吧。我的理解是："无为有处"。"处"，处所、场所、地方，这里指书中写的太虚幻境。"为"，当作、认作、认为。无，虚无、没有、不存在，幻境。"有还无"，"有"，不同于前一个"有"，前一个"有"，是指实有；后一个"有"，是指幻境内之有。合起来就是：把本来没有的场所，当作有的场所，那这个"有"的场所，也不存在。幻境，虚幻之境、梦幻之境，看去很实在，其实其中一切都没有。把幻境当成真有的场所，那幻境也没有了。

前面说了"真假"的循环，这"有"与"无"，也是能够循环的。"无为有处有还无"，反过来就是"有为无处无还有"。当你把那幻境认作"无"时，但构成幻境的东西，那些事物，却是现实中确实"有"的。没有现实和人间事作基础、作参照，任何幻境都是制造不出来的。况且，"太虚幻境"已经创作出来了，作为一个"艺术品"，摆在那里了，读者都在阅读了，它就应该算是真正"有"的东西了。设若还有第二次、第三次、第四次的循环，那将出现什么样的状况？又将怎么样去阐释？总不能，"无"就"无"，"有"就"有"，这样简单吧？

"太虚幻境"的下联，可以说是上联的补充，也可以说是上联的延伸。上联讲真假，下联讲有无，合起来，就是"真假有无"。说得宽一些，这四个字，似乎可以用来涵盖整个世界，解释整个人世。但我更倾向于曹雪芹是在说他的《红楼梦》，阐述他文学艺术的主张。上联

"假作真时真亦假",应该是他认为的文学创作上的"原理";下联"无为有处有还无",则应该是他所主张的文学创作方法。强调从假到真,从无到有,强调作家的主体作用,强调艺术制作上的广阔的自由度,强调作家汲取生活和熔铸生活的能耐,强调作家在熔铸生活中熔铸自己,把自己与作品铸造成一体。

不单是"太虚幻境",连《红楼梦》这部杰作,原来也是没有的,即"无"的,是因为作家曹雪芹汲取生活、熔铸生活,创作而后"有"的。且但《红楼梦》一部,就以中国若干部古典名著,甚至包括古今所有小说、所有诗歌、所有戏剧作品,乃至全世界所有的文学艺术作品,原来也都是"无"的,没"有"的,是经过作家、艺术家的创作,而后才"有"的。若不限于文学艺术,说宽一点,世上的许多东西,也都是从"无"到"有"的。比方,一切的工业产品,一切的农业产品,更不要说当代的电子产品,原来(比如史前时期)也是"无"的,没"有"的,是后来渐渐才"有"。如果再说宽点,包括我们人类、所有生物,以至地球、宇宙,在最初也同样是"无"的,没"有"的,而是后来才"有"的。

我的鄙见,有与无,无与有,在文学艺术上,应该算是一个法则。与整个世界、人类、社会、万物,以至宇宙,有着一定的联系或关系。古代道学家,对世界的解释是:道生一,一生二,二生三。三生万物。

易学家、八卦学家的解释,则是:无极生太极,太极生两仪,两仪生四象,四象生八卦,八卦生万物。

很有点玄,细思却也不无道理。

还是说艺术,说《红楼梦》,说它的艺术。尽管最初"无",没"有",但也绝不是凭空而制造的。若没有曹雪芹所处时代的现实社会生活,没有他的汲取、感受与熔铸,没有对中国文化传统的继承,没有前辈作家作品的借鉴,没有社会道德、世俗文化、风俗习惯对他的熏陶和影响,他是绝对写不出《红楼梦》这部伟大的作品来的。这里也是有与无的关系。有与无的关系,应该就是生活、作家、作品的关系——人类的社会生活,是一切文学艺术作品的源泉,没有人类社会生活,便不会有文学艺术作品。这是我们大家都早已知道的、理解的、承认的。但生活不等于作品,作品不等于生活;或生活不同于作品,作品不同于生活。这是因为作品不是生活的复制品,要它复制生活,它也根本做不到。更为主要的是,生活不能自动变为作品,中间须有作家,作家是主体。作家,由于自身的原因(世界观、价值观、爱憎倾向、修养、见识、性格、风格、所处的位置等等),汲取生活时很难说是全面的,能代表本质的,再加上反复熔铸。作家自身的东西,包括他从别处汲取来的生活、他想象的东西、虚构的东西,统统都加到一起去熔铸,再熔铸,又再熔铸,等到最后写成作品,再拿与原生活相比,就不知道有多少距离了。

　　世上有许多人造物,原来不过是一些材料。当产品制造出来后,原材料便不见了,从"有"变成"无"了。从形到质,完全变成另外一种东西(产品)了。比如粮食经过酿造变成酒,桑叶饲家蚕得到茧得到丝织物,牧草饲奶牛有了牛奶,铁矿石冶为铁炼成钢煅成剑,无一不是在将"原材料"彻底变成"无"的基础上才得以实现的。《红楼梦》也是人造物,作家曹雪芹当初汲取那些原生态的生活,包括原生态生活中的那些人物、那些形形色色、那些零零碎碎、那些不在同一时空的事物景象、小情节小故事,在他自己的熔铸(何况是加上幻境,加上神话的熔铸)中,逐渐不见了,从"有"变成"无",变成只属于《红楼梦》才"有"的人物、情节故事、种种一切了。遗憾的是,自从胡适始作俑后,近百年以来,总有人依照《红楼梦》所写,去曹寅之家或与之有关系的人家,作定点定项的考证、发掘,以求对号、还原。这种作为,与酒坛里去捞取粮食,从丝织品中去寻求桑叶,从牛奶里找牧草,从宝剑上发掘铁矿石,又有何异?原因是他们不懂得一个简单的道理:只有将原材料变成"无",才会有产品的"有"。

　　前面曾模仿《道德经》"玄之又玄,众妙之门",拟成一句"假之又假,众真之门"。这里,似乎还可模仿一次:"无之又无,众有之门。"

说的仍是艺术,仍是我所理解的《红楼梦》的艺术,绝对无意将它推广到超过这个范围的事物上。

三 感情凝结成的艺术 生命铸造出的艺术

小说组成的成分很多,诸如人物、情节、故事、主题、语言文字等,缺一不可。内中尤为重要的是:感情,作者注入的感情。它是作品生命力的所在,犹如人的肌体中的血液,少了,生命必受损。它弥漫在作品的各个部分,弥漫在字里行间,无法单独析出,读者只能在阅读中感受而得。它是读者和作者沟通的渠道或桥梁,是理解作品的一个重要基础,是衡量作品优秀的程度、感情含量的一个重要指标。读者阅读能力的高低,也往往决定于对所读作品所含感情的感知、感受、感染和感悟程度。在中国古典小说中,《红楼梦》应算是感情蕴藏量最丰富的一部,曹雪芹也是古典作家中最善于将自己感情注入作品、又最善于将注入的感情传达给读者的一位作家。这当然与曹雪芹所选择的题材、人物、主题、写法、语言等有着密切关系,这几方面带来的优势,是别的古典小说家无从与之相比的。不妨举个例子:第五回,梦游,"饮仙醪曲演红楼梦",十二支曲子之前,有个引子,名字叫〔红楼梦引子〕,词曰:开辟鸿蒙,谁为情种?都只为风月情浓。奈何天,伤怀日,寂寥时,试遣愚衷。因此上,演出这悲金悼玉的《红楼梦》。

从文本文字看,它是小说自身的一个细节或情节。曲子是警幻仙姑制作,在酒馔前,由十二个舞女"轻敲檀板""款按银铮",专门唱给贾宝玉一个人听的,意在望其"将来一悟"。但我们阅读时,只要稍微留意,便可感觉到,这里蕴涵着一种浓烈的悲天悯人而又无可奈何的情怀。这情怀,是曲子里的,也是警幻仙姑的,更是作家曹雪芹自己的,是他通过文学艺术的方式注入警幻这个人物身上,再由警幻体现在作品里,而后带到读者的阅读中的。它所"悲悼"的,也不仅仅是"金"(薛宝钗)"玉"(林黛玉),而是整个都薄命的十二钗,是天下所有遭遇不幸的女性。悲悯,是曹雪芹感情的基调,也是其人的基调,同样也是《红楼梦》的基调。原因在于,世事复杂多变,人生命运多舛,一切都难以逆料。个体生命,以致许多群体,对自己的命运,均显得毫无把握的能力。比如可以作为"天下"女性"代表"的金陵十二钗,贵如皇贵妃的贾元春,强如操纵荣国府的王凤姐,才如敏感多情的林黛玉,贤如广受赞誉的薛宝钗,远如几乎与世俗完全隔离的高洁者妙玉,倔如一心展现才干、以出人头地的庶出小姐贾探春,贱如二等丫头却心性高洁的晴雯,还有"温柔和顺""似桂如兰",一意忠心为主的花袭人,乃至从不与人发生纠葛相争的迎春和惜春等,全都逃不脱命运的摧残、践踏、毁灭。

曹雪芹的悲悯之情,在《红楼梦》的蕴涵量极为丰富,表现亦极为深沉。从大部分人物的命运中,故事情节乃至不少细节,以及语言文字中,只要细心阅读,都可感受到它的存在。

曹雪芹一生只活了四十岁,生世一直不为人所知。他大约在二十出头不太久,便从北京城内迁至了西郊那偏僻的小山村,并隐姓埋名,开始使用化名,直到死去。其中原因,难解;分析,很大的可能与创作《红楼梦》有关。他能诗善画,但除开敦诚记下的"白傅诗灵应喜甚,定教蛮素鬼排场"两句诗而外,再无这方面的任何作品留下。我个人猜想,他当年就有意少画少与,除一部《红楼梦》,不想再有别的作品留下。画,画后即卖,换酒换粮吃了;诗,估计只有极少几首不得不写的、给二敦的赠答。后来,都被他设法处理掉了。

因此可以说,《红楼梦》是曹雪芹一生唯一的一部作品。这一作品,整整耗费了他一生的心血、时间、生命。其中最为感人的是,为写这部书,为躲避各种可能招致的祸患和干扰,他远逃隐居,断绝原有许多亲朋关系,自甘长久处于极度的生存窘境。在"举家食粥酒常赊"的景况下,仍然孜孜不倦坚持写作,直到生命的完结。

四　宏观的艺术　微观的艺术

写小说,和其他艺术创作一样,讲究以少胜多,以一当十。讲究简练,高度集中。切忌铺得太宽,大而无当。《红楼梦》却似乎有意与此背道而驰。国公府一写就两座,人物数百,还连上另外几个大家族。秦可卿死亡,移灵送殡,沿途彩棚路祭,惊动京都,差不多将整个朝廷的王公贵胄之家都拉上了场。热闹的确很热闹,但未免扯得太没边没际了。要知所提到的好些公侯权贵,和那些数量众多的后裔,在以后的小说中,都未曾出现过,更没有进入故事情节。读者根本搞不清他们的面目,和贾家有什么关系。不过,仔细想来,那样写,其实是很高明的,正是因为有那些宏观上的大铺陈作为大背景,书里许多人物、情节、细节才有了更多更强更深的意义。

宁荣二府作为"赫赫扬扬"已近百年的大贵族之家,它是不能孤立存在的,必然和书中所写的那个时代、朝廷、王公权贵有着千丝万缕的联系,恩恩怨怨,瓜瓜葛葛,纠缠不清。这样,许多事情,包括一些看似微不足道的细节细事,虽然发生在贾氏家族内部,却很难说与外界大背景大时空完全无牵扯。特别是从潜在的层面上看,书中所写的时代,正处于历史交替阶段,朝廷和整个当权的统治集团,以及贾氏家族都进入了末世,所在的上空,都笼罩着浓厚的阴霾。那种宏观(大背景)和微观(贾家内部发生的大小事情)之间,就更难割断联系。从大的说,如果没有宏观(大背景)的末世、危机,微观(贾家内部)就不会出现末世、危机。即或有危机,也不会形成十二钗的整体薄命。再如贾宝玉挨打,如果没有忠顺王府派王府大员索要伶人琪官,贾政便不可能对儿子下那样的毒手。作为朝廷命官,他深知当时权贵界派系对立的险恶,太害怕得罪位高权重又能经常见到皇上的忠顺王,暗里给他和他的家族带来致命的危害。因恐惧而暴怒,宝玉便只好皮肉受苦了。又再如,宝玉的最后出走遁世,不单是对家族亲情的绝望,应说还有对那个时代、社会、整个体制的绝望。他不是一早就攻击过禄蠹、国贼、"文死谏,武死战"吗？再又如,若不是朝廷对外政策出了什么问题,就不会有探春远嫁海外,"千里东风一梦遥";而一个老太妃的死去,到处都不允许演戏娱乐,贾府不得不裁撤家庭戏班,致使芳官等十二个女孩子改业,最后又因检抄大观园之事,全部被撵走,驱入悲惨境地。甚至,一些小而又小的细枝末节,也与大背景有着微妙的连带:秦可卿死后,薛蟠说到的那副棺材板、林黛玉拒绝那臭男人戴过的手香串、贾宝玉换给蒋玉函最后又和花袭人扯上关系的那条汗巾子,让人都可以从中读出点另外的意思来。

五　陌生的艺术　熟悉的艺术

　　艺术讲究新,忌讳老一套,小说更是如此。总是司空见惯,读者一翻便厌,哪还读得下去呢？就是作者自己,怕也写不下去。因此好的小说家,都会力求自己笔下的内容新、人物新、故事新、场面新、表现手法新、言语叙述新。特别讲究独特、不一般、不寻常,别人写过的,自己不写,写也要找到新的角度、新的主旨。与社会上的习惯常见拉开一定的距离,让读者有新鲜感、陌生感,从而激发出新的思维和新的审美能力。这是一种为艺术者应该具备的根本责任与根本功夫。《红楼梦》在这方面做得非常优秀,曹雪芹写太虚幻境,写来自太虚幻境的一系列人物,写他们的前世今生;写超级豪华的大家族,写朝廷皇室,写大群王公侯伯;写那么多的俊男靓女,写那么多的、各种各样的无法自我掌控的命运折腾,写朝廷、统治集团、社会、若干大家族的末世(实际暗示一个历史时段的末世)。凡此种种,对普通的读者来说,多么陌生,多么新鲜,又有多么大的距离啊！不想听也忍不住要听,不想看也忍不住要看。即便在清朝那些乾、嘉、道、咸时代的大小贵族成员,不少人也读之入迷。因为那种豪华,那种巨大的排场、摆扎、气势和那些不同寻常的人物,对他们来说,也是陌生的。当然,书中字里行间不时透露的末世即将降临的悲凉之意,对他们中的许多人,也起了不小感染作用。他们,或正在经历末世的苦难,或行将掉入末世再渐渐遭受没顶之灾的泥潭。

不过,作为艺术,单是讲究陌生感、距离感、新鲜感是不行的,另一面还须让读者有熟悉感,有熟悉感才会有亲切感。没有亲切感,单有陌生感,只会令人漠然视之。《红楼梦》的许多人物,读者虽然陌生,但他们(她们)的心性、心理、逻辑、习惯与人交往的方式、人与人的情谊、友好、怨怒、钩心斗角,以及悲欢离合,则是大多数者都容易理解的。不少人,甚至曾有过相似的见闻,或者亲身的经历。

将小说中的人物,写得像我们日常生活中见到的人物;小说中的情节故事写得像日常生活;小说写得像人们都熟悉的社会,这是一种考功夫、考手艺的事,没有相当的本事,很难做到。但对于艺术来说,也是一种危险的事,它很可能就离开了艺术,毁了艺术。

无疑,曹雪芹在这方面是成功,他值得为艺术者学习、研究。

六　模糊的艺术　明朗的艺术

《红楼梦》不但模糊了大时空,在人物描写和部分情节故事的编织上,也往往采取模糊的手法来表现。模糊不等于含蓄。含蓄是意思清楚,只不特别说出,略微提一提,让自己去理会。模糊则是不清楚、不明确、模棱两可,可此解,亦可作彼解,或多义。含蓄,在艺术营造上,是常态;模糊,则很少有人为之。曹雪芹似乎特别喜欢搞模糊,且看他笔下的金陵十二钗。先以皇贵妃贾元春为例,太虚幻境橱内属于她的图册是画着一张弓,弓上挂着一个香橼。有一首歌:

二十年来辨是非,榴花开处照宫闱。

三春争及初春景,虎兔相逢大梦归。

警幻仙姑所制的《红楼梦》十二支曲子,写她的一支是:

[恨无常]喜荣华正好,恨无常又到。眼睁睁,把万事全抛。荡悠悠,芳魂销耗。望家乡,路远山高。故向爹娘梦里相寻告:儿命已入黄泉,天伦呵,须要退步抽身早!

几乎每一句都是模糊的、难解的。"喜荣华正好,恨无常又到",其死,好像非常突然;"眼睁睁,把万事全抛",仿佛她正有许多事情在做,或等待去完成;"荡悠悠,芳魂销耗",死去后,好像很不甘心,魂魄凝聚不散,荡荡悠悠于不知所在的地方;"望家乡,路远山高,故向爹娘梦里相寻告"。可能她不是死在京城皇宫内,而是在山高路远之处;"儿命已入黄泉,天伦呵,须要退步抽身早"。暗示有什么危机笼罩贾氏家族的上空,她一直罩住,保护着;如今她命已入黄泉,再无能为力了,提醒贾政夫妇,尽早退步抽身。这退步抽身的内涵是什么?又为何要退要抽?以及怎么退怎么抽?不但此处模糊,整个书里亦模糊,叫人很难猜测。

又以王熙凤为例:王熙凤的模糊,不同于元春的模糊。元春的模糊,是一系列的难解之谜;凤姐的模糊,是过分多样、复杂而带来的模糊。概括地说,她一个人扮演着多种角色。既是凡鸟中的凤凰,又是凤凰中的凡鸟;既是治家者中的败家者,又败家者当中的治家者;男女三角中,她既是完全的胜利者,又是彻底的失败者;在荣国府,她操纵众生,亦被众生所唾弃;她十分狠毒,却也不乏善良;她非常豪强,但也显得可怜;她醉心于弄权弄钱,却未必全为她自己;她风骚风流,但也严守妇道,从不越轨。从浅层次看,她的一切,都很清楚;往深层说,又全然模糊。在这个贵族少妇面前,大作家曹雪芹的笔墨,也似乎失了分寸:他十分喜欢她,精心刻画她,差点成为《红楼梦》的头号主角。却又不得不暴露她、批判她,甚至诅咒她。但在批判、诅咒中,又掩饰不住同情她可怜她。

再以妙玉说事。这个女尼在太虚幻境的图谶里,是一块美玉落在污泥之中,断语为:

> 欲洁何曾洁,云空未必空。
> 可怜金玉质,终陷淖泥中。

属于她的曲子是:

> [世难容]气质美如兰,才华馥比仙。天生成孤癖人皆罕。你道是啖肉食腥膻,视绮罗俗厌;却不知:太高人愈妒,过洁世同嫌。可叹这:青灯古殿人将老;孤负了,红粉朱楼春色阑。到头来,依旧是风尘肮脏违心愿。好一似,无瑕白玉遭泥陷;又何须,王孙公子叹无缘?

妙玉在《红楼梦》中,是个最单纯的人物,也是最复杂最难解的人物。她出场很少,活动很少,几乎八方不沾,却引起很多读者的特别关注。作为十二钗的一员,应算重要角色,但一开始她就面目模糊,身世模糊,来路模糊,在书中的作用模糊。作家对她的态度也模糊,艺术上又用模糊的手法来写她,致使她本身的模糊,更加显得模糊。

从浅层次上看,她多面而又统一。"气质美如兰,才华馥比仙。天生成孤癖人皆罕。"深层次看,她却是一个落魄江湖的漂泊者;被自己的富豪阶级抛弃或者甩出,而又保持着相当尊严的人;她高洁,厌俗,无瑕洁白。再深层次看,她又是个变形变态的大俗人,她远离佛徒应遵守的避开尘俗的规矩,投入贾府,寄生权贵,实际成为点缀、摆设品,一定程度上起着清客的作用;更再深层次看,一次,贾母酒宴之后,带着刘姥姥、贾宝玉、林黛玉、薛宝钗等一群人到妙玉所住的栊翠庵喝茶。妙玉拿出的茶叶,用以烹煮的水,以及几样她自己平时使用和待客的茶具,都极不寻常,可见她精于茶道,不仅不俗,且十分高雅。然而,请记住这样的情节:茶烹好以后,妙玉以成窑五彩小盖钟盛茶,亲捧与贾母。可以说是尊老,也可以说是有意趋奉。但是,以本应该搁着供把玩的古窑名器作实用品,便殊不可解了。贾母吃了半盏,递给刘姥姥尝尝,刘姥姥一饮而尽。就因为这样,妙玉嫌脏,便决意不要这个宝贵的小盖钟了。宝玉看出来,赔着笑劝她说:"那茶杯虽然腌臜了,白撩了岂不可惜?依我说,不如就给了那贫婆子罢,他卖了也可以度日。你道使得么?"妙玉听了,想了一想,点头说道:"为也罢了。幸而那杯子是我没有吃过的,若是我吃过的,我就砸碎了也不能给他。你要给他,我也不管,你只交给他,快拿了去罢。"刘姥姥和贾母,同样是高龄老太太,一只杯子盛的茶,贾母饮了不脏,刘姥姥饮了就脏,何以有这种感觉?显然,是一种心理习惯,一种以富贵贫贱看待人、区分人的习惯。也表明她(妙玉)骨子里有一种对庄稼人根深蒂固的歧视和厌恶,这就俗得可以了。

妙玉还有两只名字很怪的茶杯,老古董,当是她从前家里收藏的宝贝。她拿出盛茶招待客人,一只给宝钗,书中没有点明是某个古人用过的。给黛玉那只,上面刻有字,"王恺珍玩"。王恺是谁?西晋大富豪、大权贵,司马昭的妻舅,曾与石崇比富者。如果这个杯子的原主,确实其人,那当是从坟墓里掘出来的了。想想看,妙玉,一个年轻的姑娘,一个有洁癖的女尼,一个远离红尘的世外人,竟然如此宝贵一个早已死去千年的恶俗至极的老男人的遗物,还拿来盛茶招待她认为不俗气的林黛玉,那么,她自己是否用来饮过茶?如果饮过,心里是否有过脏的感觉?欲为雅,实为俗,俗得古怪,俗得叫人不可忍耐。

妙玉在茶具上表现出来的俗,还有她"将前番自己常日吃茶的那只绿玉斗来斟与宝玉",这就俗得更超乎寻常了。要知,贾宝玉是个与她年龄相差不太多的男人。刘姥姥嘴唇接触了那只成窑,她尚且嫌脏,为什么倒特意将自己常用的杯子盛茶给一个男人喝呢?这里的俗,是一种微妙心理的"俗",一种青春期特有的女性心理的"俗"。妙玉对宝玉一直怀有这种"俗"。书里曾有几次描写。当宝玉认为那只绿玉斗是个俗器时,妙玉立即回击:"这是俗器?不是我说狂话,只怕你家里未必找的出这么一个俗器来呢。"这也是一种俗,变形的炫富炫贵。

另外,妙玉用以烹茶的水,也叫人难解。当黛玉吃着妙玉递给的茶,问是不是旧年雨水时,妙玉冷笑回答:"你这么个人,竟是大俗人,连水也尝不出来。这是五年前我在玄墓蟠香寺住着,收的梅花上的雪,统共得了那一鬼脸青的花瓮一瓮,总舍不得吃,埋在地下,今年夏天才开了。我只吃过一回,这是第二回了,你怎么尝不出来?隔年蠲的雨水,哪有这样清醇?如何吃得?"看,多么雅致高洁!讲究到了什么程度!吃茶,竟要用梅花上的雪化的水!可要认真想想就不是那么一回事了。玄墓,当是玄墓山,在苏州(姑苏)城不远的地方,为苏州所属。如山上确曾有过名为蟠香寺的尼姑庙,那也当距苏州城甚近。苏州,在中国很古的时代,就是世界级的大城市,城市及所属地区,人口相当密集。许多交通要道,终日红尘滚滚;生活用火,又全烧柴草,飘浮在低空的尘土和有机的微粒不必说,指数不低。梅花开时,正值冬令,雨水稀少,而苏州南方之地,有雪也不多,空气质量当比全年任何季节都要差。若逢到梅花上能积上雪,并能让人扫落或抖落到容器中,化水蓄积成可供人利用的雪,当不是太小的雪。当其来临,必将把半空中的有害尘埃和微粒挟裹在雪花中,一起带到地面上。从梅花上收集积雪,实际上等于收集有害物质。收集梅花上的积雪,难免将花蕊,也抖落在容器中。花蕊是有机物,久了必腐烂。这样本已经很不洁的水,还封闭在一个不大的小坛子里,埋在浅土层之下,一埋就几年,那还叫什么水?俗话说,水停百日必腐。单是想想那个长时间的封闭在地下的生化变化,就知道恐怕早成有毒的液体了。可叹妙玉却仗此以为雅、以为洁、以为贵、以为高,实际透露出了她的无知、矫情、俗气、怪诞。

这类外在的排场讲究,应当出自她内心,出自她的潜意识,是她对自己的一种精致的塑造,借以提高她的可以示之于人的形象、品位、趣味、富有、高贵、等级、修养。这是一种人的社会性的反映,古往今来,在穿衣吃喝上作此经营的人,不知有多少。糟糕的是,大都适得其反。妙玉也没有逃脱弄巧成拙的模式。

尽管这样,我们也大可不必对妙玉深责。她的一切均是时代、社会和她所处的具体的环境造成的,远非她本性如此。"欲洁何曾洁,云空未必空",曹雪芹对她也不是谴责之意,而是惋惜其陷在两者而不能自拔。"可叹这:青灯古殿人将老;孤负了,红粉朱楼春色阑。"这才是悲天悯人的曹雪芹真正要说的话。既然天生就"气质美如兰,才华馥比仙",便应该去经历情、经历爱,去为此生生死死,何苦要自我幽闭空门去空耗,以致最后走火入魔!

模糊的艺术,是一种品位很高的艺术。它多义,多层次,可以将欣赏的主体(读者)引向广阔的艺术探寻空间和多次发掘的深度,从中获得更多精神和智慧的营养物。曹雪芹可谓是这种艺术的真正大师。他描写的重要人物,从贾宝玉,到金陵十二钗,到贾母、王夫人、薛姨妈、刘姥姥、尤氏、鸳鸯、紫鹃、红玉,再到贾政、贾赦、贾珍、贾蓉、薛蟠,以及微不足道的焦大、赖嬷嬷,甚至赵姨娘、马道婆和水月庵的那个当家尼姑、清虚观那个要给宝玉说亲的道爷,及围绕这些人物所产生的难以数计的情节、故事,几乎无一不存在艺术的模糊性和模糊的艺术性。要在于读者去读取,去探解,去理悟,去品味。不过,也大可不必刻意求之,稍过,极易流为穿凿。我意,作者模糊写之,我们不妨就模糊读之、模糊感受之。反正,《红楼梦》所写,从浅层次说,都明白易懂,艺术含量亦很大、很好读。等到一定时候,久了,熟悉了,自然就会渐渐"味"出一些别的、深一点的成分来,那时再有意探索也不为迟。

七　文化高含量的艺术　诗化的艺术

　　小说,严格讲来,不过是一种特殊的文化载体。因此,我有个浅见,阅读小说,尤其是阅读古典小说,其实就是阅读过去的文化。所谓文化,就是人类、民族、大量群体,曾有过的行为、活动的积累、积淀和留存,其中包括有形和无形主要两种形态。物质的,非物质的,和跨于两者之间的意识形态。文化的积累积淀和留存,涵盖着一切,存在于一切的历史和社会之中。不说宏观,只说微观,一个人,一个家庭,一个路边小旅馆,只要去挖掘,也都是一个文化的小宝库,只是其含量有多有少而已。写小说,讲究写生活,写人物,写景物,情节故事;讲主题的高低,讲艺术的构筑。而这一切,都包含在文化之内。一部小说,含量丰富,则高;含量稀薄,不说也低。低与高的标准,不全在于多与少,而在于新与旧。文化的范围太宽了,写小说,即使你不想写文化,写出来也避不开文化。如果你写出来的东西,老是司空见惯之物,语言也尽是些口水话,怎么也高不起来。反之,写得新,说得新,人不多见,乃或从所未见,似曾相识,细看又觉陌生,自然就高了。其中关键,在提炼,在精选,在以少胜多,在陌生化。如果求更高,则需要境界高、视角高,隐含于字里行间的作者的评判,要有独特的艺术的高明的人所未闻的见解,而其中,最当紧的,还要有一整套富于语言文字。曹雪芹在这些方面,都做得十分了得。

　　文化有雅俗之分,但实际上两者之间,并无明显的界限,亦无高低之别,并且互补互存。雅文化,一般来说,就是庙堂文化,文献文化,典章文化,包括制度、典雅音乐、仪式和主流社会的某些带有普遍性的历史传统等。俗文化,可以称作民间文化,十分宽泛。主要包括某些地方性的、民族性的、特殊人群的,以及部分行业性的风习、风俗、规则、规矩、传统、忌禁、信仰、礼仪等。婚丧嫁娶、生老病死、衣食住行、建筑、农耕，无一不浸透了俗文化。另外，佛道文化、巫文化、三教九流文化，也极喜寄生于俗文化中，有些地域或领域，干脆就成为俗文化不可分割的一部分，甚或侵入雅文化之中，成为雅文化常有的点缀。大观园之有栊翠庵，之有女尼妙玉；二代荣国公贾代善之有张姓道爷替他出家当道士；三代宁国公贾敬，成年累月和城外寺庙的道人胡羼在一起；还有贾氏家族，在京都近郊，竟有自己的家庙。就都是证明。

《红楼梦》文化呈多样性，含量极高，且分布极广，弥漫于全书的每一个章节、每一个人物身上和每一个段落。不但在中国，即使在全世界，也很难找到一部古典长篇小说，可以与之相比。读时，只要稍微留意，便可以感觉到，它的浓郁的文化气息，随处扑面而来。拿人物来说，像主人公贾宝玉，以及林黛玉、薛宝钗、史湘云、王熙凤等就不讲了。只说几个不大识字，或根本不识字的人吧。小丫头林红玉，一句"千里搭长棚，天下没有不散的筵席"，你说该有多少文化内涵？该有多少人生的悟透？该有多少彼时的现实的感受与感叹？再一位香菱，一个纯洁无瑕的姑娘，其所遭所遇，从历史文化的角度看，足以抵得上半部中国封建社会的苦难史；还有肯定大字不识一个的赖嬷嬷，和宁国府破口大骂人的焦大，只要以文化的眼光去追索一下，就应该算是两部活脱脱的饶有趣味的"奴才传"！不说赖家赖嬷嬷了，单说焦大太爷吧。当年，他出生入死，何等英雄，何等艰苦卓绝，帮主子立功，为皇帝打天下；天下打下来，皇帝坐龙庭了，主子高官厚禄又封公荫及子子孙孙了，可他奴才还是奴才，依旧吃奴才的饭，干奴才的活。侍候过一代一代的主子之后，他老了，干不动了，仍然是"在编"的奴才，仍然要被当成牛马使唤。谁也瞧不起他，谁也不把他当一回事。实际上，他早成了一柄秃尾的丢在垃圾堆里的烂扫帚。可他对主家依旧忠心耿耿，依旧自命不凡，依旧豪气万丈。将自己认作宁国府最后仅存的开府元老，每日瞧着那些一代不如一代的只知爬灰、养小叔、偷鸡摸狗的不肖儿孙，他凄怆、悲愤、怨恨满怀、怒火盈腔。于是那天夜里,为着套车送人,喝了点酒的他,就爆发了,大骂开了。结果,被完全不知尊老报恩的灰孙子蓉哥儿,令几个也是奴才的后生子儿掀翻捆绑起来,再塞满一嘴马粪。焦大的悲剧很简单,人生一开始,他就失去了自我;直到老了,行将就木了,他仍然不知道自己姓甚名谁,为何辛苦,为何忙?作为人来说,他是值得同情的;作为奴才来说,则只能是可悲的。若拿来放在文化的显微镜下细察,一个焦大,可以析出多少雅文化、俗文化的成分来啊!

《红楼梦》不仅是浸透了民族文化的小说,更是中国古典小说中最为诗化的一部。诗化是小说的一种高品位,有这种品位、无这种品位,是大不一样的。所谓诗化,并不是说写得像诗歌,或者说作品里写了多少诗篇诗作。而是说,富含诗的意蕴,有着诗的品质,充满激情,时有意境,注重形象,人物气质诗化。作者将自己铸入到作品之中,读者读书,不意之中,就跟作者打了照面。此外,还须简练、含蓄。《红楼梦》的诗化,不说已经做到了家,至少达到了相当的高度。有意从这方面探索的读者,不妨将贾宝玉和十二钗的几个主要人物,以及与之有关的许多情节,乃至细节,挑选一些来,逐一作艺术的赏析,便可以领悟得到。

八　原本没有艺术　耕耘出的艺术

鄙见,前面已呈述过,世界上原无所谓艺术,凡艺术,都是因人的感觉,或由人的创作而存在。如果世上没有人,没有人的感觉,或创造,当然也就没有艺术。《红楼梦》尽管有那么宽广、宏大、多样、纷繁复杂的人物、生活、场景,但其实它相当多的情节,原是不含艺术的,是经过曹雪芹巧妙的耕耘,才"生长"出艺术来的。这里姑且拿黛玉葬花来说事。

葬花是个老题材,曹雪芹之前的古人就曾多次涉猎过,很不新鲜。一般说,用以写诗,还勉强可以;写小说,特别写在林黛玉身上,就很难发掘出什么艺术了。因为,写小说,不像写诗。写诗,可以抽象化,意象化,直抒情怀,自展胸臆;小说则需要客观地实写,形象描绘,用情节细节铺陈。一句话,需得栩栩如生,活灵活现。

再说,葬花是个体力活。在"花谢花飞飞满天"的大观园里,象征性地葬那一点点,说是葬花,只能惹人笑话。若要多葬一些,比如扫起一两大筐去葬,那样体弱多病的林黛玉,干得了吗？不说干不了,单是那挖土掘坑的锄头,那扫花的粗长的扫帚,她也拿不动。还不要说,她会不会使用那些必不可少的工具了。倘真要写她葬花,或将读者的注意点引向葬花,那将会是什么样的结果？

好在,曹雪芹很懂得。他在笔下把葬花的劳作,全部避开了,推到幕后了。先在第二十三回安了个伏笔,"那日正当三月中浣,早饭后,宝玉携了一套《会真记》走到沁芳闸桥那边桃花底下一块石上坐着",展开细读。后来林黛玉来了,从宝玉眼里看到,黛玉"肩上担着花锄,花锄上挂着纱囊,手内拿着花帚"。两人谈起话来,宝玉提议把地上的落花扫起来,撂到水里去。黛玉不同意,说"撂在水里不好,你看这里的水干净,只一流出去,有人家的地方,什么没有？仍旧把花糟蹋了。那畸角上,我有一个花冢,如今把它扫了,装在这绢袋里,埋在那里,日久随土化了,岂不干净"。简单几句虚述,表明了黛玉葬花不止一次,还有个属于她自己的花冢,并讲明了她葬花的心思。到第二十七回,"埋香冢飞燕泣残红",这回,黛玉并没有葬花,只是独自一人在她往日葬花的那个小冢前哭泣,尽情倾诉她的心声。这就是写在小说里的那首著名的《葬花词》,由宝玉听出来的。

一首《葬花词》,一下子将葬花的情节支撑了起来。把本来没有艺术的地方,变得到处都是艺术。不但写活了一处,对林黛玉这个人物的塑造,从整体上说,也起到了不小的作用。差不多的读者,一谈到林黛玉,几乎没有不谈葬花的。而一谈到葬花,不少人都会随口背诵出几句来。

《葬花词》之所以能起到掀动艺术的作用,当然不仅仅是它本身的原因。最根本的所在,还在于曹雪芹对林黛玉这个人物设计得好,感受得深,理解得透,把握得准,并在具体的塑造上倾注了自己的全部情感。而在"泣残红"之前,又精心安排了几个细小、但黛玉自己误解,精神上觉得受到重创的情节。致使她原就脆弱、孤寂、敏感的心灵,处于极度自怜和悲哀之中。这是人物内在的因素,也是读者理解《葬花词》,并从中受到强烈的艺术感染的原因。

再拿第六十三回说事。这一回"寿怡红群芳开夜宴",是《红楼梦》中较为有名的段落,读者们都很欣赏。但若以情节论,是很难弄出什么艺术来的。祝寿之类的事,世上太多了,谁没见过?文学作品里也写得不少,无论怎么写,都不会有新鲜感。可在曹雪芹手里,就不同了。说是祝寿,却根本不写祝寿,只虚晃一枪,而将全部笔墨用在"群芳开夜宴"上。单是怡红院的大小丫头,人也不少了,嫌不够,又去把薛宝钗、林黛玉、史湘云、探春、李纨请了来。加上现场服务的婆子,起码二十来个,在宝玉的卧室里,挤满一屋子。事情是袭人、麝月、晴雯几个丫头秘密集资、发起的,时间则是晚上,避开了荣国府和大观园巡夜人的耳目,各处人静之后,使得这次宴会带了点"私密"和"非法"的性质,连一贯关心怡红院的总管家王熙凤也被瞒过了。不过,筵席用的那坛好酒,却是王熙凤的"铁杆"平儿事前悄悄提供的。

这是怡红院里一次空前绝后的宴会。初读,似乎有点乱七八糟,琐琐屑屑,让人把握不住要领。两三遍后,才逐渐看出,其实它井井有条,点点滴滴都含有独特的意思。它通过那个时代,某些筵席前常有的助兴的游戏娱乐形式——掷骰子、数座位、抽花谶、释诗句、解隐义、定罚酒,相互调笑、取乐,激起阵阵高潮。借助这种欢乐和嬉闹,几位主要人物的性格、以后的命运,都在隐约之间,或显或微地展示出来。这就有艺术了,读时也觉妙趣横生了。而这场一直持续到深夜的筵宴,最不寻常,最具艺术的地方,则是曹雪芹所经营的现场气氛和透露的特殊韵味。何等多的青春气息,何等多的尽情欢乐,何等多的放任不拘,又是何等地不分贵贱、主子和奴仆、小姐与丫头,完全取消了等级界限,一概真正平等。我想,这应该是作家曹雪芹最愿意看到的场面,也极可能是他心中早已存在的一种感情、一种希望、一种理想。

最后,还有一桩很值得一提的艺术情节,那就是第二天早晨,发现了砚台下压有妙玉夜间派人送来的拜寿帖子。这真是神来之笔。随即去找求解,出门遇上了邢岫烟,一番对话,更是充满趣味和思想深度的艺术构筑。

第四十八回"慕雅女雅集苦吟诗",说的是香菱向黛玉学诗的事。应该说,这也是一个产生不了艺术的情节。试想,那不过是一个教学的过程,多么枯燥!而那个学生从来没有与诗结过缘,文化又很低,怎么教?连简单的故事也难于构成。但作家曹雪芹很有办法,把功夫做在"苦吟"二字上,注重写香菱为学诗,如何心诚意迷,执着近痴,差不多到了完全废寝忘食的地步。这和香菱的性格很吻合,她原本就很老实,有点近乎"呆",凡事都极认真。如此一刻画,一个活脱脱的香菱便跃然纸上了。这就是艺术。如果再连及其身世遭遇,会发现这种艺术还有更深的蕴藏。香菱是十二钗中最先出现的一个人物,她出身不错,质地好,品貌佳,但遭遇极为不幸。及至随薛家到贾府,不但与宝钗日日相处,还经常接触宝玉、黛玉、湘云、探春等。这些自由自在、受人宠爱、被人尊敬的公子小姐,在她心里激起不定什么反应呢,不知。但他们起诗社,时不时聚在一起分韵作诗填词、吟咏、比赛,她肯定是有敬慕之心的。或许,她会想,要是我香菱也学会写诗,能跟他们一起写出几首来,那该是多么幸福的事啊!这是一种最起码的人性的觉醒。人性总是和艺术一拍即合的。在人间,苦难的香菱太孤独了。

香菱学诗,牵动了好几个人。黛玉、宝玉、探春、湘云的理解、支持;宝钗的态度好像反对,其实也关心。这些都写得很有艺术感。

再举个例子。第七十六回,林黛玉、史湘云联诗。所谓联诗,就是先商量选定了韵,然后开头,你两句我两句地相联开来,再延续下去,联到哪里算哪里,最后形成一首长长的诗。意在互相比诗才,显敏捷,借此游戏、娱乐。无论才能高不高,诗句好不好,这种形式过分单调了,场面上始终只是两个人,情节不会有大的起伏变化。就作家来说,是很难建构出什么艺术来的。但曹雪芹很有办法。他牢牢地把紧了环境、风物、气氛的营造和人物在那种特有的境地中,所展现出来的基调描绘。那是一个一年一度的中秋节的夜晚,以贾母为首,荣宁两府的人,在大观园山顶上的凸碧堂开宴庆赏,一时人很多,非常热闹。随后,夜渐深,人逐渐散去。黛玉对景感怀,自去倚栏垂泪。湘云去安慰她,谈话中,提出要和黛玉联诗。受到安慰的黛玉情绪好起来,表示同意,但嫌那里人声嘈杂,于是,两人顺着山坡下到底脚,转一个湾到凹晶馆。

那真是个近水,又寂静的好地方。两个进入青春期不久的才女,在卷篷底下的竹墩上坐下,只见天上一轮皓月,池中一个一个月影,上下争辉,感到如置身于晶宫鲛室之内。微风一过,粼粼然池面皱碧迭紊,令人神气清爽。

在山上凸碧堂那边传来的悠扬的笛声之中,她们商量好以五言排律联诗,用数栏杆上的直棍的方法,定下"十三元"的韵。先由黛玉起句,湘云略想一想,吐出两句跟上。接下来相联开了,从天上扯到人间,扯到上下古今;从眼前扯到不知所以的境界、地方。敏捷之至,欢快之至。忽然,黛玉发现池里有个像人的黑影,叫湘云看,"敢是个鬼?"湘云笑道:"可是又见鬼了,我是不怕鬼的,等我打他一下。""弯腰拾了一块小石片,向池里打去。只听打得水响,一个大圆圈将月影激荡,散而复聚者几次。只听那黑影'嘎'的一声,却飞起一个白鹤来,直往藕香榭去了。黛玉笑道:'原来是他,猛然想到,反吓了一跳。'湘云笑道:'正是这个鹤有趣,到助了我了!'"于是联道:

窗灯焰已昏。寒塘度鹤影,

黛玉想了一下,对道:

冷月葬诗魂。

湘云拍手赞:"果然好极,非此不能对。好个'葬诗魂'!"又叹道:"诗固然新奇,只是太颓丧了些,你现在病着,不该作此过于凄清奇谲之语。"这时栏外山石后转出一个人来,笑道:"好诗,好诗!果然太悲凉了,不必再往下作,若底下只这样去,反不显这两句了,倒弄得堆砌牵强。"两人吓了一跳,细看时,原来是妙玉。

女尼妙玉在此时此刻出现,要说又是曹雪芹特意安排的一个"神来之笔"。接着,她将两位才女邀请去了她的栊翠庵,烹茶款待,取笔录下了两人的联诗。然后又接着续了好长一段,并在末尾,写上"右中秋夜大观园即景联句三十五韵"。

这么前后一摆弄,场地几换,景物连移,情致数变,人物性格和精神面貌,比那之前又有了新的展示。这样,艺术就出来了。也可以说,是曹雪芹在本来不产生艺术的地方,营造艺术的又一个例子。类似的情形,在《红楼梦》中有很多。

《红楼梦》描写的生活,尽管十分宽广,但它有许多情节、故事,都是放在一个家庭范围内来展现的。所写所构,所编织成篇的又多系日常生活。从表层看,无非司空见惯,缺乏新鲜感。这样,描写的题材和范围,实际变小变窄了,显得很有局限。加上人物很多,几乎每出现均都一大群,让人目不暇接。作为小说用材,已经难以成篇,更难以经营出艺术。倘若邀请别的作家来写,恐怕都会退避三舍的。就像庄稼人,不喜欢在过分贫瘠的土地上下种一样。曹雪芹却不然,他似乎专要挑这种田块耕耘,而且总是轻松愉快地获得丰收。即便在最不显眼的小情小节里,我们也常能感觉到培植出的或发掘出的艺术。并且既有浅层次的,亦常有深层次的,再深层次的。这是一种大本领,一种在古今最为优秀的小说家的行列中,也难找到的大本领。

《红楼梦》的艺术,太丰富了。前面说的只是其中很小的一部分。以我个人看,至少还可以列出十来个方面或题目,加以研究阐述。但本书的篇幅已经够长,只好就此打住。留待日后有机会再来细说。

最后,再次说一下,我不是红学家,更非学者。书内所言,仅仅是我个人的浅见,因读而得。模仿古人的一句话:我姑妄言之,望读者就姑妄听之罢。

2014年12月于四川绵阳